KNAUR

In der Utopia-Gardens-Reihe ist bereits folgender Titel erschienen:
Sodom

Über die Autorin:
Eva Siegmund ist 1983 in Bad Soden geboren. Sie arbeitete als Kirchenmalerin, Juristin und Verlagsmitarbeiterin, bevor sie sich voll und ganz dem Schreiben widmete. Seit 2014 ist sie freie Autorin. Für ihre Romane hat sie bereits zahlreiche Preise gewonnen. Sie lebt in Berlin.
Weitere Infos zur Autorin unter www.evasiegmund.de.

EVA SIEGMUND

GOMORRHA

THRILLER

KNAUR

Besuchen Sie uns im Internet:
www.knaur.de

Aus Verantwortung für die Umwelt hat sich die Verlagsgruppe Droemer Knaur zu einer nachhaltigen Buchproduktion verpflichtet. Der bewusste Umgang mit unseren Ressourcen, der Schutz unseres Klimas und der Natur gehören zu unseren obersten Unternehmenszielen. Gemeinsam mit unseren Partnern und Lieferanten setzen wir uns für eine klimaneutrale Buchproduktion ein, die den Erwerb von Klimazertifikaten zur Kompensation des CO_2-Ausstoßes einschließt. Weitere Informationen finden Sie unter: www.klimaneutralerverlag.de

MIX
Papier aus verantwortungsvollen Quellen
FSC www.fsc.org
FSC® C083411

Originalausgabe März 2021
Knaur Taschenbuch

Ein Imprint der Verlagsgruppe
Droemer Knaur GmbH & Co. KG, München

Ein Projekt der AVA international GmbH Autoren- und Verlagsagentur
www.ava-international.de
Redaktion: Michelle Gyo
Covergestaltung: Stefan Hilden, www.hildendesign.de
Coverabbildung: HildenDesign unter Verwendung mehrerer Motive von Shutterstock.com/Eigenarchiv
Abbildungen im Innenteil von Shutterstock.com:
Georgii Shipin und anna42f
Satz: Adobe InDesign im Verlag
Druck und Bindung: CPI books GmbH, Leck
ISBN 978-3-426-52476-3

2 4 5 3 1

SILBERMANN

Der zwölfte Mann saß ihm gegenüber und blickte ihn abwartend an. Ganz ruhig und selbstbewusst. Er hatte diesen leicht misstrauischen Blick, den alle Menschen, die auf der Straße lebten, wie eine Rüstung trugen. Doch er lächelte, seine Körperhaltung war entspannt. Dieser Typ erwartete nichts Böses. Silbermann war neugierig, wie lange das wohl so blieb.

Dem Mann war noch nicht klar, was mit ihm passiert war – was sie ihm angetan hatten. Und dass er das Angebot eines Fremden, egal wie gut es gewirkt hatte, besser niemals angenommen hätte. Doch genau deswegen suchte er sich seine »Teilnehmer« ja immer an den kalten, feuchten Straßenrändern Hamburgs, einer Stadt, die ansonsten im Wohlstand erstickte. Weil die Wahl, vor die er sie stellte, für diese Menschen in Wahrheit gar keine war. Er konnte sie pflücken wie reifes Obst; nicht ein einziges Mal hatte jemand abgelehnt. Und darüber hinaus waren sie perfekt, weil sie niemand vermisste. Diese Leute starben sowieso täglich, vollkommen unbemerkt. Sie erfroren am Straßenrand, fielen betrunken in Elbe oder Alster, wurden ohne Ausweispapiere in irgendwelche Krankenhäuser eingeliefert. Wieder einer weniger. Wen kümmerte das schon?

»Herzlichen Glückwunsch!« Silbermann strahlte übers ganze Gesicht. So angestrengt, dass es wehtat. Sein Kopfschmerz begleitete ihn genauso treu und stetig wie der Wodka. Allmählich fiel es ihm schwer zu fokussieren.

»Sie haben es geschafft, das Ark-Projekt erfolgreich zu absolvieren.« Er senkte komplizenhaft die Stimme. »Darauf können Sie sich ruhig was einbilden. Das hat vor Ihnen noch so gut wie niemand geschafft.« Nicht einmal eine Lüge. Silbermann konnte sehen, dass sich der Mann geschmeichelt fühlte, es aber zu verbergen suchte. Auch das gehörte zur Vorsicht dieser Menschen ohne Meldeadresse. Sie wollten so unabhängig von anderen leben wie nur möglich. Sich weder von Schmeicheleien noch von Grausamkeiten beeindrucken lassen. Rätselhaft und unnahbar. Lob war ein Nebenprodukt von Hierarchie, und jegliche Form von Hierarchie lehnten sie ab. Das Exemplar, das er hier vor sich hatte, bildete da absolut keine Ausnahme.

Er lehnte sich, noch immer krampfhaft lächelnd, in seinem Stuhl zurück und wartete auf eine Reaktion seines Gegenübers. Das sich allerdings eine ganze Weile Zeit ließ. Man spürte, dass dieser Mann gerne die Oberhand hatte. Jemand war mit großer mentaler Stärke. Wahrscheinlich sein einziger Trumpf, aber den wollte er ausspielen.

Der Professor fragte sich, ob diese Stärke, der Überlebenswille, für die positive Übertragung ebenfalls eine Rolle spielte. Medizinisch gesehen war das zwar nicht plausibel, aber er hatte in seinen vielen Jahren der Praxis und Forschung mehr als einmal erlebt, wie eng Körper und Geist miteinander in Verbindung standen. Viele der Probanden, die er von der Straße geholt hatte, hatten ihr Leben vielleicht nicht ohne Grund verloren. Möglicherweise waren sie längst viel zu müde gewesen, um sich noch mit aller Macht daran zu klammern. Er beschloss, diesem Aspekt in Zukunft mehr Beachtung zu schenken.

Silbermann machte der Blick des Mannes allmählich nervös. Auf eine merkwürdige Art war es leichter, wenn die Probanden nicht überlebten, dachte er kurz. Das ersparte einem zumindest dieses Gespräch. Natürlich schämte er sich im nächsten Moment für seine Gedanken. Er hatte nicht gewollt, dass sie starben. Nie. Schließlich war er immer noch Arzt, Himmelherrgottnochmal.

Und nun hatte es – endlich! – wieder einer überlebt. Ein Mann, der nun den Raum mit seiner Stille komplett ausfüllte.

Der Mediziner hatte den Mann vor ein paar Minuten geweckt, nachdem er sich vergewissert hatte, dass seine Mitarbeiter die Lage richtig eingeschätzt hatten. Dass der Proband den Prozess tatsächlich gut überstanden und keinen größeren Schaden genommen hatte. Und wirklich: Es sah alles gut aus. Die Vitalwerte schienen normal, die Hirnströme waren auch in Ordnung, die Responsivwerte wirkten ebenfalls vielversprechend. Obwohl Silbermann es schon einmal geschafft hatte, hatte er nicht mehr daran geglaubt, es wiederholen zu können. Als wäre die erste gelungene Übertragung kein Ergebnis akribischer und jahrelanger Forschung und Entwicklung gewesen, sondern eine schicksalhafte Fügung. Wie ein biblisches Wunder. Doch nun hatte er den Beweis vor sich, dass er es tatsächlich in der Hand hatte. Dass er schon immer richtiggelegen und nun recht behalten hatte. Es war möglich. Und er, Gotthold Silbermann – ja, er war sich der Ironie seines Vornamens durchaus bewusst –, hatte es vollbracht. Als erster Mensch überhaupt hatte er die Konnektom-Theorie bewiesen. An einem Menschen. Er hatte sich etwas getraut, das bisher noch kein Wissenschaftler gewagt hatte.

Besonders bitter war allerdings, dass die wissenschaftliche Welt, seine Kollegen und Widersacher, die Zweifler und Neider, niemals davon erfahren durften. Weil er mit seinem Treiben die Grenzen der Gesetze und des ethisch Vertretbaren nicht nur gedehnt, sondern vollständig gesprengt hatte. Sie hatten ihn für seine Visionen schon immer angefeindet, und er war dem Ausschluss aus der Ärztekammer bereits zwei Mal nur knapp entronnen. Dabei würde das, was er tat, einmal der gesamten Menschheit zugutekommen. Er rettete mit seiner Arbeit Tausende, wenn nicht gar Millionen zukünftiger Leben. Doch das sahen sie natürlich nicht, kleingeistig und engstirnig, wie sie waren. Wenn bei so einer Arbeit überhaupt Versuche am lebenden Objekt durchgeführt wurden, dann stellte ein Wissenschaftler sich selbst zur Verfügung. So dachten sie. Dass, wenn es schiefging, mit dem Wissenschaftler auch dessen Brillanz und Arbeit vernichtet wurde, das sahen sie nicht. Sie lebten nach dem Grundsatz, dass jedes menschliche Leben gleich viel wert war, obwohl doch alle wussten, dass das nur Heuchelei war. Niemand sah es wirklich so, aber alle handelten danach. Und so musste er sich damit begnügen, sich Professor Schnees Reaktion vorzustellen und einstweilen abzuwarten.

Gerne hätte Silbermann behauptet, die Anerkennung seiner Kollegen sei ihm nicht wichtig – doch das entsprach nicht den Tatsachen; das Gegenteil war der Fall. Am liebsten wollte er seinen Triumph in die Welt hinausschreien. Sie sollten Straßen nach ihm benennen und Titelseiten mit seinem Gesicht drucken, verdammt. Er hatte es verdient. Weil er allein den Mut aufbrachte, es zu versuchen. Okay, bitte. Kannenberg hatte das Verfahren entwickelt, und auch er hatte vor nichts zurückgeschreckt, aber Kannenberg war tot. Wen kümmerte es noch, dass er den Großteil der Arbeit geleistet hatte? Er hatte bewiesen, dass er mindestens genauso herausragend war wie sein Mentor. Er hatte es sich selbst und ihr bewiesen.

Die Wirkung des Alkohols, den Silbermann kurz zuvor noch wie ein Häuflein Elend in einer Toilettenkabine stehend in sich hineingekippt hatte, war wie weggeblasen und hatte dem Gefühl absoluter Euphorie Platz gemacht. Endlich würde er wenigstens *ihre* Anerkennung bekommen; dann würde sich auch das enge Gefühl in seiner Brust verflüchtigen. Seine Existenz war nicht verflucht. Vielleicht konnte er heute Nacht ja sogar wieder schlafen.

Sie hatten den Pausenraum der Assistenten als Ort für das Gespräch ausgewählt, weil er am wenigsten über ihren Aufenthaltsort verriet. In dem fensterlosen Zimmer standen lediglich ein Tisch mit sechs schlichten Stühlen und an einer Wand ein schmales Sideboard mit Wasserkocher, Kaffeemaschine und ein paar Tassen. Dieser Raum konnte sich wirklich überall auf der Welt befinden. Silbermann wollte verhindern, dass der Mann voreilige Schlüsse zog oder übermäßig nervös wurde.

Sein Assistent Sönke Rehlein stand hinter ihm und trat vor Ungeduld von einem Bein auf das andere. Dabei quietschten die Schuhsohlen auf dem alten Linoleumboden, der überall auf der Marianne, dem geheimen Forschungsschiff von SanderSolutions, verlegt war. Rehlein steckte beinahe genauso tief drin wie Silbermann, nur hatte er nie etwas von echter Relevanz beigetragen, was Silbermann zu gleichen Teilen nervte wie gelegen kam. Sönke war ein Speichellecker, ein Kaffeefleck auf einem blütenweißen Hemd, aber solche Typen gehörten dazu. Schließlich konnte Silbermann nicht die ganze Arbeit alleine machen, wollte aber, dass die Lorbeeren ihm alleine zufielen. Da kam man um Handlanger wie Sönke einfach nicht herum. Auch wenn es ihn rasend machte, dass sein Assistent eine dicke, runde Hornbrille auf der Nase trug – wahrscheinlich, um intellektueller zu wirken, als er war – in Zeiten, in denen man sich jede Sehschwäche in wenigen Minuten weglasern lassen konnte. Es würde ihn nicht einmal wundern, wenn in der Brille nur Fensterglas verklebt wäre.

»Was ist denn mit dem los?«, fragte der zwölfte Mann plötzlich amüsiert und zeigte auf Sönke, als hätte er Silbermanns Gedanken gelesen. »Muss der mal pinkeln?«

Silbermann lächelte. Nicht, weil er den Mann witzig oder sympathisch fand, sondern weil diese Aussage reichte, ihm zu beweisen, dass das Bewusstsein des Probanden keinen Schaden genommen hatte. Ironie und Humor gehörten zum Kern eines jeden menschlichen Wesens. Wenn diese Fähigkeiten mit übergegangen waren, dann war der Prozess perfekt.

Er drehte sich zu seinem Assistenten um. »Sönke, würdest du uns bitte einen Augenblick alleine lassen?«

Rehleins Gesichtszüge fielen in sich zusammen, seine Enttäuschung war offenkundig groß. Natürlich. Auch er hatte diesem Projekt schon jetzt viele Jahre geopfert und wollte dabei sein, wenn die Früchte ihrer Arbeit geerntet wurden. Doch weil er schon während seines Studiums kaum Ambitionen gezeigt hatte, war er nun derjenige, der Weisungen entgegennahm. Trotzdem sah er dabei aus, als hätte er auf eine Zitrone gebissen. Und das war auch der Grund, warum es Silbermann besonderen Spaß machte, ihn wegzuschicken.

»Sag der Chefin Bescheid. Sie soll hier runterkommen, sobald sie kann.«

Sönke nickte knapp und verschwand wortlos durch die niedrige Stahltür. Manchmal vergaß Silbermann, dass sie sich auf einem Schiff befanden. Die kleinen Türen mit ihren abgerundeten Ecken erinnerten ihn dann wieder daran. Und seinem Gegenüber fielen sie ebenfalls auf.

Der zwölfte Mann runzelte die Stirn. »Sagen Sie mal, Doc. Wo sind wir hier eigentlich?«

»Das kann ich Ihnen leider nicht verraten«, antwortete Silbermann freundlich.

»Streng geheim also?«

Der Professor nickte und fuhr fort, den Mann eingehend zu mustern. Vor der Übertragung hatten sie ihn gewaschen und frisiert, hatten ihm die langen Haare und den Bart abgenommen. Darunter war ein Gesicht mit durchaus angenehmen Zügen zum Vorschein gekommen. Der Mann war jünger, als Silbermann auf den ersten Blick gedacht hatte. Er war noch ziemlich fit, vom Leben auf der Straße nicht so gezeichnet. Und, wie alle echten Hanseaten, nicht sonderlich gesprächig.

Silbermann wandte sich den Unterlagen zu, die vor ihm auf dem Tisch lagen. Es war der Vertrag, den seine Mitarbeiter vor der Übertragung mit dem Mann geschlossen hatten. Daraus ging hervor, dass er tatsächlich noch ziemlich jung war.

»Thomas Hegel«, las er laut vor. »Geboren im Universitätsklinikum Kiel – vor neunundzwanzig Jahren.«

Hegel nickte. »Kann ich nicht abstreiten.«

Silbermann kniff die Augen zusammen. »Sie wirken wie ein gescheiter Kerl. Und Sie sind noch jung. Wie sind Sie auf Hamburgs Straßen gelandet?«

Der Mann zuckte die Schulter. »Was kümmert Sie das denn? Wenn Sie mich auszahlen, werde ich ganz sicher nicht mehr dahin zurückkehren. Warum also darüber reden? Sie sind weder mein Therapeut noch meine Mutter.«

Oh, dachte Silbermann. Der längste Satz bisher. Wahrscheinlich hatte er einen wunden Punkt bei dem Mann erwischt.

»Natürlich.« Der Professor griff nach einem Blatt Papier und einem Kugelschreiber. Jetzt kam der kniffelige Teil des Gesprächs. »Doch bevor wir Sie auszahlen und in Ihr neues Leben entlassen können, müssen wir Sie eine Weile beobachten. Wir können es noch nicht verantworten, Sie vor die Tür zu setzen. Ich muss sichergehen, dass alles glattgelaufen ist.«

»Also mir geht es gut«, sagte Hegel. »Außerdem stand in dem Vertrag nichts davon, dass ich hinterher noch hierbleiben muss.«

Silbermann zog die Brauen hoch. »Sie haben den Vertrag gelesen?«

»Natürlich. Würden Sie etwas unterschreiben, das Sie nicht gelesen haben?«

Silbermann lachte nervös. Seines Wissens nach war das eine weitere Premiere. »Vermutlich nicht. Aber ich bin auch kein Anwalt, sondern Arzt, und es ist meine ärztliche Pflicht, sicherzustellen, dass es Ihnen gut geht und alles in Ordnung ist. Also. Verraten Sie mir ganz genau, wie Sie sich fühlen.«

»Ich sagte doch schon, ich fühle mich gut!«

»Keine Kopfschmerzen?«, hakte Silbermann nach. Doch der Mann verneinte.

»Wie steht es um Ihre Arme und Beine? Tut da irgendwas weh?«

Hegel schnaubte ungeduldig. »Ich sagte Ihnen doch schon, dass es mir gut geht.«

Silbermann überlegte kurz. Sollte er es wirklich wagen? Das letzte Mal hatte Frau Sander es ihm verboten, doch das waren andere Umstände gewesen. Hegel war alleine sein Werk, und die Chefin war noch nicht hier. Der Professor beschloss, es zu riskieren. Er musste es einfach wissen.

»Tun Sie mir einen Gefallen und kneifen sich mal in den rechten Oberschenkel.«

»Aber warum …?«

»Seien Sie einfach so nett«, forderte Silbermann freundlich.

»Wenn es Sie glücklich macht«, brummelte Hegel.

Der Professor hielt den Atem an und beobachtete das Gesicht des jungen Mannes ganz genau.

Zuerst wirkte es noch aufgeräumt, unbekümmert und vollkommen arglos. Dann breitete sich allmählich leichte Verwirrung in Hegels Zügen aus.

»Was zum …?«

»Versuchen Sie es nur!«, forderte Silbermann freundlich. »Oder gibt es ein Problem?«

Er blickte den jungen Mann abwartend an, dem allmählich nackte Angst in die Augen kroch. Nun war Silbermann doch froh über den Wodka, der noch immer wärmend seine Adern durchströmte und die Emotionen unterdrückte. Sonst wäre er wahrscheinlich vor Aufregung und Unbehagen aus der Haut gefahren.

»Was ist das für eine Scheiße?«, murmelte Hegel, seine Augäpfel zuckten panisch hin und her.

Silbermann wusste, was in dem Mann vorging. Er versuchte, seine Gliedmaßen zu lokalisieren. Doch er würde sie nicht finden.

»Wieso fühle ich meine Beine nicht??!« Hegels Stimme wurde lauter. Silbermann wusste, dass Hegel aufspringen würde, wenn er könnte. Konnte er aber nicht.

»Fühlen Sie Ihre Beine nicht, oder können Sie sie nur nicht ertasten?«, hakte Silbermann nach.

Hegel hielt inne und runzelte die Stirn. »Ich kann sie nicht ertasten«, sagte er nach einer Weile langsam. »Aber ich … ich weiß, dass sie da sind.«

Silbermann lächelte und lehnte sich zufrieden zurück. Wunderbar. Genau so sollte es sein.

»Was grinsen Sie so dämlich?«

»Machen Sie sich darüber keine Gedanken«, überging Silbermann die Frage Hegels gelassen. »Sie werden sich mit der Zeit daran gewöhnen.«

»Wie zur Hölle soll ich mich daran gewöhnen?!« Hegel wurde laut. Er warf den Kopf hektisch hin und her, sein Blick schoss suchend durch den Raum und blieb schließlich an der Tür hängen.

»Scheiße, ich hab genug von Ihnen. Stecken Sie sich Ihr Geld sonstwo hin. Ich bin raus hier.«

»Sie werden nirgendwo hingehen«, erwiderte Silbermann ruhig. Er schätzte, dass seine mangelnde Impulskontrolle Hegel in heftige Probleme gestürzt hatte, die ihn letztendlich auf der Straße hatten landen lassen. Das würde die Zusammenarbeit mit ihm erschweren.

Es klopfte an der Tür, und Sönke schlüpfte zurück in den Raum.

»Und?«, fragte der Professor, ohne sich nach seinem Assistenten umzudrehen. »Kommt sie?«

»Ich fürchte, nein.«

»Was meinst du damit?« Nun drehte er sich doch zu Sönke um.

»Die Chefin und Könighaus sind nicht hier. Keiner weiß, wo sie hin sind. Ich habe ihre Assistentin und am Empfang gefragt, niemand konnte mir Näheres sagen. Nur, dass die beiden vor drei Stunden die Zentrale verlassen haben.«

Silbermann schlug mit der flachen Hand auf den Tisch, und sowohl Hegel als auch Sönke zuckten zusammen.

»Wunderbar! Einfach großartig.« Er schnaubte verärgert. Da war ihnen in ihrem Projekt der ultimative Durchbruch gelungen, und jetzt war die Frau, die für all das die Verantwortung trug, ihn getriezt und zu Unaussprechlichem verleitet hatte, nicht einmal im Haus, um es mitzubekommen. Er atmete einmal tief durch und mahnte sich zur Ruhe.

Eigentlich war es ja auch nicht so wichtig. Sie würde schon noch davon erfahren. Und Hegel würde ihnen nicht weglaufen. Wie sollte er auch?

»Habt ihr euch um den Körper gekümmert?«, fragte er seinen Assistenten leise, und dieser nickte. »Selbstverständlich.«

»Gut. Dann schlage ich vor, wir nutzen die Gunst der Stunde. Die Katze ist aus dem Haus, also können die Mäuse heute auch mal ein bisschen früher nach Hause gehen. Zur Feier des Tages.«

Sönke lächelte. »Eine hervorragende Idee.«

»Wie jetzt?«, fragte Hegel aufgebracht. »Ihr wollt nach Hause gehen? Einfach so? Und was ist mit mir?«

Silbermann lächelte verschlagen. »Sie können in der Zwischenzeit einfach mal ein bisschen abschalten. Das haben Sie sich wirklich verdient.« Manchmal fand er sich selbst unerträglich geistreich.

»Abschalten?!«, schrie Hegel. »Wie zur Hölle soll ich denn abschalten? Ich fühle meine scheiß Beine nicht!!«

»Es wird leichter fallen, als Sie jetzt denken«, antwortete Silbermann freundlich.

Dann streckte er die Hand aus und brachte Hegel zum Schweigen.

OPHELIA

Alles in diesem Haus roch nach Anstrengung und Versagen, und sie hasste es. Da hatte das viele Putzen auch nicht geholfen, das Scheitern drückte sich durch jede einzelne Steckdose des gesamten Anwesens. Die Villa war neu und dennoch nur kurze Zeit bewohnt gewesen. Von Leuten, die sich finanziell verhoben hatten; das verrieten ihr die Details. Sie hatte ein Auge für Fehler, auch wenn sie noch so klein waren. Ophelia erkannte Schwachstellen, bei Menschen ebenso wie bei Gebäuden wie diesem. Sauteures Parkett, aber billige Lichtschalter von der Stange. Der Versuch, am Ende der Bauphase die Kosten zu drücken in der Hoffnung, es würde niemandem auffallen. Doch Ophelia entging nichts. Sie sah die Familie förmlich vor sich, sah ein junges Ehepaar mit hochgezogenen Schultern und verkniffenen Gesichtern.

Bauherren, die sich verrechnet hatten. Die unbedingt ganz oben hatten mitspielen wollen. Und jetzt versuchten, sich mit der Verkaufssumme wenigstens ihr altes Leben wieder zurückzuholen, während sie hofften, dass anderen nicht auffiel, dass sie ihre Schuhe nun länger trugen, als für diese Wohnlage angemessen war. Es bestand offenbar Zeitdruck, sonst hätte der Makler ihnen wohl kaum einen Besichtigungstermin am Tag des Anrufs angeboten, was zu einer ziemlich gehetzten Fahrt von Hamburg nach Berlin geführt hatte. Sie konnte Eile nicht ausstehen, aber in diesem Fall war sie notwendig. Die Gelegenheit war zu günstig.

Mit verschränkten Armen ging sie durch den großen Wohnraum, der sich hinter dem Küchenblock zum Garten hin öffnete. Vielleicht würde das Geld, das sie für diese Immobilie zu zahlen gedachte, bald bei einer Scheidung durch zwei geteilt. Lief das nicht immer so? Und obwohl es jeder wusste, heirateten und verschuldeten die Menschen sich immer noch, weil sie die Arroganz besaßen zu glauben, dass so was immer nur anderen passierte.

Ophelia sah den massiven Holztisch regelrecht vor sich, an dem sich die Verkäufer gestritten und zerrieben hatten. Handgefertigt mit Holz aus Brandenburg. Sicher Platz für zwölf Gäste und niemals voll besetzt. Sie konnte wetten, dass er über die Terrasse herein- und wenig später wieder hinausgetragen worden war. Vielleicht von neuen Eigentümern, weil er aus Platzgründen nicht mit hatte umziehen können. Ihr sollte das nur recht sein. Karma war eine Maßeinheit, die in ihrem Leben nicht vorkam.

Im Leben des Maklers offenbar auch nicht, denn der raubte ihr noch den letzten Nerv. Und sie hatte ohnehin kaum noch Nerven übrig nach den vergangenen Tagen. Oder Geduld. Oder ein Lächeln. Gut, Geduld hatte sie eigentlich nie.

Ihre Finger strichen gedankenverloren über die Bandagen an ihren Händen. Sie wusste, wie das alles für einen Außenstehenden wirken musste. In den Augen des Maklers war sie eine unglückliche, reiche Frau, die versucht hatte, sich das Leben zu nehmen, und vor der gesellschaftlichen Schmach jetzt nach Berlin floh. Dass nicht etwa Rasierklingen, sondern die Scherben eines von ihr selbst zertrümmerten Fitnessstudiospiegels die Ursache für ihre Verletzungen waren, konnte er schließlich nicht wissen. Und der Makler bekämpfte sein Unbehagen durch aufgesetzte Fröhlichkeit. Zu viel aufgesetzte Fröhlichkeit.

Alles, was sie wollte, war, dass er die Klappe hielt. Doch zu ihrem großen Unglück konnte sie ihm das nicht sagen, weil sie in gewisser Weise auf ihn angewiesen war.

»Wirklich, Sie haben unwahrscheinliches Glück. Villen wie diese gibt es in Berlin kaum noch auf dem freien Markt. Die Stadt wächst und wächst, das internationale Publikum …« »Wir wissen Ihre Bemühungen wirklich sehr zu schätzen«, fiel ihm Ronny Könighaus ins Wort. Gott sei Dank. Ihr Mann fürs Grobe hatte ein erstaunliches Gespür für die Feinheiten ihrer Launen entwickelt.

Vielleicht aber auch nicht, dachte Ophelia, als er plötzlich ihre Hand ergriff. Sie versteifte sich und strich das Lob gleich wieder aus ihrem geistigen Protokoll. Warum hatte sie dieser dämlichen Idee bloß zugestimmt?

»Meine Frau und ich suchen dringend nach einem ruhigen Haus in Stadtnähe und sind sehr interessiert. Der Zustand ist ausgezeichnet und die Lage sehr reizvoll. Hier ist auch genügend Platz für unsere beiden Kinder.«

Ophelias Nackenhaare stellten sich auf, und ihr rechtes Auge zuckte. Kinder? Hatte der Lack gesoffen?

Könighaus schien ihren Unmut zu spüren, denn er drückte ihre Hand eine Spur zu fest, und sie zischte leise, konnte sich einen giftigen Kommentar aber gerade noch verkneifen. Stattdessen lächelte sie, so gut sie konnte, und wusste insgeheim, dass es für den Makler erkennbar aufgesetzt wirken würde. Doch es blieb ihr nichts anderes übrig. Wenn sie Glück hatte, führte er ihr gekünsteltes Lächeln auf ihren bedauernswerten Allgemeinzustand zurück.

Die Wahrheit war: Sie brauchte dieses Haus, und in einem Punkt hatte dieser unausstehliche Typ leider recht – der Markt in Berlin war wie leer gefegt. Also musste sie freundlich sein zu dieser Schießbudenfigur. Ihr einziger Trost war, dass der Typ wenigstens nicht für *sie* arbeitete.

Sondern für eine der unzähligen Immobilienfirmen der Stadt. Dass er überhaupt *für* jemanden arbeitete, fasste sie als Beleidigung auf. Ophelia Sander war eigentlich Chefsache. Doch eine Firma wie diese hatte es nur mit Menschen zu tun, die Chefsache waren, und außerdem war sie inkognito hier. Trotzdem war sie nicht gerne in der Gesellschaft von Handlangern.

Zum Glück hatte sie beinahe unbegrenzte Mittel zur Verfügung. Für jemanden mit so viel Geld wurden Dinge möglich gemacht. Anders war sie es nicht gewohnt. Doch auch sie konnte keine passende Immobilie aus dem Boden stampfen lassen. Ihr lief die Zeit davon, und diese hier war zumindest akzeptabel. Auch wenn sie für ihre Zwecke eigentlich zu viele Fensterfronten aufwies und sie mit dem Architekten gerne ein Wörtchen über seine Wahl der Bodenbeläge gewechselt hätte. Hatten die Leute nicht irgendwann mal genug von Fischgrätparkett?? Aber die Hanglage war perfekt; etwas, das in Berlin den Seltenheitswert eines siamesischen Zwillingspaares aufwies. Außerdem gab es so gut wie keine Nachbarn, da waren die großen Fenster auch schon egal.

Sie trat an die enorme Glasfront, von der aus man einen erhöhten Blick auf den weitläufigen Garten hatte, der gottlob zu allen Seiten von hohen Bäumen und geschmackvollen Hecken eingefasst war. Trotz der offensichtlich intensiven Pflege wirkte der Garten kalt und abweisend, was aber auch an der Stadt selbst liegen konnte. Der Himmel war auf eine Art grau, die sie nur aus Berlin kannte. In ihrer Erinnerung hatte sich genau dieses Grau über ihre Kindheit gespannt. Es war weniger eine Farbe als vielmehr ein Gefühl, dem sie nicht entkommen konnte. Sie war die letzten Jahre immer nur davor geflohen. Und jetzt war sie wieder hier und starrte auf etwas, das wohl bald ihr gehören würde. Als wäre sie die ganze Zeit einfach nur im Kreis gelaufen.

Ophelia bewegte sich schon ihr ganzes Leben lang in der oberen Gesellschaft, und ihr Gehirn konnte anerkennen, dass der Garten kenntnisreich angelegt und sehr gepflegt und alles am gesamten Anwesen hochwertig war, wenn man von der schlampigen Detailarbeit einmal absah.

Ihr Bruder könnte wohl die Designer runterbeten, die hier am Werk gewesen waren. Kannte vermutlich die Leute, die hier verkauften, oder hatte zumindest ihre tragische Geschichte gehört. Er hatte schon immer einen Sinn für Klatsch und Tratsch gehabt. Überhaupt war er geselliger, als sie es jemals gewesen war, weshalb er sie in puncto Beliebtheit auch stets übertrumpft hatte. Othello Sander war ein Mann, der einen gesamten Raum unterhalten konnte. Die Menschen um ihn herum neigten dazu, ihm mit zur Seite gekippten Köpfen verzückt zu lauschen, nur um dann im passenden Moment in anerkennendes Gelächter auszubrechen.

Ihr wurde heiß, wenn sie an Othello dachte. Es war seine Schuld, dass sie diese Scharade abziehen mussten, seine Schuld, dass sie überhaupt zurück war in dieser Drecksstadt. Seine Schuld, dass jetzt nur der Norden Berlins für einen Wohnsitz infrage kam, weil *er* im Süden wohnte. So wie alle Leute bei Verstand im Süden von Neuberlin wohnten. Sie hasste den Norden. Hier roch es immer noch, nach all den Jahren, nach Kleinbürgertum und Studenten. Insofern passten die billigen Baumarktsteckdosen ziemlich gut hierhin. Es war die älteste Gegend Neuberlins, und an einigen Stellen war der Lack schon ziemlich ab.

Der Garten verschwamm vor ihren Augen, und in ihren Ohren begann es zu rauschen. Seit zehn Jahren hatte sie ihren Bruder nicht gesehen. Und sie hätte es vorgezogen, ihn niemals wiederzusehen, nicht einmal dieselbe Stadtluft zu atmen. Doch er ließ ihr keine Wahl. Was er getan hatte, war nicht zu entschuldigen. Er hatte ihr das Liebste genommen, was sie auf der Welt besessen hatte.

Othello hatte ihr *ihn* weggenommen. Sky.

Nur deshalb war sie wieder hier.

Könighaus war zwar der Auffassung, es könnte auch noch ganz anders sein, mahnte sie zur Besonnenheit, doch auf dem Ohr war sie taub. Ophelia kannte ihren Bruder – sie wusste genau, dass er dahintersteckte. Irgendwie musste er herausgefunden haben, dass sie doch noch ihrer wahren Liebe begegnet war. Und Othello hatte es noch nie ertragen, sie glücklich zu sehen.

Doch Ophelia würde sich diesmal nicht einfach verkriechen, würde sich nicht verjagen lassen. Das war vorbei. Sie würde Sky nach Hause holen, wo er hingehörte. An ihre Seite. Koste es, was es wolle.

Und dann würde sie sich endlich an ihrem Bruder rächen. Etwas, das sie schon vor Jahren hätte tun sollen. Sie wollte, dass er litt.

»Ich habe für dieses Objekt natürlich eine Reihe von Interessenten, mein Postfach quillt quasi über«, hörte sie den Makler sagen. »Auch wenn Sie die ersten sind, die einen Blick darauf werfen dürfen, heißt das leider noch lange nicht …«

Ophelia drehte sich abrupt um, und der Makler zuckte unter ihrem Blick zusammen.

»Wie viel?«, fragte sie und bemerkte aus dem Augenwinkel, wie Ronny Könighaus in sich zusammensackte. Sie hatte sich von ihm überreden lassen, als Ehepaar aufzutreten, um möglichst wenig Aufsehen zu erregen. Er hatte sie überzeugt, den Ball flach zu halten – es sollten so wenig Leute wie möglich mitbekommen, dass sie wieder in Berlin war, und der einzige Weg hierzu war, ihn reden zu lassen. Doch Ophelias Geduld war aufgebraucht. Es war für ihren Geschmack schon viel zu viel Atemluft verschwendet worden.

Auf das Gesicht des Maklers trat ein unsicheres Lächeln, doch Ophelia entging der gierige Glanz in den Augen nicht. Na bitte. Offenbar hätten sie das Ganze von Anfang an auch einfacher haben können.

»Ich verstehe nicht ganz«, entgegnete der Makler höflich. »Beziehen Sie sich auf die Quadratmeterzahl des Anwesens oder des Gartens?«

Könighaus hob belustigt eine Augenbraue, und Ophelia schnaubte ungeduldig.

»Ich beziehe mich auf die Höhe der Summe, die ich Ihnen zahlen muss, damit Sie die anderen Leute aus Ihrem Mailpostfach vergessen und aufhören, mit Plattitüden um sich zu werfen wie ein drittklassiges Immobilienportal.«

Der Mann räusperte sich verlegen, gab sich aber ansonsten unbeeindruckt. »Sie sind offenbar sehr interessiert.«

»Wir wollen das Haus gerne kaufen«, bestätigte Könighaus, offenbar bemüht, die Fassade des Ehemannes aufrechtzuerhalten. »Und wir sind bereit, hierfür noch etwas draufzulegen, falls es nötig sein sollte.«

Ophelia Sander war erstaunt, wie geschliffen der Mann reden konnte, den sie vor einem Bordell in Sankt Pauli aus der Gosse geklaubt hatte. Normalerweise hörte man Könighaus' Herkunft aus jedem seiner Worte.

»Nun, das müssen Sie mit meinem Chef besprechen«, erwiderte der Makler zurückhaltend. Er war vorsichtig, aber interessiert. Ophelia sah es in seinen Augen. Und sie hatte keine Lust auf dieses Spielchen.

»Ich gebe Ihnen zehn Prozent des Kaufpreises unter der Hand«, sagte sie. »Dann brauchen Sie sich über Ihren Chef keine Gedanken mehr zu machen.«

Sie zog ihr Tablet aus der Handtasche und hielt es in Richtung des Maklers. Binnen Sekunden wurden seine Gesichtszüge erfasst und die Daten auf dem Bildschirm angezeigt.

»Corbinian Röschel?«, fragte sie zur Sicherheit, und der Mann nickte. Was für ein selten dämlicher Name, dachte Ophelia. Was hatten sich seine Eltern denn dabei gedacht? Das klang wie eine ausgestorbene Vogelart.

Ronny Könighaus trat einen Schritt vor, und sie hob den Kopf. Ihre Blicke trafen sich, und Könighaus seufzte. Ophelia wusste, dass er sie nur allzu gerne zurückhalten würde, aber das stand ihm nicht zu. Sie war immer noch seine Chefin und konnte alleine entscheiden, was sie tat und was sie bleiben ließ. Könighaus kannte seinen Platz.

Ohne mit der Wimper zu zucken, überwies Ophelia eine gigantische Summe auf das Konto des jungen Maklers. In seiner Aktentasche pingte es.

Mit kaum verhohlener Neugier zog er sein eigenes Gerät hervor und blickte auf den Bildschirm.

»Nehmen Sie das Geld und machen Sie Ihr eigenes Büro auf«, sagte sie ruhig, während der Makler nach Atem rang. »Dann müssen Sie sich in Zukunft in solchen Situationen überhaupt keine Gedanken mehr machen.«

Corbinian Röschel nickte langsam, den Blick immer noch starr auf das Display geheftet. Ihm war anzusehen, dass sein gesamtes zukünftiges Leben vor seinem inneren Auge an ihm vorbeizog. Dann riss er den Kopf nach oben und starrte Ophelia überrascht an.

Natürlich. Er hatte nicht nur die Summe gesehen, sondern auch die Zeile mit dem Absender gelesen. Jeder kannte ihren Namen, vor allem Leute, die es mit Deutschlands Reichen zu tun hatten. Keine Chance, dass dieser Typ über die Begegnung mit ihr Stillschweigen bewahren konnte. Er würde jedem davon erzählen, der nicht bei drei auf den Bäumen war. Und vielleicht würde er sich bald ebenfalls ein Haus kaufen, das viel zu teuer für ihn war, und einen Eichentisch reinstellen, den er nie benutzte. Es war ihr egal. So wie ihr vieles dieser Tage egal war.

Scheiß drauf, dachte Ophelia grimmig. Dann fahre ich eben mit offenem Visier.

LIN

Das Zimmer sah genauso aus wie die der anderen. Das gleiche Bett, der gleiche Tisch, die gleichen Sessel. Nur die Grundfarben und Namen der einzelnen Zimmer variierten. Blaue Lagune. Sonnentau. Lila Lounge. Schwarzes Loch. Das sollte wahlweise sinnlich, elegant, stilvoll oder ruchlos wirken, hatte Ruby ihnen einmal erklärt. Lin fand es nur dämlich. In all der Zeit hatte noch keiner ihrer Freier großes Interesse an der Zimmereinrichtung gezeigt, aber sie war gezwungen, zu sagen: »Gehen wir doch nach hinten in den Roten Rausch.«

Sie hatte sich das Zimmer selbst aussuchen dürfen. Das war eines der wenigen Privilegien, die sie als eines der wenigen besonders beliebten Mädchen hatte. Rot war die Farbe ihres Herkunftslandes und passte somit perfekt. So hatte sie das Gefühl, es würde wenigstens auf eine Art zu ihr gehören. Denn mehr Individualität war leider nicht drin.

Es war ihnen verboten, persönliche Gegenstände anzuhäufen; angeblich hatte das logistische Gründe, weil die Mädchen immer mal wieder die Zimmer wechselten, aber Lin wusste es besser. Es ging, wie meistens bei Ruby, um Gier und Macht. Was sie gehabt hatte, war ihr genommen worden, als sie den Vertrag mit den Metzger-Brüdern unterschrieben hatte. Und das in jedweder Hinsicht.

Ihre gesamte Kleidung, das bisschen Schmuck und die Bilder, die ihre Eltern zum Abschied auf altmodische Art hatten anfertigen lassen, was sie sicher ein Vermögen gekostet hatte. Ihr Verlust hatte Lin am meisten geschmerzt, mittlerweile begann sie sogar, die Gesichter ihrer Familienmitglieder zu vergessen. Die Fotos waren in Mikael Metzgers Kamin gelandet, den Rest hatte Ruby weggeschafft.

An jenem Tag hatte sie ihr Leben aufgegeben und war zu etwas anderem geworden. Was das war, versuchte sie bis heute zu begreifen. Etwas Düsteres und Falsches jedenfalls.

Sie zwang sich, immer mehr von ihrem alten Leben zu vergessen, das Vorher aus Kopf und Herz zu streichen. Wer sie gewesen war, was sie als Kind geliebt hatte und wen sie vermisste. Wer sie aufgegeben und wen sie verletzt hatte. Und sie hatte es fast geschafft. Wenn die Bilder von früher kamen, dann fühlten sie sich an wie ein Film, den sie vielleicht mal gesehen hatte und an dessen Inhalt sie sich kaum erinnern konnte. Das war gut so. Und bald würde alles endgültig verblassen.

Am wichtigsten aber war es, die Träume zu vergessen, die sie nach Berlin geführt hatten. Und am schwersten. Denn ihre Träume hatten sie immer angetrieben, sie aufrecht gehalten. Und stolz gemacht.

Lin war ihr Leben lang Artistin gewesen. In einem asiatischen Zirkus, der durch Europa getingelt war. Ärmlich und abgehalftert, nur noch ein Abklatsch des Glanzes aus alten Zeiten, die ihre Urgroßeltern kaum noch erlebt und dennoch in Geschichten überlebensgroß hochgehalten hatten. Heute ging fast keiner mehr in den Zirkus, es gab andere Vergnügungen. Die Kinder waren durch Akrobatik nur noch selten zu begeistern – es gab kaum etwas, an dem sie sich online nicht schon sattgesehen hatten. Leute wie sie und ihre Familie gehörten in eine andere Zeit, eine andere Welt. Eine Welt, in der es nach Sägespänen und Zeltleinen roch.

Lin war ein Schlangenmensch. Und sie war gut, hatte im Alter von drei Jahren angefangen, sich zu verbiegen, die Grenzen ihres Körpers immer und immer wieder zu überschreiten. Sie hatte es geliebt, dabei angesehen zu werden; der Applaus, so spärlich er auch ausgefallen war, war für sie seit frühester Kindheit wie warmer Sommerregen gewesen. Etwas, das auf eine aufregende und ganz eigene Art glücklich machte. Sie hatte nie etwas anderes als Manegenbretter unter den Füßen spüren wollen. Jetzt gruben sich ihre Zehen in Perserteppiche, die man schon viel zu oft mit Bleiche von Körperflüssigkeiten befreit hatte.

Und sie war selbst schuld daran. Natürlich hatte jemand wie Lin vom Circus im Utopia Gardens geträumt – so wie alle anderen Kinder, mit denen sie aufgewachsen war. Nur war sie als Einzige von ihnen gegangen und auch noch furchtbar stolz auf ihren Wagemut und darauf gewesen, dass sie aufgenommen worden war. Vom einzigen Zirkus, dessen Besucherränge noch gefüllt waren. Jeden Tag zwei Mal. Und dessen Betreibern beinahe grenzenlose Mittel zur Verfügung standen. Wie alle anderen hatte auch sie die Augen nur allzu gerne davor verschlossen, wo das Geld herkam, obwohl es jeder wusste. Es war kein Wunder, dass die meisten hier im Teenageralter in die Fänge der Metzger-Brüder gerieten. In dem Alter war das Urteilsvermögen besonders stark gestört und die Selbstüberschätzung grenzenlos.

Sie hatte ein paar Fehler gemacht, die sie ewig bereuen würde. Wegen dieser Fehler war sie schlussendlich nicht in der Manege des Gardens, sondern ganz woanders gelandet. Zwei Stockwerke tiefer im Salon Rouge. Unter der Erde, dort, wo Kinderaugen nicht hinkamen und die Kindheit eines jeden Mädchens endete. Eine kreisrunde, plüschige Hölle, in der viel und unecht gelacht wurde und die Polster nach Champagner und schwerem Parfum rochen. In dieser Manege standen Metallstangen, an denen die Mädchen tanzen mussten.

Und Lins Heimweh folgte dem Takt der Musik. Ihr Zirkus war arm gewesen, doch das hatte für sie kaum eine Rolle gespielt. Sie war von der gesamten Zirkusfamilie mit viel Liebe aufgezogen worden.

Wahrscheinlich fiel es ihr deshalb jetzt so schwer anzunehmen, was war. Und anderen Menschen das zu geben, was bei den meisten an die Stelle von Liebe getreten war.

Denn sich verbiegen zu können wie eine Brezel war auch unter Freiern sehr gefragt – sie gehörte nicht umsonst zu den am besten bezahlten Mädchen im Club. Nachts hatte sie niemals Pause. Nicht dass es ihr etwas helfen würde. Die Schulden, die sie hatte, würde sie nicht ausgleichen können, dafür hatten die Metzgers gesorgt. Vollkommen egal, wie viele Freier sie mit in den »Roten Rausch« nahm und wie sehr sie sich verbog. Das war das System Utopia Gardens.

Die meisten ihrer Kolleginnen überlebten, indem sie Drogen nahmen, doch Lin vermied das, so gut es ging.

Ruby, die Chefin des Bordellbereichs, verteilte Rauschgift wie Schokolinsen unter ihren Mädchen. Oft kamen Dealer und Drogenbosse gezielt zu ihr, um die Wirkung neuer Substanzen am lebenden Objekt zu testen. Ihre Körper konnten nicht nur für Sex gekauft werden, sondern auch für andere Dinge, da war die Chefin des Salons ganz und gar nicht wählerisch. Und Drogentests stimmte Ruby besonders gerne zu. Denn wo kein Wille mehr war, musste auch keiner gebrochen werden.

Gedankenverloren drehte Lin den flauschigen Katzenschwanz in ihren Fingern, der hinten an ihrem prächtigen Korsett festgenäht war. Am Anfang war sie immer draufgetreten oder hatte ihn aus Versehen in der Toilette versenkt, aber mittlerweile war er ihr so vertraut, als wäre er tatsächlich ein Teil ihres Körpers. Sie war zwar der Schlangenmensch, aber Nina war die Schlange. Lin war zu niedlich, um eine Schlange zu sein. Trotz ihrer mittlerweile zwanzig Jahre sah sie immer noch aus wie zwölf. Mit ihren Katzenöhrchen und dem flauschigen Schwanz, dem Korsett und den Netzstrumpfhosen bediente sie eine der schlimmsten Männerfantasien. Und mit über hundert Kamasutrastellungen im Repertoire bediente Lin den Rest.

Das war ihr Leben. Im Gegensatz zu den anderen Mädchen ging sie tagsüber nicht raus. Die meisten schliefen ein bisschen und verließen dann das Gardens, um sich in Alt- oder Neuberlin herumzutreiben und wenigstens ein paar Stunden lang so zu tun, als wären sie normal. Sie wurden im Club nicht festgehalten. Nicht physisch. Doch wenn sie nicht rechtzeitig zur Arbeit erschienen, konnten sie über ihre Tracker leicht geortet und »nach Hause geholt« werden. Der Aufwand für die ganze Aktion wurde ihnen natürlich in Rechnung gestellt und auf das Minuskonto aufgeschlagen. So wie alles andere hier. Die Kleidung. Das Essen. Make-up. Wäscheservice. Seife. Sogar Kondome. Niemand konnte sich nur durch Arbeit wieder freikaufen. Der Club führte penibel Buch. Es gab sogar eine Kilometerpauschale für die Anfahrt zum Aufenthaltsort im Falle einer »Rückholaktion«.

Deutschland. Ein Land, in dem selbst die Gangster eine tadellose Buchhaltung hatten und Trinkgeld immer knapp ausfiel, ganz egal, wie sehr sie sich auch abmühte.

Doch der Tracker war nicht der Grund, warum Lin nicht nach draußen ging. Sie traute sich durchaus zu, pünktlich zum Schichtbeginn wieder im Club zu sein, schließlich war sie nicht blöde.

Es war Selbstschutz. Sie wollte einfach nicht wissen, wie es jenseits dieser Mauern aussah. Ob die Sonne schien oder Regen die Straßen benetzte. Ob es kalt war oder angenehm warm. Wie die Nachbarschaft aussah, ob sich etwas im Laufe der Zeit verändert hatte. Zu wissen, dass dort draußen eine Welt war, die nicht auf sie wartete und sich stattdessen einfach weiter drehte, machte es ihr viel schwerer, ihr Leben im Gardens zu ertragen. Sie tat lieber so, als gäbe es draußen gar nichts, als sei das Gardens selbst die ganze Welt. Wer keine Alternativen hatte, suchte auch nicht mehr nach dem Glück.

Sie zuckte zusammen, als es an der Tür klopfte. Ganz leise und zaghaft. Lin runzelte die Stirn. Um diese Uhrzeit klopfte nie jemand, alle waren ausgeflogen oder schliefen – sie hatte frei, verflucht. Jeder wusste, dass sie lieber für sich blieb. Sie reagierte einfach nicht, und es klopfte erneut, diesmal ein klein wenig lauter.

Seufzend erhob sie sich und ging in Richtung Tür, hielt jedoch mitten in der Bewegung inne. War es klug, was sie hier tat?

Nach dem, was in den letzten Tagen im Gardens passiert war, sollte sie wachsamer sein. Eine von ihnen war getötet worden; die meisten Security-Mitarbeiter waren bei der großen Razzia verhaftet worden und noch immer nicht zurückgekehrt. Sie waren hier im Moment ziemlich schutzlos. Zum ersten Mal schoss ihr durch den Kopf, dass sie in Gefahr sein könnte.

Sollte sie weiterhin so tun, als sei sie nicht da? Nein. Wenn ein Mörder nach ihr suchte, dann würde ihr Schweigen ihn sicher nicht davon abhalten, das Zimmer zu betreten.

Klopften Mörder eigentlich an?

Wenn sie einem Sicherheit vorgaukeln wollten, bestimmt.

Lin sah sich angespannt im Zimmer um, doch alles war nur plüschig und weich und stank nach Lufterfrischer.

Früher hatte unter jedem Kopfkissen ein Messer zur Selbstverteidigung gelegen, falls ein Freier mal zu grob wurde. Doch nachdem zu viele Männer im Salon Rouge zu Tode gekommen waren, hatte man ihnen die Waffen abgenommen. Das Leben zahlender Kunden war mehr wert als das eines Mädchens. Im Zweifel. Schließlich musste man die ganzen Scherereien und die Rufschädigung gegenrechnen.

»Lin, bist du da?«, drang eine zarte weibliche Stimme durch das Türblatt, und Lin entspannte sich ein wenig.

»Ja«, antwortete sie schroff. »Was ist denn?«

»Es tut mir leid, dass ich dich störe, aber Ruby will dich sehen!«

Lin presste die Kiefer aufeinander. Ausgerechnet. Ruby war der schlimmste Mensch im ganzen Gardens, wenn man sie fragte.

Die Metzger-Brüder waren Geschäftsmänner, sie waren grausam, wenn es in ihren Augen notwendig war, um ein bestimmtes Ziel zu erreichen oder einen Standpunkt zu verdeutlichen. Es war Teil ihres Jobs, wenn man so wollte. Ruby war grausam, weil es ihr Spaß machte. Weil sie fett und alt war und niemand sie mehr vögeln wollte.

Lin erhob sich und öffnete die Tür. Davor stand ein zartes, junges Mädchen und sah sie aus großen Augen an. Lin kannte sie nicht, doch das war nichts Ungewöhnliches. Viele Mädchen verschwanden für immer aus dem Salon Rouge, andere rückten nach. Berlin hatte offenbar einen unerschöpflichen Vorrat an verzweifelten jungen Dingern.

»Wieso? Was ist denn los?« Lin war bewusst, wie unfreundlich sie klang, und zwang sich zu einem Lächeln. Sie wollte nicht wie Ruby sein, wollte ihren Ärger nicht an Schwächeren auslassen, die überhaupt keine Schuld traf.

»Ich … ich weiß es nicht«, stammelte das Mädchen.

»Ist schon gut.« Lin seufzte. »Natürlich hat sie dir nichts gesagt, es war dumm von mir, dich überhaupt zu fragen.«

Das Mädchen lächelte schüchtern. »Kein Problem!« Und nach kurzem Zögern setzte sie hinzu: »Ich freue mich, dich kennenzulernen, weißt du? Ich bin ein großer Fan deiner Arbeit!«

Lins Muskeln wurden bei diesen Worten steif. Das war das Letzte, was sie hören wollte. Ganz sicher wollte sie mit ihrer »Arbeit« kein Vorbild für Teenager sein. Natürlich wusste sie, dass der Livestream aus dem Barbereich des Salons nicht nur von notgeilen volljährigen

Männern konsumiert wurde, sondern auch von Teenagern, die eigentlich noch halbe Kinder waren. Genauso wie von unzähligen Hausfrauen.

Und leider war sie selbst einer der Stars dieses anrüchigen Programms. Sie bekam sogar Fanpost und haufenweise Geschenke. Die Ruby natürlich alle einkassierte. Der ganze Schmuck, mit dem die Matrone im Bordell herumspazierte, musste ja schließlich irgendwo herkommen.

»Ähm. Ja, danke«, gab sie irritiert zurück und setzte sich in Richtung Bar in Bewegung.

Bloß nicht nachdenken, sagte sie zu sich selbst. Nur nicht zu lange drüber nachdenken.

RAVEN

»Jetzt sag schon endlich: Was machst du da?«

Raven ließ den Lötkolben sinken und blickte Sky streng an. »Das habe ich dir doch schon tausend Mal gesagt: Ich arbeite!«

»Der Informationsgehalt dieser Aussage ist ziemlich dürftig, das weißt du genau.«

»Wirst du jemals aufhören zu reden? Ich muss mich konzentrieren.«

Sky grinste schief und zeigte sein linkes Wangengrübchen.

»Jeder sollte das tun, was er am besten kann. Streng genommen ist es momentan sogar das Einzige, was ich kann. Zum Glück ist es überdies mein größtes Talent. Und gib es zu: Du liebst den Klang meiner Stimme. Du kannst gar nicht genug davon bekommen.«

Raven verdrehte die Augen. Warum noch mal hatte sie ihn mit nach unten in ihre Werkstatt genommen? Sie beugte sich vor und untersuchte das Tablet, das vor ihr stand.

»Hast du keine Mute-Taste oder so?«

»Hey, lass deine Finger gefälligst von meinen intimsten Teilen!«

Raven lachte auf. Dafür, dass Sky von Bülow erst vor Kurzem erfahren hatte, dass er von seinem Körper getrennt worden war, hatte er nervtötend gute Laune. Oder er benutzte sie, um seine Verzweiflung dahinter zu verstecken. Raven kannte genug Leute, die das taten, auch wenn sie noch nie begriffen hatte, wieso. Es gab doch so viele andere Wege. Wut zum Beispiel. Oder Unnahbarkeit. Oder einfach Drogen. Aber sie hatte auch noch nie verstanden, warum es das Ziel mancher Leute war, von allen gemocht zu werden. Das bedeutete schlicht, keinen eigenen Charakter zu haben. Sie stellte sich das sehr anstrengend vor. Oder man war so wie Spencer. Der wurde von allen gemocht, weil er schlicht und ergreifend an einen Labrador erinnerte. Freundlich, loyal und ein bisschen dumm. Da war der virtuelle Sky von Bülow ein ganz anderes Kaliber.

Der ließ sich nicht so leicht lesen wie Spencer. Was sie an seinem Verhalten zum Beispiel nicht begriff, war, warum Sky nicht wollte, dass seine Familie über seinen Zustand und den Aufenthaltsort informiert wurde. Oder die Hamburger Polizei. Es wäre Raven ein Leichtes gewesen, das Tablet anonym an die zuständige Wache zu schicken, und dann wäre alles seinen Gang gegangen. Vielleicht hätte der Milliardärssohn so wenigstens eine Chance, seinen Körper und somit sein altes Leben zurückzuerhalten. Oder falls nicht, wenigstens diejenigen zur Rechenschaft zu ziehen, die dafür verantwortlich waren. Doch Sky bestand darauf, bei ihr zu bleiben. Raven hinterfragte die Motive anderer Leute für gewöhnlich nicht, aber diese Entscheidung gab ihr Rätsel auf. Wovor hatte der Sunnyboy Angst? Was konnte ihm passieren, das noch schlimmer war, als von seinem Körper getrennt und auf einer Festplatte gespeichert zu werden? Ganz Deutschland suchte nach dem jungen Mann – und wieso sollte ausgerechnet sie die Richtige sein, ihm zu helfen? Raven hatte ihre eigenen Probleme und eigentlich keine Zeit für eine Million anderer. Doch aus irgendeinem verrückten Grund hatte sie Sky versprochen, ihm bei der Suche nach seinem Körper zu helfen. Insgeheim machte sie Schlafmangel für diese vollkommen wahnsinnige Entscheidung verantwortlich. Doch Raven war kein Mensch, der ein Versprechen zurücknahm. Ihr Wort galt. Weshalb der Modder Dark überall in der Unterwelt einen tadellosen Ruf genoss.

Sie beugte sich zum dutzendsten Mal in dieser Nacht wieder über ihr Werkstück, doch es fiel ihr schwer, sich zu konzentrieren. Ihre Gedanken wanderten immer wieder zurück zu Sky, selbst wenn der ausnahmsweise mal die Klappe hielt. Raven wusste noch nicht genau, was sie von alldem halten sollte. Angefangen natürlich bei der philosophischen Frage, ob Sky überhaupt ein Mensch war oder nicht. Zuerst hatte sie noch gedacht, dieses Tablet sei vielleicht die Kreation eines Hyperfans des jungen Mannes. Jemand, der Sky so gut studiert hatte, dass es ihm gelungen war, diesen täuschend echten Avatar zu programmieren. Aber der Typ, der ihr da herausfordernd aus dem Display entgegengrinste, war zu ausgereift. Zu schlagfertig und witzig. Bis heute war es ihres Wissens nach noch keinem gelungen, einen Avatar mit Schlagfertigkeit und Sinn für Humor sowie einem ungesunden Maß an Selbstüberschätzung zu kreieren. Das war einfach zu komplex, schließlich mussten die Antworten und Paroli ja auch zum Thema des jeweiligen Gesprächs passen. Irgendetwas mussten Menschen ja Maschinen noch voraushaben.

Außerdem kannte dieser Sky hier sehr private Details aus Sky von Bülows Leben. Und selbst wenn der Typ, der sie hier vom Bildschirm aus anstarrte, nicht der Milliardärssohn war, blieb noch die Frage, wohin Sky von Bülow denn sonst bitte verschwunden war. Es wäre doch ein allzu großer Zufall, wenn der Milliardärssohn und beliebtester Junggeselle Deutschlands verschwunden wäre und Raven wenig später ein Tablet mit seiner Persönlichkeit in den Asservaten der Polizei finden würde, das rein gar nichts mit seinem Verschwinden zu tun hatte. Fragte sich nur noch, wie das alles mit Birols Vater zusammenhing. Gedankenverloren griff sie versehentlich an das heiße Ende des Lötkolbens.

»Au, verdammt!«, stieß sie aus und wedelte ungeduldig mit ihrer verbrannten Hand in der Luft herum.

»Du kannst wohl keinen heißen Kolben halten, was?«

Empört riss sie die Augen auf, konnte sich ein Lachen aber nicht verkneifen. »Sky!«, rief sie tadelnd. »Du bist …«

»Geistreich!«, beendete Sky ihren Satz triumphierend. »Natürlich findest du mich geistreich. Alle Frauen finden mich geistreich.«

»Ich bin aber nicht alle Frauen«, schimpfte Raven, noch immer amüsiert über Skys Obszönität. »Und ich hätte nicht gedacht, dass einer wie du überhaupt weiß, was ein Lötkolben ist.«

»Einer wie ich«, echote Sky mit einem leichten Lächeln, doch sein Blick wurde irgendwie glasig. Vielleicht war das aber auch nur das Display.

Raven überlegte eine Weile. Irgendwie hatte sie immer gedacht, reiche Menschen rissen keine zotigen Witze. Obwohl sie von Nina wusste, dass genau das Gegenteil der Fall war. Raven seufzte und betrachtete ihr Werkstück. Ihre Arbeit repräsentierte so viel von dem, was sie ausmachte, und füllte sie praktisch bis zum Rand aus. Andere Dinge wie ihre Wohnung, Kleidung oder gar Essen waren ihr nie sonderlich wichtig gewesen. Es ging immer nur um ihr aktuelles Projekt. Nun war die Polizeiarbeit irgendwie dazugekommen, und sie versuchte immer noch, einen Weg zu finden, damit umzugehen. Denn so gerne sie sagen würde, dass es anders war, so sehr entsprach es den Tatsachen, dass ihr die Arbeit mit den Kollegen etwas gab, das sie zuvor in ihrem Leben vergebens gesucht hatte: das Gefühl, etwas richtig zu machen. Etwas, das ausnahmsweise mal niemandem schadete. Und das war eine ziemlich gute Sache.

Es war reines Glück gewesen, dass sie nicht wie all ihre Freunde schon vor Jahren in den Fängen der Metzger-Brüder gelandet war. Sie hatte all die Voraussetzungen, um im Salon Rouge zu landen. Sie war Waise, damals noch mittellos gewesen, und ihr Aussehen bediente einen ganz speziellen Geschmack. Mit ihrer jetzigen Arbeit lebte sie zwar auch gefährlich und war ebenfalls zu großen Teilen von den Metzger-Brüdern abhängig, aber es war eine Abhängigkeit auf Augenhöhe. Sie brauchten Dark genauso, wie Dark ihr Geld brauchte. Trotzdem war es zur Abwechslung sehr erfrischend, mal für jemand anderen zu arbeiten. Jemand, der nicht mit den Metzgers, dem Gardens oder der Polizei zu tun hatte.

Ein Kunde aus München hatte starke Magnete für seine Fingerspitzen bestellt. Nicht gerade die Herausforderung ihres Lebens, aber es musste gemacht werden.

Aus dem Augenwinkel sah sie, dass Sky den Blick durch den Raum schweifen ließ.

»Dass du nicht wie andere Frauen bist, ist nur allzu offensichtlich«, murmelte er.

Raven setzte sich ihre Lupenbrille auf, um die winzigen Kontakte zu sehen, die sie gleich festlöten wollte. Sie runzelte die Stirn. »Was willst du damit sagen?«

Sie hörte Sky verächtlich schnauben. »Nun, du legst zum Beispiel schon mal keinen großen Wert auf dein Äußeres.«

Raven kniff den Mund zusammen. Musste er so was sagen?

»Vielleicht lege ich einfach nur andere Maßstäbe an als jemand, der den Großteil seines Lebens damit verbracht hat, sich durch die Betten irgendwelcher hirnloser Models oder Schauspielerinnen zu vögeln. Kein Wunder, dass dein Blick auf Frauen völlig verzerrt ist.«

»Autsch!« Sky lachte. »Da hat aber jemand ganz tief in die Klischeekiste gegriffen heute Morgen. Und bitte entschuldige, dass ich dein Nasenfahrrad nicht als letzten Schrei in der Brillenmode identifiziert habe. Ich war schon seit geraumer Zeit nicht mehr in Paris.«

»Tu mir einen Gefallen und sag jetzt bitte ausnahmsweise mal nichts.«

Raven klemmte die Zungenspitze zwischen die Zähne und beugte sich tief über ihre kleinen Werkstücke. An sich waren magnetische Fingerspitzen nicht sonderlich komplex, es sei denn, der Kunde wollte sie nicht manuell, sondern über einen gedanklichen »Befehl« über das Gehirn an- und abschalten. Vor ihr lagen die herkömmlichen Modelle, die ihr Kunde durch kurzes, doppeltes Fingertippen aktivieren konnte. Trotzdem musste sie sich konzentrieren, da alles an diesen ohnehin schon kleinen, leicht gebogenen Metallplatten verflixt winzig war. Zur Sicherheit checkte sie noch einmal die Scans der Fingerkuppen, die ihr der Kunde online über eine verschlüsselte Verbindung im Darknet geschickt hatte. Sky schaute auf ihren Bildschirm und pfiff leise durch die Zähne.

»Bist du eine Hackerin oder so was?«

»Sky, bitte! Wie oft soll ich es denn noch sagen: Ich muss mich hier konzentrieren!«

»Das ist eine einfache Frage, die du mit Ja oder Nein beantworten kannst!«

Stöhnend griff Raven nach dem Tablet und gab ihm einen leichten Schubs, sodass es mit dem Bildschirm voran auf die Tischplatte kippte.

»Hey!«, erklang Skys gedämpfter Protest. »Da macht es sich aber jemand ganz schön einfach!« Sie musste schmunzeln.

Tatsache war, dass es ihr schwerer fiel, als sie gedacht hätte, in Skys Gegenwart zu arbeiten. Und wenn sie ganz ehrlich war, musste sie zugeben, dass das weniger an seinem unaufhörlichen Gequatsche lag – dazu neigte Spencer genauso, und sie hatte gelernt, sich unter Dauerbeschallung zu konzentrieren –, sondern dass es vielmehr das Gesicht des jungen Mannes war, das sie vollkommen aus dem Konzept brachte. Ihr Blick wurde davon magisch angezogen.

Sie arbeitete eine Weile schweigend vor sich hin, und Sky blieb zu ihrem großen Erstaunen ebenfalls still. Tatsächlich juckte es sie nach einer Weile in den Fingern, nachzusehen, was er so trieb.

Raven fragte sich, ob es in seiner Welt jetzt einfach dunkel war, ob er sich in einer Art Raum befand oder was sein Bewusstsein überhaupt wahrnahm. Es war selbst für sie, die den fließenden Übergang zwischen Mensch und Maschine nur allzu gut kannte, kein Leichtes, sich eine Existenz, wie Sky sie gerade führte, vorzustellen.

Als sie fertig war, verstaute sie die Fingerspitzen in einer sterilen Box, zog die Brille ab und fuhr sich mit den Fingern durch die Haare.

Dann tat sie etwas, das sie sonst immer vermied. Raven ging ins Badezimmer und betrachtete ihr Gesicht im Spiegel. Natürlich hatte Sky mit seiner Bemerkung vorhin einen wunden Punkt getroffen. Sie war ja nicht aus Eis, verflucht, auch wenn sie so aussah.

Raven wusste, dass alles an ihr speziell war. Mit ihren weißen Haaren und der hellen Haut, den hohen Wangenknochen und den vollen Lippen.

Da man mit ihrer Krankheit auch schlecht sah und sehr sonnenempfindlich war, hatte sie sich früh Kontaktlinsen mit Stärke und Tönung anfertigen lassen, sodass ihre Augen fast schwarz aussahen, wenn sie die Linsen trug. Wie zwei Tropfen Motoröl in einer Tasse Milch.

War sie schön? Sie wusste es nicht. Aber sie bemerkte, dass sie sich verändert hatte, seitdem sie das letzte Mal länger als drei Sekunden in den Spiegel geschaut hatte. Ihre Gesichtszüge waren härter, definierter. Die Wangenknochen schienen noch höher gerutscht zu sein, was natürlich Blödsinn war. Raven vermutete, dass es daran lag, dass sie kaum zum Essen kam.

Obwohl sie eindeutig abgenommen hatte, sah sie jetzt nicht mehr aus wie jemand, den ein Lufthauch aus den Schuhen reißen konnte, sondern wie eine Frau, mit der man sich besser nicht anlegen sollte.

Umso besser, da sie ziemlich sicher war, dass ihr jemand nach dem Leben trachtete. Oder vielmehr ihrer zweiten Identität, dem berühmten Modder Dark. Zwei Menschen hatten für ihn schon mit dem Leben bezahlt, und Raven musste sich eingestehen, dass es für jeden gefährlich werden konnte, der sich von ihr modifizieren ließ. Doch sie konnte es nicht ändern. Wenn sie jetzt aufhörte zu arbeiten, würde sich schnell herumsprechen, dass Dark ein Feigling war. Und dass er Lunte gerochen hatte, was es für sie umso gefährlicher machen könnte. Im Gardens roch man Schwäche zwanzig Meter gegen den Wind. Und es fand sich immer jemand, der nur allzu bereit war, diese Schwäche auszunutzen.

Im Stillen dankte sie sich selbst dafür, ein männliches Alias gewählt zu haben. Das bot ihr momentan noch einen gewissen Schutz. Das und die Arroganz der meisten Männer, die sich nicht vorstellen konnten, dass eine Frau zu »so etwas« in der Lage war.

Sie wusch sich das Gesicht und wuschelte sich noch einmal durch die Haare. Eine Dusche wäre der Himmel auf Erden, allerdings hatte sie nicht mehr genügend Zeit. Der Morgen graute, und sie musste zurück in ihr mittlerweile drittes Leben als Mitarbeiterin der Mordkommission Berlin.

Zurück im Wohnzimmer, griff sie nach dem weißen Tablet und drehte es wieder um.

Sky blickte ihr beleidigt entgegen. »Das war nicht nett.«

Raven seufzte. »Entschuldige, aber es ging nicht anders. Du bringst mich einfach zu sehr aus dem Konzept mit deinem Gequatsche.«

»Streng genommen hätte ich weitersprechen können. Du hast mich nur nicht mehr gesehen.«

»Nun, es hat geholfen, oder?«

»Du hast es jedenfalls drauf, einem zu zeigen, dass man nicht erwünscht ist.«

»Sky, es tut mir wirklich leid, was dir passiert ist und so. Aber nicht jeder hat so viel Geld, dass er es mit beiden Händen ausgeben kann. Andere Leute müssen sich ihr Auskommen hart verdienen, und zu denen zähle ich. Außerdem muss ich gleich zur Arbeit.«

»Ich dachte, das hier wäre deine Arbeit!«, rief Sky aus, und Raven registrierte, dass er sich bei dem Gedanken daran, alleine zu sein, offensichtlich nicht sonderlich wohlfühlte.

»Ich habe zwei Jobs«, gab Raven zurück.

»Du hast zwei Jobs, zwei Wohnungen, zwei Gesichter … verrate mir, was du noch so doppelt hast!«

Raven war verblüfft. Bemerkte sie da etwa so was wie Tiefgang? »Zwei Gesichter?«, fragte sie stirnrunzelnd. »Was meinst du damit?«

Sky schmunzelte. »Ich werde mein ganzes Pulver doch nicht auf einmal verschießen.« Und nach kurzem Zögern fragte er: »Kann ich nicht mitkommen? Zu deiner Arbeit, meine ich?«

Raven schüttelte den Kopf. »Das geht nicht. Es ist viel zu gefährlich.«

»Gefährlich?«, echote Sky.

Raven packte ein paar Sachen in ihren Rucksack und wandte sich dann wieder Sky zu.

»Ja, gefährlich. Für dich und für mich.«

»Jetzt machst du mich aber neugierig.«

Nun huschte ein Lächeln über Ravens Gesicht. »Habe ich dir das noch gar nicht gesagt? Ich bin bei der Polizei.«

RONNY

Schon den fünften Tag in Folge saß er hier und schlug die Zeit tot. Genau vor der Adresse, die der kleine Hackerarsch ihm gegeben hatte, bevor sie in Richtung Berlin aufgebrochen waren. Und er in Richtung Kolumbien. Weiß der Henker, warum sich der junge Mann ausgerechnet Kartagena als neuen Wohnsitz auserkoren hatte. Wahrscheinlich, um vor Ort irgendeinen Drogenboss zu erpressen. Ronny würde es überhaupt nicht wundern, wenn Sven, der sich online nur SeaSalt nannte, bereits von der Marianne aus alles in die Wege geleitet hatte.

Sie hatten ihm ein Vermögen für seine Dienste gezahlt und ein neues Leben organisiert. Und das alles nur für eine Adresse. Genauer gesagt: Koordinaten.

Gespeichert in einer extra angelegten Cloud in einer verschlüsselten Datei. Mittlerweile konnte Ronny sie auswendig aufsagen. Die Koordinaten sollten ihn zu dem gestohlenen Prototypen des Ark-Projektes und damit zu Sky von Bülow führen. Der großen Liebe seiner durchgeknallten Chefin. Das Problem war nur: Hier war nichts. Verlassene Hochhäuser am Rand der Stadt, Bruchbuden, die aussahen, als könnten sie jeden Augenblick zusammenbrechen. Er wurde das Gefühl nicht los, dass Sven sie verarscht hatte. Oder dass er einen Fehler gemacht hatte. Allerdings war das ziemlich unwahrscheinlich, der kleine Hackerarsch war nämlich eigentlich ein ziemlich großer Hackerarsch, jedenfalls gemessen an seiner Berühmtheit. Er hatte im Gefängnis gesessen, weil er das Sicherheitssystem des Nachrichtendienstes außer Kraft gesetzt hatte. Und Ronny hatte ihn rausgehauen mithilfe vieler alter Kontakte und einer Unmenge Geld.

Und wofür? Dafür, dass er jetzt am Arsch von Berlin sitzen und auf eine Reihe Hauseingänge starren durfte. Das musste man sich auch erst mal reinziehen.

Allerdings genoss er es, mal alleine in Ruhe irgendwo sitzen zu können. Ronny hatte keine Ahnung, wie lange es her war, dass er mal seine Ruhe vor allem gehabt hatte. Hier war niemand, der was von ihm wollte, niemand, der seinen Wahnsinn, seine Bedürfnisse oder Vorwürfe über ihm ausschütten konnte. Niemand, der wollte, dass er jemanden umbrachte, eine Leiche verschwinden ließ, sauteuren Wein besorgte, zur Dinnerparty erschien, sich mit den Nachbarn unterhielt oder ein Rassemeerschweinchen kaufte. Er konnte einfach hier sitzen, Kaffee trinken, seinen Lieblingspodcast hören und ein bisschen in die Luft starren. Es war fast wie Urlaub.

Das Problem war nur, dass die Sanderin ungeduldig wurde. Wobei. Das würde ja im Umkehrschluss bedeuten, dass sie normalerweise geduldig war. Was weit von der Realität entfernt war. Jedenfalls saß sie ihm im Nacken, und allmählich wurde sie ihm gegenüber ausfallender als sonst.

Aber Ronny hatte keine Ahnung, wo er anfangen sollte. Rund um die Adresse – ein großer Platz, um den herum sich früher mal Geschäfte befunden haben mussten und auf dem der Sendemast stand, von dem angeblich das letzte Signal des Geräts gekommen war, standen vierzehn Hochhäuser mit jeweils zwölf bis sechzehn Stockwerken. Er hatte ein bisschen recherchiert und herausgefunden, dass es in solchen Häusern rund 120 Wohneinheiten gab. 120 mal 14. Ergab 1680 Möglichkeiten für den Ursprung des Signals. Das Gerät, das er suchte, war nicht einmal so groß wie das Tablet, das er gerade in den Händen hielt. Es war die sprichwörtliche Stecknadel im Heuhaufen. Da er nicht in jedes Haus reinstiefeln und jede einzelne Tür auftreten konnte oder wollte, hatte er beschlossen, erst einmal die Lage zu sondieren. Herauszufinden, wer sich hier so herumtrieb. Viele Menschen waren es nicht, die hier lebten oder ihren Geschäften nachgingen.

Beinahe täglich kamen Jugendliche auf teuer aussehenden Fahrrädern her, um die Fassaden vollzuschmieren. Die Klamotten und

Körperhaltungen der Kids erzählten von einer Kindheit ohne Sorgen und einem gut aufgestellten Elternhaus in Neuberlin. Theoretisch wäre es möglich, dass einer von denen das Tablet bei sich trug, doch Ronny bezweifelte es. Die Teenager fühlten sich unbeobachtet; keiner von ihnen hatte ihn bisher bemerkt, da war er sich ziemlich sicher. Sie verhielten sich völlig natürlich. Machten dumme Scherze, versuchten sich in lächerlichem »Gangster Rap«, und bevor sie die weichen Drogen einwarfen, die sie sich vorher irgendwo besorgt hatten, sahen sie sich zu allen Seiten vorsichtig um, als erwarteten sie, ihre Mütter könnten plötzlich schreiend hinter einer Hecke hervorgesprungen kommen. Keine Chance, dass einer von denen hinterm Berg halten könnte, wenn er so etwas in seinem Besitz hätte. Ein Teil von ihm hatte zwar Lust, die Kids zu erschrecken, doch er wollte nicht, dass seine Anwesenheit auffiel.

Denn die restlichen Bewohner des Viertels wirkten auf ihn größtenteils wie Menschen, die gerne für sich waren – aus den verschiedensten Gründen.

Bei manchen roch man zehn Meter gegen den Wind, dass sie Drogenabhängige waren und in einem der Hochhäuser auf einem Matratzenlager hausten, bis sie dann auf ebendiesem krepierten, ohne dass es jemand mitbekam. Andere wiederum waren eindeutig Kriminelle, die von einer der Wohnungen aus ihr Geschäft betrieben. Sie kamen morgens, empfingen eine Reihe Leute und gingen abends wieder ihrer Wege. Verkauften ein paar Autos, Drogen, Rassehunde, gefälschte Luxusgüter oder junge Frauen. Und dann fuhren sie wieder nach Hause zu ihren Familien; zahlten unterwegs noch schnell Geld ein.

Ihm selbst nicht unähnlich. Viele waren gar nicht schlecht gekleidet, wirkten aufgeräumt und ordentlich. Aber keiner von denen schien wirklich große Dinger am Laufen zu haben. Er hatte ein paar der Typen abends im Auto verfolgt. Sie alle fuhren aus der Stadt raus nach Neuberlin, keiner war bisher ins Utopia Gardens gefahren. Oder zu SanderMedics. Überhaupt war das, was am meisten auffiel, die Abwesenheit von Othello Sander. Der goldlockige Bruder seiner Chefin, den Ophelia im Verdacht hatte, für jedes Elend in ihrem Leben verantwortlich zu sein. Auch für das Verschwinden ihres Geliebten. Ihn hatte Ronny noch nicht einmal hier auf dem Platz oder in einem der Hauseingänge auftauchen sehen. Es läge ja durchaus im Bereich des Möglichen, dass der aalglatte Medizinmagnat in einem der Häuser ein illegales Labor oder so was unterhielt, sie hatten schließlich auch ihre Marianne. Aber auch nach fünf Tagen Dauereinsatz in dieser traurigen Siedlung hatte Ronny nicht einmal den Hauch einer Goldlocke oder sonst was gesehen, das auf Othello hingedeutet hätte. Er kannte seine engsten Mitarbeiter. Die schöne schwedische Lesbe, den dunkelhäutigen Sicherheitschef, die Chauffeurin mit dem Stiernacken, die einmal Profiboxerin gewesen war. Keiner von ihnen hatte sich auf diesem Platz blicken lassen. Das alles war sehr merkwürdig.

Dann gab es noch die alten Menschen, die schon in dem Viertel gelebt haben mussten, als es noch neuer, ordentlicher, bewohnter gewesen war. Mehr eine Nachbarschaft als ein Haufen Dreck, Beton und Müll. Wann immer das gewesen sein mochte. Viele der Leute, die hier quälend langsam vor sich hin starben, kratzten eindeutig an der Hundert. In seinen Augen kamen die alle nicht als Verdächtige infrage. Blieb nur noch die Möglichkeit, dass derjenige, der das Gerät bei sich trug, einfach noch nicht aufgetaucht war. Oder dass Sven sie tatsächlich reingelegt hatte.

Ronny fragte sich, ob das Mädchen es vielleicht wusste.

In einem der Häuser, dem einzigen, in dem das Türschloss intakt war, wohnte eine junge Frau, die ihm jedes Mal, wenn sie kam oder ging, ins Auge fiel. Sie schien das dunkle Herz dieses Viertels zu sein. Jeder, der sie bemerkte, grüßte sie. Manchmal wurden ein paar Worte gewechselt. Doch niemals erhob die junge Frau die Stimme so, dass Ronny hätte verstehen können, worum es ging. Sie ging immer gebeugt, trug immer eine Kapuze, trotzdem konnte Ronny anhand einiger Haarsträhnen, die vorne aus der Kapuze herausragten, sehen, dass ihre Haare schneeweiß waren. Und auch ihre Hände und ihr Gesicht wirkten weißer, als Menschen eigentlich sein sollten. Als wäre sie aus Porzellan und nicht aus Fleisch und Blut.

Sie war dünn und klein, aber alleine an der Art, wie ihr alle Leute begegneten, erkannte er, dass sie eine Autoritätsperson in der Hochhaussiedlung war. Dabei konnte sie nicht viel älter als Candy sein. Seine ältere Tochter war gerade fünfzehn geworden. Da hörten die Gemeinsamkeiten der beiden Mädchen aber auch schon auf.

Ronny hatte auch sie verfolgt oder es wenigstens versucht, doch das Mädchen hatte ein Talent dafür, ihm immer wieder zu entwischen. Sie nahm ständig andere Wege. Aus- und Eingänge. Bahnstrecken und Fußwege. Sie kannte sich aus, das war eindeutig. Und sie war vorsichtig. Sehr vorsichtig. Dieser Umstand war es wohl auch, der Ronny überhaupt auf sie hatte aufmerksam werden lassen.

Zweimal war es ihm tatsächlich gelungen, ihre Wege zu verfolgen. Und was er herausgefunden hatte, behagte ihm gar nicht. Einmal war sie durch den Personaleingang ins Utopia Gardens spaziert, ohne aufgehalten zu werden. Das andere Mal war sie genauso selbstverständlich durch die Schleuse des Käfigs gegangen – der berühmtesten Polizeiwache Deutschlands, direkt am Alexanderplatz.

Ronny konnte sich keinen Reim darauf machen. Wie konnte ein so junges Ding sich bei der Polizei genauso selbstverständlich bewegen wie am Tor zur Unterwelt? Wer war sie und was machte sie? Warum respektierte sie jeder hier im Viertel?

Candys Gedanken drehten sich um Klamotten, Schminke und Jungs und dieses Mädchen hier … Dieses Mädchen hier war etwas völlig anderes. Ein wenig wirkte sie, als käme sie aus einer anderen Dimension.

Ronny wusste nicht, was es war, aber er stellte fest, dass er öfter über die Kleine nachdachte als über das Gerät, das zu finden er eigentlich losgezogen war. Sie hatte etwas an sich, das ihn magisch anzog. Seine Gedanken bündelte und verschluckte wie ein schwarzes Loch.

Natürlich könnte er sie einfach überwältigen und zwingen, ihm zu sagen, was sie wusste. Das wäre, wenn man es genau betrachtete, wohl am erfolgversprechendsten. Wenn jemand wusste, was hier im Viertel abging, dann sie. Aber das brachte er nicht über sich.

Ronny hatte zwei Töchter. Und er hatte sein Leben lang auf die Huren in der Erdbeerhöhle aufgepasst. Dieses zarte Wesen hatte Knochen, die er mit zweien seiner Finger brechen könnte, wenn er wollte. Doch er wollte nicht.

Und deshalb saß er nun auch den sechsten Tag mit seiner Thermoskanne wie ein Trottel im nunmehr sechsten Mietauto am Straßenrand im Nirgendwo. Weil er hoffte, dass Othello Sander oder einer seiner Mitarbeiter doch noch in diesem Viertel auftauchte. Weil er sich von Herzen wünschte, dem Mädchen nicht weiter nachstellen zu müssen.

Weil er, mit aller Macht, wünschte, dass nicht sie es war, die das Gerät bei sich versteckt hielt. Oder es gar in dem großen schwarzen Rucksack, ohne den sie eigentlich niemals zu sehen war, mit sich herumschleppte.

Nicht sie. Jeder andere, nur bitte nicht sie, flehte er stumm, während er beobachtete, wie das zarte Mädchen aus der Tür trat und sich nach allen Seiten umsah.

Er wollte ihr nicht wehtun.

Aber Ronny hatte im Laufe der Jahre gelernt, dass man manchmal keine Wahl hatte.

BIROL

Sie lag halb auf seinem Brustkorb, die Arme ausgebreitet wie ein Engel, und schnarchte leise. Martha. Die Wunderschöne.

Nachdem er kopflos bei Dittrich aus dem Haus und quer durch Charlottenburg gerannt war, hatte er sie angerufen. Ohne groß nachzudenken, einfach so. Sie war ihm wie der einzige Mensch vorgekommen, der ihn jetzt noch retten konnte. Das Adrenalin, das durch jeden Zentimeter seines Körpers geströmt war, hatte ihn waghalsig werden lassen. Und Martha hatte, ohne zu zögern und trotz der späten Stunde, eingewilligt, ihn zu treffen. Sie hatte ihn sogar gefragt, ob sie zu ihm nach Hause kommen sollte. Alleine die Vorstellung jagte Birol einen Schamesschauer über den Rücken. Niemals konnte er eine Frau mit nach Hause bringen. Er schlief noch in dem Bett, das er zur Einschulung bekommen hatte. Unter einem Meer aus Leuchtsternaufklebern, die sein ältester Bruder an der Kinderzimmerdecke angebracht hatte. Was Martha wohl gesagt hätte, wenn er sie in dieses Zimmer geführt hätte? Wahrscheinlich hätte sie ihn ausgelacht. Völlig zu Recht. Keine Frau konnte das ernst nehmen. Er musste dringend ausziehen, immerhin leitete er eine Ermittlungsgruppe der Mordkommission. Wenn auch, zugegeben, eine der merkwürdigsten Gruppen, die die Polizei Berlins jemals gesehen haben dürfte. Und eine der am wenigsten qualifizierten.

Zu der auch Martha gehörte. Deren Chef er streng genommen war. Und die er nicht einmal gefragt hatte, ob sie überhaupt verhütete. Seinen kleinen Bruder hätte er für solch ein Verhalten geohrfeigt. Ach Scheiße. Sie hinterher zu fragen, wäre extrem lächerlich.

Birol hob leicht den Kopf und vergrub seine Nase in ihren Haaren. Sie roch warm. Nach Mensch. Nach Frau. Der einzigen Frau, die ihn jemals wahrhaft berührt hatte. Die erste Frau überhaupt, die nach dem Sex auf ihm eingeschlafen war. Und zwar nicht einfach an seiner Schulter, so wie er es sich immer ausgemalt hatte, sondern buchstäblich auf ihm drauf. Ihre eine Hand ruhte auf seinem Bauch, die andere lag neben seinem Hals auf der Matratze. Ein dünner Schweißfilm trennte ihre beiden Körper und verklebte sie gleichzeitig miteinander. So viel pure, rohe Menschlichkeit in nur einer Nacht. Liebe und Tod. Sein Arm schmerzte, und es juckte ihn an der Stirn, doch um nichts auf der Welt wollte er sich jetzt bewegen. Birol wollte ihre Nähe genießen, solange er konnte. Er hatte keine Ahnung, was sie in ihm sah, was sie von ihm wollte oder was sie sagen würde, sobald sie die Augen aufschlug. Und in welche Realität er dann zurückmusste. Ihm graute vor diesem Moment. Denn seine eigene Welt, die Dinge, die Birol ausgemacht hatten, war in den letzten Stunden zu Staub zerfallen. Er war nicht sicher, ob es die Sorte Staub war, aus der man überhaupt noch etwas bauen konnte.

Er selbst bekam kein Auge zu, aber das war auch kein Wunder. Die Ereignisse der Nacht spulten sich vor seinem Inneren in Endlosschleife ab. Wieder und immer wieder. Er hatte mit einer Frau geschlafen – und er hatte einen Menschen getötet. Und sosehr Birol sich auch einzureden versuchte, dass er es getan hatte, um seinen Vater zu rächen, so wenig funktionierte es. Es war verdammt schwer, sich selbst zu belügen. Zumindest dann, wenn man in der Morgendämmerung auf dem Rücken in einer fremden Wohnung lag und es nicht wagte, sich zu bewegen. Er konnte sich nicht ablenken, hatte keine Möglichkeit, seinen Gedanken zu entfliehen. Birol musste der hässlichen Wahrheit ins Auge sehen. Sosehr er sich auch abmühte, zu tun als ob: Er war nicht besser als alle anderen Menschen. Vielleicht war er sogar um einiges schlechter.

Birol hatte kein edles Motiv gehabt, das seine Hand heute Nacht geführt hatte. Er hatte abgedrückt, weil er sich bedroht gefühlt hatte. Weil Dittrich es geschafft hatte, ihn zu provozieren und Zweifel in ihm zu säen. Die Worte des großen Mannes, der bis zum Schluss völlig ruhig und selbstsicher dagestanden hatte, quälten Birol mehr als die Bilder der Nacht. Wie er Birol verspottet hatte, in seinem Gesicht gelesen hatte wie in einem Buch. Wie er über Can gesprochen hatte.

Dittrich hatte behauptet, für den Mord an Can Celik bezahlt worden zu sein. Und dass Birols Vater Dreck am Stecken gehabt hatte. Nicht der gute Polizist gewesen war, für den Birol ihn immer gehalten hatte. Und nicht der tadellose Mann, dem er nachgeeifert hatte, seitdem er denken konnte.

Seine Wut und die Hochachtung für seinen Vater, der Wunsch, genauso zu sein wie er, waren die einzigen Konstanten in Birols Leben gewesen. Leuchtstreifen, die zu seinem persönlichen Notausgang führten. Die einzige emotionale Orientierung, die er überhaupt hatte, seitdem sein Vater tot war. Jetzt war diese Hochachtung ins Wanken geraten, während die Wut ins Unermessliche wuchs. Eigentlich hätte er gedacht, Dittrichs Tod müsste sie zum Verstummen bringen, doch genau das Gegenteil war der Fall. Die Begegnung mit diesem Mann hatte seine Wut nur gefüttert und ihm noch dazu die einzige Orientierung genommen, die er besessen hatte. Und Antworten würde er jetzt wohl nicht mehr bekommen. Weil er die einzige Quelle, die ihm bekannt gewesen war, ausgeschaltet hatte. Vielleicht auch, um ihn zum Schweigen zu bringen, bevor er die ganze hässliche Wahrheit aussprach. Er würde nun also niemals erfahren, was in der Nacht, in der Can sein Leben verloren hatte, geschehen war. Bravo. Er war wirklich ein Esel.

Absurderweise hasste Birol Dittrich auch noch dafür, dass er ihn zum Mörder gemacht hatte. Dass er für dieses Stück Dreck seine Grundprinzipien einfach über Bord geworfen hatte. Und dass er es geschafft hatte, Zweifel in Birol zu säen. An seinem Vater, dem einzigen Menschen auf der Welt, den Birol für durchweg gut gehalten hatte. Doch wahrscheinlich musste er der Tatsache ins Auge sehen, dass solche Menschen nicht existierten. Er selbst hatte es ja auch nicht geschafft, gut zu sein. Und Dittrich hatte es ihm furchtbar leicht gemacht, die höchste Grenze von allen zu überschreiten.

Er wollte so gerne bereuen, wollte sein Gewissen fühlen wie einen schweren Stein in der Brust. Eine schwarze Wolke, die ihn von nun an für immer begleiten würde. Die ihm bewies, dass er trotz seiner grausamen Tat noch immer ein guter Mensch war. Doch da war nichts. Nachdem man jemanden getötet hatte, lernte man sich selbst offenbar noch einmal völlig neu kennen.

Birol wusste, dass er streng genommen in Notwehr gehandelt hatte. Der Cheater, der ohnehin polizeilich gesucht worden war, hatte ihn angegriffen. Dennoch blieb die Tatsache, dass Birol überhaupt erst in die Wohnung im Hansaviertel gefahren war, um den Mann zu töten. Nicht, um ihn zur Rede zu stellen, sondern um ihn auszulöschen. Das war die Wahrheit. Sie würde ihn begleiten, wo immer er auch hinging.

Sein Blick wanderte zum wiederholten Mal durch den Raum, in dem er mit Martha auf einer Matratze auf dem Boden lag. Die Wohnung war eine von Tausenden in Altberlin. Ein Altbau wie der, in dem sie den Toten ohne Augen gefunden hatten. Dielenboden, Stuckdecken, Kastenfenster. So weit also nichts Besonderes. Was Birol aber wirklich wunderte, war die Tatsache, dass hier so gut wie keine Möbel standen. Nur diese Matratze und eine Kleiderstange, und beides konnte man nur mit viel Wohlwollen als Möbel bezeichnen. Marthas Laptop stand auf dem Boden, daneben lag ein Handspiegel. Und damit war die Geschichte auch schon auserzählt. Beinahe wirkte es, als sei seine neue Kollegin selbst auf der Flucht.

Eigentlich machte Martha den Eindruck eines verwöhnten, wohlhabenden Einzelkindes, zumindest auf den ersten Blick. Ihre Haare glänzten, der Pagenschnitt wirkte teuer. Sie hielt sich auf eine Art gerade, die Birol nur von Töchtern aus »besserem Hause« kannte. Auch hatte sie selbst bestätigt, dass sie in Neuberlin aufgewachsen war, was einen gewissen Wohlstand voraussetzte, den die Wohnung komplett vermissen ließ. Hatte sie vielleicht mit ihren Eltern gebrochen?

»Woran denkst du?«, hörte er Martha leise fragen und zuckte zusammen. Ihm war gar nicht aufgefallen, dass sie aufgewacht war.

Birol suchte nach Worten im Zwielicht, das durch die Zweige des großen Baumes vor dem Wohnzimmerfenster kroch.

»Ich denke, dass diese Wohnung gar nicht zu dir passt.«

Er hörte, wie Martha schmunzelte, fühlte an seiner Brust, dass sich ihre Mundwinkel hoben. Und er fragte sich ganz plötzlich, wie er ohne dieses Gefühl leben sollte, wenn sie gleich unweigerlich aufstand, um den Tag zu beginnen.

»Was würde denn zu mir passen?«, fragte sie.

»Na, ein Sofa wäre schon mal nicht schlecht. Ein Tisch mit Stühlen. Möbel eben.«

»Hm«, machte sie und mimte die Nachdenkliche. »Reicht mein Ausbildungsgehalt bei der Polizei denn, um mir ein Sofa, einen Tisch und Möbel mal eben zu kaufen?«

Birol schüttelte lächelnd den Kopf. »Touché. Nein. Das tut es natürlich nicht.«

»Dann passt diese Wohnung hervorragend zu mir. Ich bin Auszubildende bei der Polizei in Altberlin, und ich habe rein gar nichts, was ich hier reinstellen könnte.«

»Unterstützen dich deine Eltern denn nicht?«

Er hörte, wie Martha tief einatmete.

»Du musst nicht darüber sprechen, wenn du nicht willst«, ruderte Birol schnell zurück. Ihm wurde schmerzlich bewusst, wie wenig er über sie wusste. Eigentlich kannte er sie überhaupt nicht. Was eine einzige Einladung darstellte, Fehler zu machen.

»Nein, ist schon okay«, versicherte sie. »Meine Eltern sind nur mit meiner Berufswahl nicht einverstanden. Wir haben keinen Streit oder so, aber sie haben mir unmissverständlich klargemacht, dass ich alleine zurechtkommen muss, wenn ich wirklich darauf bestehe, zur Polizei zu gehen.«

»Haben wir bei euch da draußen so einen schlechten Ruf?«

»Du hast ja keine Ahnung!« Martha kicherte. »Das Wort ›Versager‹ fällt eigentlich in jedem zweiten Satz, wenn mein Vater über euch spricht.«

»Über uns!«, berichtigte Birol.

»Richtig«, Martha lächelte. »Über uns.«

Endlich rollte sie sich von ihm runter und sah ihn an, den Kopf auf die Ellbogen gestützt.

»Was sagt deine Mutter denn? Ist sie stolz auf dich? Hat sie dir vor lauter Überschwang deine erste Wohnung eingerichtet?«

Birol schüttelte lächelnd den Kopf. »Nicht ganz. Aber so wie bei dir war es bei mir auch nicht. Mein Vater war selbst Polizist. Und da aus meinen Brüdern überhaupt nichts geworden ist, schätze ich, meine Mutter ist schon ein wenig stolz auf mich.«

»Siehst du sie oft?«

Birol versteifte sich. Konnte er Martha wirklich sagen, wie er lebte? Er hatte in dieser Nacht schon so viel mehr verloren als seine Würde, dass es darauf nun auch nicht mehr ankam. Birol Celik war ganz plötzlich zu müde zum Lügen.

»Ich sehe sie jeden Tag. Weil ich wie jeder gute türkische Sohn noch zu Hause wohne.«

Martha riss die Augen auf und hielt sich die Hand vor den Mund, um ihr Kichern zu unterdrücken. Merkwürdigerweise entspannte Birol diese kindliche Geste eher, als dass ihr Lachen ihn verärgerte. Er musste sogar ein bisschen mitlachen.

»Wie lange wohnen gute türkische Söhne denn so im Durchschnitt zu Hause?«

»Bis sie heiraten natürlich«, antwortete Birol. »Wir sind da noch sehr traditionell.«

»Und es ist keine Kandidatin in Sicht?«

Er streckte den Arm aus und strich ihr eine Haarsträhne hinters Ohr. »Nicht dass ich wüsste.«

»Wie viele seid ihr denn in eurer Familie? Hast du noch Geschwister?«

Birol lachte beinahe hysterisch auf. »Wie viele wir in meiner Familie sind? So ganz genau weiß ich das gar nicht, ich habe den Überblick verloren. Aber mit in unserer Wohnung wohnen noch meine vier Brüder und zwei Schwestern, mein Onkel und meine Tante mit einem Cousin, mein Großvater und meine Großtante Aisha. Jedenfalls glaube ich das. Meine Mutter stellt mir ständig neue Leute vor, die bei uns auf dem Sofa, in einem der Kinderzimmer oder sonst wo schlafen, weil sie zu Besuch sind, ihre Wohnung verloren haben, sich gestritten haben, die Katze gekotzt hat oder was weiß ich.«

Martha kicherte erneut.

»Für dich hört sich das jetzt vielleicht lustig an, aber das ist mein Leben. Und ich hasse es.«

Martha strich über seine Brusthaare. »Nein, lustig klingt das nicht. Eher anstrengend.«

»Das ist ohnehin das Wort, mit dem mein Leben am besten umschrieben wird.«

»Hast du denn keinen Ort, an den du dich mal zurückziehen kannst?«

Birol überlegte. Tatsächlich könnte es einen solchen Ort geben. Doch er war ewig nicht mehr dort gewesen. Und seit dem Tod seines Vaters hatten sogar seine Gedanken vermieden, dort vorbeizuschauen.

»Doch, vielleicht gäbe es da was«, sagte er und küsste sie auf die Stirn. »Als ich klein war, sind wir öfter raus aus der Stadt gefahren. Meine Familie hat ein kleines Sommerhaus in Zeuthen am Wasser. In einer Anlage.«

Über Marthas müdes, wunderschönes Gesicht zog sich ein breites Lächeln.

»Dieses Sommerhaus würde ich ja wirklich zu gerne mal sehen!«

»Wie gesagt, ich war ewig nicht dort.«

Martha legte den Kopf schief und pikte ihn in die Seite. »Einen Grund mehr, bald mal hinzufahren.«

Birol verzog das Gesicht. »Es hängen viele Erinnerungen dran, und ich weiß noch nicht, ob ich bereit bin, mich ihnen zu stellen.«

Ihre Miene wurde ernst. »Das verstehe ich natürlich. Aber ich habe die Erfahrung gemacht, dass Dinge nicht einfach verschwinden, indem man vor ihnen davonläuft. Also falls du doch demnächst mal hinfahren möchtest, dann würde ich dich gerne begleiten.«

Birol schloss die Augen. So ernste Worte von einem so jungen Menschen? Das Gefühl, dass auch Martha etwas zu verbergen hatte, stieg. Doch wer war er schon, das zu verurteilen?

»Soso. Deine Lebenserfahrung, ja? Und wovor läuft eine Polizeischülerin in dem ersten Monat ihres ersten Ausbildungsjahres so davon?«

Sein Handy klingelte, und er zuckte zusammen. Fluchend rollte er sich von der Matratze und lief nackt in Richtung Wohnungstür, wo seine Jeans lag. Sie hatten sich noch auf der Türschwelle gegenseitig die Kleider vom Leib gerissen.

Ein flüchtiger Blick auf das Display verriet ihm, dass jemand aus dem Käfig anrief. Und dass es kurz nach vier Uhr morgens war.

»Ja, was gibt's?«

»Birol Celik?«

»Wer denn sonst?«, gab Birol brummend zurück.

»Ich hoffe, ich habe Sie nicht geweckt?«

»Natürlich haben Sie das. Was denken Sie denn?«

»Das tut mir leid. Hier spricht Mario Tarrach vom KDD. Ich rufe an, weil eine männliche Leiche gefunden wurde und man mir gesagt hat, ich solle Sie darauf ansetzen.«

Birol verdrehte die Augen. Jede Wette, dass es sich wieder um einen unwichtigen Spinner handelte, auf den sonst niemand Bock hatte. Irgendein armer Schlucker ohne Identität und ohne nennenswerten Einfluss.

»Aha. Es ist also niemand sonst in der Lage, den Fall zu bearbeiten? Das Dezernat menschenleer?«

»Es hieß, ich solle Sie anrufen und ins Präsidium bestellen. Mehr weiß ich auch nicht.« Der junge Mann am anderen Ende der Leitung klang verunsichert. Genervt fuhr Birol sich mit den Fingern durch die Haare.

»Schon gut, schon gut. Also schießen Sie schon los.«

»Die Leiche befindet sich in einem Haus in Charlottenburg. Warten Sie …«

Birol schluckte. Aus dem Augenwinkel bemerkte er, wie Martha sich anzog. Das waren sie also gewesen – seine wenigen Stunden Glück.

»Ich habe die Akte schon in Ihr Fach gelegt. Mal sehen … Kantstraße 39. Das ist in Charlottenburg.«

Birol wurde kalt.

OPHELIA

Sie stand an der großen Fensterfront und blickte auf das, was mal ein penibel gepflegter Rasen gewesen war und nun einer Ansammlung verschieden tiefer Löcher Platz gemacht hatte. Es fühlte sich an, als stünde sie schon seit Tagen hier, mit verschränkten Armen, die südamerikanischen Bauarbeiter beobachtend, die Erde für ein ganzes Stockwerk aus dem Berliner Boden gruben. Sie hatten auch schon den Tunnel zwischen dem Hauptgebäude und der Marianne realisiert, und das völlig unbemerkt im Hamburger Hafenbecken. Ophelia wusste, dass sie gut waren. Und dass sie deutlich mehr Ahnung vom Graben irgendwelcher Löcher hatten als sie. Trotzdem verbrachte sie ihre Tage größtenteils damit, prüfende Blicke um sich zu werfen.

Ronny hatte ihr aufgetragen, die Männer seltener anzuschreien, wenn sie wollte, dass es schnell ging und sie Stillschweigen über das Projekt behielten. Ophelia selbst war zwar der Auffassung, das ganze Geld, das sie ihnen zahlte, sollte wohl ausreichen für deren Stillschweigen, doch bei so was lag sie leider oft daneben. Wenn es um Menschen ging, dann hatte Könighaus meist den richtigen Riecher. Der konnte mit jedem. Mit Berliner Maklern, südamerikanischen Bauarbeitern, Hamburger Huren und, ja, auch mit missgelaunten Konzernchefinnen.

Unzählige Jahre auf dem Kiez machten wohl jedermann zum Menschenflüsterer. Doch für etwas anderes war er momentan nicht zu gebrauchen, und das ärgerte sie. Ihr Sicherheitschef, der normalerweise alles möglich machte, der den Hacker aus dem Gefängnis geholt und seinen Fortschritt überwacht hatte, der hinter ihrem Rücken das Geld für die erpresserischen Forderungen des kleinen Bastards lockergemacht hatte, damit sie nicht an die Decke ging – dieser Mann schaffte es nicht, die Sache zu Ende zu bringen. Er hatte so viel organisiert, an zahllosen Strippen gezogen und alte Kontakte bemüht, um an die Koordinaten des Geräts zu kommen, das ihr aus reiner Nachlässigkeit abhandengekommen war. Und jetzt konnte er es nicht finden. Er musste es vor der Nase haben, verdammt, und kam doch jeden Abend mit einer anderen Entschuldigung, aber nicht mit Sky nach Hause. Warum waren sie dann überhaupt hier, verflucht?

Sie hätte das Gerät niemals aus der Hand geben dürfen, ganz egal, welcher Meinung Kannenberg auch gewesen war. Natürlich war es seine Kreation, natürlich schien es logisch, dass er den Prototyp noch einmal in der Marianne untersuchte, jede noch so kleine Einstellung niederschrieb, damit sich die Prozedur wiederholen ließ. Zuverlässig. Bis zur Marktreife. Sie konnte doch nicht ahnen, dass er so blöd sein würde, das Ding mit nach Hause zu nehmen. Und Kannenberg hatte nicht ahnen können, dass er damit seiner Chefin das Liebste auf der Welt entwendete.

Der arme Professor hatte keine Ahnung, wen er da vor ein paar Monaten auf seinen Stuhl geschnallt hatte. Diese Art von Informationen hatten dem egozentrischen Wissenschaftler niemals etwas gesagt oder bedeutet. Er war seiner Arbeit verschrieben gewesen. Wie sie selbst hatte auch er sehr persönliche Motive gehabt, dieses Projekt zu leiten. Er hatte seine Frau verloren, und irgendwie hatte es sie zusammengeschweißt, Ophelia und Kannenberg. Dieses Wissen, diese Ahnung, dass sie beide taten, was sie taten, um sich an der Welt für ihren Verlust zu rächen. Und um den Tod zu überlisten.

Den Mord an ihm hatte sie persönlich genommen. Da er ein berühmter Mann gewesen war, ein Ekel an seinen besten Tagen und bis ins Mark korrupt, und da beinahe sein gesamtes Arbeitszimmer entwendet worden war, hatte sie erst nicht darüber nachgedacht, dass der Mord nicht ihm gegolten haben könnte, sondern ihr. Vor allem nicht, weil niemand davon gewusst hatte, dass er für sie arbeitete, bis auf das kleine Team auf dem Schiff, das selbst bis zum Hals mit drinsteckte. Ein Problem, das sich bis heute nicht hatte lösen lassen. Die Marianne hatte ein Leck – und falls nicht Kannenberg selbst dieses Leck gewesen war, würde es sicher bald wieder anfangen zu tropfen. Und dann was? Sie konnte schlecht ihr ganzes Team umbringen.

Seit Kannenberg tot war, hockte sie mit Silbermann da. Und mit seinem Speichellecker von Assistenten. Es gab unzählige Tage, an denen sie einfach nicht fassen konnte, dass ihre gesamte, brillante Unternehmung nun von diesen beiden Typen abhing. Aber das Feld der Wissenschaftler, die nicht nur in der Lage, sondern auch bereit waren, THE ARK weiterzuführen, war sehr, sehr dünn besät. Ophelia war es gewohnt, aufgrund ihres Geldes völlig frei wählen zu können, doch in diesem Fall musste sie nehmen, was sie bekommen konnte.

Nachdem der Alte gestorben war, hatte es ein paar Tage gedauert, bis ihr klar wurde, dass sich Sky nicht mehr auf der Marianne befand. Sie hatte gewütet und getobt, als ihr klar wurde, dass der Prototyp fehlte. Und *er*.

Trotz allem war ihr der Gedanke erst reichlich spät gekommen: dass es jemandem darum gegangen war, ihr und ihrer Arbeit zu schaden. Nicht irgendjemandem.

Othello.

Sie hatten sich so lange in Frieden ignoriert, dass sie schon beinahe vergessen hatte, dass es ihren Bruder überhaupt gab. Doch nun würde sich endlich entscheiden müssen, welches der beiden Sander-Geschwister überlebte und den gesamten Konzern übernahm. Ophelia arbeitete unaufhörlich daran, diejenige zu sein. Diejenige, deren Idee die Welt übernehmen würde. Im Sturm erobern und somit ihren großen Traum erfüllen. Und das Leben auf dieser Erde mit einem Schlag völlig zu verändern. Das wollte sie. Und sie war so nah dran. Ophelia war keine Menschenfreundin, das war nicht ihr Motiv. Doch sie hasste den Tod deutlich mehr als die Menschen. Und sie würde sich jede einzelne Arche natürlich auch fürstlich bezahlen lassen. So hatte am Ende jeder was davon.

Othello dachte nicht weit genug, das war schon immer sein Problem gewesen. Er war kein Visionär. Othello akzeptierte die Grenzen, die ihm von der Welt und seinem Körper gesetzt wurden. Sogar Gesetze galten ihm etwas, auch wenn er sie immer wieder übertrat. Er spielte auf der Klaviatur, die er vorgefunden hatte. Benahm sich mehr wie ein Mafiaboss als ein Sander. So würde er ohnehin nie weit genug nach oben kommen.

Es war lächerlich, vollkommen lächerlich, dass sie so lange vor ihm geflohen war. Wieso hatte sie sich in Hamburg verkrochen wie ein Hase in seinem Bau, wie ein verängstigtes Reh, wie ein kleines Kind? Noch immer wegen dieser einen Sache? Sie waren längst keine Kinder mehr. Überhaupt begann Ophelia, daran zu zweifeln, jemals ein Kind gewesen zu sein. Jemand mit Windeln, Zahnlücken und Sommersprossen? Niemals!

Jetzt, wo sie wieder in Berlin war, verstand sie nicht, was sie so lange von ihrer Geburtsstadt ferngehalten hatte.

Sie hatte ein paar Anrufe getätigt, alte Verbindungen wieder aufgenommen und die Stadt wissen lassen, dass sie zurück war.

Die sauteure Razzia im Utopia Gardens war ein Zeichen für die Polizei Berlins gewesen. Wer immer die Beamten schmierte – im Zweifel zahlte sie besser.

Hoffentlich hatte es diese gruselige Hure erwischt, mit der Othello sich neuerdings vergnügte. Ophelia wollte sich nicht einmal im Traum ausmalen, wie sie ihrem Bruder zu Diensten war. Anstelle ihres Bruders hätte sie eher Angst, dass diese Frau ihm die Eier abriss und sie zum Frühstück briet. Ihr Informant aus dem Gardens hatte ihr allerdings mehr als einmal versichert, dass diese Nina eine der beliebtesten Frauen im Club war. Nina. Ein erschreckend banaler Name für so ein Weibsbild. Jedenfalls war ihr Bruder kurioserweise nicht der einzige Mensch mit einem derart abstrusen Geschmack.

Sie war beim besten Willen nicht prüde, aber ihr Verlangen war eher klassisch. Junge, gut aussehende Männer, die sie vergötterten, nicht allzu schlau waren und es verstanden, den Mund zu halten.

Ihr Telefon klingelte, und sie zog es missmutig hervor. Silbermann. Schon wieder. Es war der zigste Anruf in den letzten Tagen.

Sie hatte keine Lust auf seine weinerliche Stimme, hatte keine Lust darauf, mal wieder so zu tun, als merke sie nicht, dass er so früh am Morgen schon getrunken hatte. Der Typ machte Ophelia auf dieselbe Art wütend wie bettelnde Krüppel. Sie entschied immer noch selbst, wer ihr leidtat und wer nicht.

Sie nahm den Anruf an. »Was?«, bellte sie in den Hörer, und es tat gut, mal wieder ihre Stimme zu benutzen. Hier in Berlin tat sie das deutlich seltener als daheim.

Sie hörte eine Weile zu. Und merkte, dass sich ihre Mundwinkel nach oben bewegten. Es fühlte sich an, wie nach monatelanger Pause wieder ins Fitnessstudio zu gehen. Die Bewegung war ungewohnt, und es fiel ihr schwer, die Muskeln anzusteuern. Doch das, was sie da hörte, versetzte ihrer Stimmung einen ungeahnten Schub. Das konnte doch nicht wahr sein!

»Ja«, hörte sie sich sagen. »Ja gut. Sehr gut.« Himmel, war das wirklich sie selbst? »Ja, ja, machen Sie weiter. Wir sind am Wochenende wieder in Hamburg, dann können wir reden.«

Ophelia legte auf und atmete tief durch. Das war er also. Der Moment, auf den sie so viele Jahre gewartet hatte. Der Anruf, der alles änderte, der alles ins Rollen brachte.

Sie hatten so viel riskiert und so viel gegeben. Aber jetzt war er da. Der Durchbruch.

Sie hob den Blick und fühlte sich mit einem Mal, als würde ihr die ganze Stadt gehören.

Nun konnte sie nichts mehr aufhalten.

ELSTER

Zugegeben: Er war verwirrt. Und er war kein Mensch, dem so was besonders häufig passierte. Dazu hätte er ja erst mal grübeln müssen, wozu er nicht gerade neigte. Ließ man lieber bleiben, wenn man so einen Job hatte wie er. Würde Elster zu viel nachdenken, könnte er nie wieder ruhig schlafen. Also lieber gar nicht erst mit dem Denken anfangen.

Doch jetzt, jetzt wünschte er sich, wenigstens ein bisschen besser im Grübeln zu sein. Denn er wusste einfach nicht, was er machen sollte. Auch das war für Elster im Normalfall nicht das Problem. Er war der Typ mit der Knarre und beschränkte sich darauf, diese ihrer Bestimmung gemäß einzusetzen und gut. Einfach weil es ihm jemand gesagt hatte. So kam er eigentlich ganz gut zurecht.

Doch das hier war nicht der Normalfall, sondern das krasse Gegenteil. In den zwanzig Jahren, die er diesen Job schon machte, hatte er so was noch nie erlebt. Aber einmal war ja immer das erste Mal, richtig?

Um ein Haar hätte er sich eben vor Verwunderung die Augen gerieben wie ein kleines Kind. Oder hätte – noch schlimmer – vor Schreck geschrien.

Hier war ihm doch tatsächlich jemand zuvorgekommen! Die Wohnungstür war eingetreten worden, der Typ lag mausetot mitten im Flur. Oder war er gestern schon mal hier gewesen und kam durcheinander? Nein, nein. Gestern hatte er freigehabt und war im Gardens gewesen. Mit Milly, so wie immer. Von der hatte er sich ja heute Morgen erst verabschiedet. Und vorgestern hatte er den Mann, der jetzt mucksmäuschenstill vor seinen Füßen lag, selbst noch auf dem Floor gesehen.

Sie hatten sich gegrüßt, ein paar Worte gewechselt. War jetzt nicht so, als wären sie befreundet gewesen oder so was, bekannt eben, wie man alle aus der Szene irgendwie kennt. Elster hatte nichts gegen den Kerl gehabt, hatte ihm aber auch nicht nahe genug gestanden, um den Job abzulehnen. Geld war zuverlässiger als flüchtige Bekannte, außerdem müsste er dann eigentlich so gut wie jeden Job ablehnen. Wie gesagt: Man kannte einander eben. Und Jobs für diesen Auftraggeber lehnte man erst recht nicht ab.

Außerdem war Elster ein Profi, der Privatleben und Job streng voneinander trennte; worauf er sich wirklich was einbildete. Das war in seinem Metier wichtiger als sonst irgendwo. Und es war ja auch nie was Persönliches. Er hatte nichts gegen die Leute, sondern machte eben seine Arbeit. Jeder tat, was er am besten konnte, richtig?

Aber darum ging es jetzt ja gar nicht. Sondern darum, dass er für etwas bezahlt worden war, das ganz offensichtlich jemand anderes schon erledigt hatte. Sollte er seinem Auftraggeber Bescheid geben oder die Sache lieber für sich behalten? War das vielleicht ein Test, um herauszufinden, wie loyal er war? War so was möglich?

Elster hatte keine Ahnung von den Leuten, für die er arbeitete. Leute mit Geld und Einfluss und Manieren und hübschen Häusern am Rand der Stadt. Woher sollte er wissen, wie die ticken?

Ihm war bewusst, dass es nicht klug war, untätig neben einer Leiche herumzustehen, aber sein Gehirn arbeitete nun einmal entsetzlich langsam. Vor allem unter Druck, was zugegeben ziemlich unpraktisch war.

Was, wenn das eine Falle war? Auf der anderen Seite hatte der Mann, für den er arbeitete, gar keinen Grund, ihm eine Falle zu stellen. Elster hatte immer pünktlich und zuverlässig gearbeitet und war nie auch nur ansatzweise in Verdacht geraten. Er hatte abgeliefert und geschwiegen, ganz so, wie es von ihm verlangt worden war. Sein Geld hielt er beisammen, er prasste nicht, er trank nicht und war auch sonst niemals unvorsichtig. Wieso sollte ihm jemand eine Falle stellen, der ihn noch brauchte?

Eigentlich konnte er ja froh sein. Zwar machte es ihm nichts aus, einen anderen Menschen zu töten, aber unter einem Traumjob verstand er dann doch etwas anderes. Elster tat, was er tat, weil er nichts anderes konnte. In der Schule nicht aufgepasst und das bisschen Hirn dann noch weggekifft. Tja. So einfach war das. Und heute, einfach so, hatte ihm jemand einen freien Tag verschafft. Na ja, natürlich nicht ganz frei. Hier gab es augenscheinlich noch eine ganze Menge zu tun.

Was darauf hinwies, dass hier keiner seiner Kollegen am Werk gewesen war. Die ganze Szenerie wirkte wenig geplant auf ihn. Wer auch immer den Mann getötet hatte, hatte die Wohnung übereilt verlassen. Hier wimmelte es wahrscheinlich von fremden Spuren. Professionell ging echt anders.

Er dachte noch eine Weile nach. Wenn er verschwieg, dass ihm jemand zuvorgekommen war, und es später rauskam, dass nicht er den Mann erschossen hatte, dann war er bei seinem Auftraggeber bestimmt unten durch. Das wollte er nicht riskieren. Elster würde in den sauren Apfel beißen und berichten müssen. Außerdem war es ja nicht so, dass er unverrichteter Dinge zurückkehren musste. Der Hauptgrund seines Kommens war schließlich ein anderer. Zum Glück war der tote Dittrich noch intakt, das war eigentlich das Wichtigste.

Einen Teil des Geldes würde er wohl trotzdem erhalten, plus Spesen. Und er hatte ja auch weniger Arbeit, also war das wohl okay, schätzte er.

Dann kam ihm ein Gedanke: Was, wenn der Mörder zurückkam, nachdem er sich beruhigt hatte, um Spuren zu beseitigen, und ihn hier antraf? Das gab Ärger, könnte laut werden und endete zudem ganz sicher in einer noch viel größeren Sauerei. Er war doch einfach zu blöd. Natürlich, jeder Mensch, der nur halbwegs was auf dem Kasten hatte, würde zurückkehren und ein bisschen sauber machen wollen. Und das konnte jeden Augenblick der Fall sein.

Elster riss sich zusammen. Immerhin hatte er hier noch eine ganze Menge mehr zu tun und jetzt, da ihm der Gedanke einmal gekommen war, ließ er ihn nicht mehr los. Entschlossen zog er das große Messer und den Plastiksack hervor und machte sich ans Werk.

LIN

Ihre Augenlider klebten zusammen, und der Kopfschmerz war unbeschreiblich. Ihr war sofort klar, dass sie bewusstlos gewesen war, und zwar eine sehr lange Zeit. Manchmal hatte man so was im Gefühl. Dass Zeit vergangen war – und zwar mehr, als hätte vergehen dürfen. Himmel, sie fühlte sich so schlecht. Als wäre sie vom Trapez gefallen. Doch halt! Das war ja nicht möglich. Sie hatte seit Jahren nicht mehr in einer Manege gestanden. Lin versuchte, sich zu konzentrieren. War sie am Ende doch in die Fänge des Mörders geraten? Nun, ihr schmerzender Körper verriet ihr immerhin, dass sie noch lebte, also …

So vorsichtig sie konnte, öffnete Lin die Augen. Dabei hatte sie das Gefühl, sich unzählige Wimpern auszureißen. Hatte etwa ein Kunde mit Klebstoff an ihr rumgebastelt? So was war schon einmal vorgekommen, allein die Erinnerung daran ließ sie frösteln … hier unten war alles möglich. Doch sie erinnerte sich nicht, überhaupt jemanden empfangen zu haben.

Lin streckte sich vorsichtig, und bei jeder Bewegung fühlte sie in einem anderen Teil ihres Körpers ein schreckliches Stechen. Doch sie konnte Arme und Beine bewegen, sie war nicht gefesselt und offenbar nicht schwer verletzt. Die Schmerzen rührten von etwas anderem her. Wer seinen Körper dermaßen verbiegen konnte, kannte jedes Knöchlein persönlich.

Allmählich registrierte sie, dass sie auf ihrem Bett lag. Zwar wusste sie genau, dass sie dort nicht eingeschlafen war, doch sie konnte sich nicht erinnern, was geschehen war.

Ihr Körper steckte nicht, wie üblich, in ihrem Katzenkostüm, sondern in einem schwarzen Morgenmantel, den sie noch nie zuvor gesehen hatte. Der Stoff roch unangenehm, irgendwie nach Desinfektionsmittel. Und muffig, als wäre er schon lange nicht mehr gewaschen worden. So vorsichtig sie konnte, setzte sie sich auf. Alles drehte sich, und sie musste die Augen wieder schließen. Ihr Kreislauf hatte sie offenbar komplett verlassen, und es kostete sie enorme Kraft, sich nicht einfach wieder auf die Matratze fallen zu lassen.

Nachdem der Schwindel ein wenig nachgelassen hatte, stand Lin langsam auf und hangelte sich an ihren Möbeln entlang in Richtung Badezimmer.

Dort trank sie gierig eine große Menge kaltes Wasser und spritzte sich mindestens noch einmal doppelt so viel ins Gesicht.

Dabei bemerkte sie, dass ihre Oberlippe dick geschwollen war. Vorsichtig tastete sie ihr Gesicht ab, das sich komplett wund anfühlte. Lin war schon mehr als einmal von einem Freier verprügelt worden, sie kannte diese Art von Schmerz, aber das hier war etwas anderes. Dumpfer, großflächiger. Sie wusste außerdem, wie es aussah, doch bis auf eine gleichmäßige, aber komplett farblose Schwellung war nichts zu sehen.

Ihre Oberlippe fühlte sich taub an, wie nach einem Zahnarztbesuch, und ihr gesamter Körper schien – sie konnte es nicht anders umschreiben – einfach nicht mehr richtig zu sein.

Ihr wurde augenblicklich unerträglich heiß. In ihrem Bad war es immer recht warm, doch Lin wusste, dass das nicht der Grund für ihren Schweißausbruch war. Die Wärme kam von innen, aus ihr heraus. Der Schwindel verstärkte sich, anstatt besser zu werden.

Wie in Trance öffnete sie den Morgenmantel und ließ ihn über ihre Schultern auf den Boden gleiten.

Sie betrachtete ihren nackten Körper im großen Spiegel, der an der Badezimmertür hing. Damit die Mädchen auch jederzeit kontrollieren konnten, ob auch wirklich alles an ihnen makellos war.

Doch Lins Körper war nicht mehr makellos.

Sie schnappte nach Luft. An ihren Knöcheln und über ihrem Bauchnabel sprossen dicke, weiße Haare aus ihrer Haut. Es sah aus wie Fell.

Lin fuhr vorsichtig mit ihrer Fingerkuppe darüber. Das sah nicht nur aus wie Fell. Es *war* Fell. Sie fühlte sich wie in einem merkwürdigen Fiebertraum. Ob sie nun doch Opfer von Rubys Drogenexperimenten geworden war?

Doch das Fell unter ihren Fingern fühlte sich so echt an. Während sie darüberstrich, begann ihre Haut zu jucken wie verrückt, und ihr rechtes Bein zuckte so stark, dass sie sich beinahe das Knie in ihr heruntergebeugtes Gesicht gerammt hätte. Sie zog den Kopf gerade noch rechtzeitig zurück; von der ruckartigen Bewegung wurde ihr noch schwindeliger. Vorsichtig nahm sie ein Stück Fell zwischen die Fingerspitzen und zog daran. Es tat erstaunlich weh. Das Zeug kam definitiv aus ihr raus. Was zur Hölle …?

Als sie ihren Blick von den Fellflecken lösen konnte, stellte sie fest, dass in ihren beiden Armbeugen schmale braune Pflaster klebten, die jeweils einen Wattetupfer fixierten. Lin krallte sich am Waschbecken fest, weil ihre Knie nachgaben.

Irgendjemand hatte etwas mit ihr gemacht. Etwas Schreckliches. Etwas, das sich nicht mehr rückgängig machen ließ. Und sie hatte keine Ahnung, was.

Die Schlangenfrau sank auf den Kachelboden des Badezimmers und lehnte den Rücken gegen die kalten Fliesen in der Hoffnung, so auch einen einigermaßen klaren Kopf zu bekommen. Doch das, was hier gerade passierte, war nicht zu erklären.

Sie konnte nur hoffen, gleich aus diesem merkwürdigen Traum zu erwachen, doch sie glaubte nicht daran. Es war echt. Und es war falsch.

Lin nahm ihren Mut zusammen – davon hatte sie nicht wenig – und riss sich die Pflaster ab. Die darunterliegenden Einstichstellen waren deutlich zu erkennen. Man hatte ihr etwas gespritzt. Eine Substanz, die Fell wachsen und ihre Unterlippe anschwellen ließ. Aber warum?

Als die Erkenntnis bei ihr ankam, schaffte sie es gerade so, die Toilette zu erreichen. Lin Shei Li kotzte, bis ihr Magen wehtat, ihre Augen tränten, die Arme zitterten und sie selbst vollkommen leer war.

LAURA

Sie kapierte es nicht. Weder was sie selbst geritten hatte, noch was plötzlich mit Birol los war. Dass er sie mitten in der Nacht angerufen hatte, war eine Überraschung gewesen, zugegeben. Aber eine, die ihr sehr gelegen gekommen war. Denn sie hatte sich schon eine Weile überlegt, wie sie dem reservierten Mann näherkommen könnte. Schließlich musste sie unbedingt herausfinden, was Fenne und seinen Vater verbunden hatte. Wer Can Celik genau gewesen war und wo seine Verbindung zu Kannenberg lag. Wie und warum er gestorben war.

Doch wenn sie ganz ehrlich zu sich selbst war, hatte sie einfach nur mit Birol gevögelt. Schlicht und ergreifend. Und sie hatte es genossen.

Sie hatte nicht an Fenne gedacht, während sie sich mit ihm durch die Laken gewühlt, ihre Finger in seine Haare gekrallt und seinen Hals mit Küssen bedeckt hatte. Es war ihr nicht darum gegangen, herauszufinden, was für Geheimnisse seine Familie barg; sie hatte keine Agenda gehabt und kein höheres Ziel verfolgt. Sich das jetzt einreden zu wollen, war irgendwie armselig.

Laura war verknallt in den jungen Polizisten mit den traurigen Augen. So einfach war das. Einfach und gleichzeitig dermaßen kompliziert, dass sie am liebsten geschrien hätte. Denn offiziell war sie eine Auszubildende bei der Berliner Polizei, und Birol war ihr Ausbilder. Niemand wusste, dass sie selbst bereits eine vereidigte Polizeibeamtin in Hamburg war. Niemand in dieser Stadt kannte ihren richtigen Namen oder ihr wahres Alter.

Deshalb hatte Laura sich von Anfang an fest vorgenommen, sich bedeckt zu halten, nicht aufzufallen, damit sich niemand näher mit ihr beschäftigte. Sie hatte unter dem Radar fliegen wollten, verflucht.

Das machte sie wirklich gut. Gleich im ersten Monat mit dem Chef zu vögeln war ja mal genau das, was »unter dem Radar fliegen« im Kern bedeutete. Sie hätte sich selbst ohrfeigen können. Aber nun war es nicht mehr rückgängig zu machen. Und eigentlich wollte sie das auch gar nicht.

Heute früh hatte sie einen sehr plumpen Vorstoß gewagt und ihn ein wenig nach seiner Familie befragt, war aber nicht sonderlich weit gekommen. Birol wirkte geistig abwesend und in sich gekehrt, ihre Fragen hatten, wenn überhaupt, dazu geführt, dass er sich noch stärker als sonst verschlossen hatte. Doch seit dem Anruf war er wie ausgewechselt.

Ihr Kollege wirkte, als hätte er einen Geist gesehen. Wenn Laura es nicht besser gewusst hätte, hätte sie geglaubt, dass er Drogen genommen hatte, dermaßen glasig und abwesend war sein Blick. Auch hatte sie beim hektischen Anziehen bemerkt, dass seine Finger zitterten. Hatte er überhaupt geschlafen? Sie selbst hatte in seiner Gegenwart das erste Mal seit Fennes Tod überhaupt wieder traumlos und fest geschlafen, aber Birols aschgrauer Hautton ließ darauf schließen, dass er wach gelegen hatte. Der Gedanke war ihr unangenehm. Sie wusste genau, dass sie zum Schnarchen neigte – Fenne hatte sie immer damit aufgezogen.

Laura hatte noch nicht viel Erfahrung mit Männern gesammelt. Es war immer Fenne gewesen, die abgeschleppt worden war und abgeschleppt hatte. Und Laura hatte sich zurückgehalten. Als wäre es ein ungeschriebenes Gesetz, dass sie nicht haben konnte, was Fenne hatte. Schon in ihrer frühen Kindheit war es so gewesen. Erst jetzt entdeckte Laura, dass sie sein konnte, wer immer sie wollte. Obwohl sie unter all dem litt, was sie in den letzten Monaten durchgemacht hatte, war es auch eine große Befreiung, alle Verbindungen zu ihrem alten Leben zu kappen. Hier in Berlin schrieb sie ihr Leben und auch sich selbst noch einmal völlig neu. Sie war mutiger und freier, als sie es jemals für möglich gehalten hätte.

Und in dieses neue Leben gehörte, sehr zu ihrem großen Erstaunen, ein gedrungener, schweigsamer Polizist.

Sie beobachtete Birol aus dem Augenwinkel, während sie gemeinsam die Wohnung verließen und zum Stellplatz ihrer Maschine hinter dem Haus gingen.

Er hatte die Schultern hochgezogen, als wäre ihm kalt, dabei war es trotz der frühen Morgenstunden angenehm mild. Seine Kiefermuskeln waren permanent in Bewegung, er ballte die Fäuste und entspannte sie wieder. Ob er wütend war über sich selbst? Darüber, dass er mit ihr geschlafen hatte? Wähnte er jetzt seine Karriere in Gefahr?

Doch eigentlich konnte es das nicht sein. Er war erst seit dem Anruf so abweisend. Laura musste ihre Arme vor der Brust verschränken, um sie nicht nach ihm auszustrecken. Sie wollte sich keine Blöße geben. Und verletzt werden wollte sie auch nicht. Dennoch wünschte sie sich kaum etwas mehr als ein Lächeln von ihm.

»Ist alles okay?«, fragte sie, als sie es nicht mehr aushielt. Birol nickte knapp, ohne sie anzusehen.

»Ja, natürlich. Was soll nicht okay sein?«

Nun, das hätte Laura ja auch gerne gewusst. Doch Birols gesamte Körperhaltung schrie: Sprich mich jetzt bloß nicht an. Es blieb ihr wohl nichts weiter übrig, als sich in Geduld zu üben.

Und zu versuchen, das verknotete Knäuel, das Birols Verhalten momentan für sie darstellte, nach und nach zu entwirren. Wenn er sie ließ. Doch Laura würde so schnell nicht aufgeben. Sie liebte Rätsel. Sie hatte geschworen, Fennes Tod aufzuklären. Und sie war verliebt. So richtig. Vielleicht das erste Mal in ihrem Leben. Schon alleine der Anblick seines Nackens und seiner breiten Schultern machte sie ganz wahnsinnig.

Zu ihrer großen Zufriedenheit bemerkte sie wenig später, dass Birol sie trotz seiner düsteren Stimmung fasziniert ansah, als sie ihr wunderschönes Motorrad aus dem alten Ladenlokal rollte, das ihr nun als Garage diente. Sie hatte die Tür vor zwei Abenden aufgebrochen, nachdem sie sichergegangen war, dass sich wirklich niemand für den Bereich im Erdgeschoss des Hauses interessierte. Die ehemaligen Schaufenster zur Straße hin waren über und über mit Werbeplakaten und Graffiti übersät, sodass niemand von außen sehen konnte, dass im Inneren des alten Ladens etwas Wertvolles stand.

Laura hatte überdies keine Ahnung, ob außer ihr überhaupt jemand in dem verlassenen Haus in Pankow wohnte. Manchmal hörte sie im Treppenhaus Geräusche, doch die mussten nicht unbedingt menschlichen Ursprungs sein. Ratten oder die vielen streunenden Katzen und Hunde könnten auch eine Erklärung darstellen. Gesehen hatte sie jedenfalls noch niemanden.

Sie schwang sich auf ihre Maschine, legte die Hände auf den Lenker und kickte den Motor an. Jedes Mal, wenn sie das Vibrieren unter sich spürte, fühlte sie sich gleich um einige Kilo leichter.

Das Motorrad war in ihrem alten Leben der einzige Hinweis darauf gewesen, dass auch in Laura eine gewisse Wildheit schlummerte. Vielleicht hatte sie den Zweiradführerschein gemacht, um wenigstens einmal im Leben unangepasster zu sein als ihre Freundin. Wenn es nämlich um Fortbewegung ging, war Fenne ein richtiger Schisser gewesen. Ein Bereich also, in dem Laura sich hatte austoben können – und das hatte sie auch getan. Sie liebte Geschwindigkeit, Fahrtwind und Motoren. Es war ihr Traum, irgendwann auch den Flugschein zu machen.

»Wieso fährst du eigentlich Motorrad?«, fragte Birol über das Grollen des Motors hinweg, als hätte er ihre Gedanken gelesen. Er hatte ihren zweiten Helm in der Hand, aber der Arm hing schlaff nach unten. Ihm war anzusehen, dass ihm die Maschine nicht geheuer war. Kein Wunder. Es war eigentlich nicht nur für normalerweise schüchterne Frauen nicht mehr üblich, Motorrad zu fahren – es war überhaupt nicht mehr üblich. Heutzutage fuhr man mit Elektrorollern, Elektro- oder Wasserstoffautos oder mit der Magnetbahn. Wer noch einen Verbrennungsmotor hatte, musste sich gut damit auskennen, da es kaum noch Werkstätten gab, die Wartung und Reparatur in diesem Bereich anboten. Doch genau das gefiel Laura. Sie hatte sich in unzähligen Foren ein beträchtliches Wissen angelesen und mit der Zeit gelernt, ihr Bike selbst zu pflegen. Es gab ihr Sicherheit zu wissen, dass sie von niemandem abhängig war. Wenn sie wollte oder musste, konnte sie jederzeit verschwinden.

»Weil ich das Gefühl liebe. Es gibt nichts Vergleichbares!« Laura grinste und war froh, dass Birol es nicht sehen konnte, da sie ihren

Helm bereits aufgesetzt hatte. Am Ende hätte er sich noch angegriffen gefühlt.

»Aber du kannst deinen Führerschein ja noch nicht sonderlich lange haben. Wollen wir nicht vielleicht doch lieber die Bahn nehmen?«, hörte sie ihn unsicher fragen.

Birols Unbehagen amüsierte Laura. Und sie fand es unwiderstehlich. So ein Mist. »Ich fahre jeden Tag, und das sehr sicher. Außerdem haben wir es nicht weit. Steigst du jetzt auf?«

Birol straffte die Schultern und setzte den Helm auf. Dann nahm er etwas ungelenk auf dem Sozius hinter ihr Platz. Ein leichtes Schaudern durchfuhr ihren Körper, als er seine Hände ganz sachte an ihre Hüften legte. Dort hatten sie vorhin auch schon einmal gelegen. Ohne eine Schicht Leder dazwischen.

»Du musst dich gut festhalten!«, mahnte sie, während sie die Maschine auf die Straße rollen ließ.

»Du hast doch gesagt, dass du sicher fährst!« In Birols Stimme schwang die nackte Angst mit.

»Sicher ja. Aber nicht langsam.« Laura lachte. Und noch bevor Birol protestieren konnte, schossen sie auf die Straße hinaus.

Sie stellte ihre Maschine das erste Mal auf dem Gelände des Käfigs ab und hastete dann hinter Birol her die Stufen des Haupteingangs hinauf. Es war fünf Uhr morgens, und der Eingangsbereich des Käfigs war angenehm leer. Die Beamten, die ihnen begegneten, wirkten wie auf Autopilot; alle starrten reglos vor sich hin, und es wurde kaum gesprochen. Was Laura nur recht war, denn jetzt spürte sie, wie sich ihre eigene Müdigkeit an die Oberfläche fraß. Sie konnte nicht lange geschlafen haben. Zwei Stunden vielleicht, wenn es hochkam. Birol sprach weiterhin kaum ein Wort. Laura folgte ihm stumm, obwohl es ihr immer schwerer fiel. Was war denn auf einmal los mit ihm?

Das alte Gebäude, in dem die Polizeiwache untergebracht war, wirkte in diesen frühen Morgenstunden unheimlicher als ohnehin schon. Die Beleuchtung schien nicht dafür gedacht zu sein, Licht zu spenden, sondern eher, die zahlreichen Schatten noch zu betonen, die pechschwarz die hohen Wände hinaufkrochen, sich an angefressenen Stuckengeln stießen und zu mannshohen Monstern in Richtung Decke wuchsen. Und ständig knarzte einer der zig verschiedenen Bodenbeläge unter ihren Füßen. Auch fiel ihr zum ersten Mal auf, wie modrig es hier drin roch. Nach Keller.

Mit dem Käfig war es wie mit vielen Gebäuden in Altberlin. Sie waren nicht von Natur aus hässlich, ganz im Gegenteil. Eigentlich standen hier im alten Teil der Stadt wunderschöne historische Gebäude, die früher einmal viel Glanz und Würde ausgestrahlt haben mussten. Doch mit der Zeit waren sie verkommen, und das machte es noch schlimmer. Abgewetzte Fußböden, bröckelige Decken, Stuckengel, denen Nasen und Flügel fehlten. Die Gebäude waren verstümmelt, und zumindest für Laura war es schwerer zu ertragen, wenn schöne Dinge verstümmelt wurden, als wenn Dinge einfach nur hässlich waren. Bei schönen Menschen traten Narben ja auch deutlicher hervor. Zum ersten Mal fühlte sie sich im Käfig richtig unwohl.

Im Morddezernat angekommen, bog sie kurz ab, um sich vor der Begegnung mit Hinnerk und den anderen wenigstens noch einmal kurz das Gesicht zu waschen und ihre Haare in Ordnung zu bringen. Sie wollte nicht so aussehen, als wäre sie gerade aus dem Bett gefallen. Birol hatte es zur Kenntnis genommen, aber nicht kommentiert, sondern war mit steifen Schritten und geballten Fäusten weiter den Flur entlanggegangen. Er sah aus, als würde er in den Krieg ziehen.

Während sie das kalte Wasser über ihre Unterarme laufen ließ, es mit den Händen auffing und es sich ins Gesicht spritzte, fragte sie sich, ob sie nicht den größten Fehler überhaupt begangen hatte, als sie mit Birol schlief. Doch auf der anderen Seite: Was hätte sie denn tun sollen? Wenn sie ihn abgewiesen hätte, wären ihre Chancen, an ihn heranzukommen, wahrscheinlich ins Bodenlose gesunken. Birol kam ihr vor wie ein Mann, dessen Stolz man nur allzu leicht kränken konnte.

Sie betrachtete ihr müdes Gesicht, das von einer alten Neonröhre unvorteilhaft angestrahlt wurde, und fragte sich, wie um alles in der Welt Birol nicht auffallen konnte, dass sie nicht so jung sein konnte, wie sie behauptete. Die Furchen um ihre Augen waren ja vom anderen Ende des Raumes aus zu sehen. Sie starrte sich eine Weile feindselig an. Fenne hätte alles auf das Licht im Badezimmer geschoben, doch Lauras Stimmung hatte sich in den vergangenen Minuten derart verdüstert, dass sie keine Lust hatte, sich in die Tasche zu lügen. In was für eine Scheiße hatte sie sich da eigentlich reingeritten? Seufzend riss sie eines der dunklen, kratzigen Papiertücher aus dem Spender und trocknete sich damit das Gesicht. Immerhin wurden ihre Wangen durch das harte Material ein wenig röter. Das war doch schon mal etwas.

Als sie den Waschraum verließ und auf den Flur hinaustrat, wäre sie um ein Haar mit Raven zusammengestoßen.

»Guten Morgen«, brummelte diese und lächelte schief. Laura bemerkte sofort, dass Raven möglichst unauffällig versuchte, die Tür des Raumes zu schließen, aus dem sie gerade gekommen war. Laura stutzte. Das war die Tür zu Hinnerk Blumes Büro, doch der Chef der Mordkommission war gar nicht an seinem Platz. Man konnte seine Stimme aus einem der Großraumbüros weiter vorne sehr deutlich hören.

»Guten Morgen«, antwortete Laura und beäugte Raven neugierig. »Wie bist du denn so schnell hergekommen? Birol hat dich doch eben erst angerufen! Und was genau hast du in Hinnerks Büro zu suchen?«

Raven war durch ihre Fragen nicht aus dem Konzept zu bringen, ganz im Gegenteil. Sie lächelte nur enigmatisch.

»Ist noch früh, ich hab mich in der Tür geirrt«, antwortete sie leichthin und musterte Laura eindringlich. Dann seufzte sie ein wenig theatralisch und verdrehte die Augen. »Na bravo. Ich bin begeistert.«

Laura biss sofort an. »Was meinst du?«

»Birol und du. Ich hab's ja schon befürchtet, aber jetzt muss ich wohl damit leben, das dritte Rad am Fahrrad zu sein. Turteltäubchen. Das hat mir gerade noch gefehlt.«

Laura stieß ein Schnauben aus. »Raven, was redest du denn da?«

»Martha, du stinkst zehn Meter gegen den Wind nach Sex. Du siehst aus, als hättest du was genommen, deine Haare sind entgegen deiner Gewohnheit nicht einmal gebürstet, und du weißt, wann Birol mich angerufen hat, dabei ist es nicht einmal halb sechs in der Früh. Für wie blöd hältst du mich eigentlich?«

Mist. Laura fühlte, wie ihr Röte ins Gesicht kroch. Sie straffte die Schultern und setzte zum Gegenangriff an.

»Das geht dich erstens nichts an und erklärt zweitens nicht, was du im Büro des Chefs zu suchen hattest.«

Raven legte den Kopf schief. »Der Chef. So, so. Und ich dachte, du wärst mit dem Chef im Bett gewesen.«

Laura verdrehte die Augen. »Herrgott Raven.«

Ravens Blick wurde eisig, und Laura zuckte zusammen. Sie hätte nicht gedacht, dass Raven in der Lage war, noch grimmiger dreinzuschauen, als sie es ohnehin meistens tat. Doch das hier war etwas anderes – in Ravens Gesicht stand eine offene Drohung. Für die Raven gleich darauf auch noch die passenden Worte fand. Raven trat ganz nah an Laura heran und fixierte sie mit harten, dunklen Augen.

»Jetzt hör mir mal zu, Prinzessin«, zischte sie leise. »Wir schließen eine ganz simple Vereinbarung: Du verrätst niemandem, dass ich in Hinnerks Büro war, und im Gegenzug verrate ich niemandem, dass du ganz sicher nicht Martha heißt und ebenso sicher keine siebzehn mehr bist.«

Innerlich zuckte sie bei diesen Worten zusammen, doch sie ließ es sich nicht anmerken. »Das vermutest du doch nur. Du hast keinerlei Beweise!«, gab sie patzig zurück. Stärke musste man mit Stärke begegnen. So viel hatte sie in den letzten harten Monaten ihres Lebens jedenfalls gelernt. Und Ravens Verhalten ärgerte sie. Sie hätte gedacht, dass sie sich mittlerweile besser miteinander verstanden. Dass sie, wenn schon keine Freundinnen, dann doch wenigstens Vertraute waren.

»Wer sagt dir, dass ich keine Beweise habe?«, gab Raven leichthin zurück. »Ich bin eine Kriminelle, schon vergessen? Ich habe meine Wege.«

Ja, das hatte Laura tatsächlich vergessen.

RAVEN

Verflucht, verflucht, verflucht. Raven ärgerte sich über sich selbst. Sie war unvorsichtig gewesen und sie wusste es. Natürlich hatte sie wie ein Luchs darauf geachtet, dass sie niemand dabei beobachtete, wie sie in Hinnerks Büro *hinein*ging – und hatte völlig vergessen, genauso vorsichtig wieder *hinaus*zugehen. Immerhin war es nur Martha gewesen, in die sie förmlich reingelaufen war, und nicht ein anderer Dezernatsmitarbeiter, Birol oder gar Hinnerk Blume persönlich. Das hätte mächtig Ärger gegeben. Raven fragte sich, welche Sanktionen überhaupt noch für sie zur Verfügung stünden – immerhin war sie zum Dienst bei der Polizei selbst ja schon richterlich verurteilt worden. Suspendierung wäre ein Segen für sie. Und zum Dienst in der Asservatenkammer war sie bereits verdonnert worden, womit Birol ihr einen echten Gefallen getan hatte. Wenn das alles war, was ihr hier blühen konnte, dann musste sie sich eigentlich keine Sorgen machen.

Trotzdem hatte sie keine Lust, es herauszufinden. Auch wollte sie nicht, dass außer Martha noch mehr Menschen wussten, dass sie in Blumes Büro gewesen war.

Aber ihr Ausflug hatte sein Gutes gehabt: Sie hatte gefunden, wonach sie gesucht hatte. Und es war nicht einmal schwer gewesen. Für einen Mann von Blumes Rang war der Dezernatsleiter sehr unvorsichtig. Sein Computer war die reinste Einladung.

Raven hatte gar nicht damit gerechnet, überhaupt so viele Beamte zu dieser frühen Stunde hier anzutreffen, geschweige denn Birol, Martha und Hinnerk Blume selbst. Deshalb hatte sie sich ja zu einer Zeit auf den Weg gemacht, zu der sie normalerweise entweder ihrer eigentlichen Profession nachging, sich im Gardens herumtrieb oder ausnahmsweise einmal schlief. Wann hatte sie eigentlich das letzte Mal geschlafen?

Raven fühlte einen Stich, sobald sie an das Gardens dachte. Dank Nina wusste sie, dass sie dort mittlerweile eine Persona non grata war, und sie fragte sich, wann sie es wieder wagen konnte, den Club zu betreten. Falls sie es überhaupt irgendwann noch einmal wagen konnte. Traurig drängte sie den Gedanken zurück. Das Gardens war der Dreh- und Angelpunkt ihres Lebens, Zuhauseersatz, Arbeitgeber und Folterknecht zugleich. Schön und schrecklich und beinahe alles, was sie hatte. Ihr Herz wurde schwer, wenn sie sich nur vorstellte, all ihre Freunde auf einen Schlag verloren zu haben.

Emily war tot, Cris verhaftet und der Rest war stinksauer auf sie. So war sie dazu verdammt, ihre Zeit mit einem virtuellen It-Boy und ihren Kollegen zu verbringen. Ausgerechnet jetzt, wo selbst ein Blinder sehen konnte, dass zwischen Martha und Birol was lief.

Raven hatte keine Nerven für so was. Verliebte Menschen lösten bei ihr eine akute Magenverstimmung aus. Es war nicht so, dass sie anderen Menschen ihr Glück nicht gönnte – sie wollte es nur nicht vor der Nase haben. Schon gar nicht in einer Situation, die sie ohnehin schon ätzend fand. Aber es half nichts. Den beiden konnte sie ja schlecht ausweichen. Sie hätte allerdings auch nicht unbedingt in Martha reinrennen müssen.

Schade, dass sie Martha dermaßen hatte anzicken müssen.

Doch es war ihr nichts anderes übrig geblieben, als sie vor den Kopf zu stoßen. Raven konnte es sich nämlich überhaupt nicht leisten, dass Martha ihren Ausflug in Hinnerks Büro weitertratschte. Niemand durfte herausfinden, was sie in der Hosentasche hatte. Oder, warum sie es sich überhaupt beschafft hatte.

Sie gingen schweigend das letzte Stück zu ihrem Büro, in dem Birol bereits mit zusammengekniffenem Mund und geballten Fäusten auf sie wartete. Was war denn mit dem los? Frisch gevögelt wirkte der jedenfalls nicht.

»Da seid ihr ja endlich!«, murrte er, als Raven und Martha den Raum betraten.

»Ihr müsst es euch gar nicht erst bequem machen. Wir fahren sofort los.«

»Wohin denn überhaupt?«, wagte Raven zu fragen. Sie wunderte sich – so hatte sie Birol noch nicht erlebt.

»Nach Charlottenburg. Dort liegt eine Leiche, die wir bearbeiten sollen. Ich hab schon alles vorbereitet, während ihr euch die Näschen gepudert habt.«

Raven zog betont unbeeindruckt die Augenbrauen hoch. »Sehe ich etwa aus, als hätte ich es nötig, mir die Nase zu pudern?«

»Pass auf, was du sagst«, zischte Birol, und Raven zuckte nun doch ein wenig zusammen. Ihr Chef war wie ausgewechselt.

»Du bist nicht zum Spaß hier. Mach so weiter und ich sorge dafür, dass du das keine Sekunde lang vergisst.«

Birol starrte sie an und zeigte mit dem Finger auf ihre Nasenspitze.

»Okay«, hauchte sie fast tonlos und hob die Hände zum Zeichen, dass sie die Waffen streckte. Birol stapfte wortlos aus dem Raum, Raven und Martha folgten.

Beim Rausgehen bemerkte Raven die Ratlosigkeit in Marthas Gesicht. Offenbar hatte sie auch keine Erklärung für Birols Verhalten, was bedeutete, dass die beiden sich schon mal nicht gestritten hatten. Leicht verwundert schüttelte Raven den Kopf. Dass man in so jemanden verknallt sein konnte, war ihr ein absolutes Rätsel.

Das Haus, vor dem sie eine halbe Stunde später parkten, war ein imposanter Altbau. In diesem Teil der Stadt standen ganz andere Kaliber herum, weil hier früher die besonders reichen Leute gelebt hatten. Nicht in der Zeit vor Alt- und Neuberlin, sondern noch weiter zurück, als die Häuser erbaut worden waren. Weshalb hier noch mehr Pracht verfiel als im Rest der Stadt.

Sie gingen durch das Vorderhaus in den Seitenflügel und dort in den dritten Stock. Diesmal war es so, wie Raven es aus Filmen kannte und auch von einem Tatort erwartete. Alles war hell erleuchtet, in dem schmalen Flur drängelten sich ein Haufen Leute aneinander vorbei, einige davon trugen weiße Schutzanzüge, die aber ganz offensichtlich schon mehrfach im Einsatz gewesen waren. Raven fragte sich, was der Sinn dieser Anzüge sein sollte, wenn sie mehrfach verwendet wurden. Schließlich konnten doch genau so falsche Spuren an einen Tatort kommen. Sie behielt diesen Gedanken allerdings lieber für sich. Das war momentan ganz offensichtlich besser für ihre Gesundheit.

Als sie eintrafen, war gerade so viel los, dass der Blick auf die Leiche versperrt war, doch als sich ihnen eine Lücke bot, erschrak sie so sehr, dass sie kurz die Augen schließen musste. Das durfte doch nicht wahr sein. Sofort knallte sie von ihren Überlegungen über Schutzanzüge und die Liebelei ihrer Kollegen wieder mit voller Wucht in ihre eigene, sehr gefährliche Realität.

Raven musste sich einen Augenblick am Türrahmen festhalten, um das Bild zu verdauen. Auf dem Fußboden lag die Leiche eines alten Bekannten. Paul Dittrich war ein Urgestein des Gardens gewesen.

Schläger, Geldeintreiber und einer der wenigen freiwilligen Kämpfer im Käfig. Brutal, aber ehrlich, wie die Metzger-Brüder selbst, und einer der wenigen, der ein paar Privilegien genoss. Wie zum Beispiel eine eigene Wohnung. Und der sich von Raven erst vor Kurzem und völlig freiwillig neue Kniegelenke hatte einbauen lassen. Sie hatte die Arbeit mit ihm sehr genossen, da sich Dittrich über ihre Werkstücke gefreut hatte wie ein kleines Kind. Er war ein Witzbold gewesen, eigentlich immer guter Dinge, und hatte sich überhaupt nicht daran gestört, dass Dark nicht mit ins Gespräch einstieg. Tatsächlich hatte er Raven unter der Bauta oft zum Schmunzeln gebracht. Der Anblick seiner Leiche versetzte ihr einen Stich. Bartosz war ein Arsch gewesen. Dittrich auch. Aber eben nicht nur. Außerdem hatte er unverwüstlich gewirkt. Und jetzt … Jetzt lag er mit einem Kopfschuss in seinem Wohnungsflur.

Gerne hätte sie sich eingeredet, dass sein Tod nichts mit ihr, nichts mit Dark zu tun hatte. Dass jemand, der so lebte, nicht damit rechnen konnte, alt zu sterben. Doch Dittrichs Körper war ein Schlachtfeld – beide Beine waren oberhalb der Knie vom Rest getrennt und offensichtlich mitgenommen worden. Wer immer das getan hatte, war sehr brachial vorgegangen. Raven konnte von ihrer Position aus sehen, dass die Knochen nicht gesägt, sondern gebrochen worden waren. Wahrscheinlich hatte der Täter hierfür einen Fuß auf den Oberschenkel des Toten gestellt und den Rest des Beines als Hebel benutzt. Das Fleisch hing in Fetzen von den Wundrändern herab. Ihr wurde schlecht, und sie merkte, dass sie schon längere Zeit nichts gegessen hatte. Besser so.

Raven hatte beinahe vergessen, dass sie selbst in größter Gefahr schwebte. Dass jemand hinter Dark her war, der vor nichts zurückschreckte. Und der jetzt, zumindest ihres Wissens nach, schon den dritten Menschen auf der Jagd nach Dark auf dem Gewissen hatte. Jemand, der junge Mädchen mit dem Messer folterte und Unterweltgrößen brachial in Einzelteile zerlegte. Einer, der Augen ausstach und Knochen brach, um zu ihr zu gelangen. Raven sah sich selbst in der Blutlache liegen, mit aufgebrochenem Körper und toten Augen. Es gab keinen Weg, diese Fantasien zurückzudrängen. Vielleicht sollte sie einfach aufgeben? Nein! So scheiße ihr Leben auch war – sie hing daran. Es war schließlich alles, was sie hatte.

Ihr nächster Impuls war, wegzulaufen, das Land zu verlassen und nie wieder als Modder zu arbeiten … doch das konnte sie vergessen. Modden war die einzige Kunst, die sie wirklich beherrschte. Sie hatte ja sogar beim Klauen immer wieder kläglich versagt. Und sosehr sie sich heute dafür schämte: Sie hatte die Schule verlassen, noch bevor sie dreizehn geworden war. Ravens Allgemeinwissen wies erhebliche Lücken auf, von ihrer Orthografie ganz zu schweigen.

Wo immer sie ihre Arbeit wieder aufnehmen würde, würde man auch auf sie aufmerksam werden. Ihr Ruf eilte ihr voraus und hatte sie längst über Deutschlands Grenzen hinweg bekannt gemacht. Außerdem hatte sie keine Lust, sich ihre Existenz noch einmal ganz von Neuem aufzubauen. Das war doch alles scheiße.

Doch dass ausgerechnet sie jetzt Teil des Ermittlerteams und für genau diese Fälle zuständig war, war unverschämtes Glück im Unglück. Denn immerhin war es möglich, wenn auch nicht sehr wahrscheinlich, dass sie den Täter fassten. Und das war vielleicht ihre einzige Chance, auf Dauer zu überleben. Sie riss sich wieder zusammen.

»Gott verdammt«, hörte sie Martha neben sich murmeln, die den Blick fest auf die Leiche geheftet hatte. »Werden denn alle Leichen in dieser Stadt verstümmelt?«

Raven drehte den Kopf und blickte ihre Kollegen an. Martha wirkte entsetzt und ein wenig angeekelt, aber doch ziemlich aufgeräumt. Birol hingegen sah aus, als stünde er kurz vor einer Ohnmacht. Was erstaunlich genug war, für Raven persönlich war Bartosz' Anblick viel schlimmer gewesen, doch der hatte Birol vollkommen kaltgelassen. Ein Gesicht ohne Augen war auf eine Art schrecklich und unheimlich, die kaum in Worte zu fassen war. Aber da war ja jeder anders.

»Wartet ihr auf eine Einladung oder warum steht ihr da noch so rum?«, hörte sie einen der Männer der Spurensicherung halb amüsiert, halb verärgert fragen. »Wir wollen das alle möglichst schnell hinter uns bringen!«

Birol gab sich einen sichtlichen Ruck und trat über die Schwelle. Er räusperte sich und setzte sogar ein Lächeln auf, was ihn allerdings ganz offensichtlich einiges an Überwindung kostete.

»'tschuldigung, wir sind alle drei quasi aus dem Bett zum Tatort gekommen. Da will so ein Anblick erst mal verdaut werden.« Er streckte die Hand aus. »Birol Celik.«

»Dr. Björn Anderson. Rechtsmedizin.«

Raven stutzte. *Das* war Björn Anderson? Raven verkniff sich das Lachen. Sie kannte den Namen nur allzu gut. Professor Lorenz, der Rechtsmediziner, bei dem sie alles über den menschlichen Körper gelernt hatte, was sie wissen musste, hatte schon viel Zeit damit verbracht, bei Raven über den ambitionierten und arroganten Kollegen zu schimpfen. So, wie es bei ihm immer geklungen hatte, hatte sich Raven einen blasierten, großen Mann Mitte vierzig vorgestellt, aber nicht dieses Männchen mit offensichtlichem Haltungsschaden, das sie jetzt gerade vor sich hatte. Der Typ wog, wenn es hoch kam, ein paar Kilo mehr als sie selbst und hatte ein hängendes Augenlid. Kein Wunder, dass der was zu kompensieren hatte. Raven konnte allerdings von Glück reden, dass Anderson und nicht Lorenz selbst am Tatort erschienen war. Sie wusste nicht, was sie gemacht hätte, wenn sie ihrem väterlichen Freund ausgerechnet hier begegnet wäre. Sie behauptete ihm gegenüber nämlich, eine Medizinstudentin zu sein. Vielleicht würde sie ihm das nächste Mal erzählen, dass sie sich nun doch zu einer Karriere bei der Polizei entschlossen hatte. Wenn sie überhaupt noch Gelegenheit bekam, in der Rechtsmedizin vorbeizuschauen. Ihr Leben war voller geworden, als sie es jemals für möglich gehalten hätte.

»Sie können von Glück reden, dass es hier nicht noch schlimmer aussieht«, sagte Anderson und zeigte auf die Leiche. »Bei den Verletzungen …«

Raven trat neugierig näher. Natürlich. Im Prinzip war es wie bei Bartosz abgelaufen, nur großflächiger.

»Die Beine wurden deutlich nach seinem Tod abgetrennt. Es sei denn, hier wurde gründlich gesäubert?«

Sie blickte sich um und merkte im selben Moment, wie absurd diese Frage war, die sie nur gestellt hatte, um zu wirken, als würde sie besonders gut mitdenken. Völliger Schuss in den Ofen, das sagten auch die amüsierten Blicke der Kriminaltechniker.

An den Scheuerleisten sammelten sich Krümel und Staub, diverse Schuhabdrücke übersäten den Boden, und wenn man ganz genau hinsah, erkannte man Spuren von Blut und Gewebewasser. Das war jedoch nichts im Vergleich zu den Mengen, die hätten austreten müssen, wäre der Mann direkt nach dem tödlichen Schuss auseinandergenommen worden. Nein, hier hatte jemand gesessen und ein Weilchen geduldig abgewartet.

»Wie bei unserem anderen Fall«, schaltete Martha sich ein. Sie betrachtete die Leiche.

»Der Mann wurde erschossen, und ihm wurden posthum Körperteile entfernt. Genau wie bei dem Typ ohne Augen. Wie hieß der noch gleich?«

»Bartosz Janczewski«, murmelte Raven gedankenverloren.

»Genau. Du hast aber ein gutes Gedächtnis.«

Raven zuckte mit den Schultern.

»Der Mann, der Janczewski getötet hat, sitzt in Haft«, sagte Birol. »Er kann hier also nicht am Werk gewesen sein.«

»Cristobal hat nichts mit der Sache zu tun, das sage ich euch doch schon die ganze Zeit!«, sagte Raven ungehalten. »Das kann doch kein Zufall sein. Der Mord an Bartosz ist keine zwei Wochen her, das Vorgehen ist dasselbe. Auch diesem Mann wurde in den Kopf geschossen.«

Birol schüttelte den Kopf. »In dieser Stadt rennen ein Haufen verrückter Leute rum. Die Fälle müssen nicht zusammenhängen.«

Raven schob trotzig das Kinn vor. »Aber wäre es nicht logisch, bei einem ähnlichen Fall anzusetzen?«

»Wenn der Fall noch nicht gelöst wäre, dann schon. Aber er ist gelöst.«

Raven holte Luft, doch Birol kam ihr zuvor. »Es tut mir leid mit deinem Freund. Aber uns sind hier die Hände gebunden. Wenn es heißt, der Fall ist gelöst, dann ist er gelöst. Ende der Durchsage.«

Raven starrte Birol an. »Das kann nicht dein Ernst sein.«

Birol winkte genervt ab. »Ich habe keine Ahnung, warum ich überhaupt mit dir über so was rede, Raven. Notier dir deine Gedanken, mach dir deine eigenen, wenn du willst, aber lass mich damit in Frieden. Wenn du dich wirklich für die Polizeiarbeit interessieren würdest, dann hättest du sicher einen anderen Lebensweg eingeschlagen, aber du hast deine Entscheidungen getroffen. Also spar dir deinen Atem, du bist in ein paar Monaten sowieso wieder weg.«

»Aber es geht hier doch gar nicht um mich!«, empörte sich Raven. »Sondern um einen stummen Mann, der sich nicht ausdrücken kann und deshalb vollkommen wehrlos für einen Mord einsitzt, den er nicht begangen hat. Weil es ja so bequem ist, jemanden zu verhaften, der keine Widerworte geben kann.«

»Ich wünschte mir jedenfalls sehnlichst, die Kleine könnte auch keine Widerworte geben«, tönte es aus den hinteren Reihen der Kriminaltechniker. »Dann könnten wir hier endlich weitermachen.«

Birol rieb sich die Stirn. »Du hast es gehört, Raven. Keine Sau interessiert deine Meinung zu dem Fall. Also sei so gut und halt dich bedeckt. Geh eine rauchen oder was auch immer. Lauf nur nicht allzu weit weg. Ich habe immer noch die Verantwortung für dich. Sosehr mich das auch ankotzt.«

Raven klappte den Mund auf, doch es fiel ihr nichts mehr ein. In ihren Ohren rauschte es, das Atmen fiel ihr schwer. Die Empörung, die sie fühlte, war grenzenlos. Waren sie nicht bisher alle ganz gut miteinander klargekommen? War Raven nicht ausdrücklich dazu angehalten worden, sich voll einzubringen? Wenn sie im Dezernat nur den Boden schrubben sollte, dann hätte man ihr besser gleich am ersten Tag den Scheuerbesen in die Hand gedrückt. Aber sie erst einzubeziehen, um ihr dann den Mund zu verbieten, das war wirklich unfair.

Aber was war eigentlich in sie gefahren, Fairness bei der ganzen Sache zu erwarten? Sie war kein gleichwertiges Mitglied dieses Teams und würde es auch nie werden. Raven presste die Lippen aufeinander, nickte knapp und zog sich in den Türrahmen der Küche zurück, die rechter Hand vom Flur abging. Keinesfalls wollte sie riskieren, tatsächlich nach draußen geschickt zu werden. Sie wollte hier dabei sein und möglichst viel mitbekommen. Das war wichtig. Für sie selbst und für Cristobal.

Eine Weile schaute sie den anderen dabei zu, wie sie mit gedämpften Stimmen mit der Spurensicherung und dem Rechtsmediziner sprachen und sich in der Wohnung umsahen. Dabei konzentrierten sie sich auf das Schlafzimmer und das Wohnzimmer, niemand kam zu Raven in die Küche. Natürlich, die wenigsten Menschen bewahrten Wichtiges in der Küche auf. Obwohl man schon mal schauen sollte, ob sich der Mörder die blutigen Hände hier gewaschen oder vielleicht eines der Messer des Opfers zum Zerlegen ausgeborgt hatte.

Wahrscheinlich gingen Birol und Martha ihr aus dem Weg und kamen erst in die Küche, wenn ihnen gar nichts mehr anderes übrig blieb. Raven seufzte. Nun wurde sie von ihren Kollegen bei der Polizei genauso behandelt wie von ihren Freunden im Utopia Gardens. Was für eine formvollendete Ironie. Sie hatte es geschafft, es sich mit den Verbrechern und den Cops zu verscherzen. Das musste ihr erst mal einer nachmachen. Missmutig drehte sie sich um und begann, die Küche in Augenschein zu nehmen.

Viel zu sehen gab es hier drin nicht. Der Raum war gerade mal so groß wie ein Saunahandtuch, Raven war schon erstaunt, dass irgendjemand sich tatsächlich die Mühe gemacht hatte, für so etwas überhaupt eine Wand einzuziehen. Es gab eine Spüle, einen Herd und einen Kühlschrank, dicht an dicht an die rechte Wand gerückt. Neben der Tür stand linker Hand ein schmales Regal, das bis oben hin vollgestopft war mit Fertiggerichten und Sportlernahrung, dann war die Geschichte auch schon auserzählt. Das Fenster ging zum düsteren Innenhof hinaus. Raven wunderte sich, dass jemand wie Dittrich hier überhaupt hatte kochen können. Der Typ war immerhin fast zwei Meter groß gewesen und nicht gerade schmal. Doch offensichtlich hatte er das, denn die Spüle quoll über vor benutztem Geschirr.

Raven durchquerte den Raum und sah sich um, konnte aber kaum etwas entdecken, das sich irgendwie vom Rest abhob. Da Dittrich sämtliche Utensilien, die er zum Kochen brauchte, an einer Wandleiste mit Haken aufgehängt hatte, gab es in der Küche auch keine Hängeschränke, in die sie hätte hineinschauen können. Geschirr schien der Mann nicht besessen zu haben – lediglich zwei Tassen und ein großes Glas konnte Raven in der Spüle entdecken. Kein Wunder, einer wie Dittrich aß wahrscheinlich einfach immer direkt aus dem Topf. War auch gleich weniger Abwasch. Irgendwie stimmte sie diese Küche traurig. Auf eine Art, die sie nicht beschreiben konnte. Sie versuchte immer, so wenig wie möglich über die Menschen nachzudenken, die sich im Lichtkegel des Utopia Gardens wie die Motten drängten. Diese Küche erinnerte sie daran, warum das so war: weil sie alle eigentlich einfach nur arme Schweine waren auf der Jagd nach ein bisschen Glück. Nicht mehr und nicht weniger.

Mit ungewöhnlich schwerem Herzen trat sie ans Fenster und schaute in den Hof hinaus.

Es irritierte sie einigermaßen, dass auf der Fensterbank ein paar Küchenkräuter leise vor sich hin starben. Nie im Leben wäre sie darauf gekommen, dass Dittrich tatsächlich mit frischen Kräutern kochte. Sie selbst hatte es noch nie versucht, und generell war es eher aus der Mode gekommen. Wahrscheinlich machten die Kräuter den Geschmack der Fertiggerichte irgendwie erträglicher.

Ihre Fingerkuppen strichen über ein paar vertrocknete Blätter. Wie hieß das Zeug doch gleich? Petersilie?

Raven stutzte. Und was war das?

Zwischen dem äußersten Kräutertopf und dem Fensterrahmen klemmte ein kleines schwarzes Gerät mit Kabel. Sie zog es hervor und musterte es. Das Ding sah aus wie eine Kontaktstrom-Ladestation, allerdings hatte sie dieses spezielle Modell noch nie gesehen. Von der Formsprache und dem Design her erinnerte es sie auch sehr stark an ein anderes Gerät … Das Licht in der Küche war sehr schlecht, obwohl die Sonne mittlerweile aufgegangen war. Diese Fenster waren sicher schon seit Jahrzehnten nicht geputzt worden. Sie musste ihre Nase quasi an die Scheibe drücken, um die Ladestation genau in Augenschein nehmen zu können. Raven ertastete eine kleine Erhebung auf der glatten Oberfläche und hielt sie so, dass das wenige Licht, das durchs Fenster drang, direkt darauf fiel. Tatsächlich. Auf der Ladestation befand sich am schmalen rechten Rand eine Prägung, die sie nur allzu gut kannte.

»The Ark.«

Was zur Hölle …?

Raven bekam allmählich das nicht zu ignorierende Gefühl, sich mit Sky einen weiteren Schlamassel eingebrockt zu haben, der sie das Leben kosten könnte.

Der Mörder war zwar in diesem Fall ganz eindeutig auf Dittrichs Kniegelenke aus gewesen – was im Grunde auch keine Erleichterung darstellte, weil es *ihre* Kniegelenke waren – aber dass sie die Ladestation zu Skys Gerät ausgerechnet in der Wohnung eines toten Cheaters fand, trug jetzt nicht gerade zu ihrer Beruhigung bei. Vielleicht hätte sie Sky besser gar nicht erst einstecken sollen. Diese verdammte Neugier. Andererseits war er offenbar bald der einzige »Mensch« auf der Welt, der bereit war, mit ihr zu sprechen. Mehr als bereit, um genau zu sein.

Raven ließ das Gerät so unauffällig wie möglich in die Tasche ihres Hoodies gleiten.

»Hast du hier was gefunden …?«

Raven zuckte zusammen. Martha stand im Türrahmen und musterte sie neugierig. Hatte die Frau eine Art Detektor dafür, wann Raven nicht gestört werden wollte?

»Nein. Nur ein paar vertrocknete Kräuter und altes Geschirr.«

»Hm.« Martha sah sich neugierig in dem kleinen Raum um und rümpfte die Nase, als ihr Blick auf das Regal mit den Fertigmahlzeiten fiel.

»Haute Cuisine.«

Raven lachte nervös. Wieso suchte Martha jetzt wieder ihre Nähe?

Sie gab sich einen Ruck. »Du hör mal, wegen vorhin …«

Martha winkte ab. »Vergiss es, okay? Was du so treibst, geht mich nichts an. Ich hätte gar nicht erst fragen sollen.«

Überrascht zog Raven die Augenbrauen hoch. Damit hatte sie jetzt am wenigsten gerechnet.

Entweder mochte Martha sie oder, was wahrscheinlicher war: Sie brauchte Raven. Doch gerade im Moment war ihr beides recht.

»Wir haben ziemlich viel abgefahrenen Scheiß da hinten in dem Zimmer gefunden. Drogen, Listen, Werkzeug, das man sicher in keinem Baumarkt kaufen kann. Willst du mal einen Blick drauf werfen?«

Raven legte den Kopf schief. »Warum? Weil ich das kriminelle Genie hier in der Runde bin?«

»So könnte man es ausdrücken.«

Sie wusste nicht, ob sie beleidigt oder amüsiert sein sollte. Doch sie entschied sich, das Angebot für einen Waffenstillstand anzunehmen.

»Dann zeigt mir mal, was ihr gefunden habt.«

OTHELLO

Er hatte das Gefühl, dass sein ganzes Leben gerade zusammenbrach, ohne erklären zu können, warum. Als läge es in der Luft, die ihn umgab. Oder am Winkel des Lichts, das durch sein Fenster fiel. Etwas war anders.

Er war wie ein Hund, der das Gewitter spürte, noch lange bevor sein Besitzer den Donner grollen hörte. Othello wusste ganz genau, dass etwas im Gange war – etwas, dem er nicht entrinnen und aus dem er sich nicht wie üblich würde freikaufen können. Die Jahre des Friedens waren vorbei.

Frieden. Streng genommen hatte er den schon lange nicht mehr. Seitdem er beschlossen hatte, sich jagen zu lassen. Von einer menschlichen Schlange, die er so sehr begehrte, dass er nur noch mit viel Alkohol einschlafen konnte. Und von seiner Schwester, die ihm das Leben schon zur Hölle machte, seitdem sie auf der Welt war. Wie oft er sich in seinem Leben schon gewünscht hatte, er wäre ein Einzelkind geblieben, konnte Othello gar nicht mehr sagen. Er war der Ältere von beiden – eigentlich müsste *er sie* jagen, verdammt. Aber der Wohlstand hatte ihn träge werden lassen, während er Ophelia nur von Jahr zu Jahr biestiger gemacht hatte.

Er starrte auf die Einzelteile der Prothesen, die blank poliert und wie eine Verhöhnung all dessen, was er in seinem Leben erreicht hatte, vor ihm auf dem Tisch lagen. Er hatte sie gerade aus dem Säurebad im Labor geholt, das sämtliche menschlichen Überreste von den Konstruktionen entfernt hatte. Zum Glück. Othello kam mit Verwesung nicht so gut klar.

Konnte das wirklich alles ihr Werk sein? Eigentlich war das unmöglich. Genauso unmöglich, wie dass es überhaupt irgendjemandes Werk sein konnte. Dafür brauchte man jahrelange Forschung, eine riesige Entwicklungsabteilung und eine große Portion krimineller Energie. So was konnte in ihrer Branche doch nicht lange verborgen bleiben. Und dennoch lagen die Dinger nun vor ihm.

Er kapierte es einfach nicht. Ophelia hatte kaum je Interesse an seiner Arbeit gezeigt, war seiner Leidenschaft gegenüber nie offen gewesen, und das war noch eine Untertreibung. Sie hatte ihn und seine Träume verspottet, hatte darauf bestanden, dass sie einen anderen Weg einschlugen. Zu ihrem ultimativen Ziel.

Das Verrückte war, dass sie beide eigentlich dasselbe wollten. Seit jenem fatalen Tag im Dezember vor dreißig Jahren, an dem ihr Leben eine tragische Wende genommen hatte, waren sie Getriebene, auf der Suche nach ein und derselben Sache. Doch ihre Wege zum Ziel hätten nicht unterschiedlicher sein können.

Othello konnte sich niemanden vorstellen, der außer Ophelia das Know-how oder die Mittel hatte, so etwas zu vollbringen. Außerdem wusste sie, dass sie ihn damit am besten treffen konnte, was für Ophelia wahrscheinlich schon Motivation genug war. Sie musste die besten Leute um sich geschart haben. Wer wohl für sie arbeitete? Andrews, ganz sicher. Cortez? Voosen? Von denen hatte er tatsächlich schon eine Weile nichts mehr gehört. Und natürlich Kannenberg, bis er das Zeitliche gesegnet hatte. Gott sei Dank.

Es klopfte an seiner Tür, und Othello zuckte zusammen. Es war weit nach Mitternacht und der Firmensitz um diese Uhrzeit eigentlich verwaist.

»Es ist mitten in der Nacht, verdammt«, polterte er in Richtung Türblatt. Gab es denn keine Zeit und keinen Ort, an dem er mal ein wenig für sich sein konnte? Alles, was Othello wollte, war seine Ruhe. Er konnte sich selbst ja kaum denken hören.

»Ich bin's.« Die Stimme seiner Assistentin klang unbeeindruckt.

Verwundert, aber doch erleichtert runzelte Othello die Stirn. »Komm rein.«

Ingrid Sjöderström schob sich ins Zimmer und bedachte ihn mit einem skeptischen Blick, den er nur allzu gerne zurückgab, auch wenn er froh war, dass von allen Menschen auf der Welt wenigstens sie es war, die geklopft hatte. Ingrid störte ihn noch am wenigsten.

Sie hatte die Angewohnheit, einen Raum immer konspirativ zu betreten. Dabei öffnete sie die Tür nur einen Spaltbreit und drückte sich hindurch, als fürchtete sie, dabei beobachtet zu werden. Was natürlich Blödsinn war, denn außer ihnen und dem Nachtwächter war sicher niemand mehr im Gebäude. Außerdem durfte sie sein Büro betreten, wann immer sie wollte. Das war eines ihrer Kernprivilegien.

»Was tust du denn hier, Ingrid?«, fragte er müde.

»Dasselbe wollte ich dich gerade fragen«, gab sie zurück und ließ sich ihm gegenüber auf einen der Besucherstühle fallen. Dabei erinnerte sie Othello an einen Cowboy aus einem der alten Filme, so breitbeinig und selbstbewusst. Ihr Blick wanderte über seinen Schreibtisch, und ihre Stirn legte sich in Falten.

»Was sind das denn für Dinger?«

»Prototypen. Aber jetzt mal im Ernst: Was machst du hier?«

»Ich hatte ein Date in der Nähe und habe Licht in deinem Büro gesehen.«

Othello lächelte leicht. »War sie hübsch?«

Ingrid seufzte und schlug die Beine übereinander. Ihre Finger fuhren durch das lange, glänzend blonde Haar. »Hübsch und langweilig bis zum Bore-out. Ich hatte nicht einmal die Nerven, sie zu vögeln.« Sie legte den Kopf schief. »Um ehrlich zu sein, habe ich sie gebeten, mich hier rauszulassen. Ich habe behauptet, das hier wäre mein Büro und ich würde Ärger bekommen, wenn jemand merkt, dass ich das Licht angelassen habe. So musste ich sie wenigstens nicht vor den Kopf stoßen, das arme Ding. Also danke dafür.«

Othello zog amüsiert die Augenbrauen hoch. »Schäm dich.«

»Wieso? So ist es besser für alle.«

Er lachte. »Daraus schließe ich, dass sie dich gerne mit nach Hause genommen hätte.«

Ingrid zog die Augenbrauen hoch. »Du bist wahrscheinlich der einzige Mensch auf der ganzen Welt, der sich nicht von mir lecken lassen möchte.«

Amüsiert schüttelte Othello den Kopf. »Ich bin froh, dass du so rege datest. Da habe ich wenigstens immer was zu lachen.«

»Schäm dich!«, gab Ingrid zurück und grinste.

Othello wurde ein wenig leichter ums Herz. Irgendwie schaffte Ingrid das immer. Ihm das Gefühl zu geben, das Leben wäre gar nicht so furchtbar kompliziert. Wenn ein Mann wie er Freunde haben dürfte, so wäre Ingrid sicher seine beste Freundin. Manchmal fiel ihm durchaus auf, wie einsam er war. Dann gefiel ihm der Gedanke an ein ganz normales Leben. Aber ungefähr so wie einem Menschen, der keinen Fisch mochte, der Gedanke gefiel, Sushi zu essen. Die Vorstellung war eher abstrakt und auf keinen Fall ernst gemeint.

»Also, jetzt habe ich dir erklärt, warum ich hier bin«, sagte Ingrid. »Was ist mit dir?«

Othello rieb sich die Schläfen. »Ophelia.«

»Du kannst nicht schlafen«, schlussfolgerte Ingrid.

Er schüttelte den Kopf.

Seine Assistentin schnalzte ungehalten mit der Zunge. »Ehrlich, Othello. Willst du dich für den Rest deines Lebens vor deiner Schwester fürchten?«

Er zuckte die Schultern. »Seit ich vier Jahre alt bin, habe ich praktisch nichts anderes mehr gemacht.«

Ingrid stützte die Ellbogen auf seine Schreibtischplatte und sah ihn herausfordernd an. In ihren Augen lag ein angriffslustiges Glitzern, das ihm verriet, dass sie zu viel Rotwein getrunken hatte. Und ihn daran erinnerte, warum er die schöne Schwedin so mochte: Sie war absolut ruchlos.

»Dann wird es Zeit, sich endgültig von ihr zu lösen!«

Othello lachte trocken. »Falls du einen Auftragsmörder kennst, der bereit wäre, Ophelia Sander zu töten, kannst du ihn mir gerne vorstellen. Ich überleg es mir dann.«

Sie grinste. »Ich werde mich umhören.« Dann wurden ihre Züge wieder ernst. »Warum macht sie dir auf einmal so viele Sorgen?«

»Hansen hat sie aus den Augen verloren.«

Ingrid schnalzte mit der Zunge. »Das ist doch gut! Vielleicht hat jemand anderes sie um die Ecke gebracht. Das würde Kosten sparen.«

»Haha.«

Seine Assistentin schüttelte den Kopf. »Ich meine es ernst, O. Jeder Tag, den deine Schwester unterhalb des Radars verbringt, ist ein guter Tag, oder nicht?«

Othello verzog das Gesicht. »Ich habe sie immer gerne da, wo ich sie sehen kann. Wer weiß, wo sie das nächste Mal auftaucht und was sie für Pläne hat.«

»Wer sagt dir denn, dass sie überhaupt wieder auftaucht?«

Othello schnaubte. »Scheiße schwimmt immer oben.«

LIN

Sie hatte über dreißigtausend Einheiten neuer Schulden. Lin hatte es erst nicht glauben können, aber die neue Abrechnung auf dem Tisch gehörte eindeutig zu ihrem Schuldenkonto, keine Zweifel möglich. Ruby hatte ihr eine nicht näher betitelte »Sonderbehandlung« in Rechnung gestellt, und Lin konnte nichts anderes tun, als es hinzunehmen. Sie wusste schon lange, dass es ihr niemals gelingen würde, das Gardens zu verlassen, weshalb es ihr eigentlich egal sein konnte. War es aber nicht. Die schreiende Ungerechtigkeit saß wie ein Stachel in ihrem Fleisch.

Doch ganz egal, was sie fühlte, sie konnte es sich nicht leisten, noch eine Nacht auszufallen.

Lin rasierte sich, so gut sie konnte, auch wenn sie bereits hatte feststellen müssen, dass es unheimlich juckte, wenn das seltsame Fell nachwuchs. Und es wuchs schnell nach.

Ihr Korsett fühlte sich fremd auf der Haut an, obwohl sie es seit Jahren täglich trug und manchmal auch darin schlief, und irgendwie hatte sie das Gefühl, ihre Augen wären schlechter geworden. Alles war an den Rändern verschwommen, die Welt floss ineinander, und es fiel ihr schwer, Dinge scharf voneinander abzugrenzen.

Wahrscheinlich war ihr das Mittel, das man ihr gespritzt hatte, auf den Kreislauf geschlagen. Außerdem war es ewig her, dass sie etwas gegessen hatte; sie wusste schon gar nicht mehr, wie lange ihre letzte Mahlzeit genau zurücklag.

Sie dachte an Essen, und unwillkürlich bekam sie Lust auf rohen Fisch. Lachstatar oder Sushi. Dazu ein großes Glas Milch, das wär's. Ihr Magen begann allein bei dem Gedanken, vernehmlich zu knurren.

Lin stutzte. Wo kam denn das jetzt auf einmal her? Sie hatte in ihrem ganzen Leben keine tierischen Produkte zu sich genommen. Erstens waren sie zu teuer, und zweitens war es in ihrem Metier sehr wichtig, schlank zu bleiben. Sie hatte von ihren Eltern gelernt, sich ausschließlich von Pflanzen zu ernähren. Doch alleine der Blick auf ihre Obstschale, die immer gefüllt auf dem kleinen Kaffeetisch stand, reichte aus, dass sich ihr der Magen umdrehte.

Lin ahnte, was das alles zu bedeuten hatte, doch der Gedanke war zu monströs, um sich ihm zu stellen. So etwas passierte nicht. Nicht ihr und auch sonst niemandem. Es war schlichtweg unmöglich. Beinahe im selben Moment fühlte sie, dass ihre Fingernägel brannten. Sie schloss für einen Moment die Augen. Nicht dran denken, mahnte sie sich. Funktionieren. Disziplin!

Von klein auf hatte sie gelernt, sich zusammenzureißen. Jeden Tag mindestens fünf Stunden zu trainieren, egal, ob sie erkältet war, Hunger hatte oder spielen wollte. Eine Figur so lange zu üben, bis sie sie vollständig und wie im Schlaf beherrschte. Ihre Gefühle abzustellen, sobald es in die Manege ging. Das hier, so sagte sie sich, war nichts anderes. Das Bordell war ihre Manege, man erwartete sie im Salon Rouge. Männer verloren den Verstand beim Gedanken an ihre Kunststücke. Diejenigen, die weniger Geld hatten, saßen auf den Rängen hinter verspiegeltem Glas und legten selbst Hand an, genauso wie die Leute, die den Livestream ansahen. Über mangelndes Publikum konnte Lin sich wahrlich nicht beschweren, doch Applaus musste sie schon lange vermissen. Im Salon herrschte eine andere Geräuschkulisse.

Sie konnte sie bis hier drinnen lachen hören. Besonders Rubys Stimme stach heraus und ihr ins Ohr. Die Matrone lachte über jeden Witz, den jemand machte, der bereit war, Geld auf ihren Tresen zu legen. Sie lachte schrill, und ihr riesiger Busen bebte dabei im Takt. Diese Frau war wirklich eine Karikatur. Lin hasste es, wenn sie lachte. Doch Rubys durchdringende Lache war nicht das einzige Geräusch. Lin hörte, wie die Champagnergläser gegeneinanderstießen, vernahm die schreckliche Lounge-Musik, die für eine entspannte Atmosphäre sorgen sollte. Damit sich der Freier fühlte, als wäre er in einem Beachclub und nicht in einem Puff. Fake it till you make it. Als wüssten die Ehefrauen nicht, was ihre Männer trieben, wenn sie die ganze Nacht über nicht nach Hause kamen. Aber jedem Menschen stand es frei zu verdrängen, was ihm beliebte.

Himmel, dieser Krach. Lin fiel es schwer, sich auf ihr Make-up zu konzentrieren. Da konnte man ja überhaupt nicht weghören. Sogar Gesprächsfetzen drangen an ihr Ohr. Eigentlich waren die Zimmer schallisoliert. Das war auch besser so, sonst wüssten sie alle, was die jeweils andere im Nachbarzimmer mit den Kunden trieb. Das brachte einen ja nur aus dem Konzept. Von den Freiern ganz zu schweigen. Doch heute hörte Lin alles. Auch das Stöhnen des Mannes, der mit ihrer Kollegin nebenan zugange war. Er wimmerte zwischendurch und nannte das Mädchen »Mutter«. Lin verdrehte die Augen. Solche Typen waren zwar meistens harmlos, aber auch sehr anhänglich und ein bisschen eklig. Ihr wäre es lieber gewesen, das nicht mit anhören zu müssen.

Doch sie hatte keine Wahl. Ihr war, als wäre sie gefangen in einer Wolke aus Geräuschen. Sie konnte jedes Wort zuordnen, wusste, woher die Musik kam. Hörte, dass jemand am Ende des Flurs eine Tüte Popcorn aß.

Kein Mensch hatte ein dermaßen feines Gehör. So was gab es nur in der Tierwelt.

Nicht daran denken.

Lin straffte die Schultern, steckte sich die Katzenohren in die Haare und befühlte zum wiederholten Mal ihre Oberlippe. Sie war nach wie vor geschwollen und sah so aus, als hätte Lin gerade eine Kollagenbehandlung hinter sich. Als ob sie so etwas nötig hätte. Sie sah bescheuert aus, geradezu billig. Es fiel ihr schwer, den Spiegel nicht von der Wand zu reißen.

Draußen auf dem Flur wurde der Lärm beinahe unerträglich. Ihr Kopf begann zu dröhnen, doch wenigstens wurde in dem schummrigen Licht ihre Sicht etwas besser. Auch wenn sie immer noch das Gefühl hatte, einen feinen Film auf der Netzhaut zu haben. Doch der Kopfschmerz war definitiv ihr größeres Problem. War das ein Kater, vielleicht die Nachwirkung des Medikamentenrauschs? Stand sie nach wie vor unter Drogen? Denn irgendeine Art von Droge musste es ja gewesen sein, die sie ihr verabreicht hatten.

Lin presste die Lippen aufeinander. Sie konnte einfach nicht glauben, dass ihr nach so vielen Jahren im Gardens so etwas passierte. Eigentlich war sie sehr vorsichtig und nur deshalb überhaupt noch am Leben. Gerade wenn es um Ruby ging, konnte der Abstand, den sie hielt, eigentlich nicht groß genug sein.

Lin stolperte dem Krach entgegen, wohl wissend, dass sie dem Ort, an dem sie am allerwenigsten sein wollte, ohnehin nicht entkommen konnte. Das Gardens besaß sie, lenkte ihre Schritte und – so schien es jedenfalls – formte nun auch ihren Körper. Dabei war ihr Körper das Einzige gewesen, worüber Lin immer die volle Kontrolle besessen hatte. Das war Teil ihres Wesens, ihres gesamten Lebens. Bis zum heutigen Tag. Sie und nur sie alleine formte ihren Körper, verdammt noch mal.

Als sie die Tür zum Clubraum aufriss, musste sie nach Luft schnappen, da die Wand aus Geräuschen sie beinahe erschlug. Wie in Trance taumelte sie auf den plüschigen Tresen zu, der sich an der gesamten hinteren Wand erstreckte und über den nur eine einzige Frau das Sagen hatte.

»Ruby!«, ächzte sie.

»Wo hast du gesteckt?« Die Stimme der Matrone klang ätzend und kratzte in Lins Ohren. Rubys viel zu rot geschminkter Mund verzog sich nach unten zu einer missbilligenden Fratze. Lin fühlte, wie sich ihre Nackenhaare aufstellten. Ihrem Mund entwich unwillkürlich ein merkwürdiges Geräusch.

»Fauch mich bloß nicht an, Missy!«, schimpfte Ruby, doch in ihrer Stimme lag noch etwas anderes. Ein Unterton. Triumph?

»Was … was habt ihr mit mir gemacht?«, brachte Lin hervor.

»Ich weiß nicht, was zu meinst!«, sagte Ruby und stellte zwei Martinigläser auf den Tresen.

Lin verstand selbst nicht, was passierte, doch im nächsten Augenblick schnellte ihre Hand nach vorne, und die Fingernägel gruben sich tief in das dicke Fleisch der Frau, die sie auf der Welt am meisten hasste. Mit Genuss fühlte Lin, wie unter ihren Fingernägeln einzelne Hautzellen aufplatzten. Augenblicklich roch sie das Blut. Ihr Magen rumorte. Sie musste all ihre Willenskraft aufbringen, nicht jeden blutigen Finger einzeln abzulecken.

»Das wirst du büßen!«, keuchte Ruby, und Lin meinte zu erkennen, dass ihre Chefin vor Schreck die Augen aufriss.

»Mag sein. Aber bis dahin werde ich es genießen«, zischte Lin zurück. Sie erkannte ihre eigene Stimme kaum. Tiefer war sie, klang fast wie ein Grollen. Zu ihrer eigenen Überraschung genoss Lin die Situation in vollen Zügen.

Ruby riss ihre Hand mit einem Aufschrei weg, und vier rote, blutige Striemen zogen sich über ihren Handrücken. Sie wickelte die Hand in eines der Küchentücher, die sie immer über die Schulter gelegt hatte. Die Wut war aus ihrem Gesicht verschwunden und hatte einem anderen Ausdruck Platz gemacht. Ruby sah, Lin fand einfach kein anderes Wort, vorsichtig aus.

»Was habt ihr mit mir gemacht?«, fauchte Lin erneut. Sie hatte keine Angst mehr vor dieser Frau, sie bewegte sich in einem Bereich weit jenseits von Furcht.

Die Matrone zog das Küchentuch fester um ihre Hand. Lin konnte hören, wie das Blut durch die Fasern sickerte.

»Wir haben deinen Marktwert erhöht, du undankbares Flittchen. Wenn ich gewusst hätte, dass du so ausflippst, dann hätte ich ein anderes Mädchen dafür ausgesucht.«

»Hättest du mal!«, zischte Lin. Sie zog die Oberlippe hoch und zeigte ihre Zähne. Es fühlte sich merkwürdig an. Aber nicht unbedingt schlecht. Sie kam sich stark vor. Beinahe unverwundbar.

»Du solltest mir lieber dankbar sein. Wenn du noch einmal so respektlos mir gegenüber bist, dann …«

Wieder wusste Lin nicht genau, wie ihr geschah. Sie fühlte nur, wie sie die Beine anzog, einen Satz machte und im nächsten Augenblick vor ihrer Chefin auf dem Tresen hockte. »Dann was …?«

Ruby hielt sich weiterhin gerade, doch Lin konnte hören, wie sich ihr Herzschlag und ihr Atem beschleunigten. Hörte, wie sich die Schweißporen der Frau öffneten. Ekelhaft.

»Du nimmst ab heute den doppelten Preis pro Stunde«, brachte die andere schließlich heraus. Ihre Stimme zitterte kaum merklich, doch Lin hörte es. Lin hörte ab jetzt alles.

Langsam glitt sie vom Tresen.

»Gut«, sagte sie, drehte Ruby den Rücken zu und verschwand in der Nacht.

BIROL

Es fiel ihm schwer, angesichts dieses Wahnsinns die Kontrolle über seine Gedanken zu behalten. Alles drehte sich, er schwitzte und wusste nicht, wohin mit seiner Verwirrung, seiner Angst, seinem Ekel. Birols Kopf schrie in einem fort: »Wo sind seine gottverdammten Beine??!«

Der Polizist Birol Celik lief auf Autopilot. Irgendwie tat er das schon, seitdem er Dittrich erschossen hatte, doch nun prasselte die volle Wucht dessen, was er getan hatte, auf ihn ein, während er funktionieren und so tun musste, als wäre überhaupt nichts gewesen. Und er war nicht sicher, ob er dazu in der Lage war. Es fiel ihm schwer, überhaupt auch nur einen klaren Gedanken zu fassen.

Zum Glück schien Martha seinen Zustand zu spüren, da sie ihn zielsicher durch die Situation navigierte.

Sie sagte Dinge wie: »Sollten wir uns nicht das Wohnzimmer genauer ansehen?« Und: »Das stellen wir besser alles sicher, oder Chef?«

Am Rande seines Bewusstseins wunderte er sich zwar, dass sie so gut Bescheid wusste, aber hauptsächlich war er ihr einfach nur dankbar. Er nickte, brummte und tat so, als hätte er sein Team im Griff. Als Martha Raven wieder anschleppte, beschwerte er sich nicht.

»Hat sich schon jemand auf die Suche nach seinen Beinen gemacht?«, fragte sie in die Runde, und jemand bestätigte, dass eine Streife bereits die Umgebung absuchte.

Gedankenverloren kramte Birol in ein paar der Kisten, die achtlos aufeinandergestapelt in der linken hinteren Ecke des Wohnzimmers standen. Was er darin sah, registrierte er kaum. Waren das Sportklamotten oder alte Lappen? Waffen oder Werkzeuge? Gehörten diese Teile zu einem Computer oder einer Kaffeemaschine?

Das Haus erschien ihm unheimlicher als noch in der Nacht davor. Er hatte sich mit Dittrich vollkommen allein gewähnt und doch war in den letzten acht Stunden noch eine dritte Person hier vorbeigekommen und hatte dem Toten die Beine abgeschnitten. Wer tat so was?

Am schlimmsten war für Birol die Angst, beobachtet worden zu sein. Dass es jemanden gab, der nun wusste, was er getan hatte. Und der die Gelegenheit beim Schopfe gepackt und dem Toten die Beine abgeschnitten hatte. Aber aus welchem Grund hätte er das tun sollen? Es konnte doch nicht sein, dass jemand zufällig in den Seitenflügel eines ansonsten verlassenen Hauses gekommen war, dort einen Toten entdeckt und sich entschlossen hatte, ihm einfach mal ein paar Gliedmaßen abzutrennen.

Die ganze Sache war so unerklärlich. Und es gab niemanden auf der ganzen Welt, mit dem er darüber reden konnte.

»Ist das der Tote?«, hörte er Martha fragen und drehte sich zu ihr um. Sie hielt ein großes Plakat des Gardens in der Hand. Es zeigte das Foto eines Hünen in Ringeroutfit. Er trug ein breites Grinsen auf dem Gesicht und hatte die muskulösen Arme vor der Brust verschränkt.

»Der Zerstörer«, stand darüber. Auch wenn der Mann, der da im Flur lag, eher selbst der Zerstörte war, so bestand doch kein Zweifel.

»Sieht ganz danach aus«, bestätigte er.

»Das ist ein Werbeplakat aus dem Fight Floor«, bemerkte Raven. »Dort treten Cheater gegeneinander an.«

»Ich weiß das«, blaffte Birol, und Raven zog eine ihrer unsichtbaren Augenbrauen nach oben, sagte aber nichts. Ihr Glück.

»Dr. Anderson?«, rief Martha in den Flur hinaus.

»Ja?«

»Haben Sie bei dem Mann schon irgendwelche Ersatzteile ausmachen können? Wir haben Grund zu der Annahme, dass er ein Cheater gewesen sein könnte.«

Birol lauschte angespannt. Der Arzt ließ sich Zeit mit seiner Antwort.

»Soweit ich das sehen kann, ist der Körper, wie er hier noch liegt, ersatzteilfrei.«

Martha nickte. »Danke sehr.«

Dann wandte sie sich zu Raven und Birol. »Wir sollten das trotzdem im Hinterkopf behalten.«

Birol nickte.

Er hörte ihre Worte und verstand deren Bedeutung. Irgendwie. Aber sein Gehirn machte keine Anstalten, Verknüpfungen herzustellen. Dinge in Zusammenhang zu setzen. Polizeiarbeit zu leisten.

Draußen war es inzwischen Tag geworden, doch das Licht wurde irgendwie nicht heller. Das passte perfekt zu seinem Leben. Es war dunkel geworden, und er hatte nicht die Hoffnung, dass es sich noch einmal aufhellte. Was zur Hölle hatte er getan?

Sie wühlten sich systematisch durch das Leben des toten Mannes. Raven und Martha diskutierten über dies und das. Erstellten Asservate, nahmen alles in die Liste auf und ergingen sich in Spekulationen.

Sie fanden eine nicht unerhebliche Menge Drogen, was darauf hindeutete, dass der Mann als Dealer gearbeitet hatte.

Der Fund unter einer der Bodendielen gab ihm wieder neuen Auftrieb.

»Vielleicht eine Abrechnung unter Dealern«, sagte er und versuchte, nicht allzu überschwänglich zu klingen. »Die bringen sich doch reihenweise gegenseitig um.«

»Oder ein Kunde auf einem schlechten Trip«, schlug Martha vor, und er lächelte.

»Jemand, dem der Tote Geld geschuldet hat oder der dem toten Geld geschuldet hat. Es gibt einen Haufen Möglichkeiten, wenn man es mit diesem Milieu zu tun hat.«

Langsam spürte Birol, wie das Leben in ihn zurückkehrte. Worüber machte er sich eigentlich so große Sorgen? Keine Sau würde sich für diesen Dittrich interessieren, genauso wie sich keine Sau für ihr kleines Team interessierte, das im Käfig alle nur »Kommando Kindergarten« nannten. Er würde die beiden Frauen einfach noch ein bisschen knobeln lassen. Sie waren erst ein paar Wochen dabei und würden ohne seine Hilfe nicht wirklich etwas zutage fördern.

Sie würden schlussfolgern, dass es ein Mord im Drogenmilieu war – einer von vielen, die täglich in dieser Stadt begangen wurden. Und damit war es gut. Ihm konnte gar nichts passieren – schließlich hatte er die Ermittlungen doch selbst in der Hand. Es gab keine Verbindung zwischen ihm und dem toten Mann. Einzig der Typ, der ihm Dittrichs Namen und Adresse genannt hatte, würde zwei und zwei zusammenzählen können. Birol rieb sich die Schläfen. Der stellte doch hoffentlich keine Gefahr für ihn dar, oder? Verdammt. Er hätte den Kerl nicht einfach so laufen lassen dürfen. Wie ein Schaf hatte er nach der Vernehmung sogar noch eigenhändig dessen Wasserglas in die Spülküche gebracht. Wie blöd war er eigentlich?

Überhaupt hätte er besser etwas Zeit verstreichen lassen sollen, bevor er losrannte und den Typen über den Haufen schoss. Impulskontrolle. Konsequenzanalyse. Nicht gerade seine Stärken.

Ein Tumult im Flur riss ihn aus seinem düsteren Gedankenkarussell.

Einer der Techniker steckte den Kopf zur Wohnzimmertür herein und rief fröhlich: »Celik, wir haben die Beine!«

Raven und Martha sprangen auf, während er ihnen nur widerwillig folgte. Er wollte nicht sehen, was genau die Streifenpolizisten gefunden hatten.

»Bringt sie hier nach hinten!«, forderte Martha, die bereits dabei war, eine Plastikfolie auf dem Boden auszubreiten. Sie würde es einmal weit bringen, schoss es ihm durch den Kopf, und er bemerkte irritiert, dass ihn der Gedanke mit Stolz erfüllte. Dabei hatte er keine Ahnung, was das mit ihnen beiden war oder ob er überhaupt wollte, dass es irgendwas war. Vor allem jetzt.

Zwei Streifenpolizisten betraten das Wohnzimmer, gefolgt von sämtlichen Beamten, die diesen Tatort bevölkerten. Wenn man ganz ehrlich war, so stellte Sensationslust wahrscheinlich für viele Menschen einen Teil der Motivation dar, zur Kriminalpolizei zu gehen.

Bevölkerung war tatsächlich das richtige Wort für diese Ansammlung Beamter auf derart engem Raum; Birol hatte selten einen Tatort so voll erlebt wie diesen. Merkwürdig eigentlich. Der Tote war doch genau so ein armer Schlucker gewesen wie dieser Bartosz. Warum war hier auf einmal die Hölle los, als hätte jemand die Bürgermeisterin persönlich umgebracht?

Die Männer grüßten kurz in die Runde und kippten dann mit den Worten »Wir mussten gar nicht weit gehen. Sie lagen im Hof in einem der alten Blumenbeete« zwei Unterschenkel auf die Folie.

Die Beamten stellten sich drum herum auf und betrachteten die beiden Gliedmaßen, die seltsam unwirklich aussahen. Sie hatten es immer wieder mit abgetrennten Körperteilen zu tun, auch das war alles andere als selten, aber so richtig gewöhnen konnte man sich an den Anblick nicht. Menschliche Beine gehörten nun einmal an eine Person und nicht in einen Müllsack.

»Die Knie fehlen«, stellte Raven knapp fest. »Jemand hat sie rausgeschnitten.«

Das war nicht zu leugnen.

»Dafür habe ich was anderes«, drang die Stimme eines Kriminaltechnikers aus dem Flur zu ihnen ins Wohnzimmer. Birol drehte sich in seine Richtung und sah, wie der Mann mit einem triumphierenden Grinsen eine kleine Plastiktüte mit einer blutverschmierten Patronenhülse hochhielt.

»Das Projektil steckt ziemlich tief in der Wand, aber das bekommen wir auch noch rausgefummelt!«

»Gute Arbeit!«, rief Martha fröhlich aus und sorgte für ein paar unterdrückte Lacher unter den Anwesenden. Die Kollegen amüsierten sich offenbar über so viel Tatendrang und Geltungssucht. Kein Wunder, im Gegensatz zu Zynismus war Eifer etwas, das man eher selten in ihren Reihen vorfand.

Birol indes war nicht nach Lachen zumute.

Die Hülse. Er hätte wenigstens die Hülse mitnehmen müssen, verdammt noch mal. Sicher, die Waffe war angeblich nicht registriert, doch das hieß nicht viel. Wenn einer seiner Cousins das Ding bei einem Coup schon einmal benutzt hatte – wovon er stark ausging – und das irgendwann herauskam – wovon er ebenfalls stark ausging, denn seine Cousins neigten dazu, sich verhaften zu lassen –, dann war die Verbindung zu ihm selbst schnell hergestellt.

Gab es eigentlich einen eigenen Planeten für Idioten wie ihn?

MIKAEL

Das Chaos zu beseitigen, das die Razzia nach sich gezogen hatte, war Schwerstarbeit. Beinahe jeder Bereich des Gardens war betroffen, vom Circus bis runter zum Fight Floor. Auch wenn ihre illegalste Institution tatsächlich am wenigsten beeinträchtigt worden war. Der Imageschaden, den der ganze Club erlitten hatte, reichte nicht bis so weit nach unten. Auch das Bordell war kaum betroffen. Immerhin.

Menschen, die gerne dabei zusahen, wie sich Fremde gegenseitig die Eingeweide rausrissen beziehungsweise ihre Schwänze gerne mal in fremde Ärsche steckten, interessierten sich nicht für den Schmutz, der von der Presse gerade kübelweise über dem Gardens ausgeschüttet wurde. Vielleicht hofften sie insgesamt auf eine Rabattaktion oder irgendwas in der Richtung. Zwei Nutten zum Preis von einer.

Er schüttelte genervt den Kopf. So ein Desaster hatte es das letzte Mal gegeben, als Emily die Manege zertrümmert und ein paar Besucher niedergetrampelt hatte.

Auf gewisse Weise war das hier sogar eine größere logistische Katastrophe, obwohl physisch nichts repariert werden musste. Von ein paar Gläsern, Champagnerflaschen und Absperrungen einmal abgesehen, war nichts zu Bruch gegangen.

Doch sein Personal war ausgedünnt worden. In den letzten Jahren hatte sich das Gardens zu einer gut geölten Maschine entwickelt, in der jedes Zahnrädchen, auch diejenigen, die sich im Dunstkreis des Clubs bewegten, seine Rolle spielte. Er war stolz gewesen, den Überblick über all das zu behalten.

Und dann, einfach so, war mit dem Hammer auf seine Konstruktion eingedroschen worden.

Das Lieblingsmädchen seines Bruders war tot, ebenso wie einer seiner besten Kämpfer. Zwei weitere waren verhaftet, doch am schlimmsten war der Verlust von Cristobal. Er brauchte seinen stummen Tierpfleger dringend zurück. Nicht weil sonst die Tiger durchdrehten, sondern weil es ein paar Jobs gab, die nur Cristobal erledigen konnte. Denn der große Vorteil des jungen Mannes zeigte sich gerade wieder in seiner ganzen Tragweite: Er konnte nicht sprechen. Und schreiben konnte er auch nicht, was bedeutete, dass er selbst unter Folter keine Möglichkeit hatte, preiszugeben, was er wusste. Mikael musste ihn unbedingt zurückhaben. Hoffentlich hielt sein Kontakt bei der Polizei Wort. Wollte der nicht heute Nachmittag anrufen?

Er trat an die große Fensterscheibe, die einen Blick von seinem feudalen Wohnzimmer auf den Mainfloor des Hauses erlaubte. Die Vorstellung im Circus war gerade in vollem Gange, doch die Ränge waren deutlich spärlicher besetzt als an normalen Tagen. Eugene sagte, er müsse nur geduldig sein, sie würden sich schon wieder erholen, so, wie sie es immer taten. Doch Geduld war eine Tugend, mit der Mikael Metzger nicht gesegnet war.

Auf dem glitzernden Podest weit unter ihm, im Zentrum der Manege, verbog sich gerade eine junge Frau, als hätte sie keine Knochen. Sie war gut, doch ihre Bewegungen schienen ein wenig abgehackt. Unter diesem Dach lebte jemand, der deutlich besser war in dieser Kunst als das junge Ding da unten, doch mit Lin hatten Ruby und er schon immer andere Pläne gehabt. Der Circus war lediglich ein Nebengeschäft der Metzgers, mit dem sie die horrenden Heizkosten für das Gebäude deckten.

Mikael Metzger war ein Mann, der leicht aufbrauste und dann Dinge tat, die er hinterher oft bereute. Doch dank seines Stolzes und seiner Position gab er das natürlich niemals zu. Und es gab auch niemanden, der es wagte, ihn zur Vernunft zu rufen.

Auch jetzt hatte er in seiner Rage eine Entscheidung getroffen, die er lange vor sich hergeschoben hatte. Ruby lag ihm mit dem Zeug seit Wochen in den Ohren, doch er hatte nichts davon wissen wollen. Man wollte es kaum glauben, doch selbst ein Mikael Metzger hatte Grenzen. Was auf die Matrone des Salon Rouge nicht im Geringsten zutraf. Ruby war der Meinung, es gäbe eine Möglichkeit, ihre Umsätze noch einmal zu verdoppeln, wenn sie ein paar ihrer Mädchen als Versuchskaninchen für ein neuartiges Verfahren opferte. Was sie von ihm wollte, war ihm zu weit gegangen. Er hatte sie immer wieder abgeschmettert, hatte ihr verboten, mit dem Mann zu sprechen, der den Vorschlag an sie herangetragen hatte. Doch Ruby war eine Frau, die sich nichts sagen ließ, am allerwenigsten von ihm. Denn im Gegensatz zu den meisten seiner Mitarbeiter war Ruby unersetzlich. Er hätte sie schon vor langer Zeit rauswerfen sollen, doch nun war es längst zu spät dafür. Und sie wusste es ganz genau.

Am Morgen nach der Razzia hatte er schließlich zugestimmt. Es ärgerte ihn, weil Ruby sich diesen Moment ganz gezielt ausgesucht hatte, wohl wissend, dass es für sie kaum einen besseren Zeitpunkt geben konnte. Und noch mehr ärgerte ihn, dass sie recht behalten hatte.

Nun gingen unter seinem Dach Dinge vor, die ihm unheimlich waren. Und von denen Eugene am besten niemals etwas erfuhr. Er hoffte, dass Ruby recht behielt und sich die ganze Sache für sie am Ende doppelt und dreifach auszahlte. Denn nun warf er auch noch die besten Mädchen des Hauses in die Waagschale.

Sein Telefon klingelte, und er hob ab.

»Ja?«

»Ich habe nicht viel Zeit«, sagte die Stimme am anderen Ende der Leitung, die ihm mittlerweile so vertraut war wie die Stimme seines Bruders.

»Sie haben nie viel Zeit. Ich habe auch nie viel Zeit. Also verschwenden Sie keine.«

»Manchmal ermüden Sie mich, Metzger«, erwiderte der Polizist.

Mikael lachte. Das hatte noch nie jemand zu ihm gesagt. »Öfter mal was Neues. Wo wir beim Thema wären: Haben Sie Neuigkeiten für mich?«

»Das habe ich in der Tat«, bestätigte der Polizist. »Die Sache mit Birol Celik dürfte in Kürze erledigt sein.«

»Dürfte erledigt sein«, echote Mikael. »Das ist aber ein bisschen dürftig, finden Sie nicht?«

Der Polizist seufzte. »Mein Job ist um einiges komplizierter als Ihrer, Metzger. Wenn Sie Illegales tun, dann ist das genau das, was man von Ihnen erwartet. Es gehört sozusagen zum Kleingedruckten in Ihrer Jobbeschreibung. Wenn ich allerdings etwas tun möchte, das gegen Gesetze verstößt, dann muss ich sehr, sehr behutsam vorgehen. Alles muss so aussehen, als ginge es seinen geregelten, von Recht und Gesetz vorgegebenen Gang.«

»Das klingt kompliziert und langweilig.«

»Das ist es auch. Beides.«

»Und woher weiß ich, dass Ihre Rechnung aufgeht?«

Der Polizist lachte. »Ich kenne Celik. Ich kenne meine Leute. Und ich bin gut darin, die Figuren auf einem Schachbrett so zu bewegen, dass ich den König am Ende mattsetzen kann. Und der König ist in unserem Fall Birol Celik.«

»Hm«, machte Mikael, der noch nicht vollends überzeugt war, aber einsehen musste, dass er nicht mehr tun konnte, als dem Mann zu vertrauen. Das war etwas, was ihn an ihrer Beziehung besonders störte.

»Und was ist mit Cristobal?«

»Ich arbeite dran.«

»Ach wirklich?«

»Das ist ja das Geniale an meinem Plan«, erklärte der Polizist. »Alles ist so eingefädelt, dass sich Ihre beiden Probleme gleichzeitig in Luft auflösen werden.«

»Da bin ich gespannt. Sollten Sie Wort halten, wird es wie immer Ihr Schaden nicht sein.«

»Ich werde Wort halten. Verlassen Sie sich darauf.«

Der Polizist legte grußlos auf. Das machte er immer so, und Mikael fand es jedes Mal auf eine bestimmte Art irritierend. So, als wollte der andere zeigen, dass er die Oberhand hatte. Eines Tages würde er ihn ausfindig machen und ihm seine Frechheit zurück in den Mund stopfen. Wenn er ihn nicht mehr brauchte.

Und er freute sich schon darauf.

LAURA

Sie hatte das Gefühl, gerade das ganze Team zusammenzuhalten. Und, um ehrlich zu sein, beinahe die gesamte Arbeit alleine zu machen.

Laura organisierte den Transport der gesicherten Asservate aus der Wohnung des Opfers – es mussten Hunderte sein – und trieb Raven und Birol irgendwann zur Tür hinaus. Beide verhielten sich irgendwie merkwürdig. Raven hängte sich zu sehr rein, Birol hing im Gegensatz dazu vollkommen durch.

Normalerweise war es eher andersherum. Das einzig Gute an den vergangenen Stunden war, dass Birol ihr gegenüber wieder offener geworden war. Er hatte schon mehrfach Blicke mit ihr getauscht und sie direkt angelächelt. Was immer ihn auch beschäftigte, schien nicht ihre Schuld zu sein.

Als sie aus dem Haus traten, goss es in Strömen, und Nebel stieg von den Straßen auf. So hatte sie sich früher immer London vorgestellt, doch niemals Berlin. Das Villenviertel, in dem sie sich befanden, wirkte in seiner Verlassenheit noch gruseliger als zum Beispiel Pankow, wo sie wohnte. Als hätte eine mysteriöse Seuche alle betuchten Bewohner Berlins dahingerafft und nur die Unterwelt am Leben gelassen.

Wenn man sich so umschaute, hatte man ohnehin das Gefühl, in einer Stadt ohne Normalität gelandet zu sein. Jeder hier war entweder Teil des Bösen oder bekämpfte es, führte ein Leben, das auf die eine oder andere Weise extrem und prekär war. Alltag war in Berlin etwas vollkommen anderes als im Rest des Landes.

Sicherlich hatte das viel mit der Spaltung der Stadt in Neu- und Altberlin zu tun. Zwar gab es auch in Hamburg Neubausiedlungen und Gated Communities, doch man teilte sich noch immer gemeinsam mit den Reichen und den Armen die Stadt. Hier war das anders. In Berlin waren zu viele Menschen sehr reich geworden – auf Kosten zu vieler anderer Menschen. Und das ganze soziale Gefüge war auseinandergebrochen.

Schweigend standen sie im gewaltigen Portikus des schönen alten Hauses und sahen den dunklen Wolken dabei zu, wie sie über den Himmel zogen. Raven rauchte eine Zigarette, Birol war losgezogen, um das Auto zu holen, und Laura genoss die frische Luft. Obwohl der Tote noch nicht lange gelegen hatte, mochte sie es nicht, zu lange mit einer Leiche den Raum zu teilen. Die Luft war schlecht, auf eine spezielle Art vergiftet. Es roch immer nach Fäkalien und Verfall und Ende. Da half es erst recht nicht, dass sich zehn Beamte auf einmal in die kleine Wohnung gequetscht hatten.

»Findest du es nicht auch merkwürdig, dass bei dem Toten ohne Augen niemand mit echter Sachkenntnis am Tatort war und hier gleich die halbe Mordkommission angerückt ist?«, fragte sie halb Raven, halb sich selbst.

»Total merkwürdig«, bestätigte diese und zog an ihrer Zigarette. »Sogar die Rechtsmedizin war da. Und das, obwohl Birol uns doch noch einen Vortrag darüber gehalten hat, dass sich Berlin so was überhaupt nicht leisten kann.« Sie schnippte die Kippe weg. »Wetten, Blume hat was damit zu tun?«

Laura zog die Augenbrauen hoch. »Wie kommst du denn darauf?«

»Wer hätte es sonst in der Hand? Und wer könnte sonst vor allen anderen erfahren, dass eine Leiche gefunden wurde?«

»Aber auch Hinnerk Blume ist an Weisungen von weiter oben gebunden«, gab Laura zu bedenken. »Er kann nicht machen, was er will. Außerdem wird er nicht ohne Grund an diesen Posten gekommen sein. Sicherlich ist er ein guter Polizist.«

Raven schenkte ihr einen belustigten Blick, als wollte sie sagen: *Träum weiter, Schätzchen.*

Am liebsten hätte sie gefragt, ob Raven beim morgendlichen Schnüffeln vielleicht etwas über Hinnerk Blume herausgefunden hatte, das sie wissen sollte, doch sie biss sich auf die Zunge. Laura war froh, dass Raven und sie einen handfesten Streit umschifft hatten, und sie wollte jetzt sicher nicht gleich einen neuen vom Zaun brechen.

Dennoch hätte Laura ihre Kollegin gerne geschüttelt. Raven war nicht Mikael Metzger, verflucht. Sie hatte ein paar Sachen geklaut, okay, aber das machte sie noch lange nicht zu einer Kennerin der Unterwelt. Oder des Lebens an sich. Aber Raven tat gerne so, als wäre sie Expertin für alles. Vielleicht war das aber auch der Schutzmantel der kleinen, zerbrechlichen Frau mit den harten Augen. So wie sie alle ihre Panzer und Tarnungen hatten. Raven war die Außenseiterin im Käfig, also verhielt sie sich auch entsprechend.

Birol kam mit ihrem Einsatzwagen die Straße entlang und hielt am Bordstein, um die beiden einsteigen zu lassen. Wie selbstverständlich setzte sich Laura zu Birol nach vorne, während Raven hinten in den Fahrgastraum kroch und sich am Fenster zusammenrollte.

»Wann bekommen wir den Obduktionsbericht?«, fragte Laura, und Birol hob die Schultern.

»Ich war bis vor knapp zwei Wochen noch beim Drogendezernat. Keine Ahnung, wie lange das dauert.«

»Also müssen wir wohl wieder ins Gardens, um dort mehr über den Toten herauszufinden. Die Wohnung sah jetzt nicht gerade nach Ehefrau und zwei Kindern aus.« Laura wusste selbst nicht, warum sie so viel redete. Sie war offiziell nur Polizeischülerin, hatte ihre Ausbildung gerade erst angetreten und sollte sich nicht ständig hervortun. Doch die Passivität, die Birol an den Tag legte, bereitete ihr Unbehagen, und außerdem konnte sie nicht anders.

»Die meisten aus dem Gardens sind doch sowieso noch im Käfig«, bemerkte Raven müde. »Den Weg können wir uns schon mal sparen.«

»Aber aus dem Untergeschoss haben wir doch kaum jemanden mitgenommen«, warf Laura ein. »Und wenn ich das richtig verstanden habe, war der Typ ein Kämpfer. Eine Art … Boxer?«

Im Rückspiegel sah sie, dass ein winziges Lächeln über Ravens Gesicht huschte. Was wusste ihre Kollegin über die Dinge, die im Utopia Gardens so vor sich gingen?

»Er war ein Cheater«, knurrte Birol, und es klang irgendwie bedrohlich. Als wären Cheater der Abschaum der Menschheit.

Laura kümmerten die Modifizierten nicht mehr und nicht weniger als gewöhnliche Verbrecher. Und da sie die angenehme Angewohnheit hatten, sich gegenseitig umzubringen, fühlte sie sich von ihnen auch nicht bedroht. Birol schien da ganz andere Gefühle zu hegen.

»Aber kein gewöhnlicher«, beharrte sie. »Die Plakate waren doch eindeutig. Der Typ hat für Geld gekämpft. Vielleicht ist bei den Kämpfen etwas gelaufen, das gegen die Regeln verstoßen hat oder so?«

Nun lachte Raven auf der Rückbank auf. »Gegen die Regeln verstoßen! Du bist echt süß, Martha. Bei den Kämpfen auf dem Fight Floor gibt es keine Regeln. Es wird gekämpft, bis einer nicht mehr aufstehen kann.«

»Fight Floor«, wiederholte sie. »So heißt das?«

»So heißt das«, bestätigte Raven nickend.

»Als wir bei der Razzia dazukamen, lag eine abgetrennte Hand im Ring«, erzählte Birol. »Mit der Verhaftung haben wir dem einen Kerl wahrscheinlich sogar einen Gefallen getan. Vielleicht hätte er die Nacht sonst nicht überlebt.«

»Ist der Typ noch auf dem Revier?«, fragte Laura, die sich Mühe gab, das Bild einer abgetrennten Hand aus dem Kopf zu bekommen.

Birol zuckte die Schultern. »Schätze schon.«

»Gut. Wir haben ein Plakat mitgenommen und fangen einfach mit dem an, den wir dahaben. Vielleicht redet er ja mit uns.«

»Du kannst es gerne versuchen«, sagte Birol und schenkte ihr ein seltenes, feines Lächeln. Sie fühlte sich gleich besser.

Ermutigt durch diese Geste, senkte Laura ihre Stimme: »Haben wir eigentlich am Wochenende frei?«

»Wenn nichts mehr dazwischenkommt. Warum?«

»Nun.« Sie lächelte und beugte sich zu Birol hinüber. »Ich dachte da vielleicht an einen kleinen Ausflug ins Grüne. Was du über die Gartenlaube erzählt hast, klang verlockend.«

»Du meinst …«

»Ich würde es gerne sehen«, bestätigte sie leise. Auch wenn ihr eigentlich egal war, was Raven hörte und was nicht. Sie hatte ja ohnehin schon ihre eigenen, zutreffenden Schlüsse gezogen.

»Ich kann es mir ja mal überlegen«, sagte Birol. Da er lächelte, ging Laura davon aus, dass sie ein Date hatten.

Die Laube fand sie besonders interessant, da es hier vielleicht möglich war, mehr über Birols Vater herauszufinden. Außerdem wollte sie sie wirklich gerne sehen. Und noch mehr Zeit mit Birol alleine verbringen.

Im Käfig angekommen, wirkte Birol zwar nicht mehr so katastrophal verstört wie am frühen Morgen, doch er war weit davon entfernt, er selbst zu sein.

Mit einem gemurmelten »Ich tippe dann mal den Bericht« verschwand er in ihrem kleinen Büro und ließ krachend die Tür hinter sich ins Schloss fallen.

»Schätze, wir sind zu der Party nicht eingeladen«, kommentierte Raven sein Verhalten trocken. »Du weißt nicht zufällig, was mit ihm los ist?«

»Nein. Ich habe keine Ahnung«, murmelte Laura. »Der Anruf aus dem Käfig kam, und plötzlich war er wie ausgewechselt.«

»Na, immerhin etwas«, bemerkte Raven amüsiert. »So musst du dich wenigstens nicht fragen, ob du schlecht im Bett bist.«

Laura sog empört Luft ein, musste aber bei Ravens Grinsen anfangen zu lachen. Sie schlug ihre Kollegin mit der flachen Hand gegen die Schulter. »Also ehrlich, Raven.«

»Jetzt tu nicht so unschuldig. Du hast den Chef gevögelt. Ich gehe mal in den Keller, die Asservate warten.«

Und mit diesen Worten war Raven schon in Richtung Aufzug verschwunden.

In dem Moment bemerkte Laura, dass Raven sie mit ihrer Kaltschnäuzigkeit und der Art, sie aus der Reserve zu locken und zum Lachen zu bringen, an Fenne erinnerte. Sie wusste noch nicht genau, wie sie das finden sollte. Auf jeden Fall war Raven dabei, sich genauso in ihr Herz einzuschleichen wie Birol.

Laura stand eine Weile wie bestellt und nicht abgeholt auf dem Flur herum, bis sie sich komisch vorkam. Sie beschloss, sich an ihrer ruchlosen Kollegin ein Beispiel zu nehmen und ein wenig in Can Celiks digitaler Akte herumzuschnüffeln. Wenn sie nicht bald mal in die Puschen kam, würde sie zum zweiten Mal ihre Prüfung ablegen, bevor sie herausgefunden hatte, warum ihre Freundin gestorben war.

So unauffällig sie konnte, schlüpfte sie in einen leeren Vernehmungsraum und zog die Tür hinter sich zu.

RAVEN

Die Tür fiel hinter ihr zu, und sie konnte sich gerade noch dazu bringen, den Code einzutippen und alles zu verriegeln, bevor sie sich im Wohnzimmer auf die alte Couch fallen ließ und das Tablet hervorholte.

»Es wurde aber auch Zeit«, lamentierte Sky, sobald er im Bildschirm erschienen war. »Was hast du so lange gemacht?«

»Gearbeitet«, antwortete Raven knapp und angelte nach der Tüte Cracker, die schon sehr, sehr lange geöffnet auf dem Couchtisch lag. Es war eine der Kuriositäten des Lebens, dass Cracker als einzige Backwaren mit der Zeit nicht härter wurden, sondern weicher. Wahrscheinlich war es ein ungeschriebenes Gesetz, dass alle Lebensmittel, die man herumliegen ließ, schlechter wurden. Was weich war, wurde hart, was hart sein sollte, wurde labberig. Egal. Sie stopfte sich eine ganze Handvoll von dem Kram in den Mund.

»Und ich habe deine Akte mitgehen lassen. Vielleicht finden wir da ja einen Hinweis darauf, was mit dir passiert ist.«

Sie zog einen Laptop heran und wartete ungeduldig, bis er erwachte.

»Du hast was?«

Sky klang besorgt und irgendwie nicht wie er selbst. Überrascht sah Raven hoch und bemerkte, dass er tatsächlich eine Nuance blasser geworden war. Wie konnte das sein bei einer komplett digitalen Person?

»Hey, was ist denn?«, fragte sie. »Ich dachte, das würde dich freuen?«

»Freuen.« Sky verzog das Gesicht. »Freuen ist gut. Ich mach mir in die Hose.«

»Aber wenn wir herausfinden wollen, wo dein Körper steckt, müssen wir uns genau ansehen, was vorher passiert ist. Du kannst dich nicht erinnern, also sind die Akten der logische erste Schritt.«

»Stimmt schon.«

»Aber?«

Sky verschränkte die Arme vor der Brust. Aber nicht auf die abwehrende Art, sondern so, als wäre ihm kalt. »Ich weiß nicht, ob ich das sehen will.«

»Du kannst auch bis ans Ende deines Lebens in meiner Hosentasche wohnen und mir auf den Geist gehen«, sagte Raven mit einem halben Lächeln, während sie den alten USB-Stick in die dafür vorgesehene Buchse steckte und inständig hoffte, dass alles funktionierte.

Es war eine ziemliche Herausforderung gewesen, überhaupt einen Stick aufzutreiben. Die Rechner im Käfig waren doch tatsächlich zu alt für die kabellose Übertragung. Es war ein Wunder, dass die Dinger überhaupt noch liefen. Der Stick wurde von ihrem Rechner, wiederum der älteste, den sie besaß, nicht sofort erkannt, doch wenn sie ihn mit dem Finger ein wenig anhob und so den Druck auf die Kontakte erhöhte, ging es.

»Es ist deine Entscheidung«, sagte sie ernst, und Sky schaute sie überrascht an.

»Du hast noch nicht reingeschaut?«

Raven schüttelte den Kopf. Natürlich hätte sie am liebsten direkt in Hinnerks Büro einen Blick hineingeworfen, doch sie hatte nicht riskieren können, erwischt zu werden. Das konnte sie Sky aber natürlich nicht so sagen. »Für wen hältst du mich?«, sagte sie stattdessen empört. »Es ist deine Akte. Dein Körper, deine Geschichte, deine Entscheidung.«

Sky überlegte einen Moment. Raven verstand nicht, was ihn zurückhielt. Aber es war nicht das erste Mal, dass sie den It-Boy nicht verstand. Was nicht an Sky lag. Sie war einfach nicht gut darin, andere Menschen zu verstehen. Die meisten ihrer Motive kamen ihr schrecklich unlogisch vor.

»Du hast ja recht, du hast ja recht. Aber irgendwie finde ich das … gruselig.«

»Warum?«

»Weil in dieser Akte Dinge über mich stehen werden, die ich nicht weiß. Ich habe eine Erinnerungslücke, aber keine Ahnung, wie groß die ist. Ich weiß nicht, wie viele Tage meines Lebens mir fehlen und habe Angst davor, es herauszufinden. Oder das, was während dieser Tage passiert ist.«

Raven runzelte die Stirn. »Ja, aber …«

»Du hast gefragt, ich habe geantwortet, Raven. Es ist ja auch keine rationale Angst, sondern ein komisches Bauchgefühl. Mir ist mulmig, verstehst du?«

»Ich verstehe«, log Raven, und Sky lachte.

»Nein, das tust du nicht.«

»Woher willst du das wissen?«

»Ich beobachte dich. Und ich bin zu dem Schluss gekommen, dass du beinahe unerträglich rational bist. Du vertraust deinem Bauchgefühl nicht.«

Raven schnaubte. »Ich habe überhaupt kein Bauchgefühl. Und keine Ahnung, was das überhaupt sein soll. Ich habe einen Instinkt. Ideen. Einen Geist. Ich habe Dinge, die ich tun muss, und solche, die ich tun will. Mein Leben ist voll mit Verpflichtungen, selbst wenn ich überhaupt ein Bauchgefühl hätte, würde mir die Zeit fehlen, darauf zu hören. Das ist ein Luxus, den ich mir nicht leisten kann. Ich tue nur, was getan werden muss.«

»Du klingst gerade wie mein Vater«, sagte Sky, und der Blick auf seinem Gesicht verriet Raven, dass sie Skys Vater ganz sicher niemals kennenlernen wollte. Sie atmete einmal tief durch.

»Okay. Also habe ich kein Bauchgefühl. Und jetzt? Was machen wir mit dieser bahnbrechenden Erkenntnis? Immerhin geht es hier nicht um mich, sondern um dich.«

Sky seufzte. »Warum bist du nur immer so schrecklich?«

»Weil ich ein Gehirn habe!«

»Ich weiß nicht, in welchem Universum ich die passende Erwiderung finden sollte. Und ob ich jetzt beleidigt sein sollte, weiß ich auch nicht.«

»Sky.«

»Was?«

»Mein *Bauchgefühl* sagt mir, dass du nur von der Akte ablenken willst. Weil du Angst hast. Nicht mehr und nicht weniger. Mein Bauchgefühl oder die Abwesenheit eines Bauchgefühls ist momentan so relevant wie der berühmte chinesische Reissack.«

»*Du* bist ein Reissack«, gab Sky beleidigt zurück und schoss Raven einen Blick zu, den sie nicht deuten konnte. »Jetzt mach die Datei schon auf. Ich hab ja doch keine Wahl.«

Raven schmunzelte. »Genau so ist es.«

Sie klickte auf den Ordner und rief den Bericht der Hamburger Polizei auf. Dann drehte sie das Tablet so, dass Sky mitlesen konnte. Weil er sehr lange nichts sagte, fragte Raven: »Siehst du genug?«

»Hm«, machte Sky.

»Hier steht, dass du auf dem Weg zu einer Besprechung warst. Dein Fahrer hat dich im neuen Hafen abgesetzt, kannte das genaue Ziel aber nicht. Kannst du dich erinnern, wo du hinwolltest?«

Sky runzelte die Stirn. »Nein. Der ganze Tag ist weg. Und die Zeit danach auch. In einem Augenblick sitze ich mit meinem Vater noch beim Abendessen. Wir diskutieren irgendein neues Projekt, und ich langweile mich. Und im nächsten bin ich in deinem Wohnzimmer, und mein Körper ist futsch. Dazwischen ist nichts.«

Raven rief den Internetbrowser auf und tippte »Firma neuer Hafen Hamburg« ein. Die Ergebnisliste war endlos. »Das bringt uns nichts«, murmelte sie.

»Der neue Hafen besteht quasi nur aus Büros. Das wäre, wie die Stecknadel im Heuhaufen zu suchen.«

»Konnte ich ja nicht wissen.«

»Du warst noch nicht in Hamburg?« Sky zog überrascht die Brauen hoch. »Das wundert mich jetzt aber.«

»Ich bin noch nie aus Berlin rausgekommen.«

»Noch nie?« echote er, und Raven schüttelte irritiert den Kopf. »Nein. Ich muss arbeiten.«

»Ständig musst du arbeiten. Dabei kannst du noch keine zwanzig sein. Was ist denn los mit dir?«

Raven schnaubte genervt. »Das hatten wir doch schon. Manche Leute müssen für ihr Geld hart arbeiten, von Bülow.«

Sky hob die Hände, als wollte er um einen Waffenstillstand bitten. »Ist ja schon gut. Ich sag nichts mehr.«

»Und du lenkst schon wieder nur ab.« Raven dachte nach. »Okay. Gehen wir die Sache mal logisch an. Was wir wissen, ist: Du bist hier, und dein Körper ist woanders.«

»Richtig. Das ist aber noch nicht logisch, sondern vollkommen unlogisch.«

»Da gebe ich dir recht«, erwiderte Raven schmunzelnd. »Was ich meine, ist ja auch: Vorher waren dein Körper und du noch eine Einheit. Und das seid ihr jetzt nicht mehr. Wie bist du in das Gerät gekommen? Du musst ja eine Art Prozess durchlaufen haben. Jemand muss deine Persönlichkeit als Datensatz auf das Tablet kopiert haben. Aber nicht nur deine Persönlichkeit, sondern auch deine Erinnerungen. Dein Bewusstsein. Dein gesamtes Konnektom.«

»Mein was?«

»Zu kompliziert. Jedenfalls ist das eine unvorstellbar riesige Datenmenge. Sie haben sogar deine Seele digitalisiert. Ich meine: Du bist manchmal beleidigt, du bist ängstlich, hast Spaß. Deine Seele ist in diesem Tablet.«

»Ich weiß nicht, ob ich dir folgen kann.«

Raven schüttelte irritiert den Kopf, als wollte sie eine Fliege verscheuchen. »Natürlich kannst du das. Es ist gar nicht so schwer. Jemand hat es geschafft, Sky von Bülow, sein Aussehen, seine Erinnerungen und sein Ich-Bewusstsein in einen Datensatz zu übersetzen und auf einem Gerät zu speichern. So, wie du jetzt vor mir sitzt oder stehst oder was auch immer, bist du eine völlig neue Version deiner selbst.«

»Aber ich habe doch normalerweise einen Körper!«

Raven zog die Brauen hoch. »Ja, aber würdest du bezweifeln, dass du, so wie du jetzt bist, du bist?«

»Nein.« Sky runzelte die Stirn. Dann raufte er sich die Haare. »Das ist zu hoch für mich.«

»Es ist ja auch schwierig zu begreifen. Wir Menschen sind eigentlich keine Datensätze. Man kann Teile von uns in Datensätzen speichern, aber das sind für gewöhnlich nur reine Informationen, keine

Emotionen, kein Charakter. Und ganz sicher keine Erinnerungen. Kein Ich. Du bist … älter als zwanzig. Deine Erinnerungen bräuchten sicher ein ganzes Netzwerk aus Servern. Ich kapier das nicht.«

Sie legte den Kopf schief. »Aber du hast Erinnerungen, oder?«

»Ja natürlich. Ich erinnere mich an alles.« Er kratzte sich am Kopf. »Glaube ich.«

»Erzähl mir was aus deiner Kindheit!«, forderte Raven.

»Was denn?«

»Na irgendwas eben!«

Sky schnaubte. Dann wurden seine Augen glasig. »Ich hatte einen Hund. Max. Ein alter Mischling, sah aus wie ein Teppich. Er hat immer bei mir im Bett geschlafen. Ich glaube, meine Mutter hatte ihn schon, als sie noch jünger war.« Er lachte. »Max war uralt und stank bestialisch. Ich habe ihn geliebt. Nachdem er gestorben war, hat mein Vater sich geweigert, noch einmal ›so eine Promenadenmischung‹ ins Haus zu lassen. Ich bekam einen Dackel. Janko von Eimsbüttel. Es war nicht dasselbe.«

Sky schmunzelte bei einer Erinnerung. »Wenn mir etwas nicht schmeckte, habe ich es immer unterm Tisch zu Max geschmuggelt, und der hat es dann gefressen. Wirklich alles. Rosenkohl. Aal in Aspik. Austern. Brokkoli. Wir waren ein Superteam. Janko hat immer nur Hühnerhälse verspeist. Ausgerechnet.«

Raven lächelte. »Siehst du, das meine ich. Du hast echte Erinnerungen, die mit echten Emotionen verknüpft sind. Man könnte fast meinen, jemand hätte dich geschrumpft und in deinem Tablet eingesperrt.«

»Vielleicht war es ja so.«

»Das Ding ist fünf Millimeter dick. Dafür wärst du selbst in geschrumpfter Form zu fett.«

»Hast du mich gerade fett genannt?« Sky wirkte aufrichtig entrüstet.

»Ach, hör auf. Ich wäre auch zu fett für das Ding, dabei könnte mich ein Windhauch umpusten. Worauf ich hinauswill, ist: Es gibt zwei Möglichkeiten. Entweder, es ist ein Kollateralschaden der Methode, die dich auf dieses Gerät gebannt hat, dass der letzte Tag fehlt, oder er wurde bewusst blockiert oder herausgenommen, damit du niemandem sagen kannst, wer dir das angetan hat. Und wenn ich wetten müsste, würde ich sagen: Diese spezielle Erinnerung wurde extra rausgenommen. Alles andere wäre ja auch grob fahrlässig. Soweit ich weiß, ist es in Deutschland streng verboten, junge Kerle zu entführen und sie dann auf Endgeräten zu speichern.« Sie presste die Lippen zusammen. »Das bedeutet aber auch, dass es möglich sein müsste, diese Erinnerung zugänglich zu machen. Sie nicht zu übertragen, scheint mir unmöglich, wie sollte man diese winzige Erinnerung lokalisieren und nicht auf dem Gerät spiegeln? Nein, sie ist ganz sicher irgendwo da drin.« Raven tippte auf den Rand des Gerätes. »Möglicherweise gibt es irgendwo eine Einstellung oder so was.«

»Du willst an meine Einstellungen?«

Raven zuckte die Schultern. »Hast du eine andere Idee?«

»Und wenn es schiefgeht, erinnere ich mich an gar nichts mehr.« Sky riss entsetzt die Augen auf. »Zack. Alzheimer. Oder noch schlimmer: Ich stürze ab, meine Festplatte verkokelt oder so.«

»Ein gewisses Risiko wäre es schon«, gab Raven zu. »Allerdings schätze ich es als ziemlich gering ein. Ich kenne mich mit Rechnern gut aus. Sehr gut sogar. Natürlich würde ich darauf achten, dass dir nichts passiert. Aber es ist natürlich immer noch deine Entscheidung.«

»Momentan fühlt es sich nicht sehr verlockend an«, murmelte Sky.

»Verständlich. Aber du wirst so oder so ein bisschen Mut brauchen, um dich der Sache zu stellen.«

»Ein bisschen Mut?« Sky wurde wütend. Das konnte man immer sehr gut an den kirschroten Kreisen sehen, die sich dann auf seinen Wangen abzeichneten. Raven fand ihn dann besonders niedlich, doch das würde sie ihm so niemals sagen. Sie kannte niemanden, der so formvollendet errötete wie Sky von Bülow.

»Raven, ich habe keinen Körper mehr! Nach meinem Wissen ist diese Existenz, die ich jetzt habe, die einzige überhaupt. Und die möchte ich nicht riskieren! Ich mag dich und so, aber ich kenne dich kaum. Ich kann mein Leben doch nicht in die Hände einer fast Fremden legen!«

»Tust du im Krankenhaus doch auch«, hielt Raven dagegen. »Oder kennst du jeden Arzt persönlich?«

»Das nicht, aber da vertraue ich darauf, dass die Ärzte, die mich betreuen, ein langes und sauhartes Studium hinter sich gebracht haben. Du bist nicht mal alt genug, um eines anzutreten.«

Raven dachte im Stillen, dass sehr, sehr viele Menschen ihr ihren Körper anvertrauten, ohne irgendeinen Nachweis über ihre Qualifikation zu haben. Eigentlich war das schon ziemlich verrückt.

»Okay, okay. Versuchen wir es anders. In den Wochen vor deinem Verschwinden – hast du da mit jemandem verkehrt, der sich unglaublich gut mit Computern auskennt?«

Sky schnaubte. »Das ist eine dämliche Frage, Raven. Meiner Familie gehört eine Softwarefirma. Wir haben ständig und ausschließlich mit Menschen zu tun, die sich ›gut mit Computern auskennen‹.« Er malte Anführungszeichen in die Luft, und Raven spürte nun ihrerseits, wie ihre Wangen rot anliefen.

»Ich meine, ob du näher mit jemandem in Kontakt gekommen bist. Es muss ja schließlich einen Grund geben, warum man ausgerechnet dich digitalisiert hat und nicht jemand anderes. Schließlich war klar, dass dein Verschwinden auffallen würde.«

»Ja, die Menschen mögen mich.«

»Das ist die Untertreibung des Jahrhunderts!« Raven lachte. »Dein Gesicht war überall, ehrlich. Selbst ich wusste irgendwann, wer du bist. Denn ob du es glaubst oder nicht: Du warst mir vorher kein Begriff.«

»Das trifft mich hart.« Sky legte die flache Hand auf sein Herz.

»Muss es nicht. Normalerweise kenne ich nur die Prominenz, die sich im Gardens tummelt.«

Sky zog die Brauen hoch. »Im Utopia Gardens?«

Raven nickte.

»Was hat so ein hübsches junges Ding im größten Club der Welt verloren? Dem Tor zur Unterwelt, dem modernen Sodom, dem Sündenpfuhl! Das ist doch kein Ort für dich.«

»Pffff«, machte Raven. »Bist du meine Mutter?«

»Nein.« Sky blickte sich zu allen Seiten um. »Ist aber ein gutes Stichwort. Warum lebst du hier allein? Wo sind deine Eltern?«

»Lenk jetzt nicht ab«, sagte Raven schroffer, als sie es beabsichtigt hatte. Fragen nach ihren Eltern konnte sie jetzt überhaupt nicht gebrauchen. »Es geht um dich. Um die Frage, wie du in diesem Gerät gelandet bist und wo der Rest von dir rumliegt.«

Sky verzog säuerlich das Gesicht und murmelte: »Ich pflege nicht rumzuliegen.«

Himmel, er war aber auch empfindlich. Leicht entnervt klickte sich Raven durch weitere Dateien. Es waren hauptsächlich Zeugenbefragungen. Gespräche mit Skys Vater, seinem Chauffeur, seinen Freunden. Niemand wusste irgendwas Genaueres.

»Dein Vater sagt, du wärst in der Zeit vor deinem Verschwinden besonders verschwiegen gewesen, was dein Liebesleben betrifft.« Sagte Raven und kicherte. Er ist ziemlich deutlich geworden. »Normalerweise schleppt mein Sohn jedes Flittchen zum Abendessen bei uns an, das er am Abend zuvor irgendwo aufgegabelt hat, aber in den letzten Wochen war es außergewöhnlich ruhig«, hatte Janko von Bülow, Skys Vater, gesagt. »Ich kann mir nicht vorstellen, dass er Single war, sondern vermute eher, dass es was Ernsteres mit jemandem war, den ich nicht kennenlernen sollte. Eine verheiratete Frau vielleicht. Aber mehr weiß ich leider auch nicht.«

Raven schielte zu Sky. »War es eine verheiratete Frau?«

Sky runzelte die Stirn. »Ich habe keine Ahnung.« Er schüttelte verwirrt den Kopf. »Normalerweise nicht meine Kragenweite. Ich mag eher junge Dinger.« Er warf Raven einen Seitenblick zu, der ein komisches Kribbeln in ihrem Bauch auslöste. Was war das denn jetzt?

»Da war was mit einer Polizistin, aber … Scheiße, ich erinnere mich wirklich nicht.«

»Das ist ein weiterer Hinweis. Ich wette mit dir: Wenn wir herausfinden, wen du gevögelt hast, dann finden wir auch heraus, wer dafür verantwortlich ist, dass du in diesem Ding drinsteckst.«

»Viel Glück damit«, murmelte Sky.

»Polizistin, hm?«, machte Raven und grinste breit. »Kannst du dich noch an ihren Namen erinnern? Vielleicht könnten wir sie kontaktieren, um herauszufinden, ob sie noch mehr weiß?«

»Ich habe keine Ahnung, wie sie hieß, Raven.«

Sky klang ein wenig entnervt. Eigentlich müsste er ihr dankbar sein, sie tat das schließlich alles nur für ihn. Gut. Und, um ihre Neugier zu befriedigen, sich von ihrem gefährlichen Scheißleben abzulenken … ach verflucht.

»Ich bin aber nicht die kleine Polizistin, oder? Immerhin bin ich beides. Klein und bei der Polizei.«

Sky grinste zurück. »Leider nicht. Glaube mir, wenn ich könnte, würde ich dir hier und jetzt die Klamotten vom Leib reißen, dich auf dieses potthässliche Sofa schmeißen und dir die Seele aus dem Leib vögeln. Außerdem weiß ich sehr genau, wie du heißt.«

»Ein Jammer«, sagte Raven neckisch.

»Ja.« Sky legte den Kopf schief und blickte sie direkt an. Raven fühlte, wie in ihrem Inneren etwas verrutschte. Ihr Mund wurde trocken, und sie räusperte sich.

»Ein Jammer«, murmelte Sky noch einmal versonnen, und Raven lachte auf.

»Noch ein Grund mehr, deinen Körper zu finden. Wenn du das wirklich möchtest. Eine digitale Existenz hat durchaus ihre Vorteile, denke ich mir.«

»Ja, ich werde nicht müde und habe keine Flatulenzen mehr.«

»Flatulenzen?«

»Ich furze nicht«, erklärte Sky trocken, und Raven lachte laut auf. Sky schmunzelte zufrieden.

»Dein Lachen ist selten und wunderschön. Außerdem würde ich wirklich zu gerne mal deine Haare anfassen. Also ja, ich hätte gerne meinen Körper zurück.«

»In Ordnung. Dann musst du aber an deiner Kooperationsbereitschaft arbeiten. Alleine finde ich dich sicher nicht wieder. In der Zwischenzeit …«

Sie ging zum riesigen Schrank, der eine Wand des Wohnzimmers vollkommen einnahm, und kramte ein paar Kisten hervor.

Während sie mit Sky gesprochen hatte, hatte Raven eine Entscheidung gefällt. Sie konnte einfach nicht riskieren, dass ihr das Tablet gestohlen wurde. Es wäre viel zu gefährlich für Sky, in die falschen Hände zu fallen. Und wenn sie ehrlich zu sich selbst war, ertrug sie den Gedanken nicht, von ihm getrennt zu sein. Momentan war er der einzige Mensch, der sie nicht mit Skepsis oder Vorwürfen überschüttete. Gut, er war schnell beleidigt, aber sie wusste, dass er es nie lange aushielt.

Sie holte ein steriles Skalpell, Nadel und Faden, Betäubungsspray, einen Spiegel, einen Chip und einen kleinen Chipreader hervor.

Sky beobachtete sie derweil mit gerunzelter Stirn.

»Was hast du denn jetzt vor? Mich aus dem Gerät schneiden?«

»Dafür bräuchte ich keinen Spiegel«, Raven schmunzelte. »Ich werde dafür sorgen, dass du mir nicht mehr abhandenkommen kannst.«

»Das klingt wie eine Drohung.«

»Ich habe länger darüber nachgedacht. Wir können nicht riskieren, getrennt zu werden.«

»Etwas derart Romantisches hat, glaube ich, noch nie jemand zu mir gesagt. Ich hätte nicht gedacht, dass es schon so ernst ist mit uns beiden.«

Sky grinste, und Raven verdrehte die Augen.

»Hör mal, was ich hier gleich vorhabe, widerspricht so gut wie allem, was ich gut und richtig finde. Ich hatte nie vor, mich selbst zu modden.«

»Dich selbst zu modden?« Sky zog die Augenbrauen hoch. »Zu dem Thema hätte ich jetzt doch noch ein paar Fragen.«

»Nicht jetzt.«

»Warum hast du überhaupt je darüber nachgedacht, dich modden oder nicht modden zu wollen, warum hast du so ein Zeug in deinem Wohnzimmerschrank und was zur Hölle hast du jetzt vor?« Sky ignorierte sie frech.

Raven tat es ihm gleich. »Hör lieber zu, das ist wichtig. Ich werde mir einen Kommunikationschip einsetzen, der einzig und alleine auf deine Frequenz eingestellt ist. Wenn wir jemals getrennt werden, können wir immer noch darüber kommunizieren. Comprende?«

»Comprende.« Sky beobachtete sie eine Weile wortlos. Raven wünschte, sie hätte etwas Stärkeres als das Eisspray im Haus, aber sie konnte es nicht ändern. In letzter Zeit war ihr ein fremdes Auto in der Nachbarschaft aufgefallen mit einem Typen hinter dem Steuer, dem die Muskelmasse schier über den Sitz quoll. Hier im Viertel ging so einiges ab, was nicht legal war, es musste nichts mit ihr zu tun haben, aber sie hatte ein mulmiges Gefühl. Außerdem war es so oder so eine gute Idee. Sie holte noch einen winzigen Kopfhörer. Dann legte sie den Kommunikationschip in den Kartenleser und stellte ihn auf Skys Signal ein.

»Sag mal was«, forderte Raven und beobachtete zufrieden, wie die Kurve auf dem Gerät ausschlug, als Sky »Ich bin unwiderstehlich« sagte. Dann lötete sie den kleinen Kopfhörer an die dafür vorgesehene Verbindungsstelle. Sie hielt sich den winzigen Lautsprecher ans Ohr.

»Sag noch mal was.«

»Und ich bin kein Papagei«, gab Sky zurück.

»Danke, das reicht schon. Es funktioniert alles.«

Sky verzog das Gesicht. »Ah. Shit, du bist vielleicht laut. Und ich höre dich doppelt.«

»Das muss so sein, damit ich dir auch antworten kann, wenn du mich tatsächlich mal brauchen solltest.«

»Und was machst du jetzt damit?«

»Ich werde ihn mir einsetzen«, antwortete Raven deutlich gefasster, als sie sich fühlte.

Sie saß eine ganze Weile da und betrachtete die winzige Konstruktion. Es war ein ganz einfaches Teil, jeder Türsteher des Gardens bekam bei Dienstbeginn eines davon eingesetzt, keine große Sache, kleiner als ein Hautgewinde. Und dennoch. Raven hatte Schiss. Es war eine Sache, mit einer Knochensäge an fremden Oberschenkeln herumzusägen und eine andere, sich selbst aufzuschneiden. Sie wusste, dass sie sich anstellte. Und dass sie eine Heuchlerin war, so zu denken. Aber sie konnte es nicht ändern.

Entnervt sprang Raven auf und ging in die Küche, wo sie eine Flasche alten Wodka aus dem Eisfach zog. Eigentlich trank sie nicht, sie fand es eine viel zu langsame und unpräzise Art, sich zu berauschen. Aber gerade hatte sie nichts anderes da, und außerdem musste sie aufpassen, dass sie ihre Hand noch sicher führen konnte.

Ach, was stellte sie sich eigentlich so an?

Wütend auf sich selbst, ging sie zurück zum Wohnzimmertisch, schraubte die Flasche auf, setzte sie an und nahm ein paar großzügige Schlucke. Bevor sie noch länger darüber nachdenken konnte, sprühte sie sich Eisspray hinters Ohr, setzte das Skalpell an und machte einen daumenlangen Schnitt direkt an der Ohrmuschel entlang. Als sie fühlte, wie die Klinge ihr Fleisch durchstieß, wurde ihr übel. Es tat erstaunlich weh und brannte höllisch. Raven atmete durch. Das Beste war wohl, sich einfach zu beeilen. Sie schob den Chip unter die Haut und führte das Mikrofon in ihren Gehörgang ein. Ihr wurde schrecklich übel.

»Puh«, murmelte sie und fing Skys Blick auf, der sie fassungslos musterte.

Raven sprühte noch einmal Eisspray und verschloss die Wunde mit ein paar wenigen, groben Stichen. Hinters Ohr schaute ihr sowieso niemand. Zur Sicherheit klebte sie noch zwei Klammerpflaster darüber.

»Ich brauche dringend Wundkleber«, murmelte sie, bevor sie sich mit einem heftigen Schwindelgefühl zurück auf die Couch fallen ließ.

»Gib es zu«, flüsterte Sky mit leicht grünlicher Gesichtsfarbe. »Du liebst mich wirklich.«

Raven streckte die Hand aus und warf das Tablet auf den Boden.

BIROL

Eigentlich war überhaupt nichts passiert. Mehr noch: Eigentlich war alles in Ordnung, oder nicht? In bester Ordnung sogar. Er hatte den Mörder seines Vaters getötet, hatte mit der Frau geschlafen, die er mochte, und konnte jetzt noch dafür sorgen, dass ihm niemand auf die Schliche kam. Weil er an seinem eigenen Mordfall arbeitete. Besser hätte es gar nicht laufen können. Und nun hatte Martha auch noch gesagt, dass sie gerne mit ihm am Wochenende rausfahren würde. Zu ihrer Laube. Hätte sich Birol noch gestern Abend etwas wünschen können, so wäre es genau das gewesen.

Warum ging es ihm dann trotzdem noch immer so beschissen? Weil sich nichts davon richtig anfühlte. Nicht einmal die Sache mit Martha. Er wusste, das mit ihnen würde nicht gut ausgehen. Er war ein Gewittersturm auf zwei Beinen, eine Wolke aus Blitzen und Donner und Wut. Sie verstand es zwar, ihn zu beruhigen, doch nicht für eine lange Zeit. Heute früh hatte er sogar sie gehasst. Völlig ohne Grund, einfach nur, weil er die Welt gehasst hatte und sie gerade der einzige Mensch in der Nähe gewesen war. Besser, sie hielt sich von ihm fern. Doch das konnte er ihr nicht sagen, es würde lächerlich klingen und wäre auch nicht machbar. Sie verbrachten ihre Tage zusammen. Jeden einzelnen davon, verflucht. Außerdem hatte sie ihn heute gerettet, unzählige Male. Es war ihm schleierhaft, was er ohne sie machen sollte. Sie stellte gerade sicher, dass er nicht aufflog.

Gedankenverloren saß Birol an seinem Schreibtisch, das Tablet vor sich, doch der Bildschirm verschwamm vor seinen Augen. Jedes Mal, wenn er versuchte, sich zusammenzureißen, rutschte ihm sein

Gehirn einfach weg. Das war nicht gut. Er konnte nur hoffen, dass eine ordentliche Portion Schlaf wenigstens dieses Problem lösen würde.

Es wäre so einfach, jetzt ein Dokument zu öffnen und niederzuschreiben, was er heute in der Wohnung in Charlottenburg vorgefunden hatte. Er musste doch nur berichten, als hätte das alles nichts mit ihm zu tun. Ein paar Ideen skizzieren – ein Mord im Drogenmilieu, eine Rache unter Kämpfern des Utopia Gardens. Es gab unzählige logische und langweilige Gründe, diesen Mann umzubringen, da hätte es ihn eigentlich gar nicht gebraucht. Die abgetrennten Beine bewiesen das. Wenn er es nicht getan hätte, dann hätte es jemand anderes getan. Wie ironisch war das denn bitte? Es nahm seinen Gefühlen ein Stück weit ihre Berechtigung.

Birol rieb sich die Schläfen und atmete tief durch. Er konnte einen Mann erschießen, aber keinen simplen Bericht schreiben? Das war so was von lächerlich.

Gerade, als er den Finger anhob, um den ersten Satz zu tippen, klopfte es an seiner Tür, und Marion Kaskel steckte den Kopf zur Tür herein.

»Hey, Celik«, sagte sie lächelnd, und Birol rang sich etwas ab, das hoffentlich ebenfalls wie ein Lächeln wirkte.

»Hey, Kaskel. Was gibt's?«

Marion zeigte hinter sich. »Blume will dich sehen. In seinem Büro.«

Birols Herz begann, schneller zu schlagen. Was wollte Blume denn jetzt schon wieder von ihm? Er zwang sich zur Ruhe.

»Weißt du, warum?«

Kaskel zuckte die Schultern. »Keine Ahnung, aber du bist nicht der Einzige. Ich mach gerade die Runde, die anderen Teamleiter kommen auch dazu.«

So leise er konnte, atmete Birol aus. Wenn die ganze Abteilung anrücken musste, dann konnte es schwerlich was mit ihm zu tun haben. Oder?

In Hinnerks Büro standen bereits Marai Hirsch, Lennard Spar und Mario Stern, während Alina Lenske und Benedikt Schwarz noch fehlten. Birol lächelte in die Runde, und die anderen nickten zurück.

»Na, Celik? Heute Morgen schon ausgerückt?«, fragte Hirsch freundlich. Sie schien bemüht, ihn zu integrieren, ihr Tonfall war etwas zu angestrengt, aber das war in Ordnung. Birol war froh, dass jemand mit ihm sprach. Durch das Leben in seiner lauten Großfamilie behagte ihm Schweigen in Gruppen überhaupt nicht.

»Ja, ein toter Cheater in Charlottenburg.«

»Ein Cheater?«, fragte Stern neugierig und hob die Brauen. »Wieso wird so viel Wind um noch einen Cheater gemacht? Die ganze Kavallerie war unterwegs, wir haben bei unserer Messerstecherei ewig auf die Spusi gewartet.«

Birol zuckte die Schultern. »Keine Ahnung. Als wir ankamen, waren schon alle da. Vielleicht hat der KDD ein bisschen übereifrig reagiert?«, meinte er. »Es war ein ziemliches Blutbad. Dem Kerl wurden die Beine abgetrennt.«

»Ewwww«, machte Stern. »Ja, bei so einem Anblick können einem schon mal die Pferde durchgehen. Wie haben deine Mädels das verdaut?«

»Die sind ziemlich zäh«, antwortete Birol und merkte, dass er stolz auf Raven und Martha war. »Niemand hat gekotzt.«

»Na, Hauptsache«, mischte sich Hirsch wieder ein. »Ich wette, das ist einfach nur ein bisschen Papierkram und gut. Wir haben Wichtigeres zu tun, als uns um tote Cheater zu kümmern. Die bringen sich meistens gegenseitig um, und das ist auch gut so.«

»So sehe ich das auch«, bestätigte Birol, dem gerade ein wenig leichter ums Herz wurde. »Aber für die beiden Frauen ist es eine gute Übung. Sie können den Fall gerne auseinandernehmen, solange nichts Wichtigeres ansteht.«

»Guten Morgen allerseits!« Hinnerk Blume betrat mit einem Schwung den Raum, den man diesem Hünen gar nicht zugetraut hätte. Um den Effekt noch zu verstärken, knallte er hinter sich die Tür zu.

»Ich hab nicht viel Zeit, also komm ich gleich zur Sache. Wie ihr ja alle wisst, sind wir das Kommissariat der Streuner, Tagediebe und

Habenichtse. Wer hier landet, bleibt auch hier, das untere Ende der Nahrungskette und die Schande der Berliner Polizei!«

Birol unterdrückte ein überraschtes Schnauben. Was war denn jetzt los? Stern lachte leise.

»Warum sag ich euch das? Um euch darauf vorzubereiten, dass demnächst noch mehr Unannehmlichkeiten und noch mehr Abschaum auf euch und uns abgewälzt werden.« Er deutete in Birols Richtung. »Unser Celik hat ja schon das Vergnügen mit einem der Exemplare, die den Strafdienst bei uns verrichten dürfen, und nun kommt das dicke Ende: Wo die kleine Albina mit ihren Langfingern herkommt, gibt es noch viel, viel mehr.«

Er holte tief Luft. »Aber das dürfte für euch keine große Überraschung sein, ihr kratzt ja jeden Tag Berlins Abschaum aus der Gosse.« Blume schlug mit der flachen Hand auf den Tisch.

»Celik, du hast deine Portion Unglück schon erhalten. Du bist nur hier, um den Kollegen den Rücken zu stärken und Händchen zu halten und zu berichten. Wie macht sich unsere kleine Strafdienstlerin denn so?«

»Äh«, sagte Birol, der es nicht mochte, dass plötzlich alle Augenpaare auf ihn gerichtet waren. »Sie ist ziemlich kratzbürstig und hat sich bei der Razzia gewaltig danebenbenommen, aber ihr Kopf funktioniert ganz ordentlich, und langsam bringt sie sich auch ein.«

»Da hört ihr's. Sie sind nicht leicht zu händeln, aber vielleicht gelingt es ja dem einen oder anderen von euch, den Anstand aus diesen Leuten herauszukitzeln, sollte da noch Anstand vorhanden sein. Für jeden von euch kommt gleich ein weiterer zum Strafdienst verurteilter Wiederholungstäter hier an. Die Verteilung überlasse ich euch, mir ist wurst, wer wo landet.«

Ein kollektives Stöhnen ging durch den Raum, das Hinnerk Blume sichtlich zu genießen schien.

»Ja, ja. Hättet ihr alle in der Polizeischule besser aufgepasst oder euch ein bisschen mehr reingehängt, würde heute keiner hier stehen.«

Sein Blick landete auf Birol. »Mit Ausnahme von Celik natürlich, der ist ja freiwillig hier. Der Himmel weiß, warum.«

Birol fiel nichts weiter dazu ein, als ertappt zu lächeln und die Schultern zu zucken. Er wollte eigentlich nicht schon wieder als Streber dastehen. Aber den Ruf hatte er weg, dagegen war wohl nichts mehr zu machen.

»Wöchentlicher Bericht über das Verhalten des Strafdienstlers einmal an mich und einmal an die Geschäftsstelle des Gerichts, die Aktenzeichen und entsprechende Kontakte findet ihr in der jeweiligen Akte rechts oben über der amtlichen Porträtfotografie.«

Blume nahm den Hörer seines alten Telefons zur Hand und drückte eine Kurzwahltaste.

»Ja, sie können jetzt rüberkommen.«

Kurz darauf ertönten Schritte im Flur, und die Tür ging auf. Ein Kollege von der Schutzpolizei trat ein, und hinter ihm folgten fünf sehr unterschiedliche junge Männer. Sie alle waren nicht älter als vielleicht fünfundzwanzig, das war aber schon ihre einzige Gemeinsamkeit.

Birol erstarrte, als der fünfte durch den Türrahmen trat. Das konnte doch jetzt nicht wahr sein. Er blinzelte, aber leider verschwand der Kerl mit seinen teuren schwarzen Stoffhosen und den etwas zu langen Haaren nicht. Im Gegenteil. Als er Birol erblickte, grinste er übers ganze Gesicht.

Sein Cousin. Karim.

Musste diese Scheiße denn ausgerechnet *sein* Leben sein?

Karim kam zu ihm herübergeschlendert, als fühlte er sich im Käfig bereits wie zu Hause. Seine Bewegungen waren schon immer souverän und katzenhaft gewesen; man sah schon von Weitem, dass dieser Mann gefährlich war.

»Merhaba Kuzen«, sagte Karim grinsend. Offensichtlich amüsierte er sich prächtig.

»Merhaba du mich auch«, knurrte Birol durch zusammengebissene Zähne.

»Du kannst zurück an deinen Schreibtisch, Celik«, sagte Hinnerk Blume, bevor Karim noch etwas erwidern konnte, und zum ersten Mal überhaupt war Birol froh, dass es seinen Chef gab. Er nickte.

»Danke. Aber halte dich bereit, ich möchte nachher noch mal was über den da wissen«, Hinnerk zeigte auf Karim, und Birol nickte erneut mit zusammengepressten Lippen. Als er an seinem Cousin vorbeiging, versetzte dieser ihm einen festen Stoß mit der Schulter.

»Silah nerede?«, flüsterte Karim leise, und Birol gefror das Blut in den Adern.

»Wo ist die Waffe?«

RAVEN

Der Kunde lag mit zehn geöffneten Fingerkuppen vor ihnen, und ausgerechnet jetzt fing Spencer Streit an. Wahrscheinlich weil er wusste, dass Raven ihm so nicht weglaufen konnte. Wundervoll. Und da der sehr kultivierte, nette Mann aus München, der die Kuppen bei ihr bestellt hatte, für eine Vollnarkose bezahlte, brauchte sie Spencer für die Beatmung. Sie war gefangen. Und sie musste sich konzentrieren. Fingerkuppen waren voll mit Nervenzellen, verflucht.

»Wir verbringen überhaupt keine Zeit mehr miteinander«, maulte Spencer gerade, als sie ihre Lupenbrille aufgesetzt hatte.

»Nicht jetzt, Spence, bitte!«

»Wann denn dann? Ich sehe dich ja kaum noch.«

»Ich muss meinen Strafdienst ableisten, schon vergessen?«, gab Raven zurück.

»Ja und? Die brauchen dich da ja nicht ganze vierundzwanzig Stunden, oder?«

»Es gab schon zwei Mordfälle in nur einer Woche«, murmelte Raven, die versuchte, die Magneten so unter die Haut des kleinen Fingers zu ziehen, dass sie möglichst wenig zu vernähen hatte. Die besten künstlichen Fingerkuppen nützten gar nichts mehr, wenn sie von einer fetten Naht überlagert wurden.

»Es gab schon zwei Mordfälle«, äffte Spencer sie nach. »Du klingst ja geradezu pflichtbewusst. So kenne ich dich ja gar nicht. Macht dir die Polizeiarbeit etwa Spaß?«

Raven erhob sich mit gezücktem Skalpell. »Wie kennst du mich nicht? Pflichtbewusst? Falls du es vergessen hast: Ich bin immer pünktlich. Ich räume immer hinter mir auf. Meine Produkte sind makellos, und falls nicht, bessere ich nach oder setze neue ein. Es gibt einen Grund, warum Dark so einen guten Ruf hat.«

»Ich frage mich, ob Dark immer noch so einen guten Ruf hätte, wenn die Leute wüssten, wer sich in Wirklichkeit hinter der Maske verbirgt. Vielleicht sorge ich ja dafür, und wir finden es gemeinsam heraus. Was meinst du?«

»Das wagst du nicht.« Ravens Stimme nahm einen drohenden Unterton an.

»Und ob ich das wage. Ich habe es satt, mich von dir so rumkommandieren und vorführen zu lassen. Du verarschst mich doch nach Strich und Faden, Raven. Ich bin ne billige Hilfskraft, aber das lass ich mir nicht mehr länger bieten. Außerdem: Vielleicht haben die Kunden ja auch die Wahrheit über Dark verdient.«

»Und was ist die Wahrheit über Dark?«

»Dass er ein siebzehnjähriges Mädchen ist!«, rief Spencer aus. »Eine Waise, die immer noch im hinterletzten Viertel von Lichtenberg wohnt, weil sie zu sehr an ihrer Bruchbude hängt. Ein anorektisches Etwas, das selbst zum Klauen zu blöd ist.«

Raven schnappte nach Luft. Sie traute ihren Ohren kaum. Was zur Hölle war denn auf einmal in ihn gefahren? Ein Piepton erklang, und Raven riss die Augen auf. »Verdammt noch mal, Spencer! Du musst ihn beatmen.«

Spencers Augen verengten sich zu Schlitzen. »Und was, wenn ich es nicht tue? Wenn ich ihn einfach sterben lasse? Meinst du, Darks Ruf wäre dann immer noch so tadellos, Raven? Wenn du weniger Aufträge hättest, dann wäre wenigstens wieder Zeit für deine Beziehung übrig, oder nicht?«

»Wenn du meinen Kunden sterben lässt, dann haben wir keine Beziehung mehr, Spencer«, erwiderte Raven eisig.

»Du kannst dir doch gar nicht leisten, mit mir Schluss zu machen«, höhnte Spencer. »Du brauchst mich. Außerdem weiß ich alles über dich. Alles über Dark. Und wenn du mich verlässt, dann habe ich keinen Grund mehr, Stillschweigen zu bewahren. Falls ich jetzt überhaupt noch einen habe.«

Raven versuchte, ruhig zu bleiben, doch Spencers Worte trafen sie hart. Wo war ihr gemütlicher Teddybär hin, der keiner Fliege etwas zuleide tun konnte? Der alles tat, was sie ihm sagte? Spencer hatte sich verändert. Und obwohl Raven wusste, dass Menschen dazu neigten, sich zum Schlechten zu verändern, hatte sie ihm bisher vertraut. Weil sie einen Platz zum Arbeiten brauchte, weil sie einen Assistenten brauchte und weil sich Spencer für all das sehr bereitwillig zur Verfügung gestellt hatte.

Sie seufzte. »Spencer, das ist doch alles nicht der Punkt, oder? So bist du doch eigentlich nicht. Du drohst nicht, du lässt keine Leute sterben, um einen Standpunkt klarzumachen. So was tut Mikael, aber doch nicht du. Hier geht es um unsere Beziehung. Nicht um Dark und nicht um den Kunden hier.«

»Richtig«, bestätigte Spencer bitter. »Aber wenn ich über unsere Beziehung sprechen möchte, weichst du aus. Ich glaube sowieso, dass du längst einen anderen hast. Ins Gardens kannst du nicht mehr, und dein Strafdienst kann gar nicht so viel Zeit in Anspruch nehmen, wie du behauptest. Das wäre illegal.«

»Ich muss auch noch die Prothesen vorbereiten. Die Tubes ausdrucken, die Hauttransplantate …«

»Das weiß ich. Früher habe ich dir dabei immer geholfen. Das würde ich jederzeit wieder tun. Es ist jetzt nicht der tollste Job der Welt, aber ich habe ihn gemacht, um bei dir zu sein. Kapierst du das eigentlich, Raven? Hast du eigentlich überhaupt eine Ahnung, was Liebe ist?«

Raven starrte Spencer an, und Spencer starrte zurück. Sie wusste nicht, was sie auf seine Vorwürfe erwidern sollte. Natürlich wusste sie, was Liebe ist. Jeder wusste das, oder nicht? Doch tief in sich drin spürte Raven, dass es so einfach, wie sie es sich machte, nicht war.

Das Piepen erklang erneut.

»Spencer!«, schrie Raven, und Spencer beatmete weiter.

Er sah erschrocken aus. Erschrocken über sich selbst, über die Situation, über Ravens Verhalten? Sie wusste es nicht, aber für einen Augenblick blitzte der alte Spencer wieder durch. Der, den sie an jenem fatalen Tag kennengelernt hatte, an dem sie im Alter von fünfzehn Jahren beschlossen hatte, sich Ironman auf den Oberschenkel tätowieren zu lassen. Und sie hatte nur einen Tätowierer gefunden, der dazu bereit gewesen war. Mit dem Ergebnis, dass der Farbfleck auf ihrem rechten Bein aussah wie eine Blechbüchse und nicht wie ihr liebster Superheld.

Die Situation beruhigte sich ein wenig, und Raven hatte sich wieder so weit gefangen, dass sie weiterarbeiten konnte. »Und?«, fragte Spencer nach einer Weile müde. »Habe ich recht?«

Raven schloss für einen Moment die Augen. »Womit denn, Spencer?«

»Hast du einen anderen?«

Sie lachte bitter auf. »Nein, habe ich nicht. Was denkst du denn?«

»Ach nein? Und warum hast du dann ein zweites Tablet?«

»Habe ich nicht«, sagte Raven schnell, und in ihrem Nacken begann es zu prickeln.

»Jetzt lügst du mich auch noch an. Ich habe doch gesehen, dass du es ständig rausholst, wenn du glaubst, ich würde nicht hinsehen.«

Verdammt, verdammt, verdammt. Raven wusste, dass sie unvorsichtig mit Sky wurde. Sie hatte einfach ein zu schlechtes Gewissen, ihn immer Ewigkeiten alleine zu lassen. Sie hatten verabredet, dass Raven ihn mit nach draußen nahm unter der Auflage, dass er so lange schwieg, bis sie ihn zum Sprechen aufforderte. Wenn sie sich unbeobachtet fühlte, dann holte sie ihn hervor und ließ ihn »ein bisschen frische Luft schnappen«, wie er es scherzhaft nannte.

Sky hielt sich penibel an ihre Verabredung und hatte außerhalb ihrer Wohnung noch kein Sterbenswort verloren. Doch Raven hatte sich immer häufiger dazu hinreißen lassen, ihn kurz hervorzuziehen. Einfach nur, um sein Gesicht, sein schiefes Grinsen zu sehen. Sky war momentan das Beste in ihrem Leben.

»Also?«, beharrte Spencer.

»Okay, okay«, lenkte Raven ein. »Ich habe ein zweites Tablet. Aber ich kommuniziere darüber nicht mit einem Liebhaber.«

Während sie das sagte, spürte sie ein komisches Ziehen in ihrer Brust. Was war denn jetzt mit ihr los?

»Aha. Und wofür ist es dann?«

»Es ist ein Prototyp«, antwortete Raven. »Ich habe es aus der Asservatenkammer mitgehen lassen.«

Spencer riss die Augen auf, dann schüttelte er ungläubig den Kopf. »Ach Raven!«

»Es hat niemand mitbekommen. Und bis jetzt hat es auch keiner vermisst, okay? Die Gelegenheit war einfach zu günstig, das Teil ist nirgendwo verzeichnet. Weil meine Verbindung zu den Metzgers gekappt ist, versuche ich, mit dem Gerät einen sicheren Kanal für Bestellungen direkt bei Dark zu etablieren.«

Spencer zog amüsiert eine Braue nach oben. »Du meinst, so eine Art Onlineshop?«

Raven lächelte leicht. »Wenn du so willst. Wir müssen schließlich auch in Zukunft von etwas leben.«

Sie küsste Spencer auf die Wange, doch es fühlte sich an, als würde sie ein Blatt Papier küssen.

»Okay. Klingt cool«, antwortete Spencer. »Darf ich das Ding mal sehen?«

»Nach der OP, okay?«, sagte Raven und schielte auf den Tropf. »Wenn wir weiter so rumtrödeln, geht uns das Propofol noch aus. Und dann ist die Kacke am Dampfen.«

»Okay«, sagte Spencer erneut, und Raven fragte sich, nicht zum ersten Mal, was sie jemals in ihm gesehen hatte. Und was sie jetzt mit ihm anstellen sollte.

So, wie es war, konnte es jedenfalls nicht weitergehen. Diese Bedrohung musste sie aus dem Weg räumen.

Den Rest der Arbeit verrichtete sie zügig und schweigend, aus ihrem Laptop erklang Musik von Radiohead; noch so eine Band der Jahrtausendwende, die sie bei ihrer Arbeit wunderbar begleiten konnte.

Raven war froh, dass sie schon Hunderte Fingerkuppen eingesetzt hatte und ihr die Handgriffe in Fleisch und Blut übergegangen waren. Ihre Hände schnitten, justierten, kontrollierten und nähten quasi auf Autopilot, beinahe von selbst. Mit den Gedanken war sie völlig woanders.

Sie brauchte einen neuen Raum zum Arbeiten. Sie brauchte Sicherheit. Und offensichtlich brauchte sie auch einen Weg, Spencer loszuwerden.

Es war nicht das erste Mal, dass er ihr gegenüber eine mehr oder weniger verdeckte Drohung ausgesprochen hatte. Doch so konkret war er noch nie geworden. Offenbar ging ihm langsam die Geduld aus, und Raven wusste nicht, wann der Tag kommen würde, an dem sich Spencer mit einem Kumpel betrank und alles ausplauderte. Oder noch schlimmer: sein Wissen an jemanden verkaufte, der ihr wirklich gefährlich werden konnte. Spencer war kein übler Kerl, aber er ging immer den Weg des geringsten Widerstandes, während Raven Schwierigkeiten nur selten aus dem Weg gehen konnte. Sie schwebte jetzt schon in höchster Gefahr, auch ohne einen gesprächigen Freund. Und wenn Spencer eines unter Beweis gestellt hatte, dann, dass er für Raven nicht mehr berechenbar war. Sie konnte nicht riskieren, sich von ihm zu trennen, doch bei ihm bleiben konnte sie auch nicht. Unmöglich. Nie wieder würde sie bei einem Menschen bleiben, der sie unter Druck setzte oder gar misshandelte und zu manipulieren versuchte. Das hatte sie sich vor langer Zeit geschworen. Gedankenverloren strich sie mit der Spitze ihres Zeigefingers über den Knick in ihrem Nasenbein. Und erneuerte ihren Schwur. Nie. Wieder. Sie hatte sich schon mehr als einmal von Spencer mit Drohungen und Vorwürfen ins Bett ziehen lassen. Er erpresste sie, emotional und faktisch, schon seit Längerem. Raven konnte es nicht länger hinnehmen. Für Spencer musste eine Lösung her.

Das hier geriet eindeutig außer Kontrolle. Sie brauchte Hilfe, das wusste Raven. Und für ihr spezielles Problem brauchte sie die Hilfe des Gardens. Bei dem Gedanken daran wurde ihr ganz schlecht. Aber Spencer hatte seine Wahl getroffen, und nun traf sie die ihre.

Nachdem sie abkassiert und aufgeräumt hatten, verabschiedete sich Raven von Spencer, der sie nur widerwillig ziehen ließ. Zum Glück erwartete er noch einen Kunden. Und zum Glück hatte er mittlerweile wieder vergessen, dass er sich ihr Tablet noch hatte ansehen wollen.

Raven verließ das heruntergekommene Haus und atmete ein paar Mal tief durch. Nieselregen hatte das Kopfsteinpflaster unter ihren Füßen mit einem glänzenden Film überzogen, der nun vom orangen

Licht der Straßenlaternen angestrahlt wurde. Dieser Winkel der Stadt, in der Nähe des Flusses, war ihr bei solchem Wetter immer ein wenig unheimlich. Es war einer der letzten Orte, an dem noch Bäume standen, deren Blätter nun tot auf der Straße klebten. Hier rechnete man jeden Moment damit, von hinten überfallen und in eine noch dunklere Ecke gezogen zu werden, in Richtung Tod und Vergessen. Doch Raven wusste, dass es rein statistisch hier eigentlich relativ sicher war. Weil sich keine Sau in dieser Gegend aufhielt. Trotzdem wollte sich ihr Puls nicht beruhigen. Und auch die frische Luft, die sie gierig in die Lungen sog, half ihr nicht so wie üblich.

Was keine große Überraschung war. Nach diesem Gespräch war sie bis ins Mark erschüttert. Und sie wusste nicht, wann sie wieder so etwas wie Ruhe finden würde angesichts dessen, was sie nun tun musste. Ihre Gedanken rasten, es fühlte sich beinahe so an, als würde ihr Gehirn rattern und summen. Allmählich formte sich ein Plan, der so gut wie schrecklich war.

Sie schlug nicht den Weg in Richtung Lichtenberg ein und ging auch nicht direkt in den Club. Stattdessen lief sie zur Hochbahn. Raven musste heute Nacht als Dark das Gardens betreten. Sie musste mit Eugene sprechen.

LAURA

Sie saß schon seit Stunden im Vernehmungsraum und durchforstete alte Akten. Niemand fragte nach ihr, niemand störte sie. Laura konnte einfach machen, was sie wollte. Es versetzte ihr zwar einen kleinen Stich, dass Birol nicht nach ihr suchte, allerdings kam sie auf diese Weise deutlich besser voran.

Das Intranet der Berliner Polizei war, natürlich, das reinste Chaos. Wie sollte es auch anders sein? Die Datensätze spiegelten einfach nur die Umstände.

Akten waren unvollständig und manchmal doppelt und dreifach angelegt, weil man sich hier offenbar nicht so gerne miteinander absprach.

So hatte sie bisher drei verschiedene Akten über die Nacht gefunden, in der Can Celik gestorben war. Eine unter C wie Can, eine unter C wie Celik und eine, die am entsprechenden Datum abgelegt worden war. Das Problem war, dass es noch unzählige andere Möglichkeiten gab, Akten digital einzuordnen. Nach Tatort, nach Uhrzeit, nach Mordwaffe, nach Bearbeiter, nach Dezernat oder Abteilung des Bearbeiters, nach Status (offen – in Bearbeitung – geschlossen) und so weiter und so weiter. Die Verschlagwortung sollte das Auffinden und Verknüpfen einzelner Fälle für alle Beamten leichter machen, nur war es eigentlich zwingend erforderlich, nach einem einheitlichen System abzulegen. So, wie die Datenbank jetzt angelegt war, brauchte Laura Fantasie und Geduld, um irgendwas zu finden. Es war eine Sisyphusarbeit. Lauras Hoffnungen waren nicht sonderlich groß, doch sie machte weiter.

Sie fand eine weitere Akte unter der Adresse des Hauses, in dem die Razzia stattgefunden hatte, und eine im Status »in Bearbeitung«.

Dass sie nicht lachte. Hier war überhaupt nichts in Bearbeitung, die Akten, die sie vorfand, waren ein blanker Witz. Genauso gut geordnet und gewissenhaft befüllt wie Cans Kiste in der Asservatenkammer. Eigentlich stand in jeder Akte dasselbe, nur in unterschiedlichen Worten. Dass Can mit seinen Kollegen ein Haus im Westhafen untersucht und dabei von einem Cheater erschossen worden war, der sich nach wie vor auf der Flucht befand.

Laura fand das schon einigermaßen seltsam. Wenn der Mann flüchtig und unbekannt war, warum waren sich dann alle so sicher, dass es sich um einen Cheater gehandelt hatte? Und warum hatte der Cheater den Polizisten erschossen, wo er doch über spezielle Fähigkeiten verfügt haben musste? Immerhin musste das ganze Gebäude von Polizisten nur so gewimmelt haben; wäre da nicht eine geräuschärmere Vorgehensweise logischer gewesen?

Nicht mal einen Obduktionsbericht fand sie im Intranet, dabei sollte man doch denken, dass die Kollegen bei einem der Ihren besondere Sorgfalt walten ließen. Doch genau das Gegenteil war der Fall. Kein Wunder, dass Birol angefressen war. Ob sein Vater Feinde im Käfig gehabt hatte? Leute, die ihn hatten tot sehen wollen? Es deutete einiges darauf hin. Aber warum? Was könnte die Kollegen so gegen Can Celik aufgebracht haben?

In einem der Protokolle fand sie wenigstens einen Vermerk, dass eine 9-mm-Parabellum-Patronenhülse aufgefunden worden war, doch bei den Asservaten hatte sie keine Patronenhülse gesehen. 9-mm-Parabellum. Genauso gut hätte da nichts stehen können. Es handelte sich um die Standardmunition der Standardmunitionen. Allgemeiner ging es kaum. Solange die Hülse nicht irgendwo auftauchte, konnte man mit dieser Information überhaupt nichts anfangen.

Laura atmete tief ein und fuhr sich mit den Fingern durch die Haare. Alles an ihr fühlte sich fettig an. Nach durchwachten Nächten und zu viel kaltem Kaffeeschweiß. Vielleicht sollte sie es für heute einfach gut sein lassen und endlich schlafen gehen. Nur war fraglich, ob sich ihr so bald noch einmal eine solche Gelegenheit bieten würde. Ungestört mit einem eingeloggten Tablet in einem Vernehmungsraum.

Doch die Suche in den Tatakten führte zu gar nichts.

Einer Eingebung folgend, suchte sie schließlich nach Akten, die Can Celik selbst verfasst hatte. Sie wollte sich ein Bild machen von dem Mann, der Birol großgezogen hatte. Was war er für ein Polizist gewesen?

Schon auf den ersten Blick wurde ihr klar, woher Birol seine Gründlichkeit hatte. Can hatte beinahe jeden Tag seines Berufslebens dokumentiert, wenn man nach ihm als Verfasser suchte, tauchten Hunderte Einzelakten auf. Laura hatte keine Ahnung, wo sie anfangen sollte, also sortierte sie nach Datum. Sie wollte sehen, woran der Mann in den Wochen, bevor er starb, gearbeitet hatte.

Laura hatte keine Ahnung, warum sie das hier gerade tat. Oder wonach sie suchte. Celik war der einzige Hinweis gewesen, den Fenne gehabt hatte, aber was hieß das schon? Was hatte sie gesagt? Dass ein Informant Can Celik mit Kannenbergs Geräten in Verbindung gebracht hatte. Richtig. Fenne hatte damals noch gedacht, Celik wäre ein Dealer oder Hehler im Dunstkreis des Utopia Gardens, der nun versuchen würde, teure Prototypen auf dem Schwarzmarkt zu verkaufen. Dass Celik selbst Polizist war, darauf wäre wohl keine von ihnen gekommen.

Was natürlich nicht bedeutete, dass Fennes Spekulation vollkommen falsch gewesen war …

Laura tippte »Kannenberg« in das Suchfeld. Und tatsächlich. Eine Akte tauchte auf, und sie zuckte vor Schreck zusammen. Sie hatte überhaupt nicht damit gerechnet, im Berliner Intranet etwas über ihren Hamburger Fall zu finden. Doch da war die Akte. Von Can Celik verfasst. Laura starrte eine Weile auf den blinkenden Cursor. Sie traute sich nicht, auf das Icon zu klicken aus Angst vor dem, was sie finden würde.

Da war er, der Beweis, dass Birols Vater mit ihrem alten Fall in Verbindung stand. Dass auch er etwas mit Professor Kannenberg zu tun gehabt hatte. Und dass es durchaus möglich war, dass Fenne und er aus demselben Grund gestorben waren. Doch was könnte dieser Grund sein? Stand er vielleicht sogar hier in dieser Akte? Würde sie gleich erfahren, was so wertvoll und so gefährlich sein könnte, dass zwei Menschen bereits dafür hatten sterben müssen? Und wenn sie davon erfuhr, schwebte dann ihr eigenes Leben auch in Gefahr?

Sie atmete aus, als sie bemerkte, dass sie die ganze Zeit über den Atem angehalten hatte. Sie war nach Berlin gekommen, um mehr über Fennes Tod herauszufinden. Warum saß sie dann jetzt hier und zögerte? Das durfte doch nicht wahr sein! Sie saß ganz alleine in diesem Raum, kein Mensch würde überhaupt mitbekommen, dass sie die Akte öffnete. Sie fing doch jetzt nicht ernsthaft an, an verfluchte Akten zu glauben! Verärgert schüttelte Laura den Kopf. Sie hatte zu lange nicht mehr geschlafen, zu viel Zeit in einem Club verbracht und sich zu doll in einen Kollegen verknallt. Das war ihr Problem. Eigentlich sollte sie sich freuen, jetzt endlich einen Schritt weiterzukommen. Das war doch eine gute Sache! Sie musste sich nur zusammenreißen.

Mit zitternden Fingern klickte sie auf das kleine Ordnersymbol, und die Akte öffnete sich.

Laura starrte auf den Bildschirm, die Finger so fest in die Tischkante gekrallt, dass ihre Knöchel weiß hervortraten.

Die Akte Kannenberg war leer.

RAVEN

Sie konnte nicht fassen, dass sie das hier gerade tat. Niemals hatte sie so tief sinken oder so viel riskieren wollen. Niemals hätte sie gedacht, dass sie überhaupt zu solchen Gedanken fähig war, von Taten völlig zu schweigen. Doch jetzt stand sie hier, zum Äußersten bereit und darauf aus, ihr Leben schon wieder auf den Kopf zu stellen. Nicht als Raven, sondern als Dark. Denn die Macht, die sie nun ausspielen musste, würde sie als Raven niemals erlangen. Und das war ganz gut so.

Vor zwei Jahren, als alles begonnen hatte, hatte sie sich selbst geschworen, diese Macht nur dann auszunutzen, wenn es überhaupt nicht mehr anders ging. Wenn es eigentlich schon fast zu spät war.

Dieser Moment war nun gekommen. Ihr Leben war in Gefahr. Sky war in Gefahr. Und solange sie nicht wusste, wer hinter ihr her war, war jedes einzelne Mädchen im Gardens ebenfalls in Gefahr. Und jeder einzelne ihrer Kunden auch. Wenn sie noch länger zögerte, würde noch jemand von der Klinge des Mannes aufgeschlitzt, der auf der Suche nach ihr war. Das konnte sie nicht hinnehmen. Raven hatte einen Plan und hoffte, dass sie den Mut aufbringen würde, ihn umzusetzen. Sie musste die Lawine ins Rollen bringen, bevor sie es sich anders überlegen konnte.

In voller Montur war sie durch das Gardens marschiert, hatte den Aufzug nach ganz oben genommen und auf die Klingel gedrückt, die den Portier der Metzgers aufschreckte.

Normalerweise klingelte niemand. Diese Klingel war für den absoluten Notfall reserviert. Wenn es brannte zum Beispiel. Oder wenn die Polizei unangekündigt vorbeikam. Für Bombendrohungen vielleicht oder wenn die Queen of England vor der Tür stand. Selbst Dark hatte noch nie zuvor auf diese Klingel gedrückt.

Doch Raven hatte beschlossen, dass die Zeit der Reaktion vorbei war, wenn sie überleben wollte. Jetzt war Aktion angesagt. Sie konnte nicht länger darauf warten, dass jemand nach ihr rief. Ihr Jobs anbot oder von ihr verlangte. Ihr Sex abtrotzte, Hausverbot erteilte oder sie am Ende des Tages vielleicht sogar aufspürte, versklavte oder umbrachte. All das konnte Raven nicht hinnehmen. Sie hatte doch nicht so lange überlebt für nichts und wieder nichts.

Am Tag, als ihre Mutter gestorben war, hatte Raven sich selbst geschworen, dass sie zum allerletzten Mal eine Hand streichelte, die sie geschlagen hatte. Bei der Erinnerung alleine wurde ihr heute noch schlecht.

Sie war zu weich geworden in den letzten zwei Jahren, zu durchlässig. Doch wenn jemand nicht gut zu ihr war, dann konnte er auch keine Güte erwarten. Es wurde Zeit, dass sie das selbst mal in den Kopf bekam.

Angelo, der uralte Portier der Metzgers, öffnete die Tür und schaute sie mit schreckgeweiteten Augen an.

»Ist etwas passiert?«, fragte er unsicher.

»Noch nicht. Aber mit Mikaels Naniten stimmt etwas nicht. Ich muss zu ihm. Jetzt sofort«, sagte sie mit ihrer metallischen, modulierten Stimme und stellte zufrieden fest, dass der Modulator ihren Worten die nötige Härte verlieh.

»Ich weiß nicht …«, murmelte Angelo. »Sie sind nicht angemeldet, oder?«

»Nein. Das bin ich nicht. Aber wenn du dich nicht beeilst, dann wird Mikael keine Gelegenheit mehr bekommen, dich zusammenzuscheißen.«

Angelo starrte fassungslos. Raven konnte sich denken, dass in all den Jahren, die er nun schon für die Brüder seinen Dienst verrichtete, so was noch nie vorgekommen war.

»Ich weiß nicht recht«, murmelte er.

»Aber ich weiß«, gab Raven zurück und wunderte sich nicht schlecht über sich selbst. Es war erstaunlich, wie stark sie als Dark sein konnte. Vielleicht wäre es besser, Raven ganz hinter sich zu lassen und die schwarze Bauta nie wieder abzulegen.

»Du weißt genau, wie es den beiden ging, bevor ich kam«, sagte Raven nun, und Angelo nickte.

»Dann weißt du auch, was passieren kann. Willst du etwa dafür die Verantwortung tragen?«

Angelos Gesicht wurde hart. Er war ein alter Mann, ein Portier, aber auch er war einmal jung gewesen. Ein Gangster. Gefährlich und skrupellos. Jedenfalls nach allem, was Raven über ihn gehört hatte. Solche Menschen konnten mit allem Möglichen umgehen. Mit dem Anblick von Schuss- und Schnittwunden. Mit zu Brei geschlagenen Gesichtern, gezogenen Zähnen und Zehennägeln. Womit sie allesamt nicht umgehen konnten, war Krankheit. Zersetzung. Siechtum. Schwäche.

Angelo hatte genauso wenig wie Mikael oder Eugene vergessen, wie es gewesen war, bevor Dark das erste Mal auf dieser Schwelle gestanden hatte. Und Raven war hier, um sie alle drei noch einmal daran zu erinnern. Sie standen in ihrer Schuld, und Raven war gekommen, diese Schuld einzufordern.

Nachdem er ihr noch einen giftigen Blick zugeworfen hatte, ging er voraus ins Atrium und bedeutete ihr mit einer knappen Geste, auf dem Sofa Platz zu nehmen und zu warten. Es war das erste Mal, dass Raven mit vor der Brust verschränkten Armen stehen blieb, anstatt sich zu setzen. Sie war nicht zum Warten gekommen.

Nach überraschend kurzer Zeit öffnete sich die Tür zu Mikaels Wohnzimmer, und der ältere Bruder selbst winkte sie mit einer schroffen Geste herein. Er wirkte ein wenig aus der Fassung. Gut.

»Was ist?«, fragte Mikael schroff, kaum dass ihre Füße den Wohnzimmerboden berührt hatten.

Eugene war auch im Raum, er nickte ihr zu, sagte aber nichts. Es war das erste Mal seit Monaten, dass Raven die beiden gemeinsam in einem Zimmer vorfand. Das konnte nur bedeuten, dass sich die Brüder wieder nähergekommen waren. Was eine schlechte Nachricht war. Für sie genauso wie für die Angestellten des Gardens. In der jüngeren Vergangenheit hatte Eugene wie ein Puffer für die Launen seines Bruders gewirkt. Ein Jammer.

»Ich habe eine Systemwarnung bekommen«, log Raven. »Bei dir stimmt etwas nicht.« Sie zeigte auf einen der beiden großen Sessel vor den Panoramafenstern, die hinaus auf den Club zeigten. Raven warf einen flüchtigen Blick nach unten. Die letzte Zirkusshow endete gerade. Drei indische Elefanten waren dabei, auf albern glitzernden Plattformen herumzuturnen. Sie fühlte einen schmerzhaften Stich, weil sie am Emily dachte.

»Ich muss das checken. Sofort«, sagte sie mit Nachdruck.

»Eigentlich passt es uns gerade überhaupt nicht«, murrte Mikael und ließ sich auf den Sessel fallen.

»Zu sterben würde dir aber noch viel weniger in den Kram passen. Oder sehe ich das falsch?«, fragte Raven.

»Geht das so schnell?« Mit großer Befriedigung bemerkte Raven die Unsicherheit in Mikaels Stimme.

»Je nachdem, wo die Wucherung sitzt, kann das ziemlich schnell gehen. Und wir alle wissen, dass du im Kopfbereich besonders anfällig bist. Wo ist mein Koffer?«

»Ich hole ihn!« Eugenes Gesicht hatte einen besorgten Ausdruck angenommen. Der Jüngere der beiden war vermutlich der einzige Mensch auf der Welt, der Mikael Metzger aufrichtig liebte. Jede Frau, die sich diese Unmöglichkeit bisher vorgenommen hatte, hatte für ihre Naivität teuer bezahlt. Meist mit dem Leben, aber immer mindestens mit der seelischen Gesundheit.

Eugene verschwand im hinteren Teil des Zimmers und kehrte kurz darauf mit Ravens Koffer zurück.

Bei den Metzgers lagerte neben ihrem normalen Werk- und Verbandszeug auch noch Spezialgerät, das sie nur bei den beiden Brüdern zur Anwendung brachte.

Eugene brachte den Koffer, und sie ließ bei Mikael ein paar Tests durchlaufen. Im schalen Licht des frühen Abends traten die Narben, die die Wucherungen in Mikaels Gesicht hinterlassen hatten, deutlicher hervor als bei Nacht. Raven erinnerte sich daran, wie er ausgesehen hatte, als sie ihm das erste Mal begegnet war. Als sie das erste Mal die schwarze Perücke und eine schwarze Bauta übergestreift hatte. Sein rechtes Auge war damals kaum noch zu sehen gewesen, so stark hatten sich die Wucherungen über das Gesicht des älteren Bruders ausgebreitet. Es war kein Wunder, dass sie sich dem Verbrechen zugewandt hatten. Für Menschen wie sie hätte es in der normalen Realität keinen Platz gegeben. Und in einer Welt, in der beinahe alles heilbar war, musste sich ein unheilbarer Gendefekt anfühlen wie ein schlechter Scherz. Was die beiden durchgemacht hatten, hätte wohl jeden bitter und boshaft werden lassen. Kaum vorstellbar, dass diese beiden einmal süße kleine Jungs mit Wünschen und Träumen gewesen waren.

Es funktionierte alles reibungslos, wie Raven sehr wohl wusste. Trotzdem hackte sie ein paar Befehle in ihren Rechner, runzelte die Stirn, zupfte an ihrer Unterlippe und beobachtete angestrengt den Bildschirm, als würde sie eine Entwicklung verfolgen.

»Das war knapp«, sagte sie schließlich und kratzte sich seufzend den Kopf. »Manchmal mache ich mir Sorgen, was passiert, wenn ihr mich nicht rechtzeitig erreichen könnt.«

»Du hast ein Alarmsystem, hast du doch gesagt«, brummte Mikael, und Raven nickte ernst. »Ja, doch dafür muss ich online sein. Und natürlich muss ich überhaupt mitbekommen, dass es einen Alarm gibt. Du kannst von Glück reden, dass ich eben nicht mitten in einem Modding gesteckt habe. Wenn ich gerade Kunden habe, kann ich meine Monitore nicht im Auge behalten.«

Sie stützte einen Arm in die Seite und legte den Kopf schief. Dann seufzte sie tief, was durch den Stimmenmodulator klang, als würde jemand sehr fest in ein Mikrofon pusten, um zu testen, ob es an ist.

»Außerdem wird mein Job immer gefährlicher. Zwei meiner Kunden sind in den letzten zwei Wochen unter noch nicht geklärten Umständen gestorben. Ich brauche ein bisschen mehr Sicherheit.«

»Sollen wir dir ein paar unserer Männer zur Seite stellen?«, fragte Eugene freundlich, doch etwas in seinem Blick verunsicherte Raven. Er schien sie wie mit einem Scanner abzutasten. In seinen Augen lag in diesem Moment eindeutig mehr als auf seiner Zunge.

Sie schüttelte den Kopf. »Nein. Das wäre eine zu große Verschwendung von Ressourcen, und außerdem schätze ich meine Privatsphäre. Ich denke da eher an einen sicheren Ort zum Arbeiten. In eurer Nähe. Sodass mich jemand holen kann, wenn etwas ist.«

»Ein Raum hier im Gardens?« Mikaels Augen verengten sich zu Schlitzen. »Willst du darauf hinaus?«

»Es würde sich anbieten. Mein bisheriges Atelier ist nicht mehr sicher, mein Mitarbeiter ist unzuverlässig geworden. Und in letzter Zeit habe ich ein paar Typen in der Gegend um mein Design-Labor gesehen, die ich nicht zuordnen konnte, die aber gefährlich wirkten. Wir können alle nicht riskieren, dass mir etwas passiert.« Sie zeigte auf den kleinen Bildschirm in ihrer Hand. »Die Naniten in eurer Blutbahn sind meine Erfindung. Niemand sonst weiß, wie sie funktionieren, wie man sie steuert oder repariert. Wenn mir etwas zustößt, dann wäre das euer Todesurteil.«

»Deine Sorge um uns ist ja regelrecht rührend«, sagte Eugene und verschränkte die Arme vor der Brust. Vielleicht hatte Raven ein bisschen zu dick aufgetragen? Sie ruderte ein wenig zurück.

»Ich sorge mich nicht um euch. Um ehrlich zu sein, bin ich der Auffassung, die Welt wäre ohne euch besser dran. Ich sage das alles nur, um meinen Standpunkt zu unterstreichen.«

»Der da wäre?« Mikael rieb sich müde die Schläfen.

»Ich will eine eigene kleine Wohnung für mich und für Raven. Ein Atelier, in dem ich arbeiten, und ein Labor, in dem ich meine Werkstücke anfertigen kann. Selbstverständlich kann ich kommen und gehen, wie es mir passt, und werde neben den Kunden, die ihr mir bringt, auch noch eigene Kunden bedienen. Raven wird weiterhin meine rechte Hand sein, das Hausverbot gegen sie wird aufgehoben.«

»Wer ist denn Raven, verflucht?« Zwischen Mikaels Brauen hatte sich eine schnurgerade Falte gebildet.

»Das weiße Flittchen«, antwortete Eugene, und Raven wunderte sich über den harten Unterton, der in Eugenes Stimme mitschwang. Normalerweise war er sanft und ruhig. Selbst wenn er tötete.

Das weiße Flittchen. So hieß sie also intern. Na großartig.

Mikael grunzte. »Ach die. Das Mädchen ist eine Ratte. Sie gehört zur Polizei. Du bekommst deine Räumlichkeiten, und wenn ich dafür persönlich ein viertes Stockwerk mit den Händen in den Berliner Boden graben muss, aber das Mädchen bleibt draußen.«

»Sie wird mit mir kommen. Raven verrichtet Strafdienst bei der Polizei, weil sie erwischt wurde, während sie einen Botengang für mich erledigte. Sie hatte knapp ein Kilo nicht registrierter Schmerzmittel und eine manipulierte Handprothese bei sich. Es ist meine Schuld, dass sie jetzt im Käfig Dienst tun muss. Aber eine Ratte ist sie sicher nicht, dafür lege ich meine Hand ins Feuer. Sie bleibt bei mir. Ich vertraue niemand anderem.«

»Gut, bitte«, Mikael winkte ab. »Wirklich gefährlich sieht sie ja nicht aus. Aber wenn sie sich noch einen Fehltritt erlaubt, fliegt sie raus.«

Raven nickte. »Natürlich. Ich bürge für sie.«

Mikael schnaubte. »Sonst noch was?«

Raven schloss kurz die Augen und sammelte sich. »Ja. Noch eine Sache.«

BIROL

Eigentlich hatte er von Anfang an gewusst, dass es eine blöde Idee war, und dennoch stand er jetzt hier. Mit ihr. Martha. Sie hatte sich gewünscht, ihren alten Garten zu sehen, und er war tatsächlich mit ihr hergefahren. Wie blöd konnte ein Mensch sein? Und wie oft wollte er sich noch ein und dieselbe Frage stellen?

Er bekam sein eigenes Verhalten nicht in den Kopf. Birol hatte einen Mann getötet und war mit der Aufklärung desselben Mordes betraut worden. Sein Cousin saß ihm im Nacken; derselbe, der ihm die Waffe besorgt hatte, mit der er Dittrich erschossen hatte. In diesem Augenblick, in dem er mit Martha auf der heruntergekommenen Kleingartenanlage stand, befand sich Karim im Käfig, in der Gesellschaft seiner Kollegen. Karim hatte ihn in der Hand, und er wusste es genau.

Und was tat er? Anstatt sich der Sache anzunehmen, wie es sich für einen Mann gehörte, Schadensbegrenzung zu betreiben, fuhr er mit einer siebzehnjährigen Auszubildenden zum Vögeln in Vaters alten Garten. Bravo, Birol.

Schon alleine der Anblick des verwilderten Gartentors schnürte ihm die Kehle zu. Er wollte überall sein, nur ganz sicher nicht hier. Die Erinnerungen erschlugen ihn förmlich. Hier waren sie alle gemeinsam glücklich gewesen. Viele Sommer hatten sie in dieser Hütte verbracht, doch für Birol fühlte es sich in der Rückschau an wie ein einziger, kurzer Augenblick. Ein Sonnenstrahl, ein Sprung ins Planschbecken. Kinderlachen. Dann ein Schnitt, und alles wurde schwarz.

»Das sieht großartig aus!«, seufzte Martha in diesem Augenblick, und Birol fragte sich, ob sie noch ganz dicht war. Obwohl: Wer war das eigentlich?

»Es ist ein Haufen Unkraut vor einem Haufen Schrott, der gefüllt ist mit einem Haufen Müll«, erwiderte er ungehalten.

»Ach was. Es ist wundervoll. So verwunschen. Gehen wir rein?«

Sie näherte sich in einer Art Hopserlauf dem Gartentor, und diese Bewegung war es, die Birol aus seiner Starre holte. Martha konnte nichts dafür, dass er sich so fühlte. Alles, was er gerade durchmachte, hatte er selbst verschuldet.

Er drängte sich an Martha vorbei und rammte den Schlüssel in das verrostete Schloss. Das Gartentor öffnete sich beinahe geräuschlos, und Birol stellten sich die Nackenhaare auf.

In seiner Kindheit hatte das Ding immer wie verrückt gequietscht. Jemand musste es zwischenzeitig geölt haben. Er hatte die ganze Zeit gedacht, dass der Garten seit Jahren nicht mehr genutzt wurde. Je mehr Kinder gekommen waren, desto weniger Zeit hatte Can gehabt, hier mit ihnen rauszufahren und sich um seine Auberginen zu kümmern. Die halb eingefallenen Gewächshäuser zeugten noch immer von der großen Leidenschaft seines Vaters. Außerdem hatten sie erst kein Auto besessen, in das sie zu siebt gepasst hätten, dann hatten sie irgendwann überhaupt kein Auto mehr gehabt. Birol hatte sich immer gefragt, warum seine Eltern überhaupt fünf Kinder bekommen hatten. Was zeigte, dass er ihre Kultur nach wie vor nicht verstand. Man bekam Kinder, weil Kinder ein Segen waren. Und weil Allah sie liebte. So einfach war das.

Er ging vorsichtig ein paar Schritte in den Garten hinein, und Martha folgte ihm. Sie begann, die alten Beete links und rechts zu inspizieren, während er die gesamte Szenerie in sich aufnahm. Dabei strahlte sie und war so wunderschön, dass sich Birol einmal mehr wie ein Haufen Scheiße fühlte.

Anlagen wie diese hatte es früher viele in Berlin gegeben. Die Menschen, die nicht genug hatten, um sich in Neuberlin niederzulassen, bekamen von der Stadt ein schmales Stück Land, auf dem sie sich von der Stadtluft erholen durften. Obst und Gemüse anbauen, um sich vom Alltag abzulenken, die Kinder zu lüften und vielleicht sogar die Kosten für Lebensmittel ein wenig zu senken.

Doch je mehr Leute Altberlin verlassen hatten, desto verkommener waren die Anlagen geworden. Wie in den verlassenen Wohnungen im Zentrum hatten sich auch auf den Anlagen Individuen eingenistet, die am Rand oder ganz außerhalb der Gesellschaft standen. So idyllisch der Garten auch wirken mochte: Die Anlage war ein gefährlicher Ort. Hier wurde Beute gelagert, hier versteckten sich gesuchte Kriminelle, hier wurde illegal Prostitution auf unterstem Niveau betrieben. Das war der Hauptgrund für die Familie Celik gewesen, ihren Garten aufzugeben. Can hatte immer gesagt, für die Kinder sei es nicht mehr sicher, sich dort aufzuhalten.

Und Birol hatte Martha hierhergebracht, seine Waffe aber in der Stadt gelassen. Gab es eigentlich eine Messlatte für seine Dummheit? Er schloss für einen Moment die Augen und fragte sich, ob er jemals in der Lage wäre, sich selbst in Frieden zu lassen. Schon seit jeher war Birol sein eigener schlimmster Feind. Wahrscheinlich war er es schlichtweg so sehr gewohnt, dass man auf ihm rumhackte, dass er es mittlerweile einfach von selbst tat. Birol ging ein paar Schritte auf dem alten Gartenweg. Es fühlte sich verdammt vertraut an.

Auf den ersten Blick wirkte der Garten tatsächlich komplett verlassen und verwildert. Sah man sich alles aber genauer an, wurde deutlich, dass manche Wege stärker zugewachsen waren als andere. Der Weg zur Laube war in letzter Zeit eindeutig noch öfter genutzt worden. Er war nach wie vor gut zu erkennen. War einer seiner Brüder auf die Idee gekommen, die Laube für seine Zwecke zu nutzen, oder war ihr Vater doch noch heimlich hierhergekommen?

Birol schlenderte den Weg zur Eingangstür der Laube entlang und musste feststellen, dass an der Tür selbst ein relativ neu wirkendes Vorhängeschloss angebracht war, zu dem an seinem alten Schlüsselbund kein passender Schlüssel hing.

»Was ist, wollen wir reingehen?«

Er schüttelte den Kopf. »Geht leider nicht«, erwiderte Birol und zeigte auf das Schloss. »Ich habe keinen Schlüssel hierfür.«

Martha betrachtete das Schloss nachdenklich.

»Wir könnten es aufbrechen«, schlug sie vor und begann schon, sich im Garten nach einem geeigneten Werkzeug umzusehen.

»Bloß nicht!«, Birol hielt sie am Arm zurück. »Einer meiner Brüder hat sicherlich mitbekommen, dass ich auf dem Weg hierher bin. Wenn ich das Schloss aufbreche, weiß jeder, wer es war.«

Martha zog die Brauen hoch. »Und?«

Birol schüttelte den Kopf. »Du kennst meine Familie nicht. Und ich werde dafür sorgen, dass du sie auch niemals, niemals kennenlernst.«

Marthas Mundwinkel sackten nach unten. Seine Worte hatten sie getroffen, das war deutlich zu sehen. »Was soll ich denn jetzt mit dieser Aussage anfangen?«

Birol winkte ab. »Ist mir egal, was du damit anfängst. Die Tür brechen wir jedenfalls nicht auf.«

Sie ließ die Arme hängen. »Dann sind wir also den ganzen weiten Weg völlig umsonst gefahren? Das war's? Wochenende gecancelt?«

Sie sah aus wie ein kleines Mädchen, das gerade merkte, dass es seinen Willen nicht bekam. Fehlte nur noch, dass sie eine Flunsch zog. Birol merkte, wie egal ihm das gerade war. Er fühlte sich nicht wohl und wollte nur noch weg.

»Wochenende gecancelt. Los. Wir fahren.«

OTHELLO

Ingrid klopfte an seine Tür und trat ohne Aufforderung ein. Othello saß gerade über den Zahlen des letzten Halbjahres und war in ganz besonders schlechter Stimmung, doch als er ihren Gesichtsausdruck sah, blieb ihm die Ermahnung, die er eigentlich in ihre Richtung hatte schießen wollen, im Hals stecken.

»Was ist los?«, fragte er und setzte sich etwas aufrechter hin. In den letzten Stunden war er, so bemerkte er jetzt, immer stärker in sich zusammengesunken. Seine Wirbelsäule fühlte sich an wie eine Ziehharmonika.

»Ich glaube, ich hab hier was, das dich interessieren könnte.«

Sie klatschte ihm einen Ausdruck auf den Schreibtisch. Es war ein Artikel irgendeines Immobilienblattes.

»Corbinian Röschel, ehemals Junior Seller bei Kühne und Zieger Immobilien, eröffnet sein eigenes Büro und nimmt sechzig Prozent der Belegschaft von K & Z mit«, las er vor und runzelte die Stirn. »Das ist ja schön für Herrn Röschel, aber was soll ich damit anfangen?«

»K&Z ist der größte Makler für Luxusimmobilien in ganz Neu- und Altberlin!«, erwiderte Ingrid aufgeregt.

»Ich weiß das. Habe selbst ein halbes Dutzend Immobilien über sie erworben. Deine Wohnung übrigens auch. Und?«

»Ich habe mich ein bisschen umgehört. Dieser Röschel ist ein Emporkömmling ohne nennenswertes Profil. Kein finanzieller Background, keine reichen Eltern, kein Lottogewinn. Er war erst drei Monate bei der Firma, bevor er sein eigenes Büro gegründet hat. Die Mitarbeiter von K&Z verdienen allesamt sehr gut, das Unternehmen zahlt pro Abschluss fette Provisionen. Die meisten können sich nach ein paar Jahren wirklich was leisten.«

Othello rieb sich die Schläfen. »Das ist ja alles schön und gut, Ingrid, aber wir sind nicht im Immobiliengeschäft, falls dir das schon mal aufgefallen ist. Wir verkaufen Prothesen. An die Gesundheitsämter. Und so langweilig und nervtötend ich das manchmal auch finde: Das ist unsere Realität.«

Ingrid schnalzte ungehalten mit der Zunge. Sie ließ sich in einen der beiden Design-Sessel fallen, die vor seinem Schreibtisch standen und die sie eigenhändig in ihrem Auto aus Schweden mitgebracht hatte. Ingrid beugte sich vor und stützte die Ellbogen auf die Knie.

»Überleg doch mal. Wie sollte es jemand schaffen, der erst drei Monate bei einem Unternehmen mit über hundert Mitarbeitern tätig ist, dieses ins Aus zu befördern? Er ist kein alter Hase, der das mit seinen Kollegen von langer Hand hätte planen können. Tatsächlich ist der Typ letzte Woche erst dreißig geworden. Wie meinst du, hätte er dieses Kunststück vollbringen können?«

Sie tippte auf das Ende des Artikels, wo die Adresse des neuen Firmensitzes von Röschel Real Estate angegeben war.

Othello pfiff durch die Zähne. »Das ist ja gleich nebenan.«

»Eben. Die Büros hier kosten ein Vermögen. Die Mitarbeiter von K&Z haben ihrerseits ein Vermögen verdient und lassen sich jetzt sicher nicht mit weniger abspeisen. Und Röschel kommt aus einer eher kleinbürgerlichen Familie. Zwar Neuberlin, aber äußerer Ring. Wo könnte so jemand das ganze Geld plötzlich herhaben?«

Othello runzelte die Stirn. »Du meinst …«

Ingrid nickte eifrig. »Ich hab dort angerufen. Röschel selbst habe ich nicht ans Telefon bekommen. Also habe ich es anschließend bei K&Z versucht, und die Mitarbeiter dort waren deutlich gesprächiger. Wie du dir denken kannst, sind sie nicht gut auf Röschel zu sprechen, er hat ihnen einen Riesenärger beschert. Der Geschäftsführer, Stefan Zieger, hat mir persönlich erzählt, dass sie eine Klage gegen ›den Bubi‹ vorbereiten. Wegen der Annahme von Schmiergeld bei der Immobilienvergabe. Zieger meinte, die Sache sei eindeutig. Röschel habe nur einen Abschluss getätigt, bevor er sich mit seinen besten Verkäufern abgesetzt hatte. Saudumm, wenn du mich fragst.«

»Das kannst du laut sagen.«

»So war es aber denkbar einfach herauszufinden, welche Immobilie Röschel bei K&Z verkauft hat.«

Othello runzelte fragend die Stirn.

»Die Boysen-Villa in Neu Buchholz.«

Othello schnaubte. »Die Boysen-Villa hätte höchstens ein paar Hunderttausend Provision gebracht. Nicht genug für so einen Stunt. Konntest du herausfinden, wer sie gekauft hat?«

Ingrid schüttelte den Kopf. »Nein, das müsstest du machen. Kennst du nicht jemanden, der den Verkäufer kennt? Einen Versuch ist es wert.«

»Doch«, bestätigte er. »Ich kenne die Nachbarin.« Othello holte sein Tablet hervor und durchsuchte das Telefonbuch. Dann tippte er die Nummer in sein Firmensystem ein.

»Kraker von Schwarzenfels?«, meldete sich eine trockene, rauchige Stimme direkt nach dem ersten Klingeln.

»Othello Sander hier, Kendra. Wie geht es dir?«

»Othello, das ist ja nett!«, überging die Dame seine Frage. »Was verschafft mir die Ehre?«

»Ich habe durch einen Zufall erfahren, dass deine Nachbarn ihr Haus verkaufen wollen«, antwortete Othello im Plauderton. »Die Immobilie an sich sagt mir nicht sonderlich zu. Nicht mein Stil. Aber die Hanglange hat mir immer gefallen. Ich hätte Interesse. Weißt du zufällig, wer mit dem Verkauf betraut ist?«

Frau von Schwarzenfels seufzte. »Ach, dich hätte ich sehr gerne zum Nachbarn gehabt, Othello, aber ich fürchte, du kommst zu spät. Das Ding ist schon verkauft. Und ich habe seither nur Ärger.«

»Ärger?«

»Die neuen Nachbarn. Haben sich bis heute nicht vorgestellt, reißen aber das gesamte Grundstück nebenan auf. Es ist ein Heidenkrach, und der ganze Dreck zieht sich unsere Straße rauf und runter. Sie beschäftigen Bauarbeiter aus Südamerika oder Kuba oder sonst woher, den ganzen Tag muss ich mir ihr Geplapper anhören. Und das ist noch anstrengender, wenn man kein Wort versteht.«

»Das klingt aber wirklich nicht gut. Wieso hat Boysen denn an Leute verkauft, die das gesamte Grundstück aufreißen wollen? Bei der Lage konnte er sich die Käufer doch wahrscheinlich aussuchen?«

Frau von Schwarzenfels dämpfte ihre Stimme, als hätte sie Angst, die neuen Nachbarn könnten sie trotz ihres weitläufigen Anwesens hören.

»Es heißt, die neuen Käufer hätten ein Vermögen gezahlt. Fast das Doppelte von dem, was Boysen aufgerufen hat.«

»Hast du eine Ahnung, wer das ist?«

»Nein. Wie gesagt, sie haben sich noch nicht vorgestellt. Und nach allem, was ich bisher mitbekommen habe, glaube ich auch nicht, dass ich sie kennenlernen will. Der Typ sieht aus wie ein russischer Preisboxer, die Frau ist mir noch überhaupt nicht untergekommen. Ich sehe sie nur den ganzen Tag am Fenster stehen. Groß, schlank. Regungslos. Das Ehepaar kommt aus Hamburg. Sie soll einen Selbstmordversuch hinter sich haben. Mehr weiß ich auch nicht. Vielleicht soll die Umgestaltung des Gartens sie auf andere Gedanken bringen oder so. Ganz geheuer ist mir die ganze Sache jedenfalls nicht, Othello.«

»Das kann ich verstehen. Ein Jammer, dass ich nicht früher davon gehört habe. Allerdings hätte ich sicher nicht den doppelten Preis gezahlt. Ich danke dir jedenfalls sehr für deine Zeit, Kendra. Grüß Jovi von mir und bis bald.«

»Sehen wir uns auf der Gartenparty der Böttchers am Samstagvormittag?«

Othello schickte einen fragenden Blick in Ingrids Richtung, und diese nickte. Offensichtlich hatte er schon zugesagt. Bei solchen Events verlor er schnell den Überblick. Jedes Wochenende dasselbe, es war so ermüdend.

»Selbstverständlich sehen wir uns dort. Ich freue mich schon. Mach's gut!«

Damit legte er auf und kratzte sich am Kopf.

»Könnte ein Treffer sein«, sagte Ingrid.

»Könnte, muss aber nicht. Ehepaar, Selbstmordversuch. Das klingt nicht unbedingt nach Ophelia.«

»Aber stinkreich, Hamburg, groß und schlank klingt nach Ophelia.«

»Und nach noch mindestens dreißig anderen Frauen«, sagte Othello kopfschüttelnd.

»Hansen sagt, dass sie seit Wochen wie vom Erdboden verschluckt ist. Niemand hat sie gesehen oder etwas von ihr gehört, aber in der Firma scheint auch niemand sonderlich beunruhigt zu sein. Könighaus rennt herum und erzählt allen, dass sich Ophelia nach einem neuen Standort umsieht. Berlin wäre ein neuer Standort, oder nicht?«

»Ich weiß nicht. Ophelia hasst Berlin. Was könnte sie hier wollen?«

Ingrids Miene wurde ernst. »Die Familie besuchen«, sagte sie. »Was sonst?«

RONNY

Er hatte versucht, in das Haus einzubrechen, in dem das kleine, blonde Mädchen wohnte, doch es hatte keinen Zweck. Das Ding war gesichert wie Fort Knox. Nur mit einem Unterschied: Wenn hier der Alarm losging, kam nicht die Polizei, sondern es kamen ein paar Schläger aus der Nachbarschaft. Das einzige Ergebnis der gesamten Aktion war, dass er sich nicht einmal mehr in der Nähe der Koordinaten aufhalten konnte, die SeaSalt ihm genannt hatte, weil ihn nun ein Dutzend Leute gesehen hatten. Was zur Folge hatte, dass er nun seit mehreren Stunden in einem verlassenen Apartment in einem der sehr einsturzgefährdet wirkenden Häuser am Platz saß und aus dem Fenster starrte.

Es stank nach Urin und noch viel Schlimmerem. Irgendwo in dieser Wohnung lag eine sehr alte Leiche, dessen war er sich ziemlich sicher, doch ihm war nun wirklich nicht danach, sich auf die Suche zu machen. Auch Ronnys Nerven kannten Grenzen.

Außerdem konnte er seinen Platz gerade ohnehin nicht verlassen, denn gerade wurde es zum ersten Mal seit vielen Stunden wieder interessant. Zwei große schwarze Vans fuhren auf dem Platz vor. Ein Blick auf die Nummernschilder verriet Ronny, dass es sich um Fahrzeuge aus der Utopia-Gardens-Flotte handelte. Beide trugen die Kennung B1-UG.

Die Wagen hielten vor dem Gebäudekomplex, in dem das Mädchen wohnte, und vier Männer stiegen aus, von gleicher Statur wie er selbst und sicher mit ähnlicher Jobbeschreibung. Einer der Kerle öffnete die hintere Tür des Busses, und jemand stieg aus.

Augenblicklich stellten sich Ronnys Nackenhaare auf. Da war sie endlich, seine heiße Spur.

Denn er wusste, wer da gerade aus dem Auto gestiegen war und nun den Code für die Eingangstür eingab. Es gab keinen Zweifel.

Ronny hatte den Typen zwar noch nie live gesehen, doch es gab nur einen Menschen auf der Welt, auf den diese Beschreibung passte. Zierlich, schmal und klein. Schwarze Kleidung, schwarze Perücke und eine pechschwarze, schimmernde Bauta. Es konnte sich nur um den berühmten Modder Dark handeln. Wer sonst sollte in dieser Gegend so kostümiert herumlaufen?

Ophelia selbst hatte ein Auge auf ihn, aber eigentlich nur, weil es sie amüsierte, wie sehr dieser Mann ihren Bruder vorführte. Doch Ronny war sich mit einem Mal vollkommen sicher, dass Dark auch seine Chefin vorführte. Denn wer, wenn nicht er, könnte ein Interesse an dem Prototyp von The Ark haben? Wer hätte genug Macht und Geld, überhaupt an das Ding heranzukommen? Nach allem, was man über den Kerl hörte, machte auch er die unmöglichsten Dinge möglich. Genau wie Kannenberg, genau wie Silbermann. Nur auf eine andere Art. Dark kümmerte sich eher um die Hardware der Menschen.

Widersprüchliche Gefühle erfüllten Ronny Könighaus in diesem Augenblick. Einerseits war er froh, dass das Mädchen offenbar nichts mit der Sache zu tun hatte. Gut, vielleicht war sie irgendwie involviert, vielleicht arbeitete sie für Dark oder war sogar mit ihm verwandt. Die beiden glichen sich nämlich auf eine schräge Weise. Es war viel Ähnlichkeit in Statur und Bewegungen. Vielleicht waren sie Geschwister? Aber sie war sicher nicht der Mastermind. Jetzt, wo er Dark vor sich sah, überlegte er fieberhaft, was er zu tun hatte. Jemanden wie Dark konnte man nicht einfach töten und gut. Es war viel, viel komplizierter. Er hatte einflussreiche Kunden, wenn nicht sogar die einflussreichsten. Ophelia bildete sich zwar immer ein, Geld sei die einzige Währung, die wirklich etwas zählte, doch in Wahrheit war es nicht Geld, sondern Schulden, die wahre Macht ausübten. Schulden und Geheimnisse. Dass Dark den Schutz des Gardens genoss, konnte nur bedeuten, dass die Metzgers ihm etwas schuldig waren.

Natürlich schuldeten auch Ophelia viele Menschen Geld, da gab es also eine Überschneidung, doch man konnte mit so viel mehr als nur Geld in der Kreide stehen. Und im Eintreiben aller Arten von Schulden waren die Metzger-Brüder Meister. Sie besaßen eine Macht, die Ophelia niemals kennen würde. Einfach weil sie zu wohlbehütet aufgewachsen war.

Sie war skrupellos und tödlich und reich, manchmal sogar grausam, aber sie kannte das Gesetz von Schuld und Ehre nicht.

Die Metzgers hingegen spielten die ganze Klaviatur der Unterwelt. Und genau da lag das Problem. Wenn er sich mit Dark anlegte, dann hatte er unweigerlich die Brüder am Hals. Die Kosten-Nutzen-Kalkulation fiel seiner Meinung nach miserabel aus. Doch er wusste genau, dass Ophelia es völlig anders sehen würde.

Gerade begannen die vier Männer unter großen Anstrengungen, gewaltige Geräte aus dem Haus in die Wagen zu schleppen. Es folgten unzählige Kisten. Der Modder zog um!

Ronny griff nach seinem Fernglas, um die Fracht genauer betrachten zu können. Es war Technikkram. Kabel, Platinen, Werkzeuge, Prothesen, Computer, Tablets, Ladestationen und vieles, worauf er sich überhaupt keinen Reim machen konnte. Doch eines wusste er: dass es sich um Darks Equipment handeln musste. Dark verließ sein Quartier. Ob das wohl Ronnys Schuld war? Weil er zu unvorsichtig gewesen war und versucht hatte, in das Haus einzudringen? Hatte er den Typen ausgeräuchert?

Während er dasaß und das ganze Schauspiel beobachtete, kamen noch zwei große Lastwagen angerollt, in denen nach und nach diverse große Kühltruhen, Tische und immer noch mehr Kisten verschwanden.

Ronny beschloss, seinen Aussichtspunkt lieber zu verlassen und sich zu seinem Wagen zu begeben. Wenn sie losfuhren, wollte er bereit sein. Er musste wissen, wo sie all das Zeug hinbrachten. Und ob es eine Lücke in Darks Sicherheitssystem gab, durch das er schlüpfen konnte.

SPENCER

Als es an seine Tür hämmerte, war er nicht vorbereitet. Okay, das war eine Untertreibung. Er hatte es sich gerade mit einer Pizza von Lils und ein paar Filmen bequem gemacht. Seitdem es zwischen Raven und ihm nicht mehr lief, blieb ihm meistens nichts anderes übrig, als in dem leeren Zimmer neben seinem Studio zu pennen, was gar nicht so übel war, aber es ging ums Prinzip. Spencer wollte bei seiner Freundin pennen – wozu hatte er denn sonst eine? Aber Buster meinte, er müsse bloß abwarten, dann würde sie sich schon wieder einkriegen. Er hörte auf seinen besten Freund, wie immer, aber er hatte so eine Ahnung, dass Buster das nicht sagen würde, wenn er Raven mal kennengelernt hätte. Was er nicht hatte. Keiner seiner Freunde hatte das, weil sie nicht gewollt hatte. Diese verfluchte Zicke. Bekam immer ihren Willen. Allmählich ging Spencer das alles auf die Nerven. Er wollte sich ja gar nicht ärgern, aber er ärgerte sich trotzdem.

Na jedenfalls war er erst halb durch mit seiner Pizza Circus – ein Teigfladen belegt mit allem, was Lils zu bieten hatte; der Belag war drei Mal dicker als die Kruste und wurde nur von einer gewaltigen Schicht Käse zusammen- und am Platz gehalten – als jemand gegen seine Tür donnerte.

Er zuckte zusammen und überlegte kurz, was er tun sollte, während das Klopfen heftiger wurde. Nicht zu öffnen, war keine Option. Es war die Art Klopfen, die eher damit endete, dass der Türrahmen barst. Also stand Spencer auf und zog sich die Hose an.

»Ich komme gleich!«, schrie er nach vorne und schlüpfte noch in seine Schuhe. Im vorderen Teil lag eigentlich immer irgendwas rum, das in seiner Fußsohle nichts verloren hatte. Es knallte, und Spencer hörte, wie trockenes Holz splitterte.

»Verdammt, ich hab doch gesagt, ich komme! Lasst meine Tür gefälligst ganz!«

Er hatte die Tür noch nicht erreicht, da flog das alte Schloss quer durch den Raum. Und sie traten ein. Pacman, Igor, Deuter und Schwänlein, den alle nur so nannten, weil er ein Schwanenpärchen auf den Hals tätowiert hatte. Wie er wirklich hieß, wusste niemand so genau.

»Was soll das?«, fragte Spencer ehrlich verwirrt. »Warum kommt ihr her und ruiniert meine Tür?«

Dann kam ihm ein schrecklicher Gedanke. »Seid ihr wegen Dark hier? Sorry, aber sie … äh … er ist nicht hier. Ich bin nur der Gehilfe, ehrlich.«

Pacman verdrehte die Augen. »Wie Dark es so lange mit dir ausgehalten hat, ist mir ein Rätsel«, sagte Igor mit hochgezogenen Brauen.

Er packte Spencer grob an der Schulter. »Du redest viel zu viel.«

»Ich übernehme die Kommunikation mit den Kunden«, gab Spencer patzig zurück. »Apropos Kommunikation. Ich frage euch noch einmal: Was macht ihr hier?«

Pacman grinste, und Igor sagte: »Packt ein, was auf der Liste steht, und dann ab.«

Die Männer begannen, wahllos Türen und Schubladen des großen alten Küchenbuffets zu öffnen und in den Fächern herumzuwühlen. Sie stopften das medizinische Equipment, das sie vorfanden, in mitgebrachte Taschen.

»Jetzt weiß ich, was hier gespielt wird«, rief Spencer. »Irgendjemand will Dark ausbooten, ja? Ihm Konkurrenz machen?«

Gott, Raven wird mich umbringen, dachte er. Dabei konnte er ausnahmsweise mal wirklich nichts dafür!

»Haben Mikael und Eugene das autorisiert? Wenn Dark mitbekommt, was ihr hier abzieht, dann …«

Weiter kam er nicht. Denn in diesem Augenblick traf ihn eine Faust mit der Wucht einer Abrissbirne an der Schläfe, und er fiel um wie ein Dominostein. Er war zu benommen, um sich abzufangen, und traf hart auf dem Fußboden auf. Sein Blick wanderte quer durch den Raum und blieb an seiner Pizza haften. Die jetzt kalt wurde.

Verdammt, hätte er die doch wenigstens zu Ende essen können. Obwohl. Ihm wurde so schwindelig, dass die Hälfte, die er intus hatte, drohte wieder vorstellig zu werden.

Spencer fühlte einen heftigen Tritt in die Rippen, der ihm die Luft zum Atmen nahm.

Nur flüchtig fragte er sich, warum er eigentlich keine Angst hatte. Raven regte sich immer auf, dass er so unbedarft durchs Leben ging, aber Spencer war immer davon ausgegangen, dass er schon richtig reagieren würde, wenn die Situation es erforderlich machte. Jetzt gerade war er sich da nicht mehr so sicher.

Raven. Wo war sie eigentlich, wenn man sie brauchte? Jemand riss seine Hände nach hinten und fesselte sie auf seinem Rücken. Okay. Das hier war ernst. Wollten ihn die Typen etwa mitnehmen? Oder, was vielleicht schlimmer wäre, gefesselt hier liegen lassen? Denn was war, wenn Raven erst in ein paar Tagen wieder auftauchte? Oder gar nicht. Nach ihrem letzten Streit wäre das durchaus möglich. Dabei müsste sie doch wissen, dass er es nicht so gemeint hatte. Oder? Er konnte sich auf das alles keinen Reim machen. Sie kannten diese Typen doch seit Jahren.

»Hey! Was soll denn das? Was zur Hölle wollt ihr von mir?«

Pacman kniete sich vor ihn, schweigsam wie immer, schüttelte nur müde den Kopf und steckte ihm einen alten Lappen in den Mund. Spencer schmeckte Blut und musste würgen. Es gab keinen Lappen in seinem Studio, der nicht mit fremdem Blut getränkt war. Wessen Körpersäfte rannen ihm hier gerade wohl in die Kehle?

»Kommt ihr klar?«, hörte er plötzlich eine blecherne Stimme fragen und zuckte zusammen. Es klang wie in einem sehr alten Computerspiel. Er hatte diese Stimme noch nie gehört.

»Alles gut«, sagte Igor. »Wir sind hier gleich soweit.«

»Nehmt auch den Laptop mit, bitte. Ich werde ihn brauchen.«

»Wird gemacht!«

Spencer hörte Schritte hinter sich und versuchte, den Kopf zu drehen, was erstaunlich schwierig war unter den gegebenen Umständen.

Schwarze Turnschuhe kamen in sein Blickfeld. Er kannte diese Schuhe. Kannte die schwarzen Jeans, deren Beine mehrfach umgeschlagen und mit Sicherheitsnadeln fixiert worden waren. An denen immer Dreck klebte. Die hinten immer durchgelaufen waren. Er hob den Blick und sah den schwarzen Pullover, die lange Nase der schwarz lackierten Bauta.

Raven. Er wollte schreien, wollte jedes Schimpfwort der Welt in ihre Richtung schleudern, doch der Knebel hinderte ihn daran. Er tat es trotzdem, schrie so lange, bis ihm schwindelig wurde und er für einen Moment die Augen schließen musste. Währenddessen starrte sie auf ihn herab. Ruhig. Fast abwartend.

War das etwa alles ihr Werk? War sie in der Lage, ihn so zu betrügen? Ihn vorzuführen, zu verletzen, auszurauben? Sie war doch nur ein knochiger Teenager mit einem leicht morbiden Job. Schreckhaft, kleptomanisch und erstaunlich prüde. Und er liebte sie, verdammt. Hatte immer alles für sie getan. War sie tatsächlich in der Lage, ihn dermaßen zu betrügen?

Spencer schlug die Augen wieder auf. Er suchte nach einem Hinweis. Wenigstens erhielt er so eine Antwort auf die tausend Fragen, die ihm durch den Kopf schwirrten.

Sein Blick fand Raven im Nebenzimmer. Sie saß im Schneidersitz auf der Matratze, auf der sie immer gevögelt hatten, und aß seine Pizza. Seelenruhig und eiskalt schob sie sich Stück für Stück unter ihrer Maske hindurch in den Mund.

Das würde sie büßen. Er wusste noch nicht, wie. Doch Raven würde bereuen, ihn überhaupt getroffen zu haben. So konnte sie nicht mit ihm umspringen.

Er beobachtete noch eine ganze Weile, wie sein Studio ausgeräumt wurde. Dafür, dass eigentlich recht wenig drinstand, brauchten sie erstaunlich lange. Ungefähr so lange, wie Raven brauchte, um seine halbe Pizza zu vertilgen, und sie aß entsetzlich langsam. Ein Grund, warum sie so dünn war. Niemand hätte Zeit, in dieser Geschwindigkeit genug Kalorien aufzunehmen.

Sie nahmen auch den Stuhl und die Liege mit. Das Buffet ließen sie stehen, aber das war es auch schon. Er würde sich neue Sachen besorgen müssen. Und jeder wusste, was für ein Stress das war in dieser Scheißstadt.

Doch die größte Überraschung für Spencer war, alles in allem, dass ihm Pacman am Ende noch einen kräftigen Tritt in die Rippen verpasste, bevor er ihn aufhob und wie einen nassen Sack über die Schulter warf.

LAURA

Sie schob ihr Bike durch die scheinbar verlassene Anlage. Die dichten Schatten der Bäume und Sträucher, die ihre Finger nach ihr ausstreckten, machten sie nervös, und ihr Herz schlug schneller. Wenn man hier draußen schrie, dann hörte einen niemand, so viel war klar. Sie wollte auch gar nicht erst darüber nachdenken, was für Tiere hier zwischen den alten Lauben lebten. Als Stadtkind hatte sie weder Ahnung von noch Berührung mit Wildtieren, und sie war nicht scharf darauf, daran irgendwas zu ändern. Die Ratten auf dem Hamburger Fischmarkt hatten ihr immer ausgereicht. Doch in Berlin war noch ganz anderes Getier unterwegs. Waschbären, Wildschweine, Wölfe.

Sie versuchte, nicht daran zu denken. Auch nicht daran, was Birol ihr erzählt hatte. Über das zweite Leben, das die Anlagen nun führten, als Unterschlupf und Lager für die verschiedensten Kriminellen und Illegalen. Hier hausten Menschen, die es nicht schätzten, entdeckt zu werden. Und sie selbst würde es gerade auch sehr stark vorziehen, unentdeckt zu bleiben.

Alles an dem, was sie gerade tat, fühlte sich falsch an. Wenn es stimmte, was Birol gesagt hatte – dass einer seiner Brüder herausfinden würde, dass er den Schlüssel zur Laube gehabt hatte –, könnte sie ihn nun in große Schwierigkeiten bringen.

Laura hatte sich das Vorhängeschloss am Nachmittag genau eingeprägt und ein ähnliches Modell besorgt. Im besten Fall würden die Männer, die es angebracht hatten, davon ausgehen, dass es klemmte oder sich aus anderen Gründen nicht öffnen ließ, wenn sie wiederkamen.

Mehr konnte sie nicht tun. Denn deutlicher als je zuvor war Laura am Nachmittag klar geworden, dass sie da reinmusste. Spätestens als Birol beim Anblick des Vorhängeschlosses auf dem Absatz kehrtgemacht hatte, hatte sie gewusst, dass sie es nicht würde lassen können.

Denn was war, wenn nicht einer von Birols Brüdern, sondern sein Vater Can das Vorhängeschloss angebracht hatte? Dann befand sich in der Laube vielleicht etwas, das sie weiterbringen konnte.

Trotzdem fühlte sie sich durch und durch schlecht. Sie hinterging Birol und kam sich supermies dabei vor.

Sie hatten sich gestritten, nachdem sie zurück nach Berlin gefahren waren. Laura wusste gar nicht so genau, warum sie so ausgerastet war. Vordergründig natürlich, weil ihr romantisches Wochenende geplatzt war, doch das war nicht der Punkt. Es war der Garten von Birols Familie, sie hatte überhaupt kein Recht, da irgendwas zu verlangen, bloß weil sie einmal miteinander geschlafen hatten. Es war die Art, die er an den Tag gelegt hatte, die sie so auf die Palme gebracht hatte. Die Selbstverständlichkeit, mit der er von ihr verlangt hatte, wieder zurückzufahren. Seine Verschlossenheit. Er schloss sie aus seinen Gedanken aus, und das machte sie wütend.

Sie erreichte den Garten und versteckte ihre Maschine hinter den Hecken, die das Grundstück säumten. Zwar fühlte sie, wie die spitzen Äste und Zweige über den Lack ihres Bikes kratzten, was ihr in der Seele wehtat, doch das war immer noch besser, als dass es hier jemand klaute. Denn trotz des lauten Summens der Magnetbahnen, die immer wieder an dem Areal vorbeizischten, und dem Donnern der Lkw auf der nahe gelegenen Autobahn, hatte sie immer wieder Stimmen gehört, die nicht sonderlich weit weg geklungen hatten. Laura war ganz sicher nicht alleine hier draußen.

Eine Weile kauerte sie selbst hinter dem Zaun und spähte auf das stockdunkle Stück Garten. Ihre Pupillen bis zum Anschlag geweitet und die Ohren gespitzt. Sie wollte sich vergewissern, dass niemand dort war. Als ihre Füße begannen einzuschlafen, entschied sie, dass sie lange genug auf das Meer aus mäandernden Schatten geglotzt hatte.

So leise sie konnte, kletterte sie über das niedrige, rostige Tor auf das Grundstück.

Laura hatte das Gefühl, unglaublich laute Schritte zu machen, dabei war sie eigentlich ein ziemlich leiser Mensch und gut darin, sich lautlos zu bewegen. Außerdem waren da noch die Magnetbahn, die Autobahn und die Tatsache, dass man hier nachts sicher die unterschiedlichsten Geräusche hörte. Dennoch klopfte ihr das Herz bis zum Hals, als sie ihr mitgebrachtes Brecheisen in den Bügel des Vorhängeschlosses schob, den nächsten Zug abwartete und dann kräftig drehte. Das Schloss gab augenblicklich nach. Sie hätte gar nicht so viel Schwung gebraucht, die Teile flogen ihr regelrecht um die Ohren. Im Licht ihres Tablets sammelte sie die Einzelteile des Schlosses auf und steckte sie in die Tasche. Dann öffnete sie die Tür und trat in die kleine Hütte.

Sie konnte nicht sagen, was genau sie erwartet hatte, aber Laura musste eine Weile auf der Schwelle innehalten und sich staunend umsehen.

Vielleicht hatte sie mit einem angestaubten Werkzeugschuppen gerechnet. Ein Sammelsurium aus Gartengeräten, Rasenmäher und Mäusekot, alter Blumenerde und Gummistiefeln in verschiedenen Größen, aber der Raum, der hier vor ihr lag, war – in Ermangelung eines anderen Wortes – niedlich. Sie stand in einem zwar winzigen, aber sehr gemütlich eingerichteten Wohnzimmer, dessen Geruch verriet, dass es schon seit einer Weile nicht mehr gelüftet worden war. Die Staubschicht, die auf allem lag, bestätigte diesen Eindruck. Der Fußboden war mit Holz ausgelegt, es gab zwei Sofas, einen niedrigen Tisch und einen kleinen gusseisernen Ofen. Linker Hand fiel ihr Blick auf eine schmale Küchenzeile, komplett mit Herd und Spüle ausgestattet, rechts ging es weiter in einen kleinen Flur. Laura konnte quasi vor sich sehen, wie Birol hier als Kind die Wochenenden und Ferien verbracht hatte, mit seinen Brüdern durch die Anlage geflitzt war, während die Eltern Gartenarbeit verrichteten.

An den Wänden hingen einige Familienfotos. Laura trat einen Schritt näher und versuchte, in dem Wust aus Kinderköpfen Birol zu finden, doch das war ein Ding der Unmöglichkeit, da sich in der Familie Celik alle so unglaublich ähnlich sahen.

So viele Geschwister, Cousins und Cousinen. Laura war ein Einzelkind und konnte sich kaum vorstellen, wie es sein musste, mit so vielen Gleichaltrigen aufzuwachsen. Schön und schrecklich, schätzte sie.

Alles in diesem Raum, in dieser Hütte erzählte von vergangenem Glück. Birols Verlust schmerzte Laura in diesem Augenblick so sehr, als wäre es ihr eigener. Sie begriff, dass Birol nicht nur den Verlust des geliebten Vaters betrauerte, sondern auch den der Unbeschwertheit, der Unschuld und des Glücks; all das steckte in diesen engen Mauern. Was auf Gebäude zutraf, das stimmte auch für Menschenleben. Es war schlimmer, etwas zerfallen zu sehen, das einmal wunderschön gewesen war.

Laura schüttelte den Kopf, um ihn frei zu bekommen. Der Raum hatte sie auf eine Art gefangen genommen, und es fiel ihr schwer, sich auf das zu konzentrieren, weswegen sie gekommen war. Sie war nicht vorbereitet gewesen auf diese Überdosis Familie, Liebe und Normalität. Auf diese Abwesenheit von Schmutz, Dreck und Härte. Auch war die Laube dermaßen analog, dass sie wirkte wie im Märchen. So was hatte Laura bisher immer nur in Filmen gesehen.

Beinahe kam es ihr absurd vor, hier nach Can Celiks Dreck zu wühlen. Doch nun war sie hier und würde tun, wofür sie gekommen war. Denn ein Gutes hatte der Zustand der Laube und des Wohnzimmers: Es war unwahrscheinlich, dass einer von Birols Brüdern hier ein illegales Lager betrieb. Auf den ersten Blick war hier nichts verdächtig. Überhaupt nichts.

Weshalb es ihr auch schwerfiel zu entscheiden, wo sie starten sollte. Schließlich begann sie, die schmale Kommode zu durchsuchen, die an der linken Wand des Raumes stand. Sie fand vor allem Kerzen, Mücken- und Mausefallen, Gartenunterlagen und Saatgut, ein paar Fotos und ziemlich viel Nippes, der sicher mal für die Familienmitglieder von Bedeutung gewesen war, ihr selbst aber gar nichts sagte. Bemalte Steine. Kinderbasteleien. Muscheln und Schneckenhäuser. Gehäkelte Deckchen.

Ein sehr altes Tablet mit gebrochenem Display lag in einer der Schubladen, und Laura zog es heraus. Es ließ sich nicht anschalten, und ihre Suche nach einem Ladekabel blieb erfolglos.

Die Kommode war ein Reinfall, also schritt sie die Laube ab auf der Suche nach guten Verstecken. Ein klassisch loses Fußbodenbrett. Ein Geheimfach hinter einem Bilderrahmen. Der Spülkasten der Toilette, ein Paneel an der Decke. Laura hob hoch, inspizierte, klopfte und drückte und fand doch nichts, was sie weiterbrachte. Sie schaute auf Schränken, in den Bettkästen der Schlafsofas und unter den Matratzen. Nichts. Wahrscheinlich war das eine Schnapsidee, dachte sie sich. Das hier war einfach nur das alte Ferienhaus von Birols Familie und basta. Sie würde hier nichts finden. Wenn sich bei Can Celik überhaupt etwas finden ließ, und er nicht einfach zur falschen Zeit am falschen Ort gewesen war. Doch das glaubte Laura eigentlich nicht.

Irgendwo in Cans Leben war die Brücke zu Fenne verborgen. Die Kunst war nur, sie zu finden. Und so ein Menschenleben hatte verdammt viele Aspekte.

In einer Art Übersprunghandlung öffnete Laura nun die Küchenschränke, vermutlich weil sie Hunger bekam und ihr Magen rumorte. Sie suchte nach nichts Bestimmtem und hatte ganz sicher nicht vor, irgendetwas von dem, was sie vorfand, zu essen, weil sie nicht wissen konnte, wie lange das Zeug schon hier stand.

Es lagerten berückend viele Gläser mit Auberginenprodukten in den Schränken. Eingelegte, gebratene Auberginen. Sauer eingelegte Auberginen. Auberginenpaste, Auberginensenf, sogar Auberginenmarmelade. Da die Dinger nach Lauras Dafürhalten nach gar nichts schmeckten, war nicht weiter verwunderlich, was sich alles mit ihnen anstellen ließ.

Aber Laura hatte wahrlich überhaupt keine Lust, herauszufinden, wie Auberginenmarmelade schmeckte. Stattdessen wunderte sie sich darüber, wie absurd eine Situation sein konnte. Sie hinterging gerade ihren Chef. Den Mann, mit dem sie geschlafen hatte und den sie vielleicht sogar lieben könnte, wenn sie es sich erlaubte. Stieg in die Gartenlaube seiner Familie ein. Mitten in der Nacht. Brachte sich selbst in Gefahr, opferte ihren Schlaf, und das alles nur, um auf Gläser mit Auberginenmarmelade zu starren. Wenn jetzt noch jemand kam und sie von hinten erschlug, so wäre das der dämlichste Tod, den man sich überhaupt vorstellen konnte.

Laura schüttelte den Kopf und öffnete den nächsten Küchenschrank. Neben alten Konserven, von denen sich die Etiketten lösten, stand eine Packung mit Frühstückscerealien. Laura fühlte einen Stich, als sie den Aufdruck las. Cinnamon Snails. Die bei kleinen Kindern so beliebten, winzigen Zimtschnecken waren Fennes liebstes – und einziges – Frühstück gewesen.

Brot oder Brötchen, Müsli, Obstsalat oder Omelette; egal, was man Fenne auch angeboten hatte, sie hatte auf den bekloppten, pappsüßen Zimtschnecken bestanden. Auch hatte sie jede neue Packung mit dem gleichen Enthusiasmus und der gleichen Vorfreude geöffnet, wie sie es als Kinder gemeinsam getan hatten. Auf der Suche nach dem QR-Code-Aufkleber, der einem ein kleines Computerspiel oder eine neue Figur in einem bereits bestehenden Spiel der Herstellerfirma beschert hatte. Die Codes waren beinahe genauso wichtig wie die Zimtschnecken selbst.

Diese Packung war die erste Verbindung zu Fenne, die sie in der Laube gefunden hatte.

Mit einem leichten Lächeln auf den Lippen zog sie die Packung aus dem Schrank. Sie war erstaunlich schwer.

Aus alter Gewohnheit schüttelte sie den Karton, erwartete, das vertraute Rascheln zu hören, und stutzte. Im Inneren rutschten Gegenstände hin und her, aber es waren ganz sicher keine Zimtschnecken.

Als sie den Karton öffnete, stahl sich ein Grinsen auf ihr Gesicht. Sie hatte etwas gefunden.

Der Karton roch noch leicht nach Zimt, das war aber dann auch schon alles. In der Packung fand sie eine Kladde, mehrere Mikrochips und lose Zettel. Alles war in einer sehr sauberen, kleinen Handschrift beschriftet worden. Komplett auf Türkisch.

»Wenn das seine Memoiren sind, fress ich 'n Besen«, murmelte Laura und fühlte, wie ihr trotz der Kälte Schweiß den Rücken hinablief und ihre Hände zitterten.

Sie setzte sich im Schneidersitz auf den Küchenboden, legte das Tablet als Lichtquelle neben sich und schlug die Kladde auf. Die Seiten waren voll beschrieben mit Namen, Daten, Uhrzeiten und Beträgen. Es hatte vor zwei Jahren angefangen. Irgendwann im November. Der letzte Eintrag war vier Monate alt. Vor dreieinhalb Monaten war Fenne gestorben. Birols Vater kurz darauf. Laura blätterte weiter, versuchte, mit den Zahlen, die sie las, irgendetwas zu verbinden, doch es war sinnlos. Dazwischen fanden sich immer wieder Notizen auf Türkisch. Eine weitere Barriere. Neben dem Versteck selbst, dem Vorhängeschloss und der Zimtschneckenpackung. Es würde lange dauern, das alles zu entziffern und in eine Übersetzungssoftware einzugeben, doch das war nur ein kleines Hindernis.

Während sie blätterte, las sie mehrmals das Wort »Hamburg«. Sie musste auf der richtigen Spur sein. Irgendwann stolperte sie über einen Namen, der ihr nur allzu vertraut war: Gesslein.

Gesslein war ihr Chef bei der Polizei Hamburg gewesen. Nachdem er ihr das erste Mal ins Auge gefallen war, fand Laura den Namen noch viele weitere Male in der gesamten Kladde. Der Inhalt dieses Kartons war tatsächlich die Verbindung zwischen Fenne und Can, da war Laura sich mittlerweile komplett sicher.

Plötzlich fühlte sie sich in der Hütte nicht mehr wohl. Die Sonne schickte ihre ersten Strahlen über den Horizont und durch die fadenscheinigen orangen Vorhänge vor den Fenstern. Was immer sich auf dieser Anlage nachts in den Schatten verbarg, würde bald ans Licht treten. Und sie wollte nicht mehr hier sein, wenn das geschah.

Laura stopfte alles wieder in die Zimtschneckenpackung und diese in ihren Rucksack. Es kostete sie große Überwindung, draußen das Vorhängeschloss wie geplant anzubringen und sich noch einmal umzusehen, ob sie auch wirklich keine Spuren hinterlassen hatte.

Dann machte sie sich, so schnell sie konnte, auf den Rückweg. Von der einen Unsicherheit in die andere. Zurück nach Altberlin.

RAVEN

Sie hatten ihre Unterkunft in Rekordzeit eingerichtet. Raven würde von nun an drei Zimmer im zweiten Stock des Clubs bewohnen, neben der Künstlergarderobe. Sie war froh, dass sie über der Erde wohnen durfte und ihre Räume Fenster hatten, auch wenn das Glas verspiegelt war. So konnte sie wenigstens ein bisschen nach draußen schauen.

Natürlich musste sie nicht hier wohnen. Sie konnte in Lichtenberg schlafen, wann immer sie wollte. All die alten Möbel hatte sie dort gelassen. Die Couch, ihr Bett, die Schrankwand.

Gerade erneuerte sie online den Türcode des Hochhauses und schickte die neue Zahlenkombination an die Schlüsselbänder der Hausbewohner.

Zu Beginn hatte Raven ihnen die Codes noch zugeschickt. Doch das hatte nie wirklich gut funktioniert. Die eine Hälfte brachte die Zahlen durcheinander, löschte die alten Codes nicht und sorgte dafür, dass sich das Gerät sperrte und niemand mehr ins Haus und hinauskam, die andere Hälfte gab die Codes weiter, egal, wie oft sie betonte, dass das kontraproduktiv war. Irgendjemand hatte immer einen neuen Partner, neue Angestellte, erwartete eine Lieferung und war zu faul, vor Ort zu bleiben und so weiter.

Deshalb hatte Raven sie eines Tages mit kleinen Schlüsselbändern ausgestattet, die sie online mit den neuesten Codes versorgte, und seitdem war Ruhe.

Auch die Türen ihrer neuen Bleibe waren gesichert. Außerdem war sie zuversichtlich, dass niemand diese Räume kannte, der nicht im Gardens lebte.

Als Erstes würde sie Nina suchen und sich entschuldigen. Ihr sagen, dass sie nun mit Dark hier lebte. Die Entscheidung, ins Gardens zu ziehen, war nicht nur von Vernunft getragen. Raven wollte in der Nähe der Menschen sein, die ihr am Herzen lagen. Wollte wissen, was im Club vor sich ging, und allen zeigen, dass sie keine Polizistin war, sondern eine von ihnen. Diese Leute waren ihre Familie. Sie hatte Heimweh gehabt.

Und sie wollte die Mädchen beschützen. Wer immer Livia auf der Suche nach Dark gefoltert und ermordet hatte, würde wiederkommen. Wenn sich herumsprach, dass Dark nun ein Atelier direkt im Gardens betrieb, würde er wenigstens direkt zu ihr kommen und somit hoffentlich, wenn alles gut ging und das Kommunikationssystem funktionierte, Igor, Pacman, Mouse oder einem anderen Sicherheitsmann in die Arme laufen, und dann war der Spuk vorbei.

Doch bevor das alles passieren konnte, hatte Raven noch einen Job zu erledigen. Und dann musste sie zurück in den Käfig.

Sie setzte sich die Perücke auf und zog die Bauta über, auch wenn das in diesem Fall gar nicht nötig war. Doch die Verkleidung diente nur zum Teil der Maskierung; mittlerweile brauchte Raven Perücke und Bauta auch, um Dark sein zu können. Sie konnte nicht wie er handeln, operieren, modden, wenn sie Raven war. Dark hatte ein Eigenleben entwickelt, und das war auch ganz gut so. Es half ihr, sich von allem, was ihm widerfuhr und was er tat, abzugrenzen.

Konnte sie es sich noch anders überlegen? Raven schaute in den Spiegel. Als Dark. Das hatte sie schon lange nicht mehr gemacht. Auch weil Spencers Apartment keinen Spiegel hatte.

Konnte sie noch zurückziehen? Es sich anders überlegen? Die Maske ab- und ein Lächeln aufsetzen, wenn sie jetzt rüber in ihr neues Studio ging?

Nein. Nein, das konnte sie nicht. Sie hatte eine rote Linie überschritten, von der aus es nur noch eine Richtung gab: vorwärts.

Außerdem ging es hier auch um Sky. Raven atmete noch einmal tief durch. Dann nahm sie die Instrumententasche, die Eugene ihr zum Einzug geschenkt hatte – was sie davon halten sollte, wusste sie auch noch nicht so recht –, und ging ins Nebenzimmer.

Spencer lag auf der Operationsliege, an Händen und Füßen festgeschnallt, und starrte an die Decke. Sie hatte ihn noch lange hinter dem Knebel schreien gehört, doch irgendwann hatte er wohl resigniert. Er hatte die Augen geöffnet, rührte sich jedoch nicht, als sie eintrat.

Langsam ging sie zu ihm und nahm ihm den Knebel aus dem Mund. Sie schuldete ihm wenigstens dieses letzte Gespräch. Spencer drehte den Kopf, und ihre Blicke trafen sich. Was Raven darin vorfand, ließ ihre Bewegungen sicherer werden. Spencer war nicht traurig oder ängstlich. Er war wütend und voller Hass. In diesem Typen steckte eine Kraft, die sie ihm niemals zugetraut hatte.

»Hey Raven«, sagte er, und seine Stimme klang rau und sehr verbraucht. Er hustete.

Raven drehte sich um und holte eine Flasche Wasser aus dem Kühlschrank. Sie öffnete sie, kippte die Liege so, dass Spencers Oberkörper aufgerichtet war, dann hielt sie ihm die Flasche an die Lippen.

Raven war nicht gut in so was, noch nie gewesen, die Hälfte ging daneben, aber ein paar Schluck Wasser fanden ihren Weg in Spencers Kehle.

»Wenn das ein krankes Sexspiel werden soll, wäre jetzt der richtige Zeitpunkt, es mir zu sagen.«

»Kein Sexspiel«, antwortete Raven knapp. »Überhaupt kein Spiel.«

»Was hast du mit mir vor?«

Raven seufzte. »Ich wünschte, ich müsste das hier nicht tun. Das wünschte ich wirklich. Aber du lässt mir keine Wahl, Spencer.«

»Ach nein?«

»Nein!« Raven klang aufgewühlter, als sie wollte. »Du hast mir mehr als einmal gedroht. Du hast mir durch die Blume gesagt, dass du mich verpfeifst, wenn ich nicht bei dir bleibe. Mich nicht benehme. Nicht mit dir ins Bett gehe. Du hast mich wissen lassen, dass ich dir ausgeliefert bin!«

Spencer schüttelte den Kopf. »Das war doch nur Gelaber, Raven. Du weißt doch, dass ich zu so was gar nicht in der Lage wäre!«

»Ach. Weiß ich das? Ich habe gesehen, was du so alles drauf hast, Spencer. Du kennst einen Haufen Leute, und du kennst alle meine Geheimnisse. Mein Leben ist gefährlich geworden, jemand sucht nach mir. Menschen trachten mir nach dem Leben. Tote Cheater tauchen überall in der Stadt auf wie Schneeglöckchen. Meine Parts sehr unfein rausgeschnitten. Ich kann es mir nicht leisten, mich darauf zu verlassen, dass du schon den Mund halten wirst. Dein Wort reicht mir nicht, Spencer!«

Er schnaubte. »Ich bin so naiv. Wahrscheinlich bin ich selbst schuld. Als die Securitys in mein Atelier kamen, weißt du, was ich da gedacht habe?«

Raven schüttelte den Kopf. »Nein«, antwortete sie müde. »Aber du wirst es mir sicher gleich verraten.«

»Ich habe sofort an dich gedacht. Ob du wohl in Sicherheit bist. Was du sagen wirst, wenn du herausfindest, dass jemand dein Zeug geklaut hat. Ob jemand dich übers Ohr hauen will. Ich habe nur an dein Wohl gedacht, Raven.«

Seine Worte versetzten ihr einen Stich. Weil sie wusste, dass Spencer die Wahrheit sagte. Er war einfach kein Mensch, der gut lügen konnte.

»Und dann komme ich und esse deine Pizza«, murmelte sie traurig.

»Ja. Dann kommst du und isst meine Pizza. Während ich gefesselt am Boden liege, mit einer Schuhspitze zwischen den Rippen. Und so wie ich die Sache sehe, werde ich nun keine Gelegenheit mehr bekommen, eine Pizza Circus zu bestellen.«

Raven lachte ungläubig. »Ich werde dich doch nicht umbringen. Du kannst noch Hunderte Pizzen essen, wenn die Sache vorbei ist.«

»Du wirst mich nicht umbringen? Das ist ja gnädig. Weil ich so ein guter Schoßhund war?«

Sie schüttelte den Kopf. Raven hatte keine Zeit und keine Nerven mehr für dieses Gespräch.

»Es tut mir leid, Spencer. Wirklich. Mehr habe ich dir nicht zu sagen.«

Sie ging zu dem Tropf, der mit Spencers Zugang verbunden war, und drehte das Propofol auf.

»Hast du mich jemals geliebt?«, fragte Spencer bitter. »Wenigstens ein bisschen?«

Raven sah ihn an. Diesen schlaksigen, merkwürdigen Typen, der keine Angst und keine Zwischentöne kannte. Der immer nur von Liebe sprach und ihr dennoch nie ein Gefühl von Wärme hatte vermitteln können.

»Nein«, antwortete sie schließlich. »Aber falls es dich tröstet: Ich habe keine Ahnung, ob ich das überhaupt kann.«

Er starrte sie noch eine Weile an. Mit einer Mischung aus Hass und Unglauben, verletztem Stolz und der Teufel wusste was sonst noch. Sie hielt seinem Blick stand, weil sie das Gefühl hatte, ihm mindestens so viel zu schulden.

Dann schlossen sich seine Augen, und sie drehte sich um, griff nach dem Skalpell und setzte den ersten Schnitt. Sie musste schnell sein. So schnell sie konnte, sonst war Spencers Leben ernsthaft in Gefahr.

Denn sie konnte ihn nicht intubieren. Nicht in diesem Fall. Das, was sie suchte, lag genau vor der Luftröhre. Ihr Herz tat weh, als sie das Blut fließen sah. Komisch eigentlich. Sie hatte Spencer nie geliebt, und dennoch fühlte sie einen eigenartigen Kummer in sich aufsteigen. Wahrscheinlich, weil Spencer *sie* geliebt hatte. Für Raven war es das erste Mal gewesen, dass jemand »Ich liebe dich« zu ihr gesagt hatte.

Spencer jedenfalls würde es nie wieder sagen. Nicht ihr. Und auch niemandem sonst.

BIROL

Es war eine Arschlochaktion, und er wusste es. Eigentlich wollte er gar nicht so sein, aber aus irgendeinem bescheuerten Grund konnte er es auch nicht lassen.

Nachdem Martha und er so heftig gestritten hatten, dass er beinahe etwas zertrümmert hätte, war er in den Käfig gefahren. Nach Hause konnte er schlecht; wenn er in dieser Sorte Stimmung war, dann war ihr heimisches Wohnzimmer der gefährlichste Ort der Welt. Und wenn es ganz blöd lief, bekam eines der Mädchen oder der Kleinen was ab.

Birol hasste diesen Teil von sich selbst. Und er hasste seine Familie dafür, dass sie es hinnahmen. Er war der Älteste, er hatte das Recht. Allah kahretsin!

Nun saß er hier und schnüffelte Martha hinterher. Das war zwar keine wirklich gute Idee, aber weniger gefährlich für andere.

Birol war verknallt, das war er wirklich. Zum ersten Mal in seinem Leben so richtig. Aber etwas an ihr ließ ihn auch stutzen. Zögern. Gab ihm ein merkwürdiges Gefühl.

Martha war, in Ermangelung eines besseren Wortes: schief. Etwas an ihr passte nicht.

Aber die Suchmaschine seines Browsers fand nichts, als er ihren Namen eingab. Nur einen rund zwanzig Jahre alten Eintrag aus dem Hamburger Geburtenregister. Und da war Martha Stricker der Name der Mutter. Martha war ein sehr seltener Name und die Suche entsprechend kurz.

Birol rief das Intranet der Polizei auf und gab den Namen dort noch einmal ein, ohne irgendwas zu erwarten. Aber zu seinem großen Erstaunen ploppte ein Dokument auf. Es war das Datenblatt einer Hamburger Polizistin. Offenbar war das Mädchen, das vor rund zwanzig Jahren in Hamburg geboren worden war, ebenfalls zur Polizei gegangen. Der Name der Mutter tauchte auf dem Datenblatt noch einmal auf. So weit, so unspektakulär. Was Birol stutzen ließ, war die Tatsache, dass quer über das Datenblatt in großen roten Lettern ein Wort verlief: Vermisst.

Er klickte auf das Datenblatt und öffnete damit die gesamte Akte von Laura Grafenthien.

»Fuck«, murmelte er leise, als sich das Foto der Polizistin öffnete. »Fuck. Fuck. Fuck.«

Er lehnte sich in seinem Schreibtischstuhl zurück und starrte auf das Bild.

Da war sie. Seine Martha. Keine siebzehn, sondern fast einundzwanzig Jahre alt. Ein paar Monate älter als er. Fertige Polizistin, im selben Jahr vereidigt wie er. Sie in Hamburg, er in Berlin. Nicht Martha. Laura. Nicht Stricker, sondern Grafenthien. Nicht vermisst, sondern sehr, sehr anwesend. Jedenfalls in seinem Leben. Birol schloss für einen Moment die Augen und hoffte, dass ihre Geheimnisse nicht so schlimm waren wie seine.

Jedes Mal, wenn Birol in wachem Zustand die Augen zumachte, sah er ihn wieder. Dittrichs Kopf auf dem Dielenboden; Blut, das an der Seite heraussickerte. Hörte seine Stimme. »Du glaubst, du kanntest deinen Vater?«

Ihm wurde schlecht. Gerne würde er glauben, dass jemand anderes den Cheater getötet hatte, jemand anderes an dem Abend den Abzug betätigt hatte. Doch so war es nicht. Wie gerne wäre Birol davor davongelaufen. Hätte auch diese Erinnerung – wie so vieles seit dem Tod seines Vaters – in den Berliner Asphalt gehämmert. Doch es half nichts. Er hatte einen Menschen getötet. Eigenhändig und freiwillig. Diese Wahrheit würde er nie wieder loswerden.

Fuck.

»Immer bei der Arbeit, was?«

Birol zuckte zusammen. Er hatte ihn gar nicht kommen hören.

Karim stand im Türrahmen. Lässig und entspannt, mit einem breiten Grinsen auf dem Gesicht. Selbstsicher wie immer. Charismatisch, schön und gefährlich. Er erinnerte Birol immer an einen Kojoten. Auch wenn das eigentlich eine Beleidigung für die Tiere war.

Er vergrub sein Gesicht in den Händen. Nicht auch noch Karim. Er glaubte nicht, jetzt noch ein Gespräch mit seinem Cousin aushalten zu können. Doch er kannte Karim. Leider. Viel zu gut.

Wenn er kam, dann hatte er einen Grund dafür. Karim schaute nicht einfach mal so vorbei.

»Was willst du hier?«

Karim schlenderte durch Birols Büro und musterte alles mit abschätzig geschürzten Lippen.

»Das ist dein Büro?«

Birol nickte.

»Das hier ziehst du der Familie vor?« Karim rümpfte die Nase. »Es stinkt nach Versagen, weißt du das eigentlich?«

»Das sind nur alte Polster, Karim. Versagen hat keinen Geruch.«

Karims Augenbrauen wanderten nach oben. »Ach nein? Die Polster meines neuen Wagens riechen definitiv anders. Besonders, wenn sich ne heiße Muschi an ihnen gerieben hat.«

Birols Schläfen pochten. »Was willst du, Karim?«

»Ich bin jetzt auch Polizist. Schon vergessen? Ich kann vorbeikommen und einen Plausch mit meinem Kollegen halten, oder nicht?«

Birol lachte trocken. »Wir wissen beide, dass aus dir niemals ein Polizist wird. Die Katze wird nicht zur Maus, egal, wie klein sie sich macht. Du verrichtest einen wohlverdienten Strafdienst. Und wenn du mich fragst, dann bist du viel zu billig davongekommen.«

»Sag das nicht, Kuzen. Es ist für mich viel schwerer, von hier aus meine Geschäfte zu leiten. Im Knast habe ich Beziehungen, das Ganze läuft von drinnen wie von draußen wie eine gut geölte Maschine. Ich habe Leute überall. Aber hier, in dem Drecksloch? Habe ich leider nur dich.« Karim schnipste mit den Fingern. »Hier muss ich alles neu organisieren. Der Aufwand ist gigantisch.«

»Bist du schon mal auf die Idee gekommen, deine Geschäfte eine Weile ruhen zu lassen?«, fragte Birol gereizt. »Während du eine Strafe absitzt, zum Beispiel?«

Karim riss amüsiert die Augen auf. »Wie stellst du dir das denn vor, Bruder? Das kann ich gar nicht. Ich kann noch nicht mal in den Urlaub fahren. Das ist hartes Business, Mann. Sehr hart. Biste da ein paar Wochen weg, hat jemand anderes deinen Standort, und bis du den zurückhast …« Karim ließ sich in das Polster eines der Besucherstühle fallen. »… sind einige deiner Brüder tot und sehr viel Geld futsch.« Er schüttelte den Kopf. »Nein, Birol. Das geht nun wirklich nicht.«

»Das bedeutet, du führst deine Geschäfte von hier aus weiter?«

Karim grinste. »Was bleibt mir anderes übrig? Es hat sich sogar herausgestellt, dass sich von hier drin auch ein paar interessante neue Kontakte knüpfen lassen. Man trifft die verschiedensten Leute.«

»Wie nett, dass du deine soziale Ader entdeckst. Ich bin wirklich gerührt. Aber wenn du nicht bald damit aufhörst, am besten schon vorgestern, dann muss ich dich melden.«

»Den Teufel wirst du tun!«

Karim grinste weiter, aber der Blick seiner Augen wurde hart wie Kiesel. Er beugte sich vor und starrte Birol feindselig an.

Birol wusste, warum Karim so berüchtigt war. Warum es ihm gelungen war, mit Anfang zwanzig schon einen eigenen Ring zu leiten, mit über fünfzig Dealern, die um den alten Park am Humboldthain Meth, Koks und weiß der Teufel was noch alles vertickten. Warum er ein ganzes Penthouse in Neuberlin hatte, in dem er fast nie schlief, und einen halben Fuhrpark.

Karim hatte keine Angst. Vor nichts und niemandem. Nicht vor dem Knast, nicht vor dem Tod. Und ganz sicher nicht vor Birol.

»Wenn du jemandem steckst, dass ich hier mein Imperium ausweite, dann bleibt mir nichts anderes übrig, als deinen Kollegen zu verraten, dass ich dir eine nicht registrierte Waffe besorgt habe.«

Bevor Birol auch nur Luft holen konnte, hob Karim wie ein schlechter Schauspieler die Hände.

»Was natürlich nicht so schlimm ist. Schließlich hast du die Waffe ja für einen Einsatz gebraucht. Autorisiert von ganz oben, nehme ich an. Birol Celik, verdeckter Ermittler. Noch kein Jahr aus der Polizeischule raus, aber schon an den ganz großen Fällen dran. Das Genie.«

Karim beugte sich zur Seite und rotzte auf den Fußboden. Es kostete Birol alle Kraft, die er aufbringen konnte, seinem Cousin nicht an die Gurgel zu springen.

»Du tust immer so groß und gut und rechtschaffen«, flüsterte Karim. »Dabei weiß ich genau, dass du es warst, der den Mann erschossen hat, dessen Mörder ihr jetzt sucht. Ich habe mir den Fall angesehen. Mein Boss ist nicht gerade vorsichtig, was seinen Rechner anbelangt. Ich kenne das Kaliber meiner Waffe.«

»Er hat Baba umgebracht«, stieß Birol hervor, und Karim streckte den Arm aus, um Birols Hand zu tätscheln. Es fühlte sich an wie Stromstöße.

»Ich weiß, Bruder. Ich weiß. Du hast gut daran getan, den Hund zu erschießen. Hast die Ehre deines Vaters wiederhergestellt. Den Schmerz deiner Mutter gerächt. Du bist ein guter Mann. Aber wenn du mir nicht helfen willst, kann ich dir auch nicht helfen.«

Birol rieb sich die Schläfen. Das war zu viel. Viel zu viel für einen Tag.

»Was willst du?«, fragte er müde.

»Ich erwarte eine Lieferung am Montagabend«, antwortete sein Cousin, ohne mit der Wimper zu zucken. »Eine halbe Tonne. Das muss ich eigentlich überwachen, aber am Montagabend ist auch irgendein Einsatz. Eine Drogenrazzia, nicht mein Bezirk. Aber ich soll dabei sein. Als Insider.« Karim lachte trocken.

»Die Ironie des Ganzen ist dir vermutlich nicht entgangen?«, fragte Birol.

»Was bist du nur so humorlos? Jedenfalls brauche ich dich. Du musst die Ware für mich in Empfang nehmen.«

Birol riss die Augen auf. »Was, ich? Nein!«

»Es geht nicht anders. Die anderen sind entweder beschäftigt oder hinter Gittern, und es muss jemand aus der Familie sein.«

»Nein. Nein, das kann ich nicht tun.«

»Warum nicht? Hast du ein Date oder was?«

»Ich bin Polizist, Karim!« Nun schrie Birol doch noch. Er hatte sich vorgenommen, ruhig zu bleiben. Doch Karim schaffte es irgendwie immer, ihn komplett aus der Fassung zu bringen.

Das Gesicht seines Cousins wandelte sich zu einer steinernen Maske. »Das hat dich auch nicht daran gehindert, einen Mann hinzurichten. Wenn du mir bis morgen Abend nicht zusicherst, dass du dich um meine Ware kümmerst, dann verpfeif ich dich.«

Karim stand auf und packte Birol blitzschnell am Kragen. »Überleg es dir gut, Kuzen.« Er zog Birol näher zu sich heran. »Es geht nicht nur um deinen Ruf. Es geht auch um deinen Kopf. Ich kenne jeden in Moabit, jeden in Plötzensee. Wenn du mir nicht hilfst, dann kann ich dir auch nicht helfen, wenn du einsitzt. Dann kann ich deine Familie nicht versorgen. Ich kann die Leute nicht davon abhalten, dem Bullenschwein die Seele aus dem Leib zu prügeln. Oder dir in den Arsch zu ficken. Niedlich bist du ja. Das alles kann ich dann leider nicht tun.« Er ließ Birol los und stieß ihn von sich weg. Dann lachte er wieder. »Wie stünde ich denn sonst da?«

Karim tätschelte Birols Wange. »Morgen Abend, Birol. Gleiche Zeit. Dann will ich eine Antwort von dir.«

Mit diesen Worten verschwand Karim aus dem Büro, und Birol ließ sich zurück auf den Stuhl sinken.

Sein Blick fiel auf den Computerbildschirm, auf dem noch immer Lauras Akte geöffnet war.

Mit einem lauten Schrei warf er das Gerät gegen die Wand.

LAURA

Sie saß auf dem Fußboden ihres Wohnzimmers, die Unterlagen aus der Zimtschneckenpackung vor sich ausgebreitet, ihr Tablet mit der Übersetzungssoftware in der Hand.

Seit Stunden hatte sie sich kaum bewegt. Irgendwann hatte sie sich eine Dose mit undefinierbarer Pampe aufgewärmt und den Inhalt in eine Schüssel gekippt, die nun unangetastet neben ihr stand. Laura war in einem Tunnel aus Gedanken, Worten, Daten und anderen Zahlen verschwunden und tauchte erst allmählich wieder auf. Eigentlich hatte sie genug übersetzt, um zu wissen, dass Birols Vater eine ganze Klaviatur kleiner Verbrechen gespielt hatte. Das war es also.

Can Celik hatte sich ein schönes Zubrot verdient, indem er mit genau den Menschen zusammengearbeitet hatte, die er eigentlich hatte hinter Gitter bringen sollen.

Er hatte Informationen über große Drogenlieferungen aus Ermittlungsakten verschwinden lassen und dafür einen Anteil erhalten, den er wiederum an Dealer weiterverkauft hatte. Hatte weggesehen, wenn jemand eine besonders blinde Justitia gebraucht hatte. Hatte manchmal Menschen mit den Informationen erpresst, die er zufällig bei Befragungen erhalten hatte. Aber vor allem hatte er mit Waren reicher Mordopfer gehandelt. Offenbar hatte Birols Vater ein gutes Auge und einen erlesenen Geschmack gehabt. Wann immer er oder einer seiner Kollegen aus Berlin, Hamburg, München oder Frankfurt, die in der Sache mit drinhingen, an einem Tatort Dinge entdeckt hatten, die sie für wertvoll hielten, hatten sie Bilder an Can geschickt, der hier in Berlin auf die Suche nach einem Kunden gegangen war. Meist hatte er diese Kunden im Umfeld des Gardens gefunden, nicht selten waren die Transaktionen über die Metzger-Brüder gelaufen.

Besonders sicher und lukrativ waren Raubmorde gewesen. Die wenigsten Einbrecher wagten sich an große Kunstwerke, wertvolle Uhren oder antikes Porzellan. Jene Dinge, die man auf dem Markt schnell wiedererkennen würde. Doch Can hatte seine Kunden gehabt, an die er direkt verkauft hatte, und der Schwarzmarkt hatte diese Dinge gar nicht erst zu Gesicht bekommen.

Die Angehörigen der Opfer indes hatten natürlich angenommen, die Kunstwerke seien von genau den Menschen gestohlen worden, die auch gemordet, das Bargeld, die Haustechnik und den Inhalt der Kleiderschränke entwendet hatten. Nicht selten, so verstand es zumindest Laura, hatte Can einen Mord zum Raubmord erklärt, wenn er Dinge am Tatort vorgefunden hatte, die sich zu Geld machen ließen. Allerdings hatte er selbst seltener Kunstwerke oder Antiquitäten entdeckt, da in Altberlin Kostbarkeiten nur sehr selten vertreten waren. Dafür gab es hier einen Haufen dankbarer und schweigsamer Abnehmer, die sich hinterher in alle Winde zerstreuten.

Es war, so musste Laura zugeben, ein ziemlich ausgeklügeltes System. Niemand würde den ermittelnden Polizisten in einem Raubmord zutrauen, dass sie noch schnell Wertgegenstände vom Tatort entfernten.

Auf den Mikrochip-Karten, die Laura ebenfalls aus dem Karton gefischt hatte, waren Fotos gespeichert. Tausende Fotos von Gemälden, Skulpturen, Kleinmöbeln und Porzellan. Alle fein säuberlich mit einem Dateinamen versehen. Ein Blick ins Internet hatte genügt, um die Fotos mit den Opfern vergangener Verbrechen zu verbinden. Die Dateien trugen die Namen der Toten.

Auch Kannenberg war darunter. Drei Gemälde und ein antiker Schreibtischstuhl trugen seinen Namen. Sie erinnerte sich dunkel daran, dass die Dinge bei ihrer ersten Begehung des Tatortes noch da, beim zweiten Besuch jedoch verschwunden gewesen waren. Sie hatte sich nicht viel dabei gedacht. War davon ausgegangen, dass es sich um Asservate handelte. Dass an den Gemälden vielleicht Faser-

oder Blutspuren gefunden worden waren, vom Schreibtischstuhl, in dem der erschlagene Professor gesessen hatte, ganz zu schweigen. Sie war noch nicht einmal auf die Idee gekommen, nach den Sachen zu fragen.

War das der Grund gewesen, weshalb man Fenne und sie ins Team aufgenommen hatte? Damit die Kollegen in Ruhe die Kunstwerke hatten beiseiteschaffen können? War das der Grund, warum Fenne gestorben war? Warum man Can getötet hatte? Es wäre eine Möglichkeit. Doch wenn Fenne etwas herausgefunden hätte, dann hätte sie es ihr doch gesagt, oder? Sie hätte Laura ihren Verdacht, ihre Beobachtungen mitgeteilt. Immerhin hatten sie gemeinsam an dem Fall gearbeitet, und Fenne hatte ihre Gedanken immer mit Laura geteilt. Manchmal öfter und offener, als Laura lieb gewesen war. Da musste noch mehr dahinterstecken.

Vielleicht hatte Fenne mit dringesteckt? Hatte sich anwerben lassen von einem Kollegen? Laura schüttelte den Kopf. Nein. Das Risiko wäre niemand eingegangen. Und weder Fenne noch sie hatten Kenntnisse oder sonstige interessante Fähigkeiten in diesem Bereich.

Laura kratzte sich am Kopf. Sie konnte sich weiter durch unzählige Bilder wühlen, versuchen, sie unzähligen Notizen zuzuordnen, doch sie hatte das Gefühl, dass sie das nicht weiterbringen würde. Also suchte sie ausschließlich nach Dateien, die um Fennes Tod herum datiert waren oder den Namen Kannenberg trugen.

Sie fand den Chip mit den neuesten Dateien. Darunter ein Foto, das mit Kannenberg 13 benannt war und etwas zeigte, das Laura nicht zuordnen konnte. Es sah aus wie ein kleines, schwarzes Rechteck. Matt glänzend? Ein Tablet? Sie schüttelte den Kopf. Can Celik hatte kein einziges Mal mit elektronischen Geräten gehandelt, sondern ausschließlich mit Kunstwerken. War das ein Kunstwerk? Sie hatte keine Ahnung. Egal, wie stark sie das Foto vergrößerte oder wie sehr sie die Augen zusammenkniff, um mehr erkennen zu können – sie konnte sich auf das Ding keinen Reim machen.

Zum wiederholten Male nahm sie die Kladde zur Hand und schlug die letzte Seite auf. Dort war die übliche Ordnung der eng beschrifteten Zeilen durchbrochen. In großen Lettern stand dort: N? → OS → MM!! Die letzten beiden Buchstaben waren mehrfach rot umkringelt worden.

Sie hatte keine Ahnung, was das zu bedeuten hatte, und wusste, dass es nicht helfen würde, die ganze Zeit auf diese Zeile zu starren.

Sie wusste auch nicht, was sie mit den Erkenntnissen anfangen sollte, die sie gewonnen hatte. Sollte sie Birol beichten, dass sie in die Laube eingestiegen war und die Pappbox entwendet hatte? Ihm erzählen, was sein Vater getan hatte? Es würde sicher helfen, herauszufinden, wer ihn getötet hatte, und sie fühlte sich ein Stück weit dazu verpflichtet. Auf der anderen Seite wollte sie nichts weniger als das. So, wie Birol momentan drauf war, hatte Laura regelrecht Angst vor ihm. Manchmal jedenfalls. Auch wenn sich seine Aggression eigentlich nie gegen sie gerichtet hatte. Seitdem sie miteinander geschlafen hatten, war er anders. Oder genauer gesagt: seit dem Anruf danach.

Laura war ratlos. Müde. Hungrig. Und verwirrt. Irgendwie spürte sie, dass das, was sie gerade herausgefunden hatte, für sie selbst kaum Relevanz hatte. Fenne hatte mit einem Ring aus Antiquitätenhehlern keine Verbindung gehabt, das wusste sie. Die Informationen, die sie nun hatte, die waren für Birol bestimmt, nicht für sie. Doch sie sah keinen Weg, ihn einzuweihen.

Ihr Blick fiel auf die kleine Schüssel irgendwas neben sich. Was hatte sie sich da eigentlich warm gemacht, so mitten in der Nacht? Erbsensuppe? Es sah aus wie Kotze im Topf, auf der Oberfläche hatte sich eine wenig appetitlich wirkende Haut ausgebreitet. Igitt.

Es war kurz nach sechs Uhr morgens. Und selbst wenn sie weiter hungrig bleiben musste, dieses Zeug würde sicher nicht ihr Frühstück. Laura streckte langsam die Glieder. Sie hatte zu lange im Schneidersitz gesessen, zu lange reglos, sodass sie sich jetzt fühlte wie ein sehr rostiger Klappstuhl.

Es hatte keinen Zweck. Sie musste duschen, sich anziehen und in den Käfig. Wie jeden verdammten Tag, auch wenn sie immer weniger Sinn in ihrem großartigen Plan sah.

Sie hatte schon viel Scheiße in Berlin gesehen und noch mehr angestellt, hatte in die Abgründe des Käfigs geschaut, mit ihrem Chef gevögelt und im Utopia Gardens getanzt. Hatte viel Illegales gemacht. Und nicht das Gefühl, dass es sie in Bezug auf Fennes Tod irgendwie weitergebracht hatte. Wenn überhaupt, so fühlte sie, dass sich Fenne immer weiter und weiter von ihr entfernt hatte. Sie wusste nicht, ob sie überhaupt weitersuchen sollte. Vielleicht wäre es besser, ihren ganzen Kram zu packen und einfach zurück nach Hause zu fahren. Unehrenhaft aus dem Polizeidienst auszuscheiden, sich mit ihren Eltern auszusöhnen, etwas Belangloses zu studieren und reich zu heiraten. Genau so, wie es ihre Eltern von ihr erwarteten und ihr soziokultureller Status es eigentlich vorsah. Ein farbloses, vorhersehbares Leben voller kleiner Bitterkeiten, kleiner Katastrophen, voller Belanglosigkeiten. Aber ohne weitere Leichen. Und mit anständigem Frühstück.

In Hamburg.

Hamburg.

Zum ersten Mal, seit sie in Berlin angekommen war, vermisste sie ihre Heimatstadt. Sie vermisste den Hafen und die Möwen und den Zungenschlag. Diese besondere Gemütlichkeit, die nur von Wohlstand erzeugt werden konnte. Und sie schämte sich dafür.

Doch was hielt sie hier? Wirklich noch die Suche nach Fennes Mörder?

Nein.

Laura kannte die Antwort. Ein junger Polizist mit Stimmungsschwankungen und traurigen Augen. Ein weißes Mädchen mit einer sehr düsteren Vergangenheit. Und das Gefühl, endlich so sein zu können, wie sie wollte. Egal, wie weh das tat.

CRISTOBAL

Er kapierte nicht, was hier lief, aber warum sollte er auch? Er war ein Mensch, der nicht kapieren sollte, was lief. Man sprach nicht mit ihm, wie man mit anderen Menschen sprach. Schon früher hatte das niemand getan. Weil man ihn für zurückgeblieben hielt, nicht ganz richtig im Kopf. Doch das stimmte nicht. Er war anders, richtig, aber nicht auf die schlechte Art. Cristobal wusste ganz genau, dass er nicht dumm war. Doch er hatte entschieden, es niemand anderem zu zeigen. Was er konnte. Was er verstand. Wie er dachte. In seinem Leben war es viel sicherer so.

Der Tierpfleger wusste, dass er nicht in einem normalen Gefängnis saß. Das war einfach, schließlich hatte er die Berliner Zellen schon öfter von innen gesehen, wenn auch nie lang. Wenn er so blöd wäre, wie alle dachten, dann hätte er sicher schon länger gesessen.

Jedenfalls war das hier kein Gefängnis. Eher so eine Art Hausarrestzelle; ein Lagerraum. Er hatte den Käfig nicht verlassen und saß in einem kleinen Quadrat voller alter Schreibtischstühle fest. In einer Ecke stand eine Campingtoilette. Cristobal mochte es hier und doch wieder nicht. Es gab kein Fenster und keinen Schreibtisch, weshalb ihn die ganzen Stühle irgendwie nervös machten, aber es gab etwas, das er noch nie zuvor gehabt hatte: Ruhe. Zeit für sich selbst. Tage, vielleicht sogar Wochen, in denen niemand etwas von ihm wollte.

Ein großer Mann hatte ihn hierhergebracht. Ein sehr großer Mann, um genau zu sein. Er hatte sich nicht vorgestellt, aber Cristobal hatte damit auch nicht gerechnet. Ihm stellten sich die Leute nicht vor. Schließlich konnte er sich über Unhöflichkeit nicht beschweren. Und im Kern waren die Leute nicht höflich, auch wenn sie es gerne von sich selbst annahmen.

Ohnehin war das eine Nebenwirkung seines Zustandes: Er lernte die Menschen so kennen, wie sie waren. Mit sich selbst beschäftigt, kurz angebunden, gehetzt. Nicht herzlos; selbst die Metzgers hatten ein Herz. Aber egoistisch bis ins Mark. Cristobal wunderte sich, dass der Mensch kein Organ für Egoismus hatte. Denn Egoismus war, was den ganzen Menschen steuerte. Jeden Menschen. Immer.

Auch ihn.

Doch manchmal fragte sich Cristobal, warum er überhaupt noch existierte. War er es sich nicht selbst schuldig, das Ganze zu beenden? Er war eine Existenz, die kaum jemand bemerkte. Die von niemandem geliebt und nicht einmal wirklich gebraucht wurde. Gut, er war nützlich, doch selbst den nützlichsten Mitarbeiter konnte man ersetzen. Es gab auch andere Wege, Menschen zum Schweigen zu bringen.

Cristobal lebte, er atmete, doch er hatte nichts davon. Und niemand hatte wirklich was von ihm. Alles, was er tat, war dienen und ein paar wenige Ressourcen dabei verbrauchen. Wie eine Maschine. Ohne zu hinterfragen, ohne sich zu widersetzen. Die großen Gefühle, die ihn dabei umtrieben, konnte er nicht in Worte fassen, und seine Gesichtszüge verrieten nichts.

Jetzt, wo Emily tot war, gab es für ihn noch weniger Grund, am Leben zu bleiben. Denn er schämte sich zunehmend für das, was er war, und das, was er tat. Und er schämte sich dafür, dass niemand ihn liebte. Auch Raven nicht. Wie könnte sie auch? Sie kannten einander nicht. Und niemand würde Cristobal jemals kennenlernen.

Das alles war keine Tirade, kein Zerfließen in Selbstmitleid. Es waren einfach Fakten. Und Cristobal hatte Zeit gehabt, sie von allen Seiten zu betrachten, während er mit verschränkten Armen auf einem der Schreibtischstühle saß und die Deckenplatten anstarrte. Die Neonröhren, die darin flackerten. Sich fragte, welche Winkelzüge ihn vor dem Gefängnis bewahrt und ihm diese eigenartige Zelle eingebrockt hatten. Er tippte auf Eugene. Auf jeden Fall war es das Werk der Metzgers, da war er sich sicher. Sie hatten eine Verbindung zu dem großen Mann, der ihn hier runtergebracht hatte und ihn nun sogar täglich mit Essen versorgte. Es war kein Kantinenessen, sondern ein seltsamer Mix aus Selbstgekochtem und Gekauftem. Immer kalt und immer schmackhaft. Cristobal fragte sich, ob der Mann ihm das brachte, was seine Frau ihm morgens für die Arbeit eingepackt hatte, und hielt es für wahrscheinlich.

Dieser Typ gab ihm sein Essen und aß dafür etwas, das sicher nicht halb so lecker war. Warum?

Heute war es ein pikantes Curry aus Kichererbsen, Mango und einer Sorte Fleisch gewesen. Cristobal tippte auf Hühnchen. Der Basmatireis dazu war wunderbar locker und körnig gewesen, so, wie es kein Lieferdienst und keine Kantine zustande brachte. Mit genau der richtigen Menge Kardamom und Bockshornkleesamen darin. Sogar Safranfäden hatte er gefunden. Safran! Hier!

Cristobal liebte Essen. Und er liebte das Kochen. Es war nur schöner, wenn man für jemanden kochen konnte und nicht immer nur für sich alleine. Vielleicht sollte er doch noch mal versuchen, bei Billy in der Küche anzuheuern. Jetzt, wo Emily tot war, konnte er sich noch einmal neu umschauen. Im Gardens. Natürlich nur im Gardens.

Ob nach der Razzia alles wieder aufgebaut war? Die Gläser nachgekauft, die Böden gewischt, die anderen schon wieder zurück auf ihren Posten?

Und was war mit Raven? Sie hatte die Uniform eines Polizisten getragen in jener Nacht. Genauer gesagt: mehrere Uniformen übereinander. Es hatte ausgesehen, als hätte man ein Schildkrötenbaby in einen viel zu großen Panzer gesteckt. Was zur Hölle hatte sie bei der Polizei zu suchen? Sie war ein Modder, hatte zu viele Geheimnisse, um sich mit Polizisten abzugeben. Cristobal dachte an Livia. Daran, wie der Typ sie gefoltert hatte. Auf der Jagd nach Antworten – und nach Dark. Raven war in Gefahr, so viel war sicher. Da würden ihr auch noch so viele Uniformen nichts nützen.

Er fragte sich, warum sie diese Uniform getragen hatte. Um sich zu verstecken? Der Razzia zu entgehen, durch ihr Netz zu schlüpfen? Nein. Raven war nicht wie viele andere ans Gardens gekettet. Außerdem hatte sie keine Möglichkeit, an derart viele Uniformen zu kommen. Einfach so. War sie etwa eine von denen? Eine Polizistin, die vielleicht in diesem Augenblick über seinem Kopf durch die Flure marschierte? Das erschien ihm unmöglich und gleichzeitig sehr wahrscheinlich.

Doch Raven war eine von ihnen, ein Schattenwesen. Mit zu vielen Geheimnissen. Und Augen, die schon viel zu viel gesehen hatten. Deshalb liebte er sie ja auch so. Er liebte sie, weil die Dunkelheit ihr Herz noch nicht verdorben hatte. Noch nicht ganz. Wenn sie sich unbeobachtet fühlte, dann sah man, dass es noch nicht verloren war. Vielleicht nicht mehr ganz so weiß wie ihre Haut. Aber auch nicht düster. Nicht so wie Ninas Herz.

Cristobal hatte eine Entscheidung getroffen. Nicht mehr so egoistisch zu sein, wenn er diesen Raum endlich wieder verlassen konnte. Er wollte nicht mehr auf seine eigene Haut achten, denn die war nichts wert, wenn man mal ehrlich war.

Doch Ravens Haut war etwas wert. Ihm selbst bedeutete sie die Welt.

Er würde von nun an besser auf sie aufpassen. Sie beschützen. Den Metzgers würde das gar nicht gefallen, das wusste er, doch das musste ihm egal sein. Er wollte wenigstens einmal etwas tun, auf das er stolz sein konnte. Rückgrat zeigen. Sein Wissen und seine Fähigkeiten einsetzen. Und sollte er scheitern und Raven etwas zustoßen, dann würde er sich umbringen.

Ja, das war ein guter Plan.

Als hätte das Schicksal nur darauf gewartet, dass er diese Entscheidung traf, drehte sich kurz darauf der Schlüssel in der Tür, und der große Mann trat ein.

»Gute Nachrichten, Junge. Du kannst nach Hause gehen!«, sagte der Typ mit einem Lächeln. Er war immer freundlich. Auch mal ne neue Erfahrung.

Cristobal hob fragend eine Augenbraue.

»Wir wissen jetzt, dass du den Mord nicht begangen hast. Du bist entlassen. Pack deine Sachen und geh!«

Cristobal breitete die Arme aus, um zu zeigen, dass er nichts bei sich gehabt hatte.

Der Mann grinste gutmütig. »Leichtes Gepäck ist schneller gepackt«, sagte er. Noch so einer mit einem Herzen, das man selten sah. Wie die meisten in dieser Stadt.

Der Mann kam herüber und drückte ihm einen Schein in die Hand.

»Hier. Nimm dir ein Taxi, fahr heim und stell dich unter die Dusche. Du stinkst wie ein Wiesel.«

Er klopfte Cristobal kurz auf die Schulter.

»Pass auf dich auf, Junge. Und …« Der Mann machte eine Handbewegung, die das gesamte Zimmer umfasste. »Tut mir leid. Für all das und so weiter. Es ging nicht anders.«

Mit diesen Worten drehte sich der große Mann um und ging mit schnellen Schritten den langen Flur entlang. Er brachte Cristobal nicht zu irgendeiner Pforte. Niemand gab ihm irgendwelche Dokumente. Keine Entlassungspapiere, kein offizielles Entschuldigungsschreiben.

Natürlich war das angesichts der Umstände nicht weiter überraschend. Dennoch fühlte Cristobal sich auf einmal merkwürdig verloren. Er fuhr mit der Fingerspitze über den Schein in seiner Hand.

Ob die Metzgers wussten, dass er gehen durfte? Erwarteten sie ihn zurück? Mit einem Taxi? Ob er Ärger bekam, wenn er zu spät kam?

Cristobal war mit seiner Mutter ins Gardens gezogen, als er noch ganz klein gewesen war. Die schrecklichen, entstellten Metzgers waren die Tyrannen seiner Kindheit gewesen, Schreckgespenster und Personal seiner Albträume. Die Angst, die ihm damals eingepflanzt worden war, hatte ihn nie ganz verlassen. Bis heute nicht. Damals hatte er gedacht, die Metzgers wüssten alles, hörten alles, sahen alles. Mittlerweile wusste er, dass die beiden zwar gefährlich waren, aber nicht übermenschlich. Sie konnten nicht wissen, was er gerade tat.

Cristobal drehte den Schein in der Hand. Es war zu viel für ein Taxi. Viel zu viel. Als wollte der große Mann damit sein schlechtes Gewissen beruhigen. Und sich selbst gleich mit.

Klar, er konnte ein Taxi nehmen. Er konnte aber auch zusehen, ob er davon eine gescheite Waffe kaufte. Denn das war das Einzige, was er wirklich brauchte.

RAVEN

»Du hättest es uns sagen können. Nein, du hättest es uns sagen müssen!«

Nina rauschte in ihrem Zimmer auf und ab, ihre Pfennigabsätze bohrten sich wieder und wieder in den dicken Teppich. Raven sah dabei zu, wie sie kreisrunde Narben stanzten. Dutzende. Hunderte. Es war ihr ein Rätsel, wie Nina und die anderen in diesen Dingern laufen konnten. Wie überhaupt jemand das Kunststück fertigbrachte. Und dann noch auf Teppichboden.

Raven fühlte sich wie vor Gericht. Und ein bisschen so war es ja auch. Sie bat darum, wieder in den Kreis ihrer Freunde aufgenommen zu werden. Bat um Verzeihung für ihren Verrat, der gar keiner war. Aber auf Nuancen kam es hier nicht an. Wenn Raven davon anfing, konnte sie es auch gleich bleiben lassen. Nina war kein subtiler Mensch, und wenn Raven eines wusste, dann, dass sie Ninas Absolution brauchte. Die anderen würden sich ihr anschließen. So war es schon immer gewesen.

»Ich weiß«, antwortete Raven nicht zum ersten Mal. »Aber ich wusste nicht, wie. Es war mir peinlich, verdammt noch mal. Und ich hatte Angst vor eurer Reaktion.«

»Aber wie wolltest du das denn ein Jahr lang vor uns geheim halten?« Nina warf theatralisch die Hände in die Luft. Es sah lächerlich aus.

»Keine Ahnung, Nina. Ehrlich nicht. Es war mehr ein Gefühl. Eine Sache, die nichts mit der Ratio zu tun hat.«

»Ich hätte nicht gedacht, dass du so was überhaupt hast.« Ninas Stimme klang verächtlich, und Raven zog fragend die Brauen hoch.

»Gefühle?«, fragte sie spöttisch.

»Sentimentalitäten«, gab Nina knapp zurück. »Du bist doch sonst so rational.«

»Ach, und was hätte meine Ratio dann angesichts der Situation tun sollen? Wie hätte ich denn deiner Meinung nach angemessen rational reagiert?«

Nina drehte sich um und hob den Zeigefinger. Sie benahm sich schablonenhaft. So, als hätte sie sich jede Geste vorher zurechtgelegt. Und wahrscheinlich hatte sie das auch. Diese strenge Maskerade ließ sich vermutlich nur dann aufrechterhalten, wenn man immer vorher wusste, was man zu tun und zu sagen hatte.

»Zumindest hättest du rational wissen können, dass ich dir den Kopf abreiße, wenn du mir so was nicht erzählst.«

Raven musste gegen ihren Willen schmunzeln. Sie fing den Blick von Lin auf, der auch ein Lächeln auf den Lippen lag. Das erste seit Stunden. Überhaupt wirkte die kleine Akrobatin heute nicht wie sie selbst. Lin war schüchtern, überließ Nina das Reden. Das war normal. Aber dieses vollkommene Schweigen war neu.

»Und wie hättest du reagiert, wenn ich es dir erzählt hätte?«, fragte Raven nun, und Nina zuckte die Schultern.

»Ich hätte dir den Kopf abgerissen.«

Raven sah ihre Freundin an. Blickte in die großen Augen, die dank der Kontaktlinsen immer etwas Reptilienhaftes hatten. Hatte sie neue Linsen anfertigen lassen? Der Effekt wirkte noch echter als jemals zuvor.

Nina begann zu grinsen, und Raven fiel ein tonnenschwerer Stein vom Herzen. Ihre Mundwinkel zogen sich ohne ihr Zutun nach oben.

Nina richtete drohend einen Zeigefinger auf Raven.

»Von nun an keine Geheimnisse mehr, Schwester, oder du lernst mich kennen.«

Raven legte die rechte Hand auf ihre Brust. »Keine Geheimnisse mehr«, beteuerte sie. Als ob. Sie hatte beschlossen, ihr Haus aus Lügen um mehrere Stockwerke zu erweitern, und konnte nur hoffen, dass das Fundament noch eine Weile trug, bevor alles zusammenbrach.

»Gut.« Nina stieß einen theatralischen Seufzer aus und setzte sich endlich hin. Auf einen dieser runden, plüschigen Sessel, für die Raven keinen Namen hatte. »Puff«, fuhr ihr durch den Kopf, doch das wäre wirklich zu dämlich. Die Dinger standen überall im Rouge herum, sie konnten nicht »Puff« heißen.

»Dann können wir uns ja endlich richtig unterhalten. Vielleicht ist es ja auch ganz nützlich, dass du jetzt bei der Polizei arbeitest. Hast du was von Cristobal gehört?«

Autsch. Schuld konnte einem körperliche Schmerzen zufügen. Raven hatte sich immer wieder vorgenommen, Cristobal zu suchen, sich nach ihm zu erkundigen. Auch wenn sie sicher nichts hätte ausrichten können, so hätte sie es wenigstens versuchen müssen. Seine Freunde durfte man nicht so vernachlässigen, verdammt noch mal. Doch statt sich wie eine Freundin zu verhalten, hatte sie sich nur um einen Typen gekümmert, der in einem Tablet wohnte.

Sie schüttelte den Kopf. »Nein. Aber so ist es auch nicht, Nina. Ich bin keine Mitarbeiterin, ich bin zur Strafe dort. Die meiste Zeit räume ich die Asservatenkammer auf.«

»Die Asserwas?«

Raven schmunzelte. »Die Asservatenkammer. Dort lagern Beweise und beschlagnahmtes Zeug.«

»Oh!« Nina lächelte. »Vielleicht kannst du mir dann ja meinen Ring mit der Giftkammer zurückholen? Ein Kunde, Polizist, hat ihn mal beschlagnahmt mit dem Hinweis, dass Waffen in Bordellen nichts zu suchen hätten.«

»Ich kann es versuchen. Aber ich schätze nicht, dass dein Ring in der Asservatenkammer des Käfigs liegt, in einem Karton mit deinem Namen drauf.«

»Wohl nicht«, seufzte Nina. »Wahrscheinlicher ist, dass er sich darauf jeden Abend einen runterholt.« Sie lächelte süffisant. »Oder ihn an seinem Penis trägt. Klein genug dafür wäre der wohl.«

Raven prustete und fühlte, wie sie rot wurde. Da war sie wieder, ihre größte Schwäche. Nina wusste das und nutzte es schamlos aus. Sie fuhr sich mit der Handfläche über den frisch rasierten Schädel. »Ehrlich, ich hatte keine Ahnung, ob der Typ jetzt in mir drin ist oder nicht. War kurz davor nachzufragen. Wahrscheinlich musste er am Ende was Polizeimäßiges tun, um sich wieder stark zu fühlen. Es war nun wirklich der einzige Weg, mich zu beeindrucken.«

Lin kicherte, und Raven war froh, dieses vertraute Geräusch zu hören. Trotzdem machte sie sich nach wie vor Sorgen um ihre Freundin. Warum kauerte sie immer noch da hinten im Schatten?

»Und jetzt zu dir, du kleines Flittchen«, sagte Nina zu Raven, und diese runzelte fragend die Stirn.

»Wieso zieht man mit einem Mann zusammen, den man angeblich nicht datet?«

Raven senkte die Lider. »Es … es hat sich in letzter Zeit erst langsam entwickelt. Die Sache läuft erst seit ein paar Wochen.«

»So. Na, ist deine Sache. Spencer weine ich keine Träne hinterher.«

»Ich auch nicht!« Raven versuchte, locker zu klingen. Leichthin, wie man bei einem Gespräch unter Freundinnen so klang. Wohl wissend, dass Spencer noch immer oben in ihrem neuen Studio lag, festgeschnallt auf einem Stuhl. Sie hatte beschlossen, ihn noch bei sich zu behalten, bis er selbstständig essen und trinken konnte. Bis morgen oder übermorgen, vermutlich. Es fühlte sich an, als würde sie Buße tun, und ganz falsch war das nicht. Sie geißelte sich für das, was sie Spencer angetan hatte. Und noch antun würde, denn sie war noch nicht fertig mit ihm. Ob er mittlerweile ahnte, dass er nie wieder sprechen würde? Ob er später, wenn alles fertig war, akzeptieren würde, dass die Metzgers ihm diese Operation in Rechnung stellten, und den Job annehmen würde, den sie ihm boten? Er würde keine Wahl haben. Raven war nicht wohl bei dem Gedanken, in Zukunft weiter mit Spencer unter einem Dach leben zu müssen, doch es ging nicht anders. Das alles ging nicht anders, wenn sie Spencer nicht töten wollte. Was einiges leichter gemacht hätte. So würde sie ihren Freundinnen früher oder später erklären müssen, warum ihr »Boss« das alles mit ihm gemacht hatte.

Nina legte den Kopf schief. »Du und Dark also …«

Raven nickte und versuchte, ein bisschen zu erröten. Aber auf Knopfdruck klappte das irgendwie nicht. Also zuckte sie die Schultern und lächelte. »Es hat sich so ergeben.«

»Und ihr wohnt jetzt hier, weil …« Sie machte eine auffordernde Handbewegung und runzelte die Stirn auf eine Art, die Raven zu verstehen gab, dass Nina nicht kapierte, warum der Modder und sie im Gardens Wohnung bezogen hatten.

»Weil Dark glaubt, dass das der beste Weg ist, euch Mädchen und die restlichen Clubmitarbeiter zu schützen. So was wie mit Livia darf sich nicht wiederholen. Also wird er hier arbeiten, und wir werden hier wohnen. Nach und nach wird es sich herumsprechen. Niemand, der Dark sucht, muss sich an einer von euch vergreifen. Und wer immer ihm Böses will, muss erst an Igor oder Veith oder Hagen vorbei. Einer der drei steht immer vor unserer Tür.«

Ninas Augen verengten sich zu Schlitzen. »Dir ist aber schon klar, dass du damit deutlich gefährlicher lebst als vorher?«

Raven schnaubte. »Jeder weiß, dass ich für Dark arbeite. Auch vorher wusste das schon jeder. Meine Sicherheitslage hat sich nicht verändert.«

»Deine Horizontallage aber schon. Ich hoffe, du hast diesmal mehr Glück als mit diesem Schlappschwanz von Spencer. Allerdings finde ich es ja schon ein bisschen schade.«

»Was findest du schade?«

Nina lächelte. »Ich hätte dem berühmten Modder auch gerne mal in die schwarze Hose geguckt. Oder unter die Bauta.«

»Untersteh dich«, sagte Raven. »Das meine ich ernst.«

»Die Männer meiner Freundinnen sind für mich absolut tabu, mein Schatz, das weißt du doch. Und da wir jetzt wieder Freundinnen sind …«, sie seufzte erneut, »muss ich wohl einen Bogen um deinen Kerl machen. Ein Jammer. Ich habe eine Schwäche für Berühmtheiten.«

»Was für eine Neuigkeit!«

Nina legte spielerisch den Kopf schief. »Nicht?« Dann schielte sie auf ihr Tablet und fluchte. »So ein Mist. Mein ganz persönlicher Promikunde nervt wie verrückt. Es ist jetzt schon das dritte Mal, dass er vormittags hier aufschlägt.« Sie fuhr sich mit der rechten Hand über den nackten Arm. Eine Geste, die sie merkwürdig verletzlich wirken ließ.

»Ich gehe besser mal nachsehen, was da los ist. Wartet nicht auf mich, okay?«

Sie warf noch einen letzten prüfenden Blick in den Spiegel. Im schrägen Licht, das von den Birnen in Ninas Schminktisch ausging, nahm Raven ein sanftes Schimmern auf der Haut ihrer Freundin wahr. Da Ninas Haut so dunkel war wie ihre eigene weiß, war es schlecht zu erkennen. Doch irgendwas stimmte da nicht. Wirkte nicht menschlich. Waren das etwa Schuppen in ihrem Nacken?

Noch bevor Raven etwas sagen oder fragen konnte, war Nina zur Tür raus, und sie blieb alleine mit Lin zurück.

»Gut«, flüsterte die kleine Chinesin. »Jetzt kann ich auch endlich in Ruhe mit dir reden.«

»Hm. Viel Zeit hab ich nicht mehr«, gab Raven gedankenverloren zurück. »Sag mal, hast du das auch gesehen?«

»Was gesehen?«

»Das Schimmern in Ninas Nacken. Und ihre Augen sehen auch irgendwie verändert aus. Ist dir das nicht aufgefallen?«

»Ist es«, bestätigte Lin. »Sie hat sich verändert. Sowieso hat sich hier so einiges verändert.«

Mit diesen Worten trat Lin ins Licht, und Raven stockte der Atem. Sie konnte kaum begreifen, was sie da sah. Sie, die selbst so viele Menschen körperlich verändert hatte, konnte das Bild, das sie vor sich sah, nicht einordnen. Wie war so etwas möglich? War das Transplantation oder … Oder was?

»Was zur Hölle …«, murmelte sie mehr zu sich selbst als zu Lin.

Ihr Blick fuhr über das Gesicht ihrer Freundin. Die mandelförmigen Augen, die flache, etwas breitere Nase und die immer makellose Haut. Weiß und glatt und nun durchbrochen. Von Schnurrhaaren. Gottverdammten Katzenschnurrhaaren. Und damit nicht genug. Lin zog langsam ihr T-Shirt aus und entblößte ihren Oberkörper. Über ihren Bauch- und Brustbereich zog sich ein samtweiches, weißes Fell.

Raven schluckte.

»Lin. Was ist das?«

Lin zog sich schnell wieder an. Sie trug einen Ausdruck auf dem Gesicht, der Raven ein schlechtes Gewissen machte. Es wirkte so, als würde ihre Freundin sich für ihr Aussehen schämen.

»Ich weiß es nicht genau. Niemand sagt mir etwas. Eines ist allerdings sicher: Ruby hat das eingefädelt. Ich kann nun das Doppelte aufrufen für eine Nacht, am Wochenende das Dreifache. Es ist verrückt, wie viel Geld ich jetzt einnehme, Raven.«

»Aber …«, Raven suchte nach den richtigen Worten. Und nach der richtigen Reihenfolge für all die Fragen, die ihr durch den Kopf schossen. Gab es die überhaupt?

»Aber war das nicht schweineteuer?«, stellte sie die erste Frage, die ihr durch den Kopf schoss. Es war die denkbar schlechteste.

»Ja«, sagte Lin, und ihre Augen wurden hart. »Ich zahle mit meinem Körper. Meiner Identität. Und meiner Seele. Wirklich schweineteuer.«

BIROL

Er lag auf der abgewetzten Ottomane und starrte an die Decke. Seit Stunden lag er schon so, das Licht hatte sich bereits mehrfach geändert.

Reglos, fassungslos. Vom Leben überrollt. So wenig sich sein Körper bewegte, so sehr raste sein Geist. Suchte fieberhaft nach einem Ausweg, den es für ihn nicht geben würde.

Wenn man über seinen Cousin Karim eines sagen konnte, dann, dass er konsequent war und zu seinem Wort stand. Die Männer des Celik-Clans standen immer zu ihrem Wort. Nur so hatten sie es in der harten Realität des Wedding überhaupt so weit gebracht. In der Welt der Kleinkriminalität galten die Celiks als Ehrenmänner.

Ehrenmänner. Was bedeutete das eigentlich?

Birol fragte sich, ob sein Vater in dieselbe Zwickmühle geraten war, in der er sich jetzt befand. Ob der celiksche Familienfluch über ihn hereingebrochen war und ihn verschluckt hatte. Mit sich gerissen wie eine Flutwelle. Hinein ins Dunkel. In die Welt der illegalen Waffen und der ehrenwerten Männer.

Zugegeben: Es war verlockend. Kein Stress mit Karim. Kein Stress mit den anderen Celiks. Vielleicht noch etwas dazuverdienen. Den Schutz der Familie genießen. Und Ärger im Käfig war nicht zu erwarten. Hier tat beinahe jeder irgendwas Illegales. Oder Halblegales.

Dennoch. Birol konnte sich mit dem Gedanken nicht anfreunden. Was lächerlich war. Er hatte einen Mann umgebracht, verdammt. Er war schon längst über die Schwelle getreten. Aber das war etwas anderes. Zumindest für ihn.

Sein Leben lang hatte Birol sich geschworen, nicht so zu werden wie die anderen Männer in der Familie. Seinem Vater nachzueifern und Polizist zu werden. Er war stolz auf diese Entscheidung gewesen. Und ja, es hatte auch seine Eitelkeit befriedigt. Das Bollwerk der Vernunft in einer Familie voller Wahnsinn zu sein. Das weiße Schaf, wie Martha gesagt hatte. Birol war gerne derjenige gewesen, der das Richtige tat.

Karim hatte ihn in der Hand, und Birol zweifelte keine Sekunde daran, dass sein Cousin ihn ans Messer liefern würde. Es darauf ankommen zu lassen, konnte er sich also getrost sparen. Dass Karim ihn anschwärzte, war das Schlimmste, was ihm passieren konnte. Denn wenn es blöd lief, dann hatte nicht nur sein Cousin, sondern auch noch einer seiner Vorgesetzten ihn in der Hand. Hinnerk, im wahrscheinlichsten Fall. Allein bei diesem Gedanken wurde ihm schlecht.

Aber Karims Spiel mitzuspielen, konnte er sich auch nicht vorstellen. Wenn er jetzt einknickte, dann war er verloren. Dann würde der Fluch auch nach ihm greifen. Es würde nicht bei dem einen Mal bleiben. Karim konnte diese Karte wieder und wieder ausspielen; und jedes Mal käme eine weitere Missetat hinzu, würde die Liste der Dinge, mit denen man ihn erpressen konnte, länger.

Auch keine Option. Außerdem verabscheute Birol beinahe nichts mehr als Drogen. Auch wenn die ganze Stadt darauf gebaut zu sein schien und kaum ein Wohlstand in Altberlin nicht auf irgendwelchen Substanzen fußte. Auch wenn kaum noch jemand daran starb und Konsum als salonfähig galt, solange man am nächsten Tag pünktlich und einsatzfähig zur Arbeit erschien.

Dennoch. Birol hasste diese feige Art, sich der Realität zu entziehen. Sich nur den Vergnügungen hinzugeben, als würde der Rest der Welt nicht existieren. Als wäre nicht alles komplett im Arsch. Und das war auch der Grund, warum das mit Martha und ihm niemals funktionieren würde. Er konnte seinen verdammten Kopf nicht ausschalten. Nicht mal ein paar Sekunden. Birol war unfähig zu verdrängen. Zu vergessen. Sich hinzugeben. Emotional war er ein Krüppel.

Autsch.

So hatte er es noch nie betrachtet. Etwas stimmte nicht mit ihm. War kaputt. Er war kaputt. Und Birol fühlte, dass es nichts war, was man so einfach reparieren konnte.

Da war es wohl besser, den Tatsachen ins Auge zu sehen und sich seinem Schicksal zu stellen.

Eigentlich konnte Birol ja froh sein. Er hatte wenigstens eine Wahl. Die Möglichkeit, sich zu entscheiden. An einem wichtigen Punkt in seinem Leben den einen oder anderen Weg einzuschlagen.

Jetzt war es an ihm, zu zeigen, aus welchem Holz er geschnitzt war.

Die Entscheidung, die er traf, fühlte sich beinahe körperlich an. Sie kam mit unbändiger Erleichterung über ihn. Sein Atem ging leichter, sein Kopf wurde klarer, und die Kraft kehrte in seine Glieder zurück.

Birol Celik wusste plötzlich genau, was er zu tun hatte. Ein Anflug von Traurigkeit überkam ihn, doch diese Traurigkeit hatte etwas Schönes. Fühlte sich mehr an wie Melancholie. Er musste sich verabschieden. Von seinem alten Leben und den Vorstellungen und Wünschen, die er früher mal gehabt hatte.

Doch so vieles war schon schiefgelaufen, so vieles hatte eine andere Wendung genommen als geplant. So war das Leben.

Birol fühlte, wie sich ein Lächeln auf seine Lippen stahl. Als er schließlich aufstand und seine Füße den Boden berührten, spürte er, wie die Wut aus ihm herausfloss, als hätte jemand einen Stöpsel gezogen. Seine Schritte waren fest und sein Herz das erste Mal seit Monaten, seit Jahren, leicht und beinahe unbeschwert. Wie mit Helium gefüllt. Birol wusste genau, dass dieses Gefühl nur von kurzer Dauer sein würde. Doch er genoss es in vollen Zügen.

SPENCER

Diese Bitch. Diese Hexe, dieses Miststück. Diese Wahnsinnige. Dieses kleine Stück Dreck.

Ganz ruhig saß sie vor ihm und studierte ihn mit diesem bestimmten Blick. Wie Kinder Spinnen ansehen, denen sie die Beine ausreißen. Distanziert und interessiert. Ohne Mitleid.

Spencer kannte diesen Blick nur zu gut. Den hatte Raven immer, wenn sie arbeitete. Doch niemals hätte er gedacht, dass sie ihn mal so ansehen würde. Ihn. Spencer. Sie brauchte ihn doch. Liebte ihn. Hatte er immer gedacht. Doch jetzt zeigte sich, wie sie wirklich drauf war.

Sie fummelte an ihm rum. Irgendwo an seinem Hals, so genau konnte er das nicht sagen. Sein Kopf war fixiert. Nicht zum ersten Mal. Genauso wie seine Hände und Füße die ganze Zeit fixiert waren. Raven passte zwar auf, dass ihm nichts abgeklemmt wurde, doch die ganze Zeit mehr oder weniger in einer Position zu verharren, war trotzdem sehr unangenehm. Spencer würde sich nicht wundern, wenn er einfach auseinandersplittern würde, sobald er versuchte, sich zu bewegen. Wann immer das sein würde.

Raven bestimmte darüber, ob er gehen durfte oder nicht. Und noch schien sie nicht fertig mit ihm zu sein. Immerhin schien sie wirklich kein Interesse daran zu haben, ihn zu töten. So, wie er sich zwischendurch gefühlt hatte, war er sich dessen keineswegs sicher gewesen. Sein Kopf, sein Hals, seine Lungen – alles hatte gebrannt. Er hatte keine Luft mehr bekommen. Keine Luft, keine Luft. Wieder und wieder hatte er versucht zu atmen, doch es war ihm einfach nicht gelungen. Raven hatte ihn am Leben gehalten. Und sie hatte an ihm rumgebastelt. Er kannte sie.

Jetzt war er eine von ihren Kreationen. Und eine ganz spezielle obendrein. Normalerweise musste sie nicht so oft nachjustieren, einstellen, nachschauen.

Sie hatte aus ihm einen gottverdammten Prototyp gemacht. Wollte sie ihn etwa ewig hierbehalten, um an ihm herumzuschrauben? Damit sie jemanden hatte, an dem sie all das irre Zeug, das sie sich ausdachte, ausprobieren konnte? Dann wollte er lieber tot sein.

Irgendwann atmete Raven angestrengt aus und rollte mit dem kleinen Hocker, auf dem sie neuerdings immer saß und arbeitete, zurück, verschränkte die Arme und sah ihn an.

»Ich habe dir den Kehlkopf entfernt«, erklärte sie nach einer Weile des Schweigens sachlich. »Es wird dir nie wieder möglich sein zu sprechen. Da der Kehlkopf jedoch ebenfalls die Trennung von Speisen und Luft übernimmt, musste ich dir ein Substitut einbauen. Du bist jetzt wieder in der Lage, selbstständig zu essen und zu atmen. Es tut mir wirklich leid, dass ich zu so drastischen Maßnahmen greifen musste, aber du lässt mir keine andere Wahl. Es ist nicht nur mein Leben, das in Gefahr gerät, wenn du mich hintergehst.«

Sie machte eine kurze Pause, und Spencer meinte, tatsächlich so was wie Bedauern in ihrem Gesicht zu erkennen.

»Deine Fähigkeit zu sprechen war das eine Problem. Ich weiß, wie schwer es dir fällt, den Mund zu halten. Selbst in den unmöglichsten Situationen bringst du es fertig, das Falsche zu sagen.«

Spencer schnaubte. Er hatte sich immer für sehr geistreich gehalten und war zuversichtlich, dass seine Freunde es genauso sahen. Auch seine Kunden hatten immer eine gute Zeit bei ihm. Überhaupt: Warum hatte sie ihm immer das Reden überlassen, wenn er darin so eine Niete war?

»Das wäre also hiermit gelöst.« Sie schenkte ihm einen intensiven, harten Blick, und sofort wurde ihm kalt. Spencer hatte Raven noch nie so dreinblicken sehen.

»Aber schreiben kannst du ja leider auch noch.«

Spencer wurde kalt.

Raven begann, sich ihre Dark-Maskierung anzulegen. Die schwarzen Handschuhe. Die Perücke. Die Bauta.

Was kam denn jetzt?

Sie stand auf, und Spencer hörte, wie die Tür sich öffnete. Wie schwere Schritte ertönten und sich jemand heftig atmend dem Stuhl, auf dem er saß, näherte. Ein Mann. Einer von den Stiernacken des Gardens, tippte er. Das war nicht gut.

Niemand sagte ein Wort. Spencer konnte nicht, und die anderen wollten nicht.

Raven nickte dem Typen hinter seinem Stuhl zu.

Zwei riesige Pranken schlossen sich um seine Hände. Er konnte nicht nach unten schauen, konnte nicht sehen, um wen es sich handelte. Tattoos hätten es ihm verraten, Spencer konnte sich Tattoos besonders gut merken.

Der Typ drückte zu, und warmer, dumpfer Schmerz schoss durch seine Hände, die Arme hoch, in die Schultern. In seinen Kopf, seine Kopfhaut. Er war augenblicklich überall. Spencer hörte jeden einzelnen seiner Handknochen brechen. Sein Mund öffnete sich, um einen Schrei rauszulassen, der für immer in seiner Kehle stecken würde.

Irgendwann wurde er ohnmächtig.

LAURA

Sie hatte beschlossen, es ihm zu sagen, und fühlte sich mit dieser Entscheidung bedeutend besser. Sie hatte tatsächlich vor, ihm zu beichten, dass sie in die Laube seiner Familie eingestiegen war. Dass sie die Schränke geöffnet, in die Schubladen geschaut und die privaten Sachen seines Vaters durchwühlt hatte. Dass sie seine Entscheidung missachtet und das Vorhängeschloss aufgebrochen hatte. Und mittlerweile fühlte sie sich auch schäbig deswegen.

Wenn sie ihm alles erzählte, dann musste sie ihm auch beichten, dass sie bereits Polizistin war. Dass sie nach Berlin gekommen war, um auf eigene Faust zu ermitteln. Um herauszufinden, warum ihre Freundin sterben musste. Laura hoffte, dass Birol sie verstand. Immerhin wusste keiner besser als er, wie es sich anfühlte, wenn ein Mensch, den man liebte, erschossen wurde.

Außerdem brauchte sie ihn. Sie kam nicht weiter, wusste nicht, ob und wie Can und Fenne miteinander verknüpft waren. Ob sie nur Gespenster sah oder all das tatsächlich Teil einer größeren Sache gewesen war. Gemeinsam konnten sie es vielleicht herausfinden. Wenn Birol sie anhörte. Wenn er nicht fuchsteufelswild wurde und sie einfach aus seinem Büro warf. Aus dem Team und dem Käfig. Konnte er das überhaupt? Laura glaubte es kaum. Und auch nicht, dass er es versuchen würde. Birols Wut war leise. So gut kannte sie ihn mittlerweile. Trotzdem war es riskant, mit ihm zu sprechen. Allerdings war alles riskant. Jeder Schritt, jedes Wort. Ihr ganzes verdammtes Leben.

Sie hatte schon wieder kaum geschlafen, und gerade brach ein neuer Tag über Berlin an. Die Morgenröte kroch mit pinken Strahlen in ihr Wohnzimmer und versprach einen neuen Anfang. Die Möglichkeit, dass sich alles änderte. So wie jeden Tag. Und Laura fühlte sich noch so gar nicht bereit. Sie hatte sich geduscht und angezogen, sich frisiert und sogar ein wenig geschminkt. Gerade betrachtete sie sich im Spiegel und versuchte zu verstehen, wen sie da sah. Eine Frau, die den Tod ihrer Freundin rächen wollte? Die Antworten verlangte, koste es, was es wolle? Nein. Das sah sie nicht. Laura sah jemanden, der irgendwie vom Weg abgekommen war, sich selbst im Strudel der Ereignisse verloren hatte. Warum suchten Menschen eigentlich immer so krampfhaft nach Antworten, nach dem Schuldigen? Es kam ihr mit einem Mal so sinnlos vor.

Vielleicht war Berlin doch zu groß und zu hart für sie. Es war schwer, sich in diesem Moloch leicht und wertvoll zu fühlen. Wenn das Gardens nicht wäre, hätten die Menschen hier vielleicht überhaupt keinen Zugang zu diesem Gefühl.

Laura vermisste den Horizont. In Hamburg konnte man ihn sehen. In Sankt Pauli, in Övelgönne. An den Landungsbrücken. Berlin war eine Stadt ohne Horizont; ein Häusermeer, das kein Ende zu haben schien. Und die Stadt fraß sich allmählich in ihr Herz.

Doch Aufgeben kam jetzt nicht mehr infrage. Dann wäre alles andere, was sie schon herausgefunden, erlitten, organisiert und getan hatte, hinfällig. Und all ihr Tun noch sinnloser, als es ihr gerade erschien.

Sie gab sich einen Ruck und machte sich auf den Weg zur Arbeit.

Denn sie war immer noch Polizistin. So viel wusste sie.

RAVEN

Sie saß auf dem Dach des Utopia Gardens und sah die Sonne über der Spree aufgehen. Nie zuvor hatte sie hier gesessen, nie zuvor dieses Bild in sich aufgenommen. Es war wunderschön. So weich. So gnädig.

Raven selbst hatte keine Gnade gezeigt und arbeitete hart daran, zu verdauen, was sie entschieden und getan hatte. Immer wieder versuchte sie, sich klarzumachen, dass es nichts anderes war als das, was sie schon seit Jahren tat. Die Männer, die Eugene und vor allem Mikael zu ihr geschickt hatten, waren auch nie freiwillig zu ihr gekommen. Sie hatten es sich nicht ausgesucht, zu Kampfmaschinen umgestaltet, aufgeschnitten und wieder zusammengeflickt zu werden. Ihre Knie zu verlieren, ihre Hände, ihre Füße.

Der Unterschied zu Spencer, so sagte sie sich, war gar nicht so groß.

Doch diese Lüge kaufte sie sich selbst nicht ab. Denn der Unterschied bestand in der Tatsache, dass sie hier die Entscheidung getroffen hatte.

Raven hatte beschlossen, dass Spencer nie wieder schreiben oder sprechen würde. Sie hatte einfach so über sein Leben bestimmt. Weil sie es konnte. Mit dieser Entscheidung hatte sie ihn von allem abgeschnitten, was er liebte. Sie hatte Daumen, Zeige- und Ringfinger beider Hände versteift. Er würde nie wieder tätowieren können, nie wieder zotige Witze mit seinen Freunden reißen. Und wahrscheinlich würde er das Gardens nie wieder verlassen. Weil sie es so wollte. Sie hatte entschieden, dass er fortan im Elend leben würde – um ihre eigene Haut zu retten.

Das war ekelhaft.

Gerade in diesem Moment wurde er von einem der Stiernacken abgeholt und in sein neues Leben gebracht. Es war feige, aber sie hatte nicht dabei sein wollen, wenn es passierte. Das hatte sie dann doch nicht über sich gebracht.

Es war nicht so, dass Raven es bereute. Dass sie an ihrer Entscheidung zweifelte. Spencer war zur Gefahr geworden; zumindest das hatte sie nicht selbst entschieden. Er hatte die Macht, die er über sie besessen hatte, ausgespielt. Jeder Sex hatte sich angefühlt wie eine Vergewaltigung. Raven wollte nicht mehr schwach sein. Sie durfte es gar nicht.

Was sie jetzt fühlte, war der Nachgeschmack einer sehr bitteren Medizin. Eher eine Nebenwirkung. Und doch nur schwer zu ertragen.

Sie fühlte sich gerade einsamer als je zuvor in ihrem Leben. Und das, obwohl sie ein Mensch war, der grundsätzlich lieber alleine war.

Raven griff in ihre Hosentasche und zog The Ark hervor. In den letzten Tagen hatte sie kaum mit Sky gesprochen. Weil er ein anderes Problem für sie darstellte. Ein völlig anderes Universum von Problemen. Weil er nur aus Anspielungen, Eitelkeit und ebendiesen Problemen bestand, hatte sie sich ihm nicht gewachsen gefühlt. Doch jetzt war es geschafft. Mit Spencer war sie durch.

Raven stellte das Tablet vor sich auf die Dachpappe und schaltete das Gerät an. Als sie sah, dass Sky ihr doch tatsächlich den Rücken zukehrte, musste sie gegen ihren Willen schmunzeln.

»Hey«, sagte Raven, doch Sky zuckte nicht mal.

»Hey«, wiederholte sie. »Klopf, klopf.«

»Wer ist da?«, grummelte Sky. »Halt, vergiss es. Ich will es nicht wissen. Beziehungsweise: Ich weiß es. Aber ich will nicht mit dir reden.«

»Doch, willst du«, entgegnete Raven. »Du bist nur sauer und willst außerdem, dass ich merke, dass du sauer bist. Siehst du, ich hab es gemerkt. Und ich entschuldige mich für mein Verhalten. Also kannst du dich genauso gut umdrehen und dir den Sonnenaufgang mit mir anschauen.«

»Den Sonnenaufgang?«

»Ja. Es ist wirklich schön.«

Sky drehte sich langsam um. »Okay. Aber ich mache das nur, um den Sonnenaufgang zu sehen. Dass ich dich dabei ebenfalls wahrnehmen muss, ist eher ein Kollateralschaden.«

»Schon klar.« Raven lächelte und drehte das Tablet ein wenig. So, dass Sky die Spree und den historischen Teil von Altberlin sehen konnte. Das grelle Pink und das weiche Orange, in das Fluss und Gebäude gerade gekleidet wurden. Und nicht nur die Stadt, auch sie selbst. Jetzt, in diesem Augenblick, wirkte sie ausnahmsweise mal nicht weiß.

»Siehst du genug?«, fragte Raven.

»Hmmm …«, machte Sky. Sie schwiegen eine Weile. Und es war merkwürdig, aber Raven fühlte sich nun nicht mehr alleine, sondern auf die schönste Art in Gesellschaft. Dabei hatte sie doch nur ein Gerät angeschaltet.

»Ist es nicht komisch, dass zu jeder Minute irgendwo auf der Welt die Sonne aufgeht?«, fragte Raven.

»Haben wir hier gerade ein Date?«, fragte Sky zurück, und Raven schnaubte.

»Wie kommst du denn jetzt darauf?«

»Ein Dach in Berlin. Der Sonnenaufgang. Philosophische Fragen.«

»Ich weiß nicht mal, ob wir zwei überhaupt ein Date haben können.«

»Wer soll es uns verbieten?« Raven hörte das Lächeln in Skys Stimme. Den Schalk, die kleine Freude, die sie so mochte. Trotz seiner Situation war er so viel mehr Leichtigkeit, als sie jemals gefühlt hatte.

»Gut, bitte. Dann haben wir ein Date.«

»War ich gut?«

»Wie bitte?«, prustete Raven.

»Na, ob ich gut war. Wenn wir uns gemeinsam den Sonnenaufgang anschauen, müssen wir vorher im Bett gewesen sein. Niemand würde sich für ein Date so verabreden.«

Raven schüttelte den Kopf.

»Wir können es auch nachholen«, neckte Sky sie. »Ich bin mir fast sicher, dass ich irgendwo hier eine Vibrationstaste habe.«

Ein Lachen entfuhr ihrer Kehle. Dieser Kerl war doch einfach zu unmöglich.

»Pass auf, dass ich dich nicht gleich wieder abschalte«, mahnte sie.

»Bitte tu das nicht!« Skys Stimme klang auf einmal sehr sanft.

»Wieso nicht?« Die Sonne passierte das Dach des alten Doms, kränzte ihn mit Feuer und goss ihre Glut wenig später direkt auf das Utopia Gardens und damit auch auf sie.

»Weil du so wunderschön bist.«

Ravens Wirbelsäule versteifte sich. Sie wusste nicht, warum, aber mit Komplimenten konnte sie noch nie gut umgehen. Außerdem hatte sie noch nie jemand schön genannt. Speziell, das ja. Apart, vielleicht auch das. Aber noch nie schön. Schön war ein Wort, das nicht zu Raven gehörte. Es gehörte nicht einmal in ihr Leben.

»Hör auf, mich zu verarschen!«, forderte sie und riss ihren Blick von der Spree los, um ihn anzusehen.

Sky lachte nicht. Nicht der kleinste Schalk saß in seinen Augen. Im Gegenteil, er schaute sehr ernst. Beinahe feierlich.

»Ich verarsche dich nicht, Raven. Du bist wunderschön. Gerade jetzt, in diesem Moment, bist du perfekt. Dein Gesicht, deine Haare, das alles ist eine Leinwand, auf die gerade das wundervollste Bild gemalt wird. Ich sehe dich an und sehe …«

Er stockte.

»Was siehst du?«, fragte Raven. Es war nicht viel mehr als ein Flüstern. Sie hasste sich selbst dafür. Dass man ihre Schwäche hörte.

»Dich«, antwortete Sky schließlich. »Ich sehe dich.«

Raven wandte den Blick von ihm ab, weil sie es nicht mehr aushielt. Sie ertrug es nicht, dass Sky auf diese Weise mit ihr sprach. So sanft und aufrichtig. So liebevoll.

Raven hatte sich gerade einer Schwachstelle entledigt, sie konnte sich eine weitere eigentlich nicht erlauben. Doch wenn sie ganz ehrlich war, dann war Sky längst zu ihrer größten Schwachstelle geworden. Und mit der Grund, warum sie Spencer das alles angetan hatte.

Raven schluckte hart. »Dann schaust du nicht richtig hin.«

»Doch«, sagte Sky nach einer ganzen Weile. »Doch, ich denke schon.« Und dann fragte er: »Was war denn los? Warum warst du so lange weg?«

»Wir mussten umziehen. Die alte Wohnung war nicht mehr sicher.«

Sky zog die Brauen hoch. »Nicht mehr sicher?«

»Ich wurde beobachtet.«

»Meinst du, es könnte was mit mir zu tun haben?«

Raven schmunzelte. »Du egozentrisches Stück Mensch. Ehrlich.«

»Wieso? Du bist eine unbescholtene Polizistin. Ein junges Ding mit einer schrecklichen Couchgarnitur und einem erschreckend verkrüppelten Sinn für Humor. Wer sollte dich beobachten wollen, wenn es nicht um mich ginge?«

»Ich bin alles Mögliche«, seufzte Raven und kratzte sich am Kopf. »Aber sicher nicht das, was du denkst.«

»Erzähl es mir.«

»Nein. Den letzten Mann, dem ich alles erzählt habe, musste ich gerade erst unschädlich machen.«

Sky lachte, doch als er sah, dass Raven nicht lachte, hörte er sofort wieder damit auf.

»Meinst du das ernst?«

Sie nickte. »Du hast es doch gerade gesagt: Ich habe keinen Sinn für Humor.«

Sky dachte eine ganze Weile nach. »Raven … Wenn du willst, dass ich dir vertraue, dann musst du mich ein bisschen mehr in dein Leben lassen.«

»Du wohnst in meiner gottverdammten Hosentasche«, gab Raven zurück. »Ich trage dich den ganzen Tag mit mir herum. Wie viel weiter willst du denn noch in mein Leben rein?«

»Du weißt genau, was ich meine.«

»Nein«, log Raven. Weil sie solche Gespräche nicht mochte. Und erst recht nicht, jemanden in ihr Leben zu lassen.

»Doch.« Sky klang erstaunlich sanft. »Bitte. Ich möchte wissen, wer du bist.«

Raven erhob sich. Sie versuchte, die Enttäuschung auf Skys Gesicht zu ignorieren, als sie sagte: »Ich muss jetzt los. Wir sehen uns heute Abend, okay?«

Raven wartete Skys Antwort nicht ab. Sie schaltete das Gerät auf stumm, bevor er zu sprechen begann. Raven hörte zwar nicht mehr, was er sagte, doch sie sah, dass sich seine Lippen noch bewegten. Sie fühlte sich schlecht dabei, ihn so auszusperren, doch sie konnte nicht anders. Sie konnte ihm nicht erzählen, wer sie war, konnte nicht erklären, was sie tat, und ihm dabei ins Gesicht sehen.

Raven rannte immer weg, wenn es ihr zu eng wurde, ihr jemand zu nahekam. Das war schon immer so gewesen. Nähe bedeutete Schmerz, das hatte sie von klein auf so gelernt. Sie war nur sicher, wenn sie alleine war. Und dennoch.

Die Erinnerung an Skys Blick ließ sie nicht los. Sie wollte ihn nicht verletzen, wollte ihn nicht verlieren. Und eigentlich, so dachte sie nun, ging von ihm ja auch keine Gefahr aus, oder? Er wusste nie, wo sie sich befanden, sie trug ihn den ganzen Tag bei sich, und wenn es ihr doch zu bunt wurde, konnte sie ihn jederzeit ausschalten. Sie hatte ihn in der Hand, sie bestimmte, was er sah und was nicht, wann er überhaupt sprechen durfte. Raven bestimmte sein ganzes Leben. Und er begegnete ihr meistens mit nichts als Freundlichkeit. Dabei war sie von einem Geiselnehmer gar nicht so weit entfernt.

Wenn sie an seiner Stelle wäre, würde sie auch so viel wie möglich wissen wollen.

Raven konnte Sky nicht erzählen, wie sie lebte, wer sie war und was sie tat. Das ging einfach nicht. Ihre Zunge war dafür zu schwer, ihr Wortschatz nicht gut genug ausgestattet.

Aber sie konnte es ihm zeigen.

Ohne The Ark auszuschalten, ließ sie das Gerät in die Hosentasche gleiten. Raven achtete darauf, dass die Kamera oben ein Stück herausguckte.

Dann machte sie sich an den Abstieg. Sie wurde im Käfig erwartet.

RONNY

Schon die vierte Nacht in Folge hing er hier rum. In diesem elenden Club, diesem Moloch, diesem Zuviel von allem. Und jetzt wurde es schon wieder hell. Er wusste nicht, was er erwartet hatte, doch das sicher nicht. Und dabei hatte er gedacht, er hätte auf dem Kiez schon alles gesehen.

Da. Sogar nach einer Kindheit in einem Bordell und jahrelangem Dienst bei der Sanderin konnte man noch naiv sein.

Er hätte niemals für möglich gehalten, dass so etwas wie das dritte Untergeschoss des Gardens existieren konnte. Er hatte davon gehört, okay, war aber immer davon ausgegangen, dass die Leute übertrieben. Weil es nicht sein konnte, dass Menschen wie Maschinen aufeinander losgingen. Wie die Gladiatoren. Wesen aus Stahl und Muskeln, aus Blut und Maschinenöl. Sklaven, die kämpften, weil sie keine andere Wahl hatten.

Cheater, die frisierte Prothesen kauften, wie sich andere Leute illegale Waffen besorgten. Die sich besser machten. Schneller. Geschickter. Stärker. Es gab sie überall, das war nichts Neues. Ronny hatte selbst mehr als einmal darüber nachgedacht, etwas an sich machen zu lassen.

Doch diese Kämpfe waren etwas völlig anderes. Diese spezielle Mode war entweder noch nicht in Hamburgs Unterwelt angekommen, oder Ronny hatte sich mittlerweile zu weit von ihr entfernt.

Die Cage Fights faszinierten ihn, er wollte mehr darüber erfahren. Deshalb hatte er sich ein bisschen umgehört. Hauptsächlich beim Personal. Jemand wie er könnte durchaus hier reinpassen, das war nicht nur ihm, sondern auch den Türstehern schnell klar, zu denen er Kontakt suchte. Er tat einfach so, als suchte er einen Job. Warum auch nicht?

Mit seinem breiten Kreuz und den vernarbten Knöcheln musste er nicht mehr viel erklären – sein Körper sprach Bände.

Die meisten Männer, die in den Ring stiegen, waren »Mikaels Männer«, so hieß es. Arme Schweine, die dem brutaleren der beiden Metzgers etwas schuldeten. Und das musste nicht immer Geld sein. Es gab unzählige Möglichkeiten, bei den Metzgers in der Kreide zu stehen. Sie wurden getunt, um dann im Ring gegeneinander anzutreten; die Wetteinnahmen wurden verwendet, um ihre Schulden auszugleichen.

Doch jede Operation kostete Geld, das Schuldenkonto wuchs. Dazu kamen noch die Kampfgebühren sowie die hinterher unweigerlich entstehenden Arztkosten.

Ronny kannte das System nur zu gut. So hielt man Huren schon seit Jahrhunderten fest im Griff. Man kaufte ihnen Kleidung, Schuhe, Kosmetik und Kondome und stellte ihnen das Doppelte in Rechnung. Verlangte Unsummen Miete für winzige, versiffte Zimmer. Ein Kreislauf, aus dem es kein Entrinnen mehr gab. Wegen dieser Knebeltaktik hatte Ronny seine Schulaufgaben an einem klebrigen Bartisch erledigt. Deshalb war er überhaupt so geworden, wie er nun mal geworden war. Roh und stumpf und irgendwie kaputt.

Die Typen im Ring taten ihm leid, und gleichzeitig fühlte er sich auf eine seltsame Art zu ihnen hingezogen. Nicht zu ihnen speziell, sondern zu dem, was sie waren. Manchmal ertappte er sich dabei, sich in den Ring hinein zu fantasieren.

Die Körper waren zwar unecht, aber diese Konfrontation – Haut, Blut, Muskeln und Knochen, Speichel und Schweiß –, das war echt. Aufeinander loszugehen, Mann gegen Mann, wohl wissend, worauf man sich einließ. Das hatte eine Einfachheit, die in seinem Leben schon lange keinen Platz mehr hatte, nach der er sich aber sehnte wie nach einem toten Freund. Auge um Auge, Zahn um Zahn.

Er hatte erfahren, dass Mikael seine Männer nur von Dark modden ließ. Von niemand anderem. Das erklärte auch, warum Mikaels Securitys vor ein paar Tagen Möbelpacker für den Modder gespielt hatten. Das Verhältnis zwischen den beiden Männern war wohl recht eng. Und es kam für Ronny noch besser: Denn es ging das Gerücht, dass Dark mit seinem Atelier kürzlich ins Gardens gezogen sei. Trotzdem oder gerade deswegen bewegte er sich auf sehr dünnem Eis.

Darks Aufenthaltsort war überhaupt nur der Grund, warum er hier war. Sich die Nächte um die Ohren schlug, nachdem er tagsüber mit der Sanderin den Um- und Ausbau des Hauses weiter geplant und beaufsichtigt hatte. Heute hatte sie ihn durch ein paar Möbelläden geschleift, um eine Couchgarnitur zu kaufen. Dabei war sie sowieso kaum in der Lage, still zu sitzen, und hasste das Haus in Neu-Buchholz. Und trotzdem quatschte sie ihn mit verschiedenen Stoffmustern zu. Konnte sein Leben eigentlich noch absurder werden? Wahrscheinlich nicht. Immerhin war seine Chefin wieder weniger reizbar, seitdem Silbermann drei Transfers gelungen waren. The Ark produzierte momentan deutlich weniger Leichen. Doch richtig zufrieden würde sie erst sein, wenn sie ihn zurückhatte. Wenn Sky wieder bei ihr war. Und der Prototyp.

Deshalb suchte Ronny ja nach Dark, konnte ihn aber nicht finden. Wenn der sein Atelier hier irgendwo hatte, dann musste das doch irgendwie ausgeschildert sein, verflucht noch mal! Wie könnte es nicht? Selbst ein Modder wie Dark brauchte Kunden.

Dieser Club war riesig, die Gänge so lang wie der verdammte Äquator, und nichts war ausgeschildert. Das gehörte sicherlich zum Konzept des Ladens, dass man in ihm verloren ging wie in einem Labyrinth. Dass man irgendwann sein ursprüngliches Vorhaben auf- und sich selbst hingab.

Jedenfalls hatte er diesen Dark noch nicht ausfindig machen können. Jeder wusste zu erzählen, dass er da war, doch niemand schien ihm sagen zu können, wo genau. Ronny hatte gefühlt den gesamten Club abgelaufen, doch es lag in der Natur des Gardens, dass er sich fühlte, als wäre er einfach nur im Kreis gerannt.

Auch heute Nacht wieder. Er war nur kurz hier runtergekommen, um ein bisschen zu verschnaufen. Was zu trinken, den Kopf frei zu bekommen.

Die letzten Nächte war er immer hier unten hängen geblieben, das durfte nicht schon wieder vorkommen. Ronny wusste, dass er mit dem Feuer spielte. Irgendwann würde ihn jemand erkennen, und wenn die Sanderin Wind davon bekam, dass er sich vergnügte, dann gnade ihm Gott. Allein der Gedanke daran machte ihn sehr, sehr missmutig.

Er wollte gerade noch einen zweiten kleinen Drink bestellen, als er den Jungen sah.

Zwischen zwei Kämpfen kam er mit gebeugtem Rücken und komplett bandagierten Händen in den Ring geschlichen und schob mit einem Gummischaber umständlich das Blut vom Boden, damit sich die nächsten Kämpfer nicht das Genick brachen.

Ronny musste zweimal hinsehen, doch er war sich ziemlich sicher, dass das der Kerl war, den Dark aus einem Nachbarhaus hatte schleppen lassen. Lang und schlaksig, schlecht tätowiert und mit einer merkwürdigen Frisur, die den Eindruck erweckte, eine struppige Katze schliefe auf seinem Kopf. Immerhin der erste Link zu dem geheimnisvollen Modder. Ronny setzte sich in Bewegung.

Er schlenderte zum Ring und wartete geduldig, bis der Kerl mit seiner Reinigung fertig war. Dabei beobachtete er ihn aufmerksam, um einschätzen zu können, mit wem er es da zu tun hatte.

Junge, der war ganz schön durch. Vielleicht auf Drogen? Der schlaksige Kerl hatte den Blick gesenkt und schien die Welt um sich herum kaum wahrzunehmen. Ronny musterte ihn von oben bis unten.

Der Junge war wohl kaum der Typ, um hier unten zu kämpfen, und er wirkte auf den ersten Blick nicht modifiziert. Nur verkrüppelt. Was für ein Interesse Dark wohl an ihm hatte? Für Ronny sah der Kerl jetzt nicht so aus, als könnte er was reißen.

Der Typ kletterte unbeholfen aus dem Ring heraus. Es wirkte, als könnte er nicht wirklich mit seinem Körper umgehen. Als hätte man ihm diese Hülle erst kürzlich übergestülpt. Die Bewegungen wirkten unsicher und seltsam abgehackt auf ihn.

»Hey Kleiner«, raunte Ronny, doch der Junge ignorierte ihn. Versuchte, den Schaber sowie den Eimer mit Putzlappen zu transportieren, aber irgendwas rutschte ihm immer weg. Ronny nahm ihm den Eimer aus der Hand.

»Hier, lass mich dir helfen!«

Der junge Mann schaute auf, und Ronny bemerkte die Narbe, die horizontal über der Kehle seines Gegenübers verlief. Hatte jemand versucht, ihn zu erdrosseln? Zu erhängen? Ihm die Kehle durchzuschneiden?

Ihre Blicke trafen sich, und Ronny erkannte etwas darin, das ihm von den vielen Jahren auf dem Kiez nur allzu vertraut war: unterdrückte Wut. Weltenhass. Diesem Kerlchen hier war kürzlich Schreckliches widerfahren.

»Ich trag das«, sagte Ronny sanft. Der Kerl zuckte die Schultern und trottete mit dem Schaber in der Hand voran durch die Menge. Ronny folgte ihm bis zu einem kleinen Schrank neben einer Bar, den der Kerl umständlich öffnete. Er stellte den Schaber hinein, und Ronny tat dasselbe mit Eimer und Lappen.

»Ich hab dich neulich gesehen«, versuchte er noch einmal, ein Gespräch anzufangen. »Ein paar Männer hier aus dem Club haben dich aus einem Haus geschleppt, nur einen Steinwurf von hier.«

Die Augen seines Gegenübers verengten sich, und er legte den Kopf schief, doch er antwortete nicht.

»Das warst doch du, oder?«

Ein Nicken.

»Ich muss Dark finden. Weißt du, wie ich ihn finden kann?«

Der Junge bewegte den Kopf von einer Seite auf die andere, als wollte er sagen: »Es kommt darauf an.«

»Sprichst du nicht mit mir?«, fragte Ronny lächelnd. »Keine Angst, ich tu dir nichts. Ich will nur wissen, wie ich Dark finden kann. Mehr nicht. Dann lasse ich dich in Ruhe.«

Der Typ tippte auf seine Kehle, dann schüttelte er den Kopf.

»Du kannst nicht sprechen?«

Ein Kopfschütteln. Mit harten Augen und noch viel mehr Wut. Auf einmal kam Ronny eine Eingebung.

»Hat Dark das getan?«, fragte er sanft.

Der Junge reagierte nicht.

»Hat Dark dir die Stimme genommen?«

Der Junge hob die Hände.

»Und deine Hände gebrochen?«

Er nickte.

Ronny leckte sich über die Lippen und legte dem jungen Mann die Hand auf die Schulter. Er hatte keine Ahnung, was das Kerlchen getan haben könnte, um so eine Strafe zu verdienen, doch das, was der Modder getan hatte, war auf so vielen Ebenen falsch. Es war ekelhaft und feige und so unehrenhaft, dass Ronny ganz übel wurde. Man brach einem Mann nicht die Hände, man nahm ihm nicht die Stimme. Wenn man eine Rechnung zu begleichen hatte, dann brach man ihm die Beine, die Nase oder das Schlüsselbein. Aber man nahm ihm nicht die Möglichkeit zu kommunizieren.

»Junge, ich verspreche dir: Wenn du mir zeigst, wo ich diesen Modder finde, dann lasse ich ihn für das bezahlen, was er mit dir gemacht hat.«

Der junge Mann musterte Ronny prüfend. Es schien, als würde er ihn zum ersten Mal richtig wahrnehmen. Die wachen, harten Augen schienen ihn von oben bis unten abzutasten. Einzuschätzen.

Der Kerl legte den Kopf schief, dann lächelte er ein winziges Lächeln und nickte.

»Abgemacht«, sagte Ronny ernst. »Kannst du hier weg?«

Der Kerl schüttelte den Kopf.

Ronny zeigte auf die Bar zu seiner Linken. »Ich werde hier warten, bis du fertig bist. Und dann bringst du mich zu ihm.«

Der Junge nickte erneut. Dann drehte er sich um und verschwand in der Menge. Ronny hatte das Gefühl, dass sein Schritt ein wenig beschwingter war als zuvor.

HINNERK

Manchmal fragte er sich, wo das alles noch hinführen sollte. Und ob es überhaupt noch möglich war, dass alles ein gutes Ende nahm. Ob er das überhaupt wollte. Ob das jemals zu seinem Plan gehört hatte.

Er wusste so vieles nicht mehr. Hatte manchmal das Gefühl, den Überblick zu verlieren, was für einen Mann seiner Größe gar nicht mal so leicht zu bewerkstelligen war. Er machte das hier schon ewig. Der Käfig war sein Reich. Blume kannte seine Leute, wusste, wer Dreck am Stecken hatte. Welche Art Dreck und wie viel. Bei wem man ein bisschen nachhelfen musste und bei wem er sich darauf verlassen konnte, dass alles von selbst glattlief.

Hinnerk war ein Mann, der gerne die Kontrolle hatte, und gerade deshalb wurmte es ihn so, wenn ihm die Kontrolle entglitt.

Vielleicht hätte er ein paar Dinge abgeben und sich aus anderen Sachen raushalten sollen, doch das war nun nicht mehr zu ändern. Wenn er nicht aufpasste und ihm ein Faden riss oder sich verhedderte, dann würde er zahlen. Und das nicht zu knapp. Denn er hielt den Kopf hin für das, was hier passierte. Und zwar in alle Richtungen. Er hielt so oft den Kopf hin, dass er vergessen hatte, wie sein Hintern aussah, verflucht noch mal.

Das mit dem stummen Tierpfleger war gut gewesen. Er hatte die ganze Zeit gewusst, dass der Typ mit dem Mord am Augenlosen nichts zu tun hatte, doch so hatte er die Metzgers mal wieder auf ihre Plätze verweisen können. Sie waren zwar mächtig, konnten ihn aber trotzdem nicht herumkommandieren, wie es ihnen gerade passte. Er entschied, was ging und was nicht. Er holte Figuren aus dem Spiel und setzte sie wieder ein.

Hinnerk legte seine Lesebrille auf den Schreibtisch und rieb sich die Augen. Schon wieder eine dieser Nächte mit zu viel Action und zu wenig Schlaf. Das kam davon, dass man es in seinem Job mit einer Klientel zu tun hatte, die hauptsächlich nachts operierte.

Seine arme Frau hatte wahrscheinlich auch schon vergessen, wie sein Hintern aussah. Er seufzte. Ihr Sex war immer so gut gewesen. Darin hatten sie sich stets von anderen Paaren, die schon lange zusammen waren, unterschieden. Jade hatte immer darauf geachtet, dass es ihm an nichts gefehlt hatte. Doch nun war die Lustlosigkeit auch über ihn hereingebrochen wie ein zu früher Winter. Hinnerk fragte sich, ob das nur eine Phase war, musste sich selbst aber eingestehen, dass er es nicht glaubte. Vielmehr war es eine Mahnung, sich nicht immer so erhaben zu fühlen. Da konnte man im Job noch so mächtig sein – das war alles hinfällig, wenn man keinen mehr hochbekam. Ach Scheiße. Bescheidenheit war nicht gerade seine Stärke. Ihr Fehlen hingegen eine seiner größten Schwächen. Er wusste das.

Der Morgen brach an, und langsam füllten sich die Gänge vor seinem Büro wieder mit Leben. Im Morddezernat, bei den Kapitalverbrechen im Allgemeinen, war es nachts eher ruhig. Im Käfig saß man nicht bis zum nächsten Sonnenaufgang grübelnd an einem Fall, bis die Köpfe rauchten und die Haut fahl und faltig wurde. Sie waren die Sickergrube der Berliner Polizei, bei ihnen blieb nur die Scheiße hängen. Warum sich also Mühe geben? Die meisten fanden schnell heraus, dass es auch was für sich hatte, dort zu arbeiten, wo kaum Licht hinfiel. Wo keiner irgendwas von einem erwartete.

Celik bildete da die einzige Ausnahme. Kein Wunder, dass er Hinnerk so auf die Nerven ging.

Als hätten ihn seine Gedanken wie einen bösen Geist heraufbeschworen, ging die Bürotür auf, und Birol Celik stand auf der Schwelle. Er sah völlig fertig aus. Was war denn jetzt los?

»Kannst du nicht anklopfen, Junge?«, fragte Hinnerk schroff. Er hatte ja immer ein offenes Ohr für seine Mannschaft, aber sie durften sich nicht zu viel rausnehmen, da verstand er dann keinen Spaß mehr.

Doch Birol Celik, sonst immer so dienstbeflissen, entschuldigte sich nicht einmal.

»Ich muss mit dir reden«, sagte er.

Nun, das war offensichtlich. Hinnerks Neugier war geweckt. Die Krise, in der der junge Polizist ganz offensichtlich steckte, hatte ihm über Nacht tiefe Furchen ins Gesicht gegraben. Celik sah aus wie Anfang fünfzig. Und er hielt sich auch so. Wahrscheinlich war es jetzt so weit. Früher, als Hinnerk gedacht hatte, aber das hatte ja auch was für sich.

»Na dann komm mal rein!« Hinnerk machte eine auffordernde Handbewegung, deutete auf den Stuhl vor seinem Schreibtisch, doch der junge Beamte bewegte sich nicht.

Der Dezernatsleiter hob kaum merklich die Brauen. Fragend, abwartend.

»Ich habe einen Mann umgebracht«, stieß Birol hervor, und Hinnerk verkniff sich ein Lächeln. Bingo. Er hatte also doch noch nicht den Überblick verloren.

»Den Kerl, der meinen Vater umgebracht hat. Ich hab ihn erschossen«, fuhr Birol fort. »Der Tote aus Charlottenburg. Ich war das.«

Hinnerk seufzte theatralisch und fuhr sich mit der flachen Hand durchs Gesicht. Aus dem Augenwinkel bemerkte er, dass die Kollegen aus ihren Büros gekrochen kamen. Das Gemurmel, das sich morgens immer über ihre Abteilung legte, war verstummt. Die Kap II des Polizeidezernats Berlin-Mitte hörte geschlossen zu. Zumindest alle, die schon hier waren. Gut.

»Ach Junge«, sagte er mit sehr, sehr viel Bedauern in der Stimme. »Habe ich dir nicht wieder und wieder gesagt, du sollst es gut sein lassen? In deinem eigenen Interesse?«

Birol nickte.

Hinnerk lehnte sich zurück, setzte strenge Stirnfalten auf und verschränkte die Arme.

»Aber du konntest es nicht lassen, wie?«

»Nein, Chef«, murmelte Birol. »Das konnte ich nicht. Wir sprechen hier immer noch von meinem Vater. Ich konnte das nicht auf sich beruhen lassen. Und hier hat ja niemand richtig ermittelt.«

»Aber du hast richtig ermittelt, nehme ich an?«, fragte er und legte die nötige Schärfe in seine Stimme. »Komm, spuck's schon aus. Woher wusstest du, wer deinen Vater erschossen hat?«

»Einer der Verhafteten aus dem Gardens hat es mir gesagt. Der, der nicht reden wollte. Zu dem du mich noch reingeschickt hast. Erinnerst du dich?«

Vorsicht, dachte Hinnerk. Ganz vorsichtig jetzt. Er nickte langsam. »Wahrscheinlich wollte er von Anfang an nur mit dir reden und hat alle anderen von uns deshalb niedergeschwiegen. Ich nehme an, du hast einen Deal gemacht?«

Birol nickte.

»Und warum hast du dir nicht ein Team geschnappt und den Mörder deines Vaters verhaftet? Oder bist gleich zu mir gekommen? Wir hätten sowohl den Informanten als auch den Kerl festsetzen können, der Can angeblich umgebracht hat. Stattdessen ziehst du los und schießt ihn über den Haufen.« Hinnerk schüttelte den Kopf. Dann fiel ihm etwas ein, und bei dem Gedanken machte er ein Gesicht, als wäre ihm schlecht. »Ich habe gehört, dass der Mann verstümmelt wurde …«

»Das war ich nicht«, sagte Birol schnell, und Hinnerk glaubte ihm. Celik war nicht der Typ für solche Geschmacklosigkeiten. Und er hätte auch gar keinen Grund, dem Kerl die Beine abzuschneiden. Interessant. Hochinteressant.

»Jemand anderes hat die Leiche geschändet. Ich habe nichts damit zu tun.«

Hinnerk lehnte sich zurück und musterte seinen Musterschüler. Es war eine Schande, so viel stand fest. Unter anderen Umständen hätte er einen wie Celik gut gebrauchen können. Nicht dumm. Und definitiv nicht feige. Mit viel Rückgrat. Zu viel Rückgrat. Einer wie er überlebte in dieser Welt nicht lange. Früher oder später hatte so was passieren müssen, das war von Anfang an klar gewesen.

»Nun, das werden die Kollegen alles ermitteln. Ich kann mich nicht selbst darum kümmern, das weißt du. Dafür kenne ich dich zu gut. Ich bin befangen.« Und ich habe keine Lust, dachte er noch.

Birol nickte.

Der Dezernatsleiter faltete die Hände wie zum Gebet auf seiner Schreibtischplatte. Hier saß er schon so viele Jahre. Aber das, was er nun tat, tat er zum ersten Mal mit jemandem, den er selbst ausgebildet hatte. Und ohne seinen Stuhl verlassen zu müssen. Einmal war immer das erste Mal.

»Musstest du dein Leben so wegwerfen?«, fragte er streng, und Birol zuckte die Schultern.

»Es fühlte sich nicht an, als hätte ich eine andere Wahl.«

»Die hat man immer, Junge. Die hat man immer. Niemand hier kann dir verdenken, was du getan hast, ich glaube, da spreche ich für uns alle. Aber ich hätte mir für dich wirklich etwas anderes gewünscht.« Er sah Birol Celik tief in die Augen. Hinnerk Blume klopfte sich innerlich auf die Schultern. Für seine überragende Menschenkenntnis war er schon immer bewundert worden. Und die hatte er gerade mal wieder unter Beweis gestellt. Genauso wie sein schauspielerisches Talent.

»Dir ist klar, was ich jetzt tun muss?«

Birol nickte. Das musste man ihm wirklich lassen. Der Kleine hatte viel mehr Schneid, als gut für ihn war. Stand da mit dem ganzen Dezernat im Rücken und vielen Jahren Gefängnis vor der Tür, gerade wie eine Eins. Manche Dinge konnte man nicht lernen. Und sosehr er Can auch gehasst hatte, musste Hinnerk doch anerkennen, dass er seinem Sohn einiges mitgegeben hatte. Werte, die er selbst an sich vermisste.

»Birol, mein Junge, du bist verhaftet. Tut mir leid.«

Er nahm seinen Telefonhörer zur Hand und orderte ein paar Beamte nach oben, die Birol mitnehmen sollten.

Es waren lange Minuten, bis die Kollegen endlich kamen. Die Luft in seinem Büro schien sich zusammenzuziehen und ein Vakuum zu bilden, während sich die beiden Männer stumm in die Augen sahen. Aufgeregtes Gemurmel schien durch die papierdünnen Wände zu sickern – der Flurfunk sendete bereits. Es sollte ihm recht sein.

Nachdem sie Birol endlich abgeholt hatten, wurde es richtig laut auf ihrem Stockwerk. Hinnerk beschloss, die Runde zu machen, mit den Kollegen zu sprechen. Was man so tat. Die Stimmung ausloten.

Schreckliche Sache, so ein vielversprechender junger Kerl. Und er hatte ihm gerade sogar ein eigenes Team anvertraut. Und so weiter und so weiter.

Apropos Team …

Er musste nicht weit gehen. Die beiden jungen Frauen standen mit entgeisterten Mienen in der Nähe der Toiletten nebeneinander. Obwohl, bei der Albina konnte man sich nicht so sicher sein. Die sah eigentlich immer ein bisschen merkwürdig aus. Aber die kleine Polizeischülerin hatte es eindeutig schwer erwischt. Sie sah aus wie ein Reh im Scheinwerferlicht. Er schlenderte zu den beiden hinüber und bemühte sich um einen väterlichen Ton.

»Tja, tut mir leid, ihr beiden. Das muss ein ziemlicher Schock für euch sein.«

Die blasse Diebin sagte nichts, die Polizeischülerin nickte benommen.

»Jetzt muss ich mir erst mal überlegen, was ich mit euch anstelle.« Er legte den Kopf schief. »Bis Montag habt ihr frei. Geht nach Hause und erholt euch von dem Schreck. Montagmorgen überlegen wir uns was, in Ordnung?«

Die beiden jungen Frauen nickten.

»Danke, Chef«, brachte die Dunkelhaarige heraus. »Das ist wirklich nett.«

Er nickte und klopfte ihr aufmunternd auf die Schulter, dann machte er sich auf in Richtung Kaffeeküche.

Hinnerk Blume war ein Mann, der seine Stärken und seine Schwächen kannte. Eine seiner Stärken war, dass er nett sein konnte. Wirklich, wirklich nett.

Und, dass er den Überblick behielt. Jedes einzelne Mal. Seine Schritte wurden leicht und federnd.

Heute versprach ein guter Tag zu werden.

BIROL

Heute war vermutlich der schlimmste Tag seines Lebens. Aber das war in Ordnung so. Oder zumindest richtig. Er konnte nicht behaupten, dass er sich gut fühlte, doch er wurde getragen von dem Wissen, das Richtige zu tun. Und das hatte Birol schon immer mehr bedeutet als alles andere.

Der Gang durch den Käfig nach draußen war allerdings schrecklich gewesen. Er war an Raven und Martha vorbeigekommen, die ja gar nicht Martha hieß, wie ihm gerade wieder einfiel. Jetzt konnte er sie gar nicht mehr konfrontieren, dabei hätte er das nur zu gerne getan. Karims Besuch in seinem Büro und das Ultimatum hatten alles andere aus Birols Geist gewischt.

Eigentlich war es doch auch egal, wie sie hieß. Er hätte so einiges dafür gegeben, ihre vor Verwunderung halb geöffneten Lippen noch einmal küssen zu dürfen. Doch das konnte er jetzt vergessen. Sie war so schön gewesen gerade. So schockiert. Und da war noch etwas anderes in ihrem Blick gewesen, das Birol nicht hatte zuordnen können. Angst? Abscheu? Nein, nichts davon.

Raven hatte ebenfalls geschockt gewirkt; Birol hätte es gar nicht für möglich gehalten, dass es etwas gab, das Raven überhaupt schocken konnte. Sie war eigentlich diejenige, die andere schockierte.

Ihre Blicke hatten ihn getroffen und sein Herz sinken lassen. Er hätte ihr Anführer sein sollen, derjenige, der auf sie aufpasste und sagte, wo es langging. Der ihnen half, sich im Dschungel des Käfigs zurechtzufinden. Wer tat das jetzt, wo er einsitzen musste?

Birol ermahnte sich, nicht dämlich zu sein. Raven war eine Verbrecherin mit Verbindungen ins Gardens, und Martha war wahrscheinlich eine voll ausgebildete Polizistin. Sie würden schon zurechtkommen. Er sollte sich generell nicht so wichtig nehmen. Sagte ihm das nicht täglich irgendjemand?

Karims Gesichtsausdruck hatte ihm schon besser gefallen. Er war gerade auf den Flur getreten, als Birol die Männertoilette passiert hatte. Auf dem Gesicht seines Cousins hatte die blanke Überraschung gestanden. Birol hatte ihm einen Strich durch seinen schönen Plan gemacht. Wenigstens etwas, das ihn zum Lächeln brachte.

Natürlich hatte er Angst vor dem Gefängnis, aber wenn Karim glaubte, ihm da drin das Leben zur Hölle machen zu können, dann hatte er sich geschnitten.

Denn auch Karim sollte sich nicht so wichtig nehmen. Ja, er war eine große Nummer im Wedding und genoss in der Familie hohes Ansehen. Aber Birols Bruder Cenk hatte das Sagen in der Familie Celik, und dessen Einfluss reichte in Plötzensee viel, viel weiter. Allerdings würde Birol damit klarkommen müssen, wie ein verlorener Sohn behandelt zu werden. Wie einer, der es nun endlich begriffen hatte. Sie würden sich aufführen wie nach einer Taufe. Wahrscheinlich würden sie ihn zum Trinken auffordern, wenn er erst in Plötzensee ankam, und wahrscheinlich würde er trinken. Raki, Bruder!

Doch erst mal brachten sie ihn in Untersuchungshaft nach Moabit. Da war seines Wissens momentan keiner der Celiks, und so hatte er erst mal seine Ruhe.

So oder so musste man die Dinge hinnehmen, die man nicht ändern konnte. Und vielleicht musste Birol begreifen, dass man seiner Familie niemals entkommen konnte, ganz egal, wie weit man rannte.

Seiner Familie.

Seiner Mutter würde Birols Fehlen eine ganze Weile nicht auffallen. Es fehlte doch ständig einer der Jungs, oder? Erst wenn wieder etwas zu klären oder jemand aus der Scheiße zu ziehen war, würde sie sich fragen, wo er abgeblieben war, ihr Polizistensohn. Und dann würde sie sich nicht schlecht wundern.

Allerdings wusste er, dass seine Mutter stolz sein würde. Stolz auf ihren Sohn, der die Familienehre wiederhergestellt und den Mörder ihres Mannes erschossen hatte. Stolz darauf, dass er endlich ein richtiger Mann geworden war.

Birol hasste und liebte sie dafür.

Er selbst glaubte, mit seinem Geständnis das Gleichgewicht wiederhergestellt zu haben. Nichts anderes wäre richtig gewesen. Er hatte schon immer an Recht und Gerechtigkeit geglaubt. Dass eine Verhaftung das Unrecht, das geschehen war, wieder geraderücken konnte, in gewisser Weise. Nicht für das Opfer, aber für den Kosmos oder so. Als gäbe es ein Gleichgewicht der Welt.

Er selbst jedenfalls konnte nun freier atmen, was absurd war, da sich in diesem Moment die Tür zum Transporter schloss, der ihn in die U-Haft bringen würde. Fast freute er sich schon auf die Zeit dort. Einzelzelle. Drei Mahlzeiten am Tag. Vielleicht einmal Zeit, einen Roman zu lesen. Keine Mutter, die ihn volljammerte, keine Tanten, die Geld wollten oder Ehemänner für ihre Töchter, keine Cousins oder Brüder, die krumme Dinger drehten. Kein Kinderbett. Kein Tabakgeruch. Kein viel zu lauter Fernseher. Einsamkeit.

Eine Sache, die Birol bislang nur aus kurzen Momenten der Ruhe kannte.

Dennoch trauerte er. Um den Mann, der er einmal gewesen war. Um seine reine Weste. Auf die war er immer so stolz gewesen. Der einzige Celik, der immer das Richtige tat. So war er jetzt wenigstens noch der einzige Celik, der sich selbst gestellt hatte. Das unterschied ihn nach wie vor vom ganzen Rest seiner Familie. Und das war gut so.

OTHELLO

Elster, dieser Verlierer, dieser schlechte Scherz des Universums, stand mit einem breiten Grinsen vor ihm. Eigentlich hatte er sich jeden Kontakt zu dieser Kreatur verboten, und eigentlich hatten sie auch nie von Angesicht zu Angesicht miteinander gesprochen. Othello für seinen Teil hätte auch für die Zukunft lieber darauf verzichtet, denn dieser Kerl war wahrlich niemand, den er, selbst mit sehr viel Alkohol im Blut, als »nette Gesellschaft« bezeichnet hätte. Manchmal war er auf ihn angewiesen, für die Jobs, vor denen selbst seine Jungs fürs Grobe zurückschreckten, und er zahlte gut. Das war's. Jedenfalls, wenn es nach ihm ginge. Doch Elster war da gerade offenbar anderer Meinung, denn er hatte auf einem Treffen mit ihm bestanden.

Und nun saß er hier in Othellos Büro im elften Stock des Konzerngebäudes und beleidigte seine Augen und die Sitzfläche eines seiner sündhaft teuren Konferenzstühle.

»Was wollen Sie?«, fragte er müde. »Ich dachte, wir wären übereingekommen, dass wir nur über Borchert miteinander kommunizieren.«

Elster nickte. »Stimmt schon, stimmt schon, Herr Sander. Tut mir auch leid. Aber ich wollte nicht, dass Sie es von jemand anderem hören. Nach allem, was ich für Sie getan habe, wollte ich das nicht.«

Othello hob die Brauen. »Ich kann Ihnen nicht folgen.«

Elster rutschte auf dem Stuhl hin und her. Verteilte den Abrieb seiner billigen Hose überall auf dem teuren Stoff. Othello überlegte, ob er das Möbelstück hinterher reinigen lassen sollte. Doch das wäre vermutlich ein wenig übertrieben.

»Na, ich mach den Job für Sie ja wohl aus einem bestimmten Grund.«

Als ob du den kennen könntest, dachte Othello, doch er nickte nur.

»Na, und da hab ich mir gedacht, dass es Sie interessieren könnte, dass Dark ins Utopia Gardens gezogen ist.«

Othello runzelte die Stirn. Er verstand noch immer nur Bahnhof. »Dark?«, fragte er milde interessiert.

»Na, der berühmte Modder?«

Nun horchte Othello auf. Er hatte noch nie etwas von diesem Typen gehört. »Und warum sollte mich das interessieren?«

Jetzt wirkte Elster seinerseits verwirrt, und Othello konnte das gesamte Ausmaß der fehlenden Synapsen dieses Mannes erkennen. Der Auftragsmörder sah aus, als hätte ihm jemand den Stecker gezogen. Mit halb geöffnetem Mund und glasigen Augen.

»Na, weil die Teile, die ich Ihnen gebracht habe, alle von ihm sind.«

Othello hatte das Gefühl, dass sich unter ihm der Boden auftat. Das war jetzt nicht wahr, oder? »Was sagen Sie da?«

Elster nickte eifrig. »Ja, das habe ich jedenfalls gehört. Nachdem sich rumgesprochen hatte, wer umgelegt wurde und vor allem wie, kam das Gerücht schnell auf, dass jemand Dark an den Kragen will. Wenn ich gewusst hätte, dass der Typ eh bald ins Gardens zieht, dann hätte ich der Kleinen gar nicht so zusetzen müssen. Aber hinterher ist man immer schlauer, nicht wahr?«

Othello rieb sich die Schläfen. »Welcher Kleinen?«

»So ne kleine Hure. Noch ziemlich jung, deshalb dachte ich, es wird leicht, was aus ihr rauszukriegen. Lag ich aber leider falsch. Ein Jammer.«

Alleine beim Zuhören wurde Othello schlecht. Was hatte er da losgetreten?

»Soll das heißen, dass die Frau tot ist?«

Elster rieb sich ein wenig verschämt den Nacken. »Na, als ich ging, hat sie jedenfalls noch gelebt. Aber ich hab gehört, dass sie es nicht geschafft hat.«

Der Typ senkte den Blick, als täte es ihm tatsächlich leid. Hatte der sie noch alle?

»Und warum weiß ich davon nichts?«, fragte Othello mit mühsam gezügelter Wut. Es war nie der Plan gewesen, dass Unschuldige zu Schaden kamen, verflucht noch mal.

»Na, weil ich das nicht in Rechnung gestellt habe. Es war meine eigene Initiative.« Elster schien kurz zu überlegen. Man konnte die eingerosteten Zahnräder in seinem Oberstübchen förmlich knirschen hören. »Eine Serviceleistung, wenn Sie so wollen!«, sagte er schließlich und grinste stolz.

»Serviceleistung«, wiederholte Othello tonlos.

Was zur Hölle war nur in ihn gefahren? Er hätte dieses Subjekt niemals engagieren dürfen. Das war doch alles zu verrückt. Am liebsten hätte er Ophelia jetzt sofort angerufen und ihr laut brüllend vorgeworfen, dass sie ihn zum Monster gemacht hatte. Denn das hatte sie.

Allerdings hatte er selbst Elster angerufen. Hatte sich seine Nummer besorgt und die Ziffern eingegeben. Niemand hatte ihn dazu gezwungen.

Der Killer grinste immer noch. Othello hoffte inständig, dass er das Mädchen nicht auch so angegrinst hatte, während er sie mit dem Messer bearbeitete. Er hatte von dem Tod der jungen Hure gehört. Es war eines von Ninas Mädchen gewesen. Othello hätte den Zusammenhang vielleicht sehen müssen. Doch das hatte er nicht.

»Noch mal zurück zu Dark«, sagte Elster jetzt, und Othello nickte.

»Also jedenfalls habe ich gehört, dass die Teile immer von Dark waren. Was wohl daran liegt, dass er immer für Mikael arbeitet, wenn es um so was geht, und die Kerle beides Leute von Mikael waren. MM, wissen Sie, der holt sich immer nur die besten Leute.«

Othello nickte. Das wusste er selbst.

»Hab dann versucht herauszufinden, wie man an den Typen rankommt. Wusste keiner. War nicht leicht zu finden bisher. Na ja, oder mir will keiner was sagen. Mit so nem Typen wie mir wollen sie alle nichts zu tun haben.«

Othello hob kaum merklich die Brauen. Was für eine Überraschung. Doch Elster interpretierte seine Mimik anders. »Verrückt, oder? Eigentlich bin ich doch ein ganz umgänglicher Kerl. Ich hab halt nur nen speziellen Job. Solche wie mich muss es auch geben; es gefällt ihnen eigentlich ganz gut, sich wie die Unschuldslämmer aufzuführen, wenn ich in der Nähe bin. Dabei sind sie das nicht. Trotzdem habe ich die Tage gehört, dass Dark jetzt ins Gardens gezogen ist. Angeblich, weil jemand hinter ihm her ist.«

Nun grinste Elster besonders breit, und Othello fühlte das Blut in seinen Ohren pochen. Das durfte doch nicht wahr sein. Wieso hörte er denn jetzt zum ersten Mal von diesem Kerl? Er wusste, warum. Weil er sich normalerweise so weit wie möglich von der Unterwelt fernhielt. Nina war etwas anderes. Und mit der unterhielt er sich auch nicht gerade regelmäßig.

»Tja. Jedenfalls dachte ich, das würde Sie interessieren«, wiederholte Elster.

Vielleicht war er doch nicht so blöd, wie er aussah, dachte Othello schwach. Er hatte jedenfalls seine Arbeit gemacht und tatsächlich einen Schritt weiter gedacht. Dumm nur, dass dabei jemand zu Tode gekommen war. Allerdings war es kein Wunder, dass eine tote Hure für jemanden wie Elster keine Schlagzeile war. Othello kämmte sich mit den Fingern durch die goldblonden Locken.

Seine Gedanken fuhren Karussell. War es möglich, dass seine Schwester nun schon den Club infiltrierte? Kontrollierte sie diesen Typen? Es konnte nicht anders sein, Othello hatte die Prothesen gesehen. So was Präzises, Innovatives und Elegantes war ihm bisher in der gesamten Branche noch nicht untergekommen. Die Dinger waren genial, ein ganzes Team von Wissenschaftlern musste an der Entwicklung arbeiten. Es gab nur einen Menschen, der als Auftraggeber infrage kam. Sonst würde es schlichtweg niemand wagen, ihm in die Suppe zu spucken. Niemand pinkelte in Othellos Revier.

Wussten Mikael und Eugene, dass sie sich eine Schlange ins Haus holten? Hielten sie es nicht für nötig, ihn zu informieren? Er verstand es nicht.

»Wollen Sie, dass ich das übernehme?«, fragte Elster nun, und Othello entschied, dass er doch exakt so blöd war, wie er aussah. Das war nun wirklich die Königin der dämlichen Ideen. Othello wollte nichts mehr, als den Typen einfach nur los zu sein. Ihn niemals, niemals wiederzusehen.

Vielleicht erwog er sogar, einen seiner Kollegen anzuheuern und auf Elster anzusetzen. Doch dann hatte er, wenn es blöd lief, noch einen von den Typen am Arsch. So ne Art Matroschka aus Auftragskillern. Mal sehen. Vielleicht konnte er einen Ausländer engagieren.

Trotz allem lächelte er den Mann an, zog seine Schublade auf und holte ein altmodisches Scheckheft hervor. Eigentlich waren solche Schecks nicht mehr in Gebrauch, er hatte sie seinem Bankberater einzeln aus den Rippen leiern müssen. Manchmal war digitaler Geldtransfer einfach keine Option. Othello schrieb eine großzügige Zahl in das Fenster und knallte Stempel und Unterschrift darunter. Dann kratzte er mit letzter Kraft ein Lächeln zusammen.

»Nein, vielen Dank. Das wird nicht nötig sein. Sagen Sie mir nur, wo genau ich den Mann finden kann. Ich regle das dann selbst.«

Elster wirkte ein wenig enttäuscht, doch das legte sich bei einem Blick auf den Scheck schnell wieder.

»Klar doch, Chef«, erwiderte er grinsend.

LAURA

Es fiel ihr schwer zu glauben, was da gerade geschehen war. Hätte sie es nicht mit eigenen Ohren gehört, mit eigenen Augen gesehen, sie könnte es nicht glauben. Birol war ein Mörder. Er selbst hatte den Typ in Charlottenburg erschossen. Und sich jetzt gestellt.

Nun wusste sie, warum der Anruf ihn nach ihrer gemeinsamen Nacht so aus der Bahn geworfen hatte und warum er sich seitdem benommen hatte, als würde ihm der Teufel ständig ins Ohr beißen. Unkonzentriert, fahrig, reizbar. Und ganz sicher nicht verliebt. Während sie versucht hatte, ihre Gefühle ihm gegenüber zu sortieren, hatte er wahrscheinlich versucht zu verdrängen, was er getan hatte. Oder zu vertuschen. Wahrscheinlich sogar beides.

Laura schloss für einen Moment die Augen, als ihr das volle Ausmaß der Situation bewusst wurde. Wahrscheinlich hatte Birol direkt nach dem Mord bei ihr angerufen. Um sie zu vögeln. Sie hatte mit einem Mann geschlafen, der kurz zuvor einen anderen Menschen erschossen und vielleicht sogar auseinandergenommen hatte. Birol hatte zwar beteuert, mit der Leichenschändung nichts zu tun gehabt zu haben, doch was hieß das schon? Wer würde so etwas freiwillig zugeben? O Gott, mit wem hatte sie da bloß das Bett geteilt? Und sie hatte sich vor irgendwelchen Kleinkriminellen in der nächtlichen Gartenanlage gefürchtet. Haha.

Hieß das eigentlich auch, dass er etwas mit dem Mord an dem Mann ohne Augen zu tun hatte? Der, für den man Ravens Freund verhaftet hatte? Gott, ihr schwirrte der Kopf. Das war ein einziger Albtraum.

Und gleichzeitig tat ihr Herz weh. So verdammt weh.

»Also ich brauche jetzt erst mal 'n Kaffee«, hörte sie Raven neben sich murmeln. »Bist du dabei?«

»Was?«

Raven schmunzelte. »Du. Ich. Kaffee. Jetzt!«

Laura nickte benommen.

Sie wusste nicht, ob sie Lust hatte, mit Raven einen Kaffee zu trinken. Ob sie nicht eigentlich etwas Stärkeres und ihre Ruhe brauchte, um die Ereignisse in ihrem Kopf zu sortieren. Auf der anderen Seite war Raven der einzige Mensch, den sie außer Birol hier in Berlin hatte. Und der einzige Mensch, der ihn ebenfalls kannte. Obendrein hatte sie den Verdacht, dass das, was sich gerade in ihrem Innersten abspielte, ohnehin nicht sortierbar war.

Sie folgte Raven wie auf Autopilot durch die grauen Gänge der Mordkommission nach draußen. Auf einmal kam ihr alles so sinnlos vor. Wie ein schlechter Witz. Menschen wurden geboren, Menschen starben, Menschen schossen sich gegenseitig über den Haufen. So war das nun mal. Warum sich überhaupt kümmern? Warum überhaupt Phantomen nachjagen, das eigene Leben riskieren, nach Gerechtigkeit suchen? Wozu das alles? Das Rad hörte ja doch nicht auf, sich zu drehen.

»Komm jetzt«, sagte Raven mit einem Lächeln. »Du brauchst irgendwas, das dich auf die Beine bringt.«

Laura lächelte schwach. Ja, das brauchte sie definitiv.

Raven hatte sie durch halb Altberlin gelotst, an einen Ort, der noch stärker aus der Zeit gefallen wirkte als der Rest der Stadt. Das »Café« oder was es auch immer war, machte den Eindruck, als wäre es schon alt gewesen, als alles andere noch neu war. Schrundige Ledersofas standen wie hochbetagte Tiere in einem feucht wirkenden Durchgang neben einem baufälligen Haus irgendwo in der Nähe der Spree. Aus großen Boxen, die in den Bogengängen hingen, drang Musik, die zwar laut war, aber nicht laut wirkte, weil sie einen riesigen Raum ausfüllte. Laura kannte weder Titel noch Interpret, doch sie mochte das Stück auf Anhieb. Als hätte Raven es nur für sie bestellt. Die Musik war auf eine Art melancholisch, die einen ruhig und wehmütig werden, aber auch lächeln ließ.

Sie passste perfekt zu den Marihuanawolken, die träge durch die Luft zogen. An einem Ort wie diesem war sie noch nie zuvor gewesen, was man von Raven nicht gerade behaupten konnte. Sie bewegte sich durch die Sofaecken wie ein Fisch im Wasser, grüßte hier und da und wurde immer wieder angelächelt. Man kannte sie hier.

Ganz offensichtlich war das kein Ort, den man einfach so aufsuchte, sondern vielmehr einer, an den man mitgenommen wurde. Die Art, wie man einander ansah, vermittelte Exklusivität, was angesichts der Ausstattung vollkommen absurd war.

Laura hatte gehört, dass es auch in Hamburg solche Plätze gab. Clubs und Cafés, in die man besser nur ging, wenn ein Stammgast einen mitnahm. Sie hatte nie sonderlichen Wert darauf gelegt, mitgenommen zu werden, und fühlte sich auch jetzt ein bisschen merkwürdig angesichts der Tatsache, dass Raven zum einen jünger und zum anderen auch deutlich delinquenter war als sie, musste aber zugeben, dass es sich gut anfühlte, nicht schief angeschaut zu werden.

Raven lotste sie zu einer kleinen Sitzecke im hinteren Bereich des schmalen Innenhofs, und Laura fielen beinahe die Augen aus dem Kopf, als sie bemerkte, dass dieses Café oder was auch immer das hier war, nicht an der hinteren Wand endete. Im Gegenteil. Hier begann das Ganze erst richtig. Die kleinen Sitzgruppen aus ausrangierten Möbelstücken zogen sich durch die nächsten Durchgänge und weiter in die zweiten und dritten Hinterhöfe des riesigen, alten Gebäudekomplexes. Laura sah nicht nur mindestens vier unbemannte Bartresen, sondern auch eine Bühne, komplett mit Beleuchtung, und eine Tanzfläche, ferner ein Stück weiter hinten einen wirklich sehr alt wirkenden Swimmingpool mit Dusche, umkränzt von dreckigen Plastikpalmen und verstümmelten Schaufensterpuppen.

Aber was sie fast noch mehr in den Bann schlug, war die Gestaltung. Beinahe alle Wände, Tische, Stühle, Decken und Durchgänge waren mit weißen Labyrinthen auf schwarzem Untergrund verziert. Es musste eine unglaubliche Arbeit gewesen sein, das alles zu malen. Laura konnte sich nur mit Mühe davon abhalten, jedes einzelne mit den Augen nachzuverfolgen. Schon seit frühester Kindheit liebte sie Labyrinthe. Sie hatte sogar mal eines auf den Fußboden ihres Kinderzimmers gemalt. Wenn sie nur an das Donnerwetter von damals dachte, klingelten ihr noch die Ohren.

»Wow«, sagte sie nach einer Weile. »Wo hast du mich denn hier hingebracht?«

Raven grinste. »Gefällt es dir?«

»Ja.« Laura nickte eifrig. »Es ist großartig.«

»Einer meiner liebsten Orte in der ganzen Stadt!« Raven fläzte sich in den Sessel und legte ihre Füße samt Boots auf den wackeligen Holztisch, der zwischen ihnen stand.

»Es heißt Labyrinth und ist wunderbar geeignet, wenn man mal einen Ort braucht, an dem man seine Ruhe hat. Hier kann man sich wunderbar verstecken.«

»Müssen wir das denn?«

»Jetzt gerade vielleicht nicht. Aber es ist gut zu wissen, oder?«

»Ja«, sagte Laura nachdenklich. »Gut zu wissen.«

»Gott, bin ich müde«, murmelte Raven nach einer Weile und schloss die Augen, während Laura sich weiter fasziniert umsah. Zwar war sie auch müde, bis in die Knochen und noch tiefer, doch die Ereignisse des Morgens hatten ihren Körper mit genug Adrenalin für mindestens zwei weitere schlaflose Nächte versorgt.

Die anderen Menschen, die sich hier herumtrieben, sahen allerdings auch nicht gerade ausgeschlafen aus.

Es waren kaum Tische besetzt, aber alleine waren sie auch nicht. Die Leute, die hier abhingen, machten allesamt den Eindruck, als wollten sie ihr Schicksal herausfordern. Laura sah etliches, was sicher nicht an einen menschlichen Körper gehörte, aufblitzen, blinken und hervorstechen. Sofort schämte sie sich für das kleine Tattoo an ihrer Leiste. Es wirkte lächerlich gegen das, was hier aufgefahren wurde, und sie war so froh wie nie zuvor, dass man die kleine Zeichnung der Fibonacci-Spirale nicht sehen konnte. Sie stammte aus einer Zeit, in der sie sehr stolz auf ihren analytischen Geist gewesen war. Fenne hatte sie damals überredet. Wer sonst?

Die Kellnerin, die sich ihrem Tisch nun näherte, hatte jeden Zahn in einer anderen Farbe überkront und trug die Haare zu dicken Dreadlocks gezwirbelt. Die hellblonden, filzigen Schlangen wanden sich zu wild wirbelnden Nestern auf ihrem Kopf. Es sah toll aus. Wenn man nicht allzu lange darüber nachdachte, wie man diese Dinger wohl pflegte. Oder wie man nachts darauf schlief.

Sie grinste breit, als sie Raven erblickte, und trat einmal kräftig gegen deren Sessel. Raven öffnete träge ein Auge, aber nur so weit sie musste.

»Hätte mir denken können, dass du es bist«, brummelte sie. »Janne, das ist Martha. Merk dir ihr Gesicht, okay?«

»Okay!«, trällerte Janne gut gelaunt und mit einer Stimme, die in Höhe und Sanftheit so gar nicht zu der fast bedrohlich wirkenden Gestalt passen mochte. Vielleicht war das ja auch so gedacht.

»Was kann ich euch zwei Süßen bringen?«

»Einen doppelten Espresso mit Sahne und einen doppelten Wodka«, murmelte Raven, und Janne zog die Brauen hoch.

»Es ist nicht mal halb zehn!«

»Bist du meine Mutter?«

Janne schüttelte den Kopf. »Ne. Aber ich hab dich noch nie trinken sehen. Deshalb.«

»Dieser Tag ist anders nicht zu ertragen«, murmelte Raven. »Manchmal weiß man das eben schon sehr früh.«

Laura war überrascht. Sie hatte nicht das Gefühl gehabt, dass die Ereignisse des frühen Vormittags Raven in irgendeiner Weise berührt hatten.

»Und du, Schätzchen?«, fragte Janne, und Laura fiel nichts anderes ein, als »dasselbe« zu sagen. Auch sie hatte noch nie so früh am Tag Alkohol getrunken, schon gar keinen harten Alkohol, aber ihr war genauso danach.

Janne musterte beide. »Okay.«

Sie drehte sich um und verschwand in einer Tür, die Laura zuvor gar nicht bemerkt hatte, da sie durch die Bemalung mit der Wand verschmolz.

Ravens Auge schloss sich wieder, und Laura streifte sich kurzerhand die Turnschuhe von den Füßen und zog die Beine auf das Polster ihrer Couch. Sie umschlang ihre Knie mit den Armen und versuchte, nicht zu viel an Birol zu denken, was ihr kläglich misslang.

»Wenn du nicht bald die Augen aufmachst und mit mir sprichst, fange ich an zu heulen«, informierte sie Raven nach ein paar Minuten, und die riss sofort beide Augen auf.

»Tu mir das bloß nicht an!«, mahnte sie alarmiert. »Ich bin ja schon wach.« Etwas umständlich setzte sich Raven aufrechter hin. Dann musterte sie Laura, als sähen sich die beiden Frauen zum ersten Mal.

»Bist du echt verliebt in Birol? So richtig?«

Laura nickte beklommen. Ihr war nicht nach Lügen zumute.

»Und wie fühlt es sich an, einen Mörder zu lieben?« Aus Ravens Stimme klang kein Spott, aber auch kein Mitleid. Einfach nur Interesse.

»Beschissen«, informierte Laura sie. »Absolut beschissen.«

Raven nickte nachdenklich und mit einer Miene, die von deutlich mehr Lebenserfahrung zeugte, als jemand in ihrem Alter haben sollte.

»Gleichzeitig wünscht sich doch jeder jemanden, der für einen töten würde, oder?«

»Birol hat aber nicht für mich getötet«, entgegnete Laura leicht irritiert.

»Aber er würde.« Raven stach einen Zeigefinger in die Luft.

»Das kannst du nicht wissen.«

»Ich habe ein sehr starkes Bauchgefühl bei der Sache.«

Laura schüttelte ungläubig den Kopf. »Wie kannst du das so leichtnehmen? Immerhin ist ein Mann gestorben.«

»Du hast aber noch keine Ahnung, warum. Welche Gründe Birol hatte oder wie das Ganze abgelaufen ist. Bevor du nicht mit ihm gesprochen hast, solltest du ihn nicht verurteilen.«

Laura schnaubte. »Na hör mal. Es gibt Grenzen.«

Raven sah sie lange an. Mit diesem Röntgenblick, den sie nicht deuten konnte, der ihr aber Unbehagen bereitete.

»Niemand kann mit absoluter Sicherheit sagen, dass er niemals jemanden töten würde. Es gibt Grenzen, aber es gibt auch gute Gründe, sie zu überschreiten.«

»Du scheinst dir ja ziemlich sicher zu sein, dass Birol einen guten Grund hatte.«

Ravens kaum sichtbare Augenbrauen schossen nach oben. »Du nicht? Immerhin bist du hier diejenige, die den Kerl liebt. Ich finde ihn bestenfalls erträglich. Und das auch recht selten.«

Laura hatte keine Antwort.

In diesem Augenblick kam Janne mit einem riesigen, bis zum Bersten gefüllten Tablett aus der Tür und auf sie zu. Sie stellte einen Korb mit Brötchen, eine Schale Obst, Butter, einen Teller mit Käse und ein Schälchen Oliven auf den Tisch.

»Das haben wir nicht bestellt«, sagte Raven. Ihr skeptischer Blick blieb am Brotkorb hängen.

»Das ist mir klar, aber ihr zwei seht aus, als hättet ihr nicht gefrühstückt. Und vor dem Frühstück gibt es von mir keinen Wodka.«

»Danke. Aber geht das dann auch auf deinen Deckel? Das können wir nicht annehmen.«

»Ne, ne. Ich bin doch nicht die Wohlfahrt.« Janne stemmte einen Arm in die Hüfte und nickte mit dem Kopf in Richtung eines anderen Tisches.

»Ihr Frühstück wird proudly presented von Piotr da hinten.«

Laura bemerkte, wie Raven sich versteifte, während ihr Blick zu dem Mann wanderte, der gerade grinsend den Arm hob.

Raven nickte und schien sich an einem Lächeln zu versuchen, das eher krampfhaft ausfiel.

»Er möchte sich bedanken, dass du das neulich so schnell möglich gemacht hast. Du sollst auch deinem Boss schöne Grüße ausrichten.«

»Ja, danke. Das mache ich, Janne.«

»Kannst du Da…«

»Nein, kann ich nicht«, schnitt Raven ihr das Wort ab, und die junge Frau machte einen verwirrten Gesichtsausdruck.

»Kann ich nicht«, wiederholte Raven mit Nachdruck, und die beiden tauschten vielsagende Blicke. Es wirkte wie ein ganzes, wortloses Gespräch, bei dem es augenscheinlich um sie, Laura, ging. Jannes Blick wanderte zwei Mal ganz kurz zu ihr hinüber. Dann nickte sie und sagte deutlich kürzer angebunden als vorher: »Na, dann lasst es euch schmecken.«

»Welcher Boss? Was war das eben?«, platzte es aus Laura heraus, kaum dass die Tür hinter Janne zugefallen war.

»Das werde ich dir ganz sicher nicht erzählen, solange du so tust, als wärst du eine Polizeischülerin. *Martha.*«

Raven nahm sich ein Brötchen und begann, es seelenruhig mit Butter zu bestreichen.

Laura fragte sich noch, ob es klug war, hierzubleiben und mit Raven zu sprechen, doch im selben Moment bemerkte sie den wirklich beträchtlichen Hunger, der sich in ihr breitmachte und vom köstlichen Geruch frischer Brötchen nur noch vergrößert wurde.

Außerdem: Was hatte sie schon groß zu verlieren? Wenn alles schiefging, konnte sie immer noch auf ihr Bike steigen, Berlin den Rücken kehren und wieder Laura Grafenthien sein. Als wäre nichts gewesen.

Also nahm sie ebenfalls ein Brötchen und begann, es gedankenverloren mit den Fingern auszuhöhlen.

»Was machst du denn da?«, fragte Raven amüsiert, als hätte es das vorangegangene Gespräch nie gegeben.

Laura schaute auf ihre Finger und zuckte verschämt die Schultern. »Ich höhle Brötchen immer aus. Das Weiche schmeckt besser so. Und die Kruste ist krosser alleine.«

»Eine Frau, die gerne Weiches von Hartem trennt.« Sie nickte fachmännisch. »Das passt.« Raven kaute genüsslich. »Also. Noch mal: Du glaubst nicht, dass Birol einen guten Grund hatte, den Mann umzubringen?«

»Dass er einen guten Grund hatte, wissen wir doch. Der Typ hat seinen Vater auf dem Gewissen.«

»Na also.«

»Aber Hinnerk hat recht!«, empörte sich Laura. »Birol hätte den Kerl doch einfach verhaften können!«

»Hätte er. Aber manchmal reicht das einfach nicht.« Raven sah ihr in die Augen, und Laura wurde kalt. »Was würdest du denn tun, wenn du wüsstest, dass jemand einen Menschen getötet hat, den du liebst? Würdest du die Polizei rufen? Ganz, ganz ehrlich? Vor allem, wenn du weißt, was Polizei in Berlin bedeutet?«

Laura schluckte. Viel zu hart und zu laut für die paar Krümel, die gerade ihre Kehle hinabwanderten. Wenn sie herausfand, wer für Fennes Tod verantwortlich war, konnte sie dann wirklich die Hand dafür ins Feuer legen, dass sie sich selbst unter Kontrolle hatte? Haben wollte? Ihre Schultern sackten nach unten. »Ich habe keine Ahnung.«

»Eben.« Raven kaute und lächelte leicht. »Und deshalb musst du ihn im Gefängnis besuchen und mit ihm sprechen. Dittrich hatte seine Zeit, und eines kann ich dir sagen: Den Kerl vermisst niemand. So, wie der gelebt hat, konnte er nicht auf ein friedliches Ende im heimischen Bett hoffen.«

»Du kanntest ihn?«

Raven zuckte die Schultern. »Flüchtig.«

»Warum hast du uns das nicht gesagt?«

»Birol war doch sowieso schon so aggro mir gegenüber und du … na ja. Die Stimmung war nicht so super. Außerdem war die ganze Wohnung voller Polizisten. Es wäre mir peinlich gewesen.«

Sie schien eine Weile nachzudenken, dann sagte sie: »Weißt du, ich steche immer hervor. Egal, was ich tue. Alleine schon wegen meines Aussehens. Das heißt aber nicht, dass ich gerne auffalle. Tatsächlich ist das Gegenteil der Fall.«

Laura war ehrlich überrascht. »Du wirkst immer so tough. Als könnte dir nichts und niemand was anhaben.«

»Jahrelange Übung. Nichts davon ist echt.«

Janne kam und ließ einen prüfenden Blick über ihren Tisch schweifen. »Habt ihr schon ein bisschen was gegessen?«

»Wir sind dabei, das siehst du doch!« Raven zeigte beinahe anklagend auf ihren Teller mit dem angebissenen Brötchen.

»Na gut.« Janne stellte zwei Gläser mit einer klaren Flüssigkeit vor ihnen auf den Tisch. Der Füllstand war für Lauras Begriffe beängstigend hoch.

Sie nahm ihr Glas und drehte es nachdenklich zwischen den Fingern. »Wir könnten beschließen, einander zu vertrauen«, sagte sie schließlich und hob den Blick.

Raven lachte laut auf. »In meinem Fall wäre das eine echte Mutprobe.«

»Woher weißt du, dass es in meinem Fall nicht genauso ist?«

Ihre Kollegin griff nach einer Scheibe Käse, rollte sie zusammen und schob sie sich im Ganzen in den Mund.

»Wir können es uns ja überlegen.«

Laura streckte ihr Glas aus, und Raven stieß mit ihrem dagegen. »Deal«, sagte Laura.

Sie wusste nicht, warum sie Raven so mochte. Der weiße Rabe war eigentlich kein Mensch, der Vertrauenswürdigkeit vermittelte. Von emotionaler Stabilität ganz zu schweigen. Aber da war etwas zwischen ihnen, seit ihrer ersten Begegnung schon. Neugier. Eine Wellenlänge. Und das Gefühl, etwas gemeinsam zu haben, das man von außen nicht sehen konnte.

Laura kippte den Wodka in einem Schluck hinunter und genoss das Gefühl. Wie heiße Lava, die ihren Rachen hinabkroch.

Der Alkohol benebelte und belebte zugleich. In diesem Augenblick hatte sie das Gefühl, ewig auf diesem Sessel sitzen bleiben zu können. Einfach den Kopf in den Nacken legen, die Labyrinthe mit den Blicken nachzeichnen und ab und zu einen Wodka trinken. Nicht an Birol und nicht an Fenne denken. Keine Angst und keine Geheimnisse mehr haben. Atmen und trinken. Mehr nicht.

Es wäre nicht das schlechteste Leben der Welt.

RAVEN

Sie hatte keine Lust, nach dem Treffen mit Laura ins Gardens zurückzukehren. Obwohl sie den Club liebte und glaubte, die richtige Entscheidung getroffen zu haben, war sie nicht richtig dort angekommen, fühlte sich nicht recht wohl und fand in den Räumen keine Ruhe.

Zwar hatte sie ihren Bereich ganz für sich alleine, doch so richtig für sich war sie trotzdem nicht. Ununterbrochen spürte sie, dass Tausende Leute um sie herum waren. So wie man, das stellte sie sich jedenfalls vor, in einem U-Boot das Wasser um sich herum spürte.

Überall Herzschläge und Atemzüge und fremde Gedanken. Sie konnte sich kaum konzentrieren und wurde das Gefühl nicht los, dass zu viele Leute, die auf irgendwelchen Drogenfantasien durch die Nacht tripten, ihre Hirnströme störten. Als wären ihre eigenen Gedanken nicht stark genug, sich gegen das ganze Chaos durchzusetzen. Was natürlich Blödsinn war, das wusste sie sehr gut, doch was sollte sie machen? Meist blieb ihr nur das Rauschen. Sie konnte sich im Gardens nicht konzentrieren.

Aber genau das musste sie jetzt. Raven überlegte, wohin sie gehen konnte. Nach Lichtenberg wollte sie nicht, sie hatte später am Abend noch einen Kunden und keine Lust auf die Fahrerei.

Nach einigem Hin und Her entschied sie sich schließlich für Spencers Atelier. Alles sprach dafür, dass es mittlerweile leer stand. Spencer lebte und arbeitete im Gardens. Ironischerweise auf dem Fight Floor, wo er sehr viele ihrer Kunden, aber keiner von denen ihn erkennen würde. Sie durfte nicht allzu lange an Spencer denken, sonst würde ihr wieder übel, so übermächtig war ihr schlechtes Gewissen. Was sie getan hatte, war nicht zu rechtfertigen. Doch Spencer und sie lebten in einer Welt, in der niemand nach Rechtfertigungen verlangte. Was zählte, war, zu überleben. Und genau das versuchte sie.

Es hatte eine Zeit gegeben, in der es ihr egal gewesen war, ob sie lebte oder starb. Doch das, so stellte sie immer wieder verwundert fest, war vorbei. Mittlerweile hing Raven an ihrer merkwürdig verkorksten, kaputten und dreckigen Existenz. Wahrscheinlich lag das daran, dass sie ziemlich viel Zeit mit Leben verbracht hatte. Man gewöhnte sich schließlich an so gut wie alles, oder?

Raven stieg das Treppenhaus des verlassenen Altbaus nach oben und kämpfte gegen aufkommende Wehmut. Sie hatte dieses Gebäude immer gemocht. Die Nähe zum Club, das Licht des Gardens, das in regelmäßigen Abständen durch die Räume strich, als sei es auf der Suche nach ihr und niemandem sonst. Die knarzenden Treppenstufen, die quietschenden Dielen, die abgegriffenen Beschläge. Dieses Haus stand schon so viel länger, als sie auf der Welt war. Wenn es doch nur sprechen könnte. Es könnte ihr erzählen, wie es zur Jahrtausendwende gewesen war, als die Musik noch gut und Berlin noch eine Stadt voller Leben gewesen war, nicht eine ausgeblutete Erinnerung von Stadt, um die sich ringförmig Wohnsiedlungen drängten. Vollgestopft mit Menschen, die vor allem und jedem Angst hatten.

Auf dem letzten Treppenabsatz vor dem Atelier blieb Raven stehen, schöpfte Atem und lauschte eine Weile. Doch alles war still. Dieses Haus wurde nur sporadisch genutzt, hier wohnte niemand mehr permanent, doch es hätte natürlich sein können, dass Spencers Verschwinden die Runde gemacht hatte und die Leichenfledderer jetzt gerade seine restlichen Habseligkeiten auseinandernahmen auf der Suche nach Brauchbarem. Man kannte einander in diesem Haus, und sie hatte wahrlich keine Lust auf ein »Hast du eine Ahnung, was mit Spencer passiert ist?«-Gespräch. In letzter Zeit war sie immer schlechter im Lügen.

Als sie im Atelier ankam, erkannte sie schnell, dass die Horden schon durchgezogen waren. Das große Küchenbuffet, in dem sie ihre Ausrüstung gelagert hatten, war verschwunden, irgendjemand hatte es doch tatsächlich geschafft, das Ding aus dem Raum und durchs Treppenhaus zu wuchten. Ravens Herz wurde schwer. Sie hätte das Möbelstück doch besser mitgenommen. Es war so schön und praktisch gewesen. Sie schüttelte den Kopf und erinnerte sich daran, dass Dinge nur Dinge waren. Mehr nicht. Und sie hatte die drei Jungs, die Mikael und Eugene ihr zur Seite gestellt hatten, nicht auch noch damit behelligen wollen. Außerdem war es Spencers Buffet gewesen, nicht ihres. Ein dummer Gedanke, gemessen an dem, was sie ihm angetan hatte. Das Buffet hätte ihm da auch nicht mehr geholfen.

Dort, wo das Möbelstück gestanden hatte, zeichneten die Dielen ein helles Rechteck. Raven ging hinüber und fuhr mit den Fingern über das Holz. Kein Dreck war darauf zu sehen, kein Staub, keine Kratzer. Vielleicht hatte das Ding hier noch von den allerersten Bewohnern gestanden. Ihr gefiel der Gedanke.

Sie streifte kurz durch die Räume und machte sich ein Bild, doch das war schnell geschehen. Die Wohnung war komplett ausgeräumt, kaum etwas deutete mehr darauf hin, was sie hier früher getan hatten. Nur die Risse im Waschbecken schimmerten nach wie vor hellrot von dem ganzen Blut, das sie in zwei Jahren dort hineingeschüttet hatten, und an der Decke im großen Zimmer hing noch immer die große Operationslampe. Es war ein gruseliges Bild, dieses Ding an seinem Schwenkarm im leeren Raum hängen zu sehen. Auf Raven wirkte es wie ein bedrohliches Insekt.

»Jetzt reiß dich zusammen«, mahnte sie sich schließlich halblaut. Sie ging ins hinterste Zimmer der Wohnung, dorthin, wo Spencer immer geschlafen hatte – und wo sie mit ihm geschlafen hatte. Der leere Pizzakarton erinnerte sie an den Tag, an dem sie Spencer geholt hatten. Warum hatte sie auch noch seine Pizza essen müssen? Was um alles in der Welt war nur in sie gefahren?

Raven seufzte tief. Es war nicht das erste Mal, dass sie mit den Niederungen ihres Charakters in Kontakt kam. Illusionen über sich selbst brauchte sie sich gar nicht erst hinzugeben.

Sie setzte sich im Schneidersitz auf den Boden und holte The Ark hervor. Sky schaute ihr erwartungsvoll entgegen, und sie stellte seinen Ton wieder an.

»Warum musst du dich zusammenreißen?«, fragte er, kaum dass er seine Stimme wiedergefunden hatte. Ob er mit sich selbst sprechen konnte, wenn das Gerät stumm geschaltet war?

»Und überhaupt, was ging denn alles ab? Wer hat wen ermordet? Mit wem hast du heute früh so lange gesprochen? Was war los?«

Er schaute sich mit großen Augen in der Wohnung um. »Sind wir schon wieder umgezogen oder was? Potenzial hat es hier ja, aber …«

»Jetzt halt mal die Luft an!«, forderte Raven gereizt. »Da schwirrt einem ja der Kopf vom Zuhören.«

»Du weißt ganz genau, dass ich mit Stille nicht umgehen kann«, gab Sky zurück.

Ja, das wusste Raven allerdings.

»Da lässt du mich so aufregende und interessante Sachen hören, einen Haufen Beine, Füße und Gürtelschnallen sehen, und die ganze Zeit bin ich zum Schweigen verdammt. Ehrlich, Raven, ich habe das Gefühl, ich platze.«

»Ist ja schon gut, ist ja schon gut«, gab Raven nach. »Mein Boss hat sich heute früh selbst gestellt. Er hat jemanden umgebracht. Deshalb war heute alles ein bisschen anders.«

Sky riss die Augen auf. »Was? Aber … welcher Boss jetzt?«

Raven war verwirrt. »Na, mein Chef bei der Polizei.«

»Du hast noch einen zweiten Boss. Eine Frau hat von dem gesprochen. Der, dem du Dank ausrichten sollst. Von einem Pjotr?«

Raven biss sich auf die Lippe. Verdammt. Sie hätte nicht gedacht, dass sich Sky gleich jedes Wort merken würde.

»Du hast sie abgewürgt, also schätzte ich, die andere Frau sollte nichts davon mitbekommen. Also die, mit der du frühstücken warst. Die kannte aber den Kerl, also den Boss, der sich gestellt hat, richtig?«

»Richtig«, bestätigte Raven zögerlich. »Sie kannte ihn sogar sehr gut. Du hast ziemlich gut aufgepasst.«

»Die beiden waren zusammen? Oder sind es noch?«

»Sie haben zumindest gevögelt, so viel ist sicher.«

»Eieieieiei. Man sollte sich nie in einen Kollegen verlieben. Das geht nicht gut.«

»Hast du da Erfahrung?«

Sky zuckte die Schultern. »Ich war noch nie verliebt.«

Raven runzelte verwundert die Stirn. »Du bist doch der Schürzenjäger Hamburgs. Und noch dazu bist du … älter.«

»Na schönen Dank auch. Ich bin dreiundzwanzig, das würde ich noch nicht als älter bezeichnen.«

»So habe ich das auch nicht gemeint«, sagte Raven. »Sondern nur, dass du ganz sicher nicht noch Jungfrau bist. Und du willst mir sagen, dass du noch nie verliebt warst?«

»Na, jedenfalls war ich noch nie mit jemandem zusammen, in den ich verliebt war.«

Sky bedachte Raven schon wieder mit so einem Blick. Genau wie am frühen Morgen auf dem Dach des Clubs. Es lag Wärme darin. Vielleicht sogar Hitze. Hitze, die sie gerade auch in ihrem Gesicht aufsteigen spürte.

»Und warum hat euer Boss jemanden umgebracht?«

»Weil der wiederum seinen Vater auf dem Gewissen hat«, antwortete Raven.

»Spannend!«

»Hmmm …«, machte Raven. »Weißt du, was noch sehr spannend ist?«

»Was denn?« Sky wirkte regelrecht aufgekratzt.

»Na, der Kriminalfall, an dem wir beide gemeinsam arbeiten.«

»Hä?«

Raven lachte. »Das Verschwinden von Sky von Bülow aus der Hamburger Hafencity.«

Skys Mundwinkel fielen nach unten. »Du weißt echt, wie man jemandem die Stimmung verdirbt«, grummelte er.

»Es tut mir leid, aber so geht das doch nicht ewig weiter, Sky. Außerdem habe ich eine Idee. Ich möchte wirklich mal schauen, ob ich an deinen Memorychip drankomme.«

Sky riss erwartungsgemäß verängstigt die Augen auf und machte eine abwehrende Handbewegung, doch Raven versuchte, ihn zu beruhigen. »Wir machen das im laufenden Betrieb. Während ich arbeite, erzählst du mir Sachen aus deinem Leben. So wie neulich, als du mir das von deinem Hund erzählt hast, weißt du noch?«

Sky nickte beklommen. Er wirkte ehrlich verängstigt.

»Sobald du dich an irgendwas nicht mehr erinnern kannst, höre ich sofort auf. Ich glaube fest daran, dass derjenige, der dich …«, sie suchte nach den richtigen Worten, »… in diesen Zustand versetzt hat, dafür gesorgt hat, dass du dich nicht mehr erinnerst. Aber von der Hypnose wissen wir, dass eigentlich alle Erinnerungen irgendwo zu finden sind. Man kann sie nicht einfach so ausschalten.«

»Hm«, machte Sky. Seine Gesichtsfarbe wirkte grünlich auf Raven.

Sie sah ihm in die Augen. »Vertrau mir, okay? Ich will doch auch nicht, dass dir was passiert.«

»Sicher?« Sky legte den Kopf schief. »Du willst mich nicht loswerden?«

Raven lachte. »Wenn ich dich loswerden wollte, müsste ich dich bloß abschalten und in der Spree versenken. Oder dich im Präsidium in einen Aktenschredder werfen.«

Sky verzog bei der Vorstellung das Gesicht.

»Ich will wirklich nur dein Bestes«, versicherte Raven erstaunlich sanft. Und noch erstaunlicher fand sie es, dass sie diese Sanftheit gar nicht spielen musste. Skys Angst rührte sie, dabei war sie an die Angst anderer Menschen gewöhnt. »Versprochen.«

Sky biss sich auf die Unterlippe. Er war noch immer nicht überzeugt.

»Schau mal«, sagte Raven. »Ich habe alle deine Akten durchforstet, die Klatschpresse durchgelesen und sogar das Darknet durchstöbert.«

Der Milliardärssohn hob die Brauen. »Das Darknet?«, echote er, und Raven nickte ungeduldig.

»Ja. Ich dachte, da finde ich vielleicht etwas über dein Verschwinden oder über The Ark. So heißt das Gerät, in dem du …«, wieder suchte sie nach den richtigen Worten, fand sie aber nicht. »… wohnst«, schloss sie schließlich etwas unbeholfen, und Sky kicherte traurig.

»Die Inneneinrichtung lässt zu wünschen übrig«, murmelte er.

Raven überging seinen Kommentar.

»Nichts. Niente, nada. Unsere letzte Chance ist es, deinen Memorychip zu knacken. Sonst finden wir nie heraus, was genau geschehen ist.«

»Und wenn ich es gar nicht wissen will? Wenn ich, sagen wir, für den Rest meines Lebens in deiner Hosentasche wohnen möchte?«

Nun wurde Raven sehr ernst. Sie massierte sich die Schläfen und seufzte. »Ein verlockender Gedanke. Und ich verstehe, dass du dir Sorgen machst. Das verstehe ich wirklich. Nach dem Verlust deines Körpers wäre es schrecklich, wenn nun auch noch dein Geist, deine Seele verloren ginge, aber ich verspreche dir, das wird nicht passieren.« Sie klang dabei sicherer, als sie tatsächlich war. »Du kannst nicht für immer bei mir bleiben, jedenfalls nicht so. Ich bin nicht ohne Grund neulich umgezogen, weißt du? Ich bin in Gefahr. Und du bist es damit auch. In den letzten Tagen wurde ich von einem Typen beobachtet, der aussah, als würde er keinen Spaß verstehen. Und einige Freunde und Bekannte von mir sind zu Tode gekommen. Ich habe Grund zu der Annahme, dass es dabei um mich ging.«

Sky lachte ungläubig. »Was sollte man denn von dir wollen?«

»Glaub es mir einfach, okay?«

Sky sah sie lange nachdenklich an. Tausend Fragen schienen auf seiner Zunge zu liegen, doch zu Ravens großem Erstaunen hielt er sich zurück.

»Bist du wirklich in Gefahr?«, fragte er irgendwann ernst, und Raven nickte. Sie hätte ihm gerne gesagt, dass sie immer in Gefahr war. Dass sie ihr Leben lang nichts anderes gekannt hatte. Doch das wäre kontraproduktiv. Außerdem stimmte es ja: Momentan war sie noch mehr in Gefahr als je zuvor.

»Und kann es sein, dass das Ganze etwas mit mir zu tun hat?«

Raven legte den Kopf schief. Der Gedanke war ihr bisher nicht gekommen, aber natürlich war es schon möglich. Immerhin hatte sie die digitale Version eines gesuchten Milliardärs bei sich. Wer auch immer dafür verantwortlich war, dass Sky seinen Körper verloren hatte, war bestimmt auf der Suche nach The Ark. Zu gerne hätte Raven gewusst, wie das Gerät den Weg in die Asservatenkiste von Birols Vater gefunden hatte. Das Ganze war so abenteuerlich, dass ihr ganz schwindelig wurde.

»Nicht alles«, sagte sie nach einer Weile. »Aber es macht meine Situation noch gefährlicher, dass du bei mir bist. Und deine Sicherheit kann ich so natürlich auch nicht zu hundert Prozent gewährleisten.«

Sky seufzte. »Ich wäre gerne ein mutiger Gentleman, der behauptet, die eigene Gefahr für Leib und Leben gerne auf sich zu nehmen, um bei dir zu sein, aber das bin ich nicht. Außerdem macht es mich verrückt zu hören, dass ich dich in Gefahr bringe, ohne dich im Ernstfall verteidigen zu können.« Er starrte eine Weile vor sich hin, schien Zwiesprache mit sich selbst zu halten.

»Okay«, sagte er schließlich mit einem Seufzen. »Ich könnte mir nicht verzeihen, wenn dir etwas passieren würde, weil ich zu feige bin.«

»Und ich könnte mir nicht verzeihen, wenn dir etwas passieren würde, weil ich nicht alles Menschenmögliche getan habe, um dir zu helfen.«

»Gut.« Sky sah sie direkt an, und ihr wurde wieder ganz warm im Bauch. »Aber versau es nicht, okay?«

»Du hast was?«, gluckste Raven und hätte sich beinahe verschluckt.

»Ich habe blaue Haarfarbe ins Shampoo meiner Mutter gemischt«, wiederholte Sky grinsend. »Sie sah hinterher aus wie ein Schlumpf.«

Raven kicherte. »Warum hast du das gemacht?«

»Meine Mutter ist ein Drachen«, sagte Sky und wirkte auf einmal wieder ernst. »Keine Ahnung, warum mein Vater sie geheiratet hat. Vermutlich, weil sie mit seinem Erben schwanger war.« Er legte den Kopf schief.

»Meine Mutter war auch nicht gerade das, was man sich unter einer guten Mutter vorstellt«, murmelte Raven. Sie hatte es geschafft, über den Chip, den sie im Ohr trug, eine Verbindung zwischen The Ark und ihrem Tablet herzustellen, die ihr erlaubte, an das Backend des Gerätes heranzukommen. Was einigermaßen kompliziert gewesen war.

»Meine hat mich von klein auf gehasst, weil mein Vater mich schon immer mehr geliebt hat als sie. Dass es etwas mit ihrem eigenen Verhalten zu tun haben könnte, darauf ist sie natürlich nie gekommen.« Er schüttelte den Kopf. »Als mein Vater sie vor die Tür gesetzt hat, war das ein Riesenskandal. Seitdem kenne ich jedes Mitglied der Hamburger Regenbogenpresse persönlich. Ein Teil meiner Bekanntheit fußt auf der Trennung meiner Eltern. Das arme Söhnchen, das mutterlos feiernd durch Hamburg marodiert.«

Raven kicherte. Er hatte manchmal eine wirklich schräge Art, sich auszudrücken. »Armer Kerl«, sagte sie sarkastisch.

»Hey, es war wirklich nicht leicht! Meiner Mutter wurde die Hälfte von Papas Vermögen zugesprochen; wir hatten eine harte Zeit. Er musste einen Teil der Firma verkaufen, um das Geld lockerzumachen. Und danach ist sie noch rumgetingelt und hat jedem Reporter, der es hören wollte, ihre traurige Geschichte verkauft. Die Anwälte, die sie schließlich zum Schweigen brachten, haben auch noch mal eine ordentliche Summe verschluckt. Aber danach waren wir sie endgültig los.«

»Siehst du sie noch ab und zu?«, fragte Raven, die sich durch das komplizierte Menü des Gerätes klickte. Offenbar war für The Ark eine völlig neue Programmiersprache geschrieben worden, das, was sie hier sah, erkannte sie nicht wieder. Doch es war möglich, sich zurechtzufinden. Jedes Programm basierte auf einer in sich geschlossenen Logik, es war Mathematik und Symmetrie in Reinform. Sie brauchte nur ein bisschen, um sich damit vertraut zu machen.

»Nicht oft. Kein Mensch kann sie leiden, deshalb wird sie auch nur selten zu irgendwelchen Events eingeladen. Nur manchmal, damit es frischen Lästerstoff gibt. Was ist mit dir?«

»Meine Mutter ist tot. Ich sehe sie also nicht mehr.«

»Das tut mir leid«, sagte Sky ernst, doch Raven winkte ab. »Muss es nicht. Aber um mich geht es hier nicht. Erzähl weiter, damit wir mitkriegen, falls etwas nicht stimmt.«

»Okay, okay. Aber glaub nicht, dass ich nicht merke, wie du mir ausweichst, Raven.«

Raven machte eine wegwerfende Handbewegung.

»Ich habe nach der Scheidung meiner Eltern jedes Kindermädchen tyrannisiert, das versucht hat, mich zu erziehen.«

»Das kann ich mir vorstellen«, murmelte Raven, die auf einen Pfad gestoßen war, der vielversprechend aussah.

»Heute tut mir das sehr leid«, fuhr Sky fort. »Aber damals waren die Kindermädchen für mich nur Symbole dafür, dass mein Vater keine Zeit für mich hatte. Ich dachte, wenn ich sie alle verjage, nimmt er sich vielleicht doch öfter frei oder lässt mich einfach in seinem Büro spielen.« Er machte eine lange Pause. »Ich wollte doch einfach nur bei ihm sein.«

Raven konnte sich das nur allzu gut vorstellen. Es war noch nicht allzu lange her, da hätte sie für die Liebe ihrer Mutter alles getan, völlig egal, was die ihr alles an den Kopf geworfen hatte oder wie oft sie ihrer Tochter die Nase brach. Für Kinder waren die Eltern das gesamte Universum. Sie hatte auch immer bei ihrer Mutter sein wollen, obwohl sich diese den ganzen Tag zugedröhnt und dabei schlecht gemachte Serien geschaut hatte. Seitdem hatte sie sich geschworen, nie wieder jemanden auf diese Art zu lieben.

Sie hörte Sky leise kichern. »Eine hatte große Angst vor Spinnen. Ich bin immer runter in den Keller und in die Nebengebäude, um Spinnen zu sammeln. Gar nicht so leicht, welche zu finden in unserem blitzblanken Haus. Ich habe sie in Gläser getan und die dann in Jasemins Zimmer ausgeleert.« Er lachte laut auf. »Wie die geschrien hat, das kannst du dir nicht vorstellen. Als hätte sie einen Geist gesehen. Als mein Vater mich dabei erwischte, wie ich versucht habe, eine Vogelspinne im Internet zu bestellen, hat er Jasemin eine Abfindung gezahlt und Leila eingestellt.«

»Und was hast du mit Leila gemacht?«

»Die war ein harter Brocken, ehrlich. Bei Leila hatte ich nichts zu lachen. Streng und humorlos, wunderschön, aber mit dem Charakter einer Reitgerte gesegnet.«

Raven lächelte über den Vergleich. »Bist du sie trotzdem losgeworden?«

»Oh, ja, ich habe herausgefunden, dass sie das Geld, welches sie von meinem Vater für mich bekommen hat, hauptsächlich für sich selbst ausgegeben hat. Sie hielt mich an der kurzen Leine, kam aber nach kürzester Zeit schon mit einem neuen Auto und schicken Klamotten bei uns an.«

»Wie ungeschickt«, bemerkte Raven. Es fiel ihr schwer, Skys Erzählungen überhaupt noch zu folgen. Sie war sich ziemlich sicher, genau die Einstellung gefunden zu haben, die sie suchte. Es war eine schlichte Schaltfläche mit Datenangaben.

Raven öffnete ihren Browser und suchte zur Sicherheit noch einmal einen Artikel, der sich mit Skys Verschwinden befasste. Da. Donnerstag, 23. Mai. Und dieser Regler hier stand auf Sonntag, 26. Mai. Sie atmete einmal tief durch und korrigierte die Daten.

Raven hörte, wie Sky lachte. »Einmal war ich mit Leila unterwegs in die Stadt, in ihrem schicken, kleinen Auto und … ich war auf dem Weg zu Ophelia Sander.«

Raven horchte auf. »Ophelia Sander? Hast du sie als Kind gekannt?«

Sie hob den Kopf und sah Sky in die Augen. Dahinter spulte sich ein ganzer Film ab, das konnte man deutlich sehen.

»Nein.« Er schüttelte den Kopf. »Das meine ich nicht, Raven.« Sky war blass geworden, sein Gesicht wirkte wieder beinahe grünlich.

»Du hast da gerade an was rumgewurschtelt, oder?«

Er sah schockiert und regelrecht gehetzt aus.

Raven nickte vorsichtig.

»Scheiße«, murmelte Sky und vergrub das Gesicht in den Händen. »Scheiße, Scheiße, Scheiße.« Er atmete ein paarmal tief durch. »An dem Tag, an dem ich entführt wurde, war ich auf dem Weg zu Ophelia Sander, und …« Er riss die Augen auf. Schien zu versuchen, das, woran er sich gerade erinnerte, einzuordnen. Raven konnte sehen, dass es ihm nicht gelang.

»Und? Erinnerst du dich an noch mehr?«, fragte sie vorsichtig.

Sky hob den Kopf, und seine sonst so lustigen, sanften Augen waren hart und kalt geworden.

»Alles«, sagte er leise. »Ich erinnere mich an alles.«

OTHELLO

Er wankte durch den Club wie ein Betrunkener. Dabei hatte er nicht viel Alkohol im Blut, gerade genug, um das Chaos auszuhalten, das sich in seinem Leben ausbreitete wie ein Krebsgeschwür. Gerade genug, um nicht wahnsinnig zu werden. Doch er war sich nicht sicher, ob es half.

Othello war auf der Suche. Nach dem Aufgang, den Elster ihm genannt hatte. Unscheinbare Treppen hinter der dritten Bar auf der linken Seite, von der Asia-Garderobe aus gesehen. Genau das hatte dieser Typ gesagt, und Othello hatte sich dran gehalten. Doch nirgends hatte man ihn durchlassen wollen. Wenn er zu Dark wollte, müsse er einen Termin bei Mikael Metzger persönlich machen, hatte man ihm gesagt. Nicht mal Bestechung hatten sie annehmen wollen. Die Metzgers hielten also eine schützende Hand über den Mann. Othello musste besonders vorsichtig sein.

Im Gardens waren alle gleich, er galt hier drin nicht mehr und nicht weniger als ein gewöhnlicher Angestellter. Es gehörte zum Konzept des Clubs, dass es keine Unterschiede mehr gab, sobald sich die Türen hinter einem schlossen. Jeder galt dasselbe, jeder zahlte dasselbe. Keine Sonderbehandlung für niemanden, egal wie reich oder berühmt.

Ein Grund mehr, diesen Ort zu hassen. Othello schätzte es, wenn ihm Respekt entgegengebracht wurde. Und die meisten Menschen verhielten sich auch entsprechend. Aber hier war alles anders. Er musste sich zwischen schwitzigen, halb nackten Körpern durchdrängen und sich an der Bar in eine Schlange stellen. Vielleicht würde er das nächste Mal einfach Ingrid mitnehmen, damit sie für sie beide Getränke holte. Allerdings war seine Liaison mit Nina etwas, das ihm sogar vor Ingrid peinlich war.

Das Motto der heutigen Nacht war »Carnival« – Othello hasste Carnival-Nächte ganz besonders. Unter normalen Umständen hätte er heute einen Bogen um den Club gemacht, doch es waren keine normalen Umstände. Und er wusste nicht, ob sie jemals wieder normal wurden.

Die Menschen hatten in solchen Nächten, nach dem Vorbild des Karnevals in Rio de Janeiro, besonders wenig an. Was auf kaffeebrauner Haut schön aussah – bunte Federn, glitzernde Steine, grellbunte Farben –, wirkte auf blassen, westlichen Körpern lächerlich und erbärmlich. Vor allem natürlich bei den Menschen, die schon lange nichts mehr für ihre Fitness getan hatten. Die meisten scherten sich nicht darum. Ihre Masken und Bautas verbargen ihre Gesichter schließlich, da konnte man so frivol sein, wie man wollte.

Was ihm ebenfalls nicht behagte an diesem Motto, war die schiere Menge klebrig süßer Cocktails, die serviert wurde, und das ganze frittierte Fingerfood, das überall herumstand. Musste man diese Leute denn auch noch mästen, verflucht? Wenn er ein Motto ansatzweise schätzte, dann waren es die 20er-Jahre-Partys. Da tranken die Leute Champagner, aßen Austern und waren wenigstens vollständig bekleidet.

Sein Blick zuckte durch den Raum, immer auf der Suche nach ihr, doch er fand sie in dem Gewimmel aus Glitzer und Farben einfach nicht. Die Leute sahen allesamt aus wie verfluchte Discokugeln. Es tat in den Augen weh.

»Du siehst aber verloren aus«, raunte endlich eine Stimme in sein rechtes Ohr.

»Das hat aber lange gedauert«, knurrte er, obwohl er gerade jetzt besonders froh war, dass Nina ihn gefunden hatte. Meistens fand sie ihn und nicht umgekehrt. Wahrscheinlich gab ihr einer der Gorillas Bescheid, sobald er den Club betrat. »Ich renne schon seit mindestens einer Stunde hier rum.«

»Ein bewegliches Ziel ist schwerer zu treffen«, säuselte sie und griff nach seiner Hand. »Komm. Du machst mir den Eindruck, als könntest du ein bisschen Ablenkung gut gebrauchen.«

Das konnte er tatsächlich. Zwar war er nicht gekommen, um Nina zu sehen, aber spätestens jetzt fühlte er, dass er in Wahrheit doch zu ihr wollte. Er wollte immer nur zu ihr. Wie erbärmlich er doch geworden war.

Othello folgte ihr ins zweite Untergeschoss, dorthin, wo die Mädchen ihre Arbeitszimmer hatten. Die fette Matrone, die immer im Salon Rouge hinterm Tresen stand und Gläser polierte, grinste ihn wissend an, als er den Raum betrat, und er hasste es. Ruby war der Inbegriff all dessen, was Othello nicht schätzte. Fettleibigkeit, Falschheit, Grausamkeit. Geltungssucht. Kurz schoss ihm durch den Kopf, was wohl sein Vater sagen würde, wenn er wüsste, mit welchen Leuten er mittlerweile so verkehrte. Oder seine Mutter. Er schob den Gedanken hastig beiseite.

Die gepolsterte Zimmertür schloss sich hinter ihnen, und Nina wandte sich ihm sofort zu. Das Licht war wie immer gedämpft, rötlich und einladend, schmeichelnd. Damit Nina und die anderen Mädchen noch schöner wirkten, als sie ohnehin schon waren. Er musste zugeben, dass es seine Wirkung nicht verfehlte. Sein Blick glitt über die Frau, die noch sein Untergang sein würde. Sie trug einen hautengen Paillettenrock, der am Saum in kleine, glitzernde Fäden überging, und ein bauchfreies Top aus demselben Material. Ihr Kopf war frisch rasiert, und sie sah ihn wie immer mit diesem wissenden, erwartungsvollen Lächeln an. Ihre wunderschönen Lippen waren dabei leicht geöffnet. Nur ein winziges Stückchen, gerade weit genug, dass Othello die kleine Zahnlücke erkennen konnte, die ihn so wahnsinnig machte. Es war Nina, kein Zweifel möglich, doch irgendetwas war anders an ihr.

Sie stieß ihn auf einen der plüschigen Sessel, die er so hasste. Warum musste in diesen Zimmern nur immer alles zu viel sein? Sicher hatte Ruby die Einrichtung ausgesucht. An dieser Frau war ebenfalls alles zu viel.

Nina kam auf ihn zu. Sie glitt regelrecht über den Teppich. Wie konnte sich jemand nur so anmutig bewegen? Er merkte, wie sein Atem flacher wurde.

»Wonach ist dir heute, schöner Mann?«, säuselte sie.

Er legte seine Hand fest um ihren Oberarm und sah sie direkt an. Wie immer, wenn er sie ein bisschen grober anfasste, flackerte ihr Blick, was seine Lust nur steigerte.

»Zieh dich aus!«, forderte er. »Langsam.«

»Wie du willst.« Ihre Stimme war mehr ein Schnurren als ein Zischen, mehr Katze als Schlange. Doch ihr Körper war so geschmeidig wie immer, ihre Bewegungen fließend und anmutig. Nina strahlte Kraft und Eleganz aus, sie war makel- und skrupellos. Sie kannte keine Tabus. Und obwohl er zahlte und sie mit harschen Worten und brutalen Gesten immer wieder daran erinnerte, wer hier das Sagen hatte, fühlte sich Othello immer so, als wäre er in Gefahr, wenn er Ninas Gesellschaft teilte. Deshalb liebte er es ja so. Othello lebte ein Leben, in dem ihm kaum etwas gefährlich werden konnte, und das konnte emotional sehr träge machen. Nina war sein Jungbrunnen und Quell der Lebendigkeit. Auch wenn sie dafür einen hohen Preis zahlte. Er war sich durchaus bewusst, dass er ihr gegenüber nur so brutal wurde, weil sie ihn so sehr triggerte, weil sie nicht vor ihm buckelte. Was er an ihr reizvoll fand, versuchte er ihr gleichzeitig auszutreiben, um das ihm vertraute Kräfteverhältnis wiederherzustellen. Paradox, aber die Wahrheit.

Er sah Nina dabei zu, wie sie aufreizend langsam ihr Oberteil an der Seite öffnete und über den Kopf streifte. Othello liebte es, wenn sie das tat. Je langsamer, desto besser. Dabei bildete er sich immer ein, dass sie es so langsam tat, um ihn zu quälen. Dass sie ihn verrückt machen wollte. Dabei wurde sein Schwanz sonst immer so hart, dass es wehtat.

Doch heute stimmte irgendwas nicht. Etwas irritierte ihn. Und es lag nicht an ihm, an seinem Stress oder den Gedanken, die ihn ins Gardens geführt hatten. Es lag an Nina. Er kniff die Augen zusammen. Da. Hatte sie gerade kurz die Zunge rausgestreckt, nur für den Bruchteil einer Sekunde? Oder hatte er sich verguckt? Vielleicht hatte sie ihre Zunge ja auch, wie sonst immer, langsam die Lippen befeuchten lassen, während er geblinzelt hatte?

Aber … was war dann das? Zum wiederholten Male blitzte etwas auf Ninas Haut auf, das er nicht zuordnen konnte. Erst hatte er gedacht, es wäre die Reflexion der dämlichen Pailletten auf Rock und Oberteil im Zusammenspiel mit dem gedimmten Licht, doch mittlerweile war Nina nackt, das konnte es also nicht sein.

Sein Blick glitt über ihren ganzen Körper. Tatsächlich. Nina schimmerte. Jede noch so kleine Bewegung zog eine Reflexion nach sich. Nicht grell oder blitzlichtartig, sondern so, als wäre sie mit einem matten, reflektierenden Puder bestäubt. Othello dachte an das Motto des heutigen Abends.

»Hast du dich geschminkt?«, fragte er mürrisch. Er mochte es nicht, wenn sie nicht natürlich war. Wenn sie sich mit irgendwelchem Zeug vollkleisterte und aussah wie ein Weihnachtsbaum. Und darüber hinaus dann auch noch roch wie eine ganze Drogeriekette.

»Du weißt doch ganz genau, dass ich das nicht leiden kann«, schob er schroff hinterher und sagte dann, ohne eine Antwort abzuwarten: »Na los, geh dich duschen. Mit dem Zeug auf der Haut fick ich dich sicher nicht.«

Nina kam langsam einen Schritt auf ihn zu. »Ich bin nicht geschminkt, Othello. Du weißt doch, das mache ich nicht mehr. What you see is what you get, Schätzchen.«

Othello kniff die Augen zusammen. Hatte er etwa doch mehr getrunken, als er gedacht hatte? Nein. Er war völlig bei Sinnen. Mit Nina stimmte etwas nicht. Denn jetzt, wo sie direkt vor ihm stand, war es nicht mehr zu leugnen. Ninas Haut schimmerte dunkel. Es stimmte schon, das war ihre Hautfarbe, genau das dunkle Kaffeebraun, das er so liebte. Eine Haut, die Wärme ausstrahlte, selbst dann, wenn sie eiskalt wurde. Glatt und makellos und wunderschön.

Doch jetzt reflektierte sie.

»Wie meist du das?«, fragte er und ärgerte sich, dass seine Stimme so belegt klang. Was er gerade sah, war ihm unheimlich und schnürte ihm regelrecht die Kehle zu.

»So, wie du mich jetzt siehst …«, Nina zögerte und schien nach den richtigen Worten zu suchen, »… so werde ich für den Rest meines Lebens bleiben.«

»Sind das Tätowierungen?« Othello wurde böse. Das wäre tatsächlich noch dämlicher als irgendwelche Schminke.

»Nein, Othello.« Ninas Stimme war dunkel und fest wie immer, doch er meinte, eine gewisse Unsicherheit herauszuhören. Er hob den Kopf und suchte ihre Augen. Tatsächlich. Ihr Blick flackerte kaum merklich, bevor sie ihn abwandte. Mit einem Mal stieg Angst in ihm hoch. Das hier war nicht gut.

Vorsichtig, beinahe zärtlich hob er seine Hand und legte sie Nina auf die Hüfte.

Ihre Haut war warm und weich. Doch härter und fremder, als er sie kannte. Und er kannte diese Haut verdammt genau.

Seine Hand zuckte zurück. Es war, als hätte er diese kurze Berührung gebraucht, um zu begreifen – deshalb hieß es wohl auch begreifen, oder? –, was er da sah. Nina hatte Schuppen.

Wie eine Schlange.

Er schnappte nach Luft.

»Was ist das für eine Scheiße?«

»Gefällt es dir nicht?«, hörte er Nina noch unsicher fragen, doch da war er schon aufgesprungen und hatte das große Deckenlicht eingeschaltet. Nach dem Dämmerlicht, das im gesamten Utopia Gardens herrschte, mussten beide eine Weile blinzeln, bevor sich ihre Augen an die Helligkeit gewöhnt hatten. Sie blinkerten einander an wie Teenager, die das erste Mal nach einer gemeinsamen Nacht nebeneinander aufwachten.

Als Othello das ganze Ausmaß von Ninas Veränderung wahrnahm, brach etwas in ihm zusammen. Alles drehte sich.

»Nina«, sagte er tonlos. »Was ist mit dir passiert?« Stirnrunzelnd betrachtete er die drei Kleidungsstücke, Rock, Oberteil und Slip, die am Fußboden lagen, als könnte er sich keinen Reim auf sie machen.

Er packte Nina am Handgelenk und zerrte sie zu einer Stehlampe im hinteren Bereich des Zimmers.

Dort drehte und wendete er ihren schuppigen Arm. Im unerbittlichen Licht der vielen Lampen wurde so einiges offenbar.

Dass das Zimmer komplett mit billigen Möbeln vollgestopft war, die ihre besten Zeiten lange hinter sich hatten. Dass der riesige Perserteppich in der Mitte des Raumes an einigen Stellen mit zu viel Bleiche behandelt worden war. Dass die Kopfkissenbezüge an den

Ecken verschlissen waren. Dass Ninas glatt rasierter Kopf genauso mit Schuppen bedeckt war wie der verdammte Rest ihres Körpers mit Ausnahme des Gesichts.

Und da war es wieder, dieses blitzartige Herausschnellen ihrer Zunge. Auch ihre Augen wirkten plötzlich reptilienhafter. Tiefer. Vorher hatte sie Kontaktlinsen getragen, das wusste Othello. Jetzt sah es nicht mehr danach aus.

Er schloss seine Finger noch fester um Ninas Handgelenk. Als hoffte er, die Schuppen zum Verschwinden bringen zu können, indem er fest genug zudrückte.

»War er das?«, presste Othello hervor und schüttelte ihren Arm.

»Wer?« Die Verwirrung, die in Ninas Stimme mitschwang, war aufrichtig.

»Dieser Typ«, stieß Othello hervor. »Dieser Modder Dark.«

»Dark?«, echote Nina. »Nein, der macht so was nicht. Dark ist mehr ein Mechaniker. Frisiert Teile, baut sie ein. So was. Die Jungs einen Stock tiefer sind seine Kunden.« Ihre Stimme wurde weich. Auf die Art, die er so mochte. Othello wurde schwindelig.

»Wer war es dann?«, fragte Othello mit genau der Dringlichkeit, die er auch fühlte.

Nina versuchte, sich aus seinem Griff zu winden, doch er ließ sie nicht los. Da gab sie ein leises Zischen von sich, das ihm das Blut in den Adern gefrieren ließ. Augenblicklich zog er die Hand zurück, als hätte er sich verbrannt.

Nina rieb sich das Handgelenk und funkelte ihn vorwurfsvoll an. Othello bewunderte an ihr, dass sie ihre Haltung auch dann wahrte, wenn sie splitternackt vor ihm stand. Sie hatte die Beine leicht gespreizt und stemmte nun ihre Hände in die Hüften, als wollte sie ihm eine Standpauke halten. Diese Frau war niemals wirklich nackt, weil sie sich keiner Menschenseele offenbarte und vor niemandem zu Kreuze kroch. Weil sie sich nicht entschuldigte und keine Schwäche zeigte. Und jetzt hatte sie auch noch einen Panzer.

»Ich habe keine Ahnung, wo das Zeug herkam. Ruby hat es uns gegeben.«

Othello schloss kurz die Augen. »Du bist also nicht die Einzige?«

»Zur Hölle, nein!«, stieß Nina hervor. »Lin, Celeste und Roger haben es auch bekommen. Lin ist …«

»… eine Katze«, vollendete Othello ihren Satz. Das war nicht schwer zu erraten. »Und Celeste war die große Blonde, oder?« Er runzelte die Stirn. »Der Pfau?«

Nina nickte, und ein leichtes Lächeln legte sich auf ihre Lippen. »Ihre Federn sind wirklich wunderschön. Allerdings hat sie die größten Anpassungsschwierigkeiten. Der Drang zu fliegen ist wohl ziemlich unangenehm. Sie fühlt sich in der Dunkelheit nicht mehr wohl.«

»Findest du das witzig?« Othello konnte nicht glauben, dass Nina so ruhig von ihrer Veränderung sprechen konnte. So, als wäre das alles ein großer Spaß.

Noch während er das dachte, wurde Ninas Miene sehr ernst.

Sie zog sich Rock und Oberteil wieder über, den Slip ließ sie auf dem Fußboden liegen. Dann setzte sie sich ihm gegenüber und nahm einen Schluck aus dem Weinglas, das benutzt auf dem kleinen runden Tisch stand.

Das helle Licht verlieh der gesamten Szene eine Nüchternheit, die man im Gardens vermutlich nur dann kennenlernen sollte, wenn man hier putzte. Othello fühlte sich auch auf eine Art ernüchtert, die er nicht sonderlich schätzte. Was gerade passierte oder vielmehr passiert war, bewegte sich in einem Bereich, in dem selbst er normalerweise nicht zu denken wagte.

Und das war erstaunlich, denn es war sein Job, Menschen zu verändern. Sie zu verbessern.

»Nein, ich finde das nicht witzig«, beantwortete Nina seine Frage schließlich erstaunlich abgeklärt, vielleicht sogar ein wenig bissig. »Ich finde es zum Kotzen. Aber weißt du, Othello, ich finde mein ganzes Leben zum Kotzen. Ich finde es zum Kotzen, mir die Typen, die mich vögeln, nicht aussuchen zu dürfen. Ich finde es zum Kotzen, jemandem wie Ruby Rechenschaft zu schulden, und ich finde es zum Kotzen, hier festzusitzen.«

Sie zeigte mit einem Finger auf Othello. »Denn glaub es oder nicht, mein Schöner, es war nicht mein Traum, als Hure im Utopia Gardens zu landen.«

Othello war verblüfft. So hatte er Nina noch nie erlebt. So ehrlich. So verwundbar. Da war nichts Spielerisches mehr an ihr.

Er sah ihre Makel. Ninas linker Mundwinkel war eingerissen. Ihre Füße waren komisch geformt, und ihre Knie ragten zu einer Seite etwas zu stark nach außen.

Ihr Nasenhöcker war sehr prominent. Und um die Augen herum bildeten sich tatsächlich erste Falten. Wie alt war sie eigentlich? Er hatte sich das bis heute nie gefragt.

Doch sie hielt sich gerade, und ihre Bewegungen waren so geschmeidig, dass es teilweise wirkte, als hätte sie überhaupt keine Knochen. All das berührte Othello auf eine Art, die ihm völlig neu war.

»Das habe ich auch nie geglaubt«, sagte er leise.

»Du hast es dich aber auch nie gefragt«, patzte Nina zurück, und Othello senkte die Augen. »Da hast du recht, Nina. Es war mir immer scheißegal.«

Sie hob die Hand und zeigte mit dem Finger anklagend auf seine Brust. »Und wenn wir schon dabei sind: Ich würde gerne einen Typen vögeln, dem ich nicht egal bin.«

Othello nickte. »Fair enough.« Er überlegte eine Weile. Die ganze Situation schrie mal wieder nach Ophelia, aber so langsam musste er sich doch fragen, ob er nicht Gespenster sah. Seine Schwester konnte unmöglich auch noch für das hier verantwortlich sein. Oder?

»Wie … wie hast du das Zeug denn … eingenommen?«

Nina lachte trocken. »Ich habe es nicht eingenommen. Es wurde intravenös verabreicht. Von uns vieren bin ich die Einzige, die das Ganze überhaupt mitbekommen hat.«

»Wieso das?«, fragte Othello stirnrunzelnd.

Nina zuckte die Schultern. »Schätze, Ruby wusste genau, dass die anderen das nicht so einfach mit sich würden machen lassen. Sie bekamen Schlafmittel und wurden nach der Behandlung wieder in ihre Zimmer gebracht. Die Armen wussten gar nicht, wie ihnen geschieht. Als sie aufwachten, war es schon zu spät.«

Gott, das wollte Othello sich nicht einmal vorstellen. »Und warum haben sie das mit dir nicht gemacht?«

»Ruby kennt mich«, antwortete Nina. »Sie wusste, dass ich mich nicht wehren würde.«

»Aber warum denn nicht? Ich kann mir überhaupt nicht vorstellen, wie man so was freiwillig machen kann.«

Ninas Augen verengten sich zu Schlitzen. »Du kannst dir so einiges nicht vorstellen, Othello Sander. Wer ein Leben wie deines führt, dessen Horizont endet an der Figur auf dem Kühlergrill.«

»Mein Leben ist auch nicht immer lustig«, gab er schroff zurück. »Und das weißt du. Ich bin mir sicher, du hast alles über mich nachgelesen. Du bist nicht dumm, Nina.«

»Danke«, gab sie nüchtern zurück.

Othello schüttelte ungläubig den Kopf. Hier saßen sie nun und stritten wie ein altes Ehepaar. Ihre Beziehung verrutschte gerade, und er wusste nicht, ob er sie jemals wieder auf die gleiche Art anziehend finden könnte wie vorher. Aber verrutschte nicht alles irgendwann?

»Also, warum hast du dich nicht gewehrt?«

»Weil ich wusste, dass mir so eine Veränderung das Doppelte einbringen würde, vielleicht sogar das Dreifache pro Kunde. Glaub es oder nicht, aber mir wäre es sehr recht, nicht jeden Abend, jede Nacht der Woche arbeiten zu müssen. Nicht jeden mitnehmen zu müssen, der mir in den Ausschnitt sabbert. Außerdem hat Ruby keinen Zweifel daran gelassen, dass auch ich gezwungen werde, wenn ich es darauf anlege. Ich habe es aber nicht darauf angelegt.«

»Und wie lief das Ganze dann ab?«, fragte Othello, dessen Neugier mit jedem Wort anwuchs.

»Es waren fünf Sitzungen; jeden zweiten Tag eine. Ich legte mich hin, jemand kam mit einem großen Beutel klarer Flüssigkeit, hat den Schlauch an meinen Zugang geklickt und den Hahn aufgedreht. Mir ist dann nach kurzer Zeit eh so schlecht geworden, dass ich die Augen schließen musste. Nach so einer Stunde kam wieder jemand, um den Beutel abzunehmen.«

»Wer?«, fragte Othello, und Nina lachte trocken.

»Jemand. Mit weißem Kittel und Krankenhausmaske. Eine Frau mittleren Alters würde ich sagen. Fältchen um die Augen. Sie sprach nicht mit mir, ich habe aber auch nichts gefragt.«

Othello atmete flach. »Welche Haarfarbe?«, fragte er.

»Rot. Wie Kupfer. Schöne Farbe, an den Schläfen aber leider schon ein bisschen grau.«

Er stieß die Luft wieder aus. Das war schon mal nicht Ophelia gewesen. Doch konnte er dadurch natürlich keineswegs sicher sein, dass sie ihre Finger nicht auch da mit drin hatte. Es würde zu ihr passen. Ophelia kannte keine Grenzen.

»Wenn sie nicht mit dir gesprochen hat, woher weißt du dann, dass die Veränderung endgültig ist?«

»Ruby hat es mir gesagt. Mir wurden die genetischen Informationen einer Python gespritzt, so modifiziert, dass sie an meinem eigenen Erbgut andocken. Würde ich Kinder bekommen, würde ich diese Eigenschaften sogar weitergeben.« Sie schnaubte. »Als ob das jemals passieren würde.«

Othello schüttelte den Kopf. »Ich fasse es nicht, dass man so was einfach mit dir machen kann.«

Nina zischte erneut. »Sag mal, kapierst du es nicht? Das Gardens kann mit mir machen, was es will. Ich gehöre den Metzgers, verstehst du?«

»Niemand gehört irgendjemandem«, gab er zurück, war sich aber gleichzeitig sehr bewusst darüber, wie lächerlich er in ihren Ohren klingen musste.

»Und wenn ich dich freikaufen würde?«, sprach er den Gedanken, der ihm gerade in den Kopf gesprungen war, laut aus.

Nina lachte freudlos. »Dann würde ich dir gehören. Das will ich auch nicht.« Sie machte eine Handbewegung, die ihren gesamten geschmeidigen Körper mit einschloss. »Dann wäre das alles hier umsonst gewesen. Wäre doch schade drum, oder?«

»Und wie geht es jetzt weiter?« Othello überging ihre letzte Bemerkung. »Kommt noch jemand, sich das Endergebnis anzuschauen? Werdet ihr beobachtet?«

Nina schüttelte unwillig den Kopf. »Ruby macht Fotos von uns und schickt sie den Leuten, glaube ich. Aber genau weiß ich das gar nicht. Die waren alle nicht sonderlich auskunftsfreudig.«

Othello legte den Kopf schief. Irgendwas stimmte nicht an der Geschichte.

»Bin ich der Erste, der dich darauf anspricht?«, fragte er jetzt.

»Nicht wirklich, aber du bist der Erste, der mich damit so richtig nervt.«

Othello schüttelte den Kopf. »Wenn die ganze Sache so geheim ist, wie kann es dann sein, dass ihr hier herumrennen dürft, wie es euch passt?«

»Wo, wenn nicht hier?«, fragte Nina zurück. »Hier gibt es schließlich die verrücktesten Dinge. Die Leute kommen nicht ins Gardens, um zu hinterfragen, sondern um sich fallen zu lassen. Wahrscheinlich gehen die meisten einfach davon aus, dass wir unsere Kostümierung perfektioniert haben, und sind mit dieser Erklärung zufrieden.«

Othello nickte. Ja, wahrscheinlich war es ganz genau so. Dennoch war er über das Maß der Kühnheit verblüfft, das hier an den Tag gelegt wurde. Andererseits: War das, was mit Nina passiert war, überhaupt illegal?

Das Modden war es, so viel war klar. Die Gesundheitsämter hatten da den Daumen drauf. Aber … das hier war etwas anderes. Sicherlich gab es für diesen abgefahrenen Scheiß nicht einmal ein passendes Gesetz.

Nina blickte ihn an und seufzte. »Und jetzt, Romeo, wäre ich dir dankbar, wenn du mich ein paar Minuten alleine lassen könntest, bevor ich da wieder raus muss.«

Othello nickte und stand auf, noch völlig in Gedanken.

Er hatte fest vor zu gehen. Ihrer Bitte nachzukommen und sich zurückzuziehen. In den letzten Minuten, während ihres Gesprächs, hatte er sich Nina so unheimlich nah gefühlt; so nah wie noch nie zuvor. Emotional.

Er hatte sich in ihre Lage versetzt, und ein Strudel aus Gefühlen hatte ihn erfasst und mitgerissen. Es gelang ihm kaum, einen klaren Gedanken zu fassen. Zudem trauerte er um die Nina, die er verloren hatte. Die Frau, die ihn vor Verlangen fast wahnsinnig gemacht hatte. Das war definitiv vorbei, er fand die Schuppen eher abstoßend.

Er hatte wirklich gehen wollen.

Doch dann trafen sich ihre Blicke, und Nina hob auffordernd die Brauen. Es wirkte beinahe ein wenig spöttisch. Und es machte ihn verrückt.

Mit einer blitzschnellen Bewegung riss er sie vom Stuhl, legte ihr die Hand in den Nacken und drückte sie bäuchlings auf den Tisch. Sein freier Arm schob ihren Rock hoch und drückte sich anschließend brutal zwischen ihre Beine.

»Ich werde erst gehen, wenn ich mit dir fertig bin. Ist das klar?«, knurrte er. Um seinen Standpunkt zu unterstreichen, drückte er ihr Gesicht fest auf die Tischplatte, während er an seiner Hose herumfummelte.

Was dann geschah, ging zu schnell für ihn. In einer einzigen Bewegung warf Nina ihn kraftvoll von sich und stürmte aus der Tür. Wobei »stürmte« nicht das richtige Wort war, so leise, wie sie war. Mit so fließenden Bewegungen. Im einen Moment beugte er sich noch über sie, bereit, in sie einzudringen, im nächsten saß er mit heruntergezogener Hose auf dem Fußboden des Zimmers an der gegenüberliegenden Wand und sah Ninas Rücken durch den Türrahmen verschwinden. Was war denn das gewesen? Und woher kam auf einmal dieser Schmerz?

Verdutzt hob Othello die Hand. Das durfte doch nicht wahr sein!

Zwei kreisrunde, stark blutende Löcher klafften in seinem Handrücken.

Sie hatte ihn gebissen.

RAVEN

Sie war noch vollkommen in ihre Gedanken verstrickt, als sie die Personaltreppe zu ihren Räumen emporstieg. Vielleicht hätte sie sich nicht alle drei freien Tage komplett mit Kunden zuknallen sollen, doch das war nun nicht mehr zu ändern. Eigentlich war sie ja froh über die Gelegenheit, ihren Rückstau ein wenig abarbeiten zu können. Immerhin warteten diese Kunden schon seit Wochen auf längst fertige Teile, ihr hatte lediglich die Zeit für den Einbau gefehlt. Ravens Leben war auch vor dem Strafdienst nicht gerade von Freizeit geprägt gewesen, doch jetzt war es eine absolute Katastrophe.

Sie hätte jetzt lieber noch etwas Zeit gehabt, um zu verdauen, was sie von Sky erfahren hatte. Nachdem er sich erinnert hatte, hatte er Raven alles erzählt. Und diese Geschichte hatte es in sich.

Sky hatte eine Affäre mit Ophelia Sander gehabt, die er an dem Tag, an dem er verschwand, beendet hatte.

Er hatte nur sehr zögerlich darüber gesprochen, die ganze Sache war ihm wohl furchtbar unangenehm, doch Raven hatte sie ihm Stück für Stück aus der Nase gezogen. Dieser junge Beau und die Softwaremagnatin Sander. Was für eine wilde Kombination!

Die beiden waren sich das erste Mal auf irgendeiner Hamburger Gala über den Weg gelaufen. Ophelia war eine schöne Frau, die immer bekam, was sie wollte. Und nach Skys eigenen Worten war schnell klar gewesen, dass er das war.

Für ihn war das Ganze wohl deutlich unverbindlicher gewesen als für sie, weshalb er auch versucht hatte, die Liaison zu beenden, da sie immer besitzergreifender geworden war. Sky erzählte auch, dass Ophelia aggressiv und kaltherzig sei und jemand, vor dem man richtig Angst bekommen konnte. Auch deshalb hatte er sich von ihr lösen wollen. Raven konnte sich das nur allzu lebhaft vorstellen. Geld und Macht machten Menschen grausam. Eine unglückliche Kindheit ebenso, das wusste niemand besser als sie selbst.

Im Geiste rekapitulierte Raven noch einmal das Gespräch.

»Die Frau ist wie ein schwarzes Loch«, hatte Sky erzählt. »Sie schluckt alles Gute in ihrer Umgebung. Mich hätte sie früher oder später auch verschluckt.«

»Warum bist du dann überhaupt so lange zu ihr gefahren?«, hatte Raven wissen wollen. »Du hättest dich doch einfach rarmachen können?«

»So einfach ist das nicht«, hatte Sky ernst erklärt. »Das wurde mir ja auch schnell klar. Die Frau hat ihre Handlanger überall; wenn ich mich mal eine Weile nicht gemeldet hatte, tauchte eine ihrer Limousinen genau dort auf, wo ich gerade war. Auf dem Kiez, vor den Clubs, sogar vor dem Haus meiner anderen Freundin.«

Dank dieses Nebensatzes hatte Raven erfahren, dass Sky zu dem Zeitpunkt noch eine andere Frau gesehen hatte. Eine junge Polizistin, die er auf dem Kiez kennengelernt hatte. Es passte ihr überhaupt nicht, dass ihr diese Enthüllungen irgendwie wehgetan hatten. Was hatte sie denn erwartet, verflucht?

Am Tag seines Verschwindens war Sky jedenfalls zu Ophelia ins Büro gefahren, um Schluss zu machen, und dann brach seine Erinnerung endgültig ab.

Nun wussten Raven und er mit ziemlicher Sicherheit, dass Ophelia Sander etwas mit seinem Verschwinden zu tun hatte. Wie konnte es anders sein?

Sie hatte Geld, Macht und Einfluss. Sie war in Sky verliebt, krankhaft eifersüchtig und besitzergreifend. So jedenfalls seine Darstellung.

Und es ergab auf grausame Weise Sinn. Wer außer Ophelia Sander hätte die Mittel und die Verbindungen, ein Ding wie The Ark entwickeln zu lassen? Die Softwaremagnatin galt als große Gönnerin, als Wohltäterin Hamburgs, aber Raven war schon lange genug auf der Welt, um zu wissen, dass man solchen Darstellungen keinen Glauben schenken konnte. Erst recht nicht, wenn es Beschreibungen prominenter Menschen waren.

Ophelia und Othello Sander, so hatte ihre kurze und sehr oberflächliche Recherche ergeben, waren die Waisen der Prothetikpioniere Marietta und Onno Sander, die bei einem Brand in ihrem Labor ums Leben gekommen waren, als ihre Kinder zwölf und sechzehn Jahre alt gewesen waren.

Als Othello volljährig wurde, übernahm er die Führung der bis dahin treuhänderisch geführten Firma SanderMedics, die heute sämtliche Prothesen der deutschen und auch europäischen Gesundheitsversorgung herstellte. Seine Schwester stand ihm dabei viele Jahre zur Seite, bis ein Streit, dessen Anlass bis heute unbekannt war, die beiden entzweit hatte.

Ophelia war daraufhin nach Hamburg gegangen und hatte SanderSolutions aufgebaut, eine Softwarefirma, die sich vor allem mit Drohnen und Schiffssoftware einen Namen gemacht hatte. SanderSolutions erstellte Softwarelösungen für große Firmen und Lagerhäuser, für unbemannte Flugzeuge und Schiffe. Dank ihr und ihrem beispiellosen Aufstieg war die Welt in den letzten Jahren deutlich technisierter geworden. Auch die Magnetbahnen Berlins fuhren seit knapp zehn Jahren führerlos – dank SanderSolutions.

Raven wurde schwindelig bei der Vorstellung, was man als Mensch mit dem Reichtum einer Sander so alles anstellen konnte.

Sie hatte keinen Grund, Sky nicht zu glauben. Warum hätte er sich all das ausdenken sollen – und vor allem, wie? Nun bekam auch seine diffuse Angst davor, entdeckt zu werden, eine logische Form. Beziehungsweise nun wusste er endlich selbst, warum er es nicht wollte.

Auch sein Vater war im Softwaregeschäft Hamburgs tätig. Er arbeitete eng mit Ophelia zusammen. Sky hatte Angst, dass sein Vater, nach allem, was er ohnehin schon hatte durchmachen müssen, nun auch noch in Ophelias Fadenkreuz geriet.

Raven vermutete, dass dieses Szenario irgendwo in Skys Software gespeichert worden war, da es ihn auch schon gesteuert hatte, bevor er seine Sorge hatte benennen können.

Gedankenverloren tippte sie den Zahlencode in das Panel neben der Tür zu ihrem Labor ein. Sie wunderte sich kurz am Rande, dass die Tür unbewacht war, doch eigentlich war ihr das ganz recht. Gerade war sie lieber alleine.

Direkt hinter der Tür stolperte sie über etwas Weiches und fiel schmerzhaft auf die Knie.

»Scheiße, verdammt«, murmelte sie und wollte sich gerade aufrappeln, als sie von hinten gewaltsam hochgerissen wurde.

Raven hatte keine Zeit, zu schreien oder sich sonst irgendwie bemerkbar zu machen. Sie hatte nicht einmal Zeit, Angst zu bekommen, da sie im nächsten Moment ein schwerer Schlag gegen die Schläfe traf und ihr das Bewusstsein nahm.

Als sie erwachte, nahm ihr der Schmerz den Atem. Es fühlte sich an, als hätte ihr jemand den Schädel gespalten. Vorsichtig tastete sie über ihren Kopf und fühlte verkrustetes Blut dort, wo sich die Haut taub anfühlte.

Raven wurde schlecht, und sie erbrach sich auf den Fußboden.

Da erst bemerkte sie leises Atmen neben sich. Außerdem war das Licht an.

Sie hob den Kopf und entdeckte zu ihrem grenzenlosen Erstaunen Cristobal mit einer Pistole in der Hand.

»Cris, was zum Teufel?«

Cristobal hob den Finger an die Lippen und riss die Augen auf. Raven klappte den Mund wieder zu und beobachtete, wie Cristobal mit erhobener Waffe weiter ins Zimmer vordrang. Raven kroch zur Wand und blickte sich um.

Sie wünschte augenblicklich, sie hätte es nicht getan. Sie zuckte zurück und konnte sich gerade noch einen Schrei verkneifen. Denn neben ihr lagen die Leichen von Igor und Spencer.

Beide waren mit einem Kopfschuss getötet worden. Spencers Narbe am Hals glänzte noch ganz frisch, und obwohl Raven ihn zum Teufel gewünscht hatte, stiegen Tränen in ihr hoch. Hatte Cristobal das etwa getan? Wieso sollte er?

Nein, die beiden, das konnte Raven nach einem näheren Blick feststellen, lagen sicher schon ein bisschen hier. Das Blut, das aus ihren Kopfwunden auf den Fußboden gesickert war, hatte sich schon getrennt und war teilweise eingetrocknet. Cristobal hingegen bewegte sich durch den Raum, als wäre er nicht sicher, ob noch jemand hier war. Sie selbst fühlte sich auch, als wäre Zeit vergangen. Sie wusste nur nicht, wie viel.

Automatisch tasteten ihre Finger nach dem mittlerweile vertrauten, rechteckigen Gegenstand in ihrer Hosentasche, und im nächsten Augenblick sank ihr das Herz.

Sky.

Er war nicht mehr da.

SKY

Das erste Mal seit Langem hatte Sky richtig Schiss. So richtig, richtig. Jedenfalls, soweit er sich erinnern konnte. Er wusste nicht genau, was passiert war, aber er war nicht mehr bei Raven. Das konnte nur bedeuten, dass Ophelia ihn gefunden hatte. Und dass er jetzt auf dem Weg zu dieser Verrückten war.

Aus dem Augenwinkel – oder in seinem Fall wohl eher Kamerawinkel, kopfüber aus Ravens Hosentasche ragend – hatte er mit ansehen müssen, wie ein riesiger Typ Ravens leblosen Körper durch einen schmalen Flur geschleift und neben zwei mausetot wirkende Typen gelegt hatte. Scheiße. Hatte sie nicht gesagt, dass sie in Gefahr war?

Dann hatte der Kerl sich an Raven zu schaffen gemacht. Schweigend, systematisch und schnell. Sky hatte das Gesicht des Mannes zwar nicht sehen können, dafür hatte alles viel zu sehr gewackelt, doch er hatte auch so eine Vermutung, um wen es sich handelte. Wenn Ophelia etwas wichtig war, schickte sie immer Ronny Könighaus. Und Sky wusste, dass der Typ vor nichts zurückschreckte. Schließlich hatten sich fette Finger um sein Gerät geschlossen, und danach war es endgültig wieder dunkel geworden in Skys kleiner Welt. Und auch in seinem Herzen.

Was hatte der Kerl mit Raven gemacht? War sie tot? Sky hatte nichts gehört, nur einen dumpfen Schlag und ein leises Stöhnen. Dann hatte jemand geflucht. Bei dem Gedanken daran, dass Raven vielleicht nicht mehr lebte, wurde Sky ganz schlecht, und die Angst verdichtete sich. Sie flutete seine Brust, kroch in Bauch und Arme, schnürte seinen Hals zu. Sie durfte nicht tot sein. Raven war die einzige Frau, die jemals tatsächlich etwas in ihm ausgelöst hatte. Mehr als nur ausgelöst, wie er in diesem Augenblick feststellen musste. Er liebte Raven, verflucht. Ob es daran lag, dass sie zum Zentrum seines Universums geworden war, und ob er sie in seinem alten Leben überhaupt wahrgenommen hätte, spielte keine Rolle. Raven war die erste Frau in seinem Leben gewesen, die ihn einfach so gesehen hatte, wie er war. Die ihn gescholten hatte, wenn er albern oder dumm gewesen war, die aber trotzdem über seine Witze gelacht hatte. Die einzige, die jemals gefragt hatte, wie seine Kindheit gewesen war. Und ganz sicher die einzige Frau in seinem Leben mit einer Schrankwand. Raven war intelligent und mutig, scharfkantig und erstaunlich weich. Sie war aufregend, hatte Geheimnisse und Augen, die trotz ihrer hellen Farbe dunkel wirken konnten wie ein tiefer See. Er hatte bei dieser Frau gerade erst an der Oberfläche gekratzt und dort schon mehr gefunden als bei irgendeiner anderen vor ihr. Und Raven hatte keine Ahnung, wie aufregend sie war, wie schön. Unwirklich.

Sky hatte Gefühle, die ihm vollkommen neu waren. Wenn sich Ravens Gesicht vor seine Frontkamera geschoben hatte, dann war sein Herz einen Moment lang stehen geblieben. Jedes einzelne Mal. Ob mehr Platz für Kopf und Herz blieb, wenn der Schwanz ausgeschaltet war? Nein, das allein war es sicher nicht. Gut, vielleicht ein bisschen. Obwohl er wusste, dass er nicht konnte und wahrscheinlich niemals können würde, hatte er mehr als einmal versucht, sich vorzustellen, wie sich Ravens Haut wohl unter seinen Fingern anfühlen würde.

Sie hatte das hier vorhergesehen. Seine kluge, vorsichtige Raven. Hatte gewusst, dass sie in Gefahr waren, hatte alles getan, um zu verhindern, was jetzt doch passiert war.

Genau für diesen Fall hatte sie sich den Kommunikationschip eingebaut, richtig? Damit sie miteinander sprechen konnten, wenn sie getrennt würden. Sky versuchte, sich zu erinnern, wie das Ding funktionierte. Er ärgerte sich maßlos darüber, sich in solchen Belangen die ganze Zeit auf Raven verlassen zu haben. Und jetzt lag sie am Boden, und er konnte überhaupt nichts tun.

»Raven!«, rief er, so laut er konnte, doch niemand reagierte. Wenn sie tot war, dann würde sie es auch nie wieder tun.

Das durfte nicht sein. »Raven!« Er rief ihren Namen. Wieder und wieder. Bis seine Rufe schließlich in ein Schluchzen übergingen und er akzeptierte, dass sie nicht antworten würde. Weil sie nicht konnte. Vielleicht nie wieder. Sky setzte sich auf den Boden und vergrub das Gesicht in den Händen. Es war durchaus möglich, dass sie nur bewusstlos war, mahnte er sich. Dann konnte sie ihn auch nicht hören. Oder lag es daran, dass sie ihn stumm geschaltet hatte? Verflucht, das wäre ein richtiges Problem.

Zum ersten Mal seit Wochen fühlte er die Abwesenheit seines Körpers wie eine klaffende Wunde.

Diese eklige Hilflosigkeit war vielleicht das Schlimmste an seiner Situation. Mit ihm passierten Dinge, er selbst fand gar nicht mehr statt. Es war so surreal, denn sein Dasein fühlte sich nach wie vor echt an. Von innen. Er konnte Arme und Beine steuern wie früher. Gab sein Gehirn einen Befehl, dann hob sich seine Hand. Er konnte sogar fühlen, wie sie sich anhob, wie die Muskeln sich anspannten. Doch es gab nichts mehr, was er anfassen konnte. Auch empfand er keinen Hunger mehr oder den Drang, auf die Toilette zu gehen.

Das war grauenhaft.

Und doch.

Nicht mehr mit Ausscheidungen konfrontiert zu sein, mit Bedürfnissen wie Hunger oder Schlaf, hatte auch etwas ungeheuer Befreiendes. Er konnte sich ganz auf sich selbst konzentrieren, ohne gestört zu werden. Nachdenken. Sich erinnern. Sich zum ersten Mal in seinem Leben wirklich kennenlernen. War ja sonst keiner da.

Sky war sich nicht sicher, ob er mochte, wen er da gerade kennenlernte. In ihm reifte jedenfalls der Beschluss, besser zu werden, was auch immer das bedeutete. Mutiger. Verantwortungsvoller. Mehr wie jemand, den Raven lieben konnte.

Ohne Körper war Sky auch weniger verwundbar, das wurde ihm in diesem Augenblick sehr schmerzlich bewusst. Man konnte ihn nicht erschießen. Oder erstechen, ihn nicht niederschlagen. Er wurde auch nicht älter, konnte keinen Krebs bekommen oder von einem

Auto überfahren werden. Vielleicht lag in dieser Tatsache ja auch ein unschätzbarer Vorteil, überlegte er sich.

Wenn das Gerät kaputtging, dann war er immer noch irgendwo auf einem Server gespeichert, dessen war er sich ziemlich sicher. Ophelia würde doch nicht riskieren, kein Back-up von ihm gemacht zu haben, oder? Konnte er so, wie er jetzt war, etwa ewig leben?

Wollte er das, wenn Raven nicht mehr da war?

Er fühlte ein weiteres Schluchzen in seiner Kehle aufsteigen und ließ das Geräusch frei, es hörte ihn ja sowieso keiner.

»Was flennst du denn so blöd?«

Sky zuckte zusammen und hob den Kopf. Und wich zurück, als er in das vierschrötige Gesicht von Ronny Könighaus blickte. Natürlich. Er hatte ja schon mit ihm gerechnet. Dennoch war dieses Gesicht mit den vielen Narben, den blutunterlaufenen Augen und der mehrfach gebrochenen Nase nicht unbedingt sein liebster Anblick.

»Wenn du weiter rumheulst, schalte ich dich sofort wieder stumm.«

Sky wischte sich mit der Handfläche übers Gesicht.

»Könighaus«, sagte er, so ruhig er konnte.

»Von Bülow«, gab dieser mit einem Nicken zurück.

»Was haben Sie mit Raven gemacht?«

Ophelias Bluthund runzelte die Stirn. »Mit wem?«

»Mit Raven. Der jungen Frau, deren Gesellschaft ich bis vor Kurzem noch genießen durfte.«

Ronny Könighaus' Gesicht verzog sich kurz, doch Sky konnte den Ausdruck nicht deuten. Bei der Visage wusste man nie, woran man war.

»Um die junge Frau musst du dir keine Gedanken mehr machen«, sagte Könighaus schließlich ruhig.

Was meinte er damit? Sky sollte sich keine Gedanken mehr um Raven machen, weil sie tot war oder was?

»Ich bringe dich jetzt zu der einzigen Frau, an die du denken solltest.«

Sky schüttelte den Kopf.

»Sag schon, Mann. Was hast du mit ihr gemacht? Wenn du es mir nicht sagst, dann werde ich mich Ophelia verweigern. Ich werde die Arme verschränken und mein Gesicht zur Wand drehen.« Sky vollführte das Manöver, um seinen Standpunkt zu unterstreichen. »Das wird sie fuchsteufelswild machen. Du weißt genau, wie sie sein kann. Und ich werde es nicht abbekommen, weil ich hier drin in Sicherheit bin. Du nicht.«

Sky drehte sich wieder um. Offensichtlich hatten seine Worte ihre Wirkung nicht verfehlt, Ronny Könighaus' Gesicht war rot angelaufen, und eine Ader an seiner Stirn pochte bedrohlich, doch er presste die Lippen fest aufeinander.

»Ich kenne dich doch«, schob Sky nach. »Du schreckst vor nichts zurück! Wenn du mir nicht augenblicklich sagst, was du getan hast, dann verstumme ich für immer.«

Sky verfluchte sich innerlich dafür, dass seine Stimme beim letzten Satz tatsächlich brach.

Könighaus schenkte ihm einen Blick, der nachdenklich wirkte. Schließlich sagte er: »Du kennst mich nicht im Geringsten, Kleiner«, sagte er erstaunlich freundlich. »Ich töte keine Frauen.«

BIROL

Er hatte keine Ahnung, wie lange er schon auf dieser Pritsche saß. Einen Tag. Zwei Tage? Eine Woche vielleicht? Manchmal schlief er, manchmal bekam er Mahlzeiten. Er zählte nicht mit.

Birol legte sich immer auf die Seite, sobald er müde wurde, und das Essen kam schneller, als ein normaler Mensch hungrig werden konnte. Was sie ihm servierten, war widerlich, aber das war in Ordnung so. Es gehörte quasi dazu. So wie alles hier dazugehörte zur Knasterfahrung; wenigstens einmal in seinem Leben lief etwas ganz genau so, wie Birol es sich vorgestellt hatte. Das barg eine ganz eigene Form der Befriedigung.

Das Bett war schmal und stank, obwohl es frisch bezogen war. Kein Wunder. Er wollte gar nicht wissen, wie viel Pisse und Schweiß sich in der Matratze gesammelt hatte. Wie viel Sabber irgendwelcher Typen, die hier drin schlecht geträumt hatten. Birols Schlaf jedoch war traumlos und erholsam. Er dachte nicht mehr viel nach und fühlte sich, als wäre etwas zum Abschluss gekommen. Das war gut.

Der kleine Tisch, der mit der Wand verschraubt war, war aus Metall und komplett verkratzt. Anstatt zu essen, hatten hier so einige versucht, sich mit dem weichen Besteck künstlerisch auszutoben. Meist hatten sie Unflätigkeiten in die Oberfläche geritzt, manche hatten durch Strichlisten auch sehr klassisch die Tage gezählt. Woher sie wohl gewusst hatten, wann es Morgen und wann Abend war? Birol jedenfalls wusste es nicht, denn die Zelle hatte keine Fenster. Er wusste, das war Absicht, um die Menschen in U-Haft mürbezumachen, falls sie noch nicht gestanden hatten. Birol verschaffte es ungeahnten Trost. Er konnte so tun, als wäre die Welt nicht mehr da. Als hätte das, was er getan hatte, für niemanden mehr Konsequenzen.

Aus dem Lautsprecher in der linken oberen Ecke erklang plötzlich eine Stimme.

»Birol Celik, treten Sie zurück!«

Birol stand auf und begab sich folgsam zur hinteren Wand seiner Zelle. Diese Forderung, die drei Mal am Tag an ihn gestellt wurde, war der einzige Grund, von seiner Pritsche aufzustehen. War etwa schon wieder Essenszeit?

Die Luke in der Mitte der Tür öffnete sich, doch kein Teller erschien.

»Treten Sie vor und knien Sie sich vor die Tür. Strecken Sie Ihre Hände durch die Luke.«

Was war denn jetzt los? Birol hatte noch nicht einmal mit einem Anwalt gesprochen, der Prozess konnte unmöglich schon losgehen. Ob er nun endlich verhört wurde? Bis jetzt hatte auch das noch niemand getan, was ihn zu dem Schluss brachte, dass er noch nicht allzu lange in der Zelle sitzen konnte. Personalengpässe waren ihm schließlich mehr als vertraut.

Ja, das war es bestimmt.

Es war albern, aber auf dem Weg nach vorne musterte Birol sich kurz im Spiegel, der über dem schmalen Waschbecken hing, und fuhr sich kurz mit den Fingern durch die Haare. Er wollte ordentlich aussehen, wenn er vor einen Kollegen trat. Ein jämmerlich aussichtsloses Unterfangen allerdings. Seine Augenringe waren genauso prominent wie sein kurzer, ungepflegter schwarzer Bart; seine durchgeschwitzten Klamotten stanken erbärmlich. Vielleicht würde man ihm auch endlich erlauben zu duschen und ihm frische Kleidung zur Verfügung stellen? Das wäre eine echte Verbesserung der Situation.

Und tatsächlich wurde er von einem schweigsamen Beamten zu den Duschen gebracht. Er bekam sogar einen Einwegrasierer und Rasierschaum ausgehändigt und durfte sich ordentlich rasieren, bevor er mit einem Stück Seife und einem kurzen »Nur fünf Minuten« in den Duschraum gelassen wurde.

Birol fühlte sich nicht wohl in seiner Haut. Egal, wie voll ihre Wohnung auch gewesen war und wie viele Leute noch mit ihm in seinem kleinen Kinderzimmer geschlafen hatten – beim Kacken und beim Duschen war Birol immer alleine gewesen. Beides hatte er gerne künstlich in die Länge gezogen, um die Einsamkeit noch ein wenig zu genießen; völlig egal, wer mit einem anderen dringenden Bedürfnis von außen gerade gegen die Tür gehämmert hatte.

Doch hier wurde er beobachtet und merkte plötzlich, wie er sich seines Körpers auf unangenehme Weise bewusst wurde.

Dem Fett an seinen Hüften und den Haaren auf seinem Rücken. Verflucht, es war doch keine Frau, die ihm gerade zusah, sondern ein Wärter, der täglich diverse nackte Männer anglotzte. Aber frei machen konnte er sich von seiner Scham trotzdem nicht.

Trotzdem tat das warme Wasser gut, und auch wenn die Seife nach beinahe nichts roch, war es angenehm, nicht mehr ständig den eigenen Schweißgeruch in der Nase zu haben.

Birol überlegte, wann er zuletzt geduscht hatte, und stellte mit Schrecken fest, dass er es nicht mehr wusste. Dementsprechend fühlte er sich auch nicht, als würde er sich waschen, sondern als würde er eine Schicht Dreck und Talg abkratzen.

Schließlich trocknete er sich mit einem harten, kratzigen Handtuch ab, das roch, als hätte es sehr viel Zeit in einem Schrank verbracht, und schlüpfte in den bereitgelegten Häftlingsanzug.

Es fühlte sich überraschend gut an. Als wäre seine Transformation nun abgeschlossen. Außerdem war das Ding ziemlich bequem.

»Jetzt bist du besuchsfein«, sagte der Wärter grinsend, als Birol zu ihm trat, um sich die Handschellen wieder anlegen zu lassen.

Dieser eine, kleine Satz, brachte sein Innerstes vollkommen aus dem Gleichgewicht.

»Ich habe Besuch?«

Der Wärter nickte. »Ja. Kannste froh sein. Die meisten hier drinnen bekommen keinen Besuch, der keine Robe trägt. Erst wenn sie nach dem Prozess verlegt werden und die Familie schnallt, dass es ein bisschen länger dauern könnte, stellen sich normalerweise Besucher ein.«

Birol streckte benommen seine Hände aus. Wer kam ihn denn jetzt schon besuchen? War es seine Mutter? Oder Karim? Bitte, lass es nicht eines der Mädchen sein, flehte er stumm. Er könnte es nicht ertragen, wenn seine kleinen Schwestern ihm heulend gegenübersaßen, um ihm zu erzählen, wie schwer es zu Hause ohne ihn jetzt schon geworden war.

Birol schüttelte den Kopf. Er hatte keine Ahnung, ob sein Fehlen überhaupt schon aufgefallen war im Hause Celik, dem türkischen Taubenschlag. Immerhin war es mittlerweile normal geworden, dass er die Nächte nicht daheim verbrachte.

Hatte man seine Mutter überhaupt informiert? Tat man so was? Immerhin war er volljährig und nicht tot. Überrascht stellte er fest, dass er es nicht wusste.

Hinnerk hatte sie bestimmt angerufen, die beiden kannten einander schließlich schon lange. Birol schickte ein Stoßgebet gen Himmel, dass da einfach ein Schwarzkittel auf ihn wartete. Irgendein Anwalt, der ihm trocken und gelangweilt seine Möglichkeiten aufzeigte. Wahrscheinlich der, der immer kam, wenn ein Celik in Schwierigkeiten steckte. Furkan irgendwas. Von den Honoraren, die seine Familie ihm insgesamt schon gezahlt hatte, hatte der Typ sich sicherlich schon eine schicke Wohnung in Neuberlin zugelegt. Mit Dachterrasse und beheiztem Außenpool. Wirklich nützlich gemacht hatte er sich allerdings noch nicht. Jedenfalls nicht, soweit Birol wusste. Verdammt, wieso konnte er sich nicht mehr an den Nachnamen dieses Kerls erinnern?

Furkan, Furkan … Blablabla. Generischen türkischen Familiennamen bitte hier einsetzen.

Doch es war nicht Furkan Irgendwie, der da im Besucherraum auf ihn wartete.

Als er sie erblickte, blieb er so abrupt stehen, dass der Beamte, der ihn begleitete, in ihn reinlief.

»Verdammt, Celik. Was soll denn das?«, knurrte der Mann ungehalten. »Jetzt gehen Sie schon rein, die junge Dame wird schon nicht beißen.«

Nein, beißen würde sie ihn wohl kaum. Aber so, wie die Dinge standen, war sie der letzte Mensch auf Erden, den Birol sehen wollte. Oder?

Martha – oder vielmehr Laura – saß auf dem Besucherstuhl und lächelte ihm unsicher entgegen. An einem Tisch, wie es sie in jeder Amtsstube von Altberlin gab. Altes, beschichtetes Holz auf vier Metallbeinen. Bonjour Tristesse. Dahinter strahlte sie fast wie eine Erscheinung. Ihr kleines Lächeln machte ihn schwach und mürbe. Ja, sie hatte ihn belogen und hinters Licht geführt, das stimmte. Aber wer war er denn überhaupt, über sie zu urteilen? Er hatte einen Mann umgebracht und sich danach seelenruhig zu ihr ins Bett gelegt. Das wusste sie nun. Und trotzdem war sie hier.

Vorsichtig, als könnten seine Bewegungen sie erschrecken, nahm er ihr gegenüber auf einem Stuhl Platz.

»Hey«, sagte sie und lächelte noch einmal.

»Hey«, gab er zurück. »Was machst du denn hier?«

»Wonach sieht es denn aus? Ich besuche dich.« Sie legte den Kopf schief. »Du siehst gut aus. Irgendwie … ausgeschlafen.«

»Danke«, sagte Birol, und es klang merkwürdig gestelzt. »Das ist lieb von dir, aber warum besuchst du mich?«

»Dafür kannst du dich bei Raven bedanken«, antwortete sie, und Birol war nun doch etwas verdutzt. Was hatte die kleine Kratzbürste denn damit zu tun? Er runzelte fragend die Stirn.

»Raven ist der Meinung, dass ich dich nicht verurteilen darf, bevor ich nicht die ganze Geschichte kenne. Also bin ich hier, um deine Wahrheit zu hören, bevor ich entscheide, ob ich dich lieben kann oder nicht.«

Lieben. Bei dem Wort blieb Birol fast das Herz stehen. Hier saß er, ein geständiger Mörder, und diese Frau dachte trotzdem darüber nach, ob sie ihn lieben konnte? Das war zu abwegig, um wahr zu sein; kein Mann durfte darauf hoffen, solch ein Glück zu haben. Dennoch hatte sie ihn in seinem Stolz verletzt, und das konnte er nicht so einfach verzeihen. Sein Stolz war alles, was er noch hatte.

»Wahrheit ist ein gutes Stichwort«, sagte er kühl. »Wenn wir schon dabei sind, würde ich auch gerne deine Wahrheit kennenlernen. *Laura.*« Das letzte Wort spuckte er ihr förmlich ins Gesicht, und genauso reagierte sie auch. Sie zuckte zurück und sah ihn erschrocken und verletzt an. Wie konnte sie auch nicht? Da kam sie extra ins Gefängnis, gestand ihm praktisch ihre Liebe, und er fuhr sie so harsch an. Außerdem wusste sie nun, dass ihre Tarnung aufgeflogen war. Wozu auch immer sie diese brauchte.

»Du kennst meinen richtigen Namen«, sagte sie irgendwann und klang dabei seltsam resigniert. Als müsste sie vor der ganzen Klasse zugeben, ihre Hausaufgaben nicht gemacht zu haben.

»Ich habe dich gefunden«, ließ er sie wissen. »Und mich interessiert brennend, warum du diese ganze Scharade abgezogen hast.«

Laura fing sich erstaunlich schnell wieder. Mit der rechten Hand strich sie sich langsam die Haare hinters Ohr. Birol fiel auf, dass er ihre Ohren noch nie zuvor gesehen hatte. Ihm dämmerte auch, warum das so war. Lauras Ohr stand deutlich vom Kopf ab; sicherlich hatte Laura den Pagenkopf auch gewählt, um ihre Segelohren zu verstecken. Und Birol hasste es, dass dieses abstehende Ohr sie nur noch schöner machte in seinen Augen.

»Eine Straße, die immer nur geradeaus führt, geht niemals durch schöne Landschaften«, hatte sein Vater zu sagen gepflegt. Birol hatte immer gewusst, dass sich dieser Spruch auf Frauen bezog, doch er hatte nicht begriffen, was er bedeutete. Bis jetzt. Der Schwung ihrer großen Ohrmuschel verlieh Lauras Gesicht einen Rahmen, wie eine Klammer; sie machte das Perfekte unperfekt und zwang das Gegenüber, noch genauer hinzusehen. Birol sah hin und war verzaubert. Genauso wie jedes einzelne Mal, wenn er sie ansah. Er schluckte trocken und wünschte sich ein Glas Wasser herbei.

»Was du getan hast, wiegt viel schwerer«, sagte sie nun und sah ihm dabei direkt in die Augen. Sie ließ ihn wissen, dass sie ihr Urteil noch lange nicht gesprochen hatte.

»Du fängst an. Und bitte ganz von vorne.« Sie nickte zu dem Gefängniswärter hinüber. »Ich habe eine hübsche Summe springen lassen. Wir haben Zeit.«

Birol nickte. Irgendwie war er froh, dass sie mit dieser Forderung zu ihm gekommen war. Er wollte die ganze Geschichte erzählen, aber sicherlich nicht irgendeinem Vernehmungsbeamten. Dafür war das alles zu persönlich und die Berliner Polizei zu versumpft.

Er kratzte sich am Kopf. »Am besten fange ich bei der Ermordung meines Vaters an …«

Und das tat er. Laura hörte ihm die ganze Zeit aufmerksam zu. Sie war gut darin, das hatte er gleich zu Beginn gemerkt. Nicht nur ihre Augen, ihr ganzer Körper hörte zu; wie damals im Falafelladen, der Birol gerade so unendlich weit weg vorkam.

Sie unterbrach ihn nicht ein einziges Mal, und so war Birol doch einigermaßen erstaunt, dass er gar nicht so lange brauchte, um zum Ende zu kommen. So komplex und interessant war die ganze Geschichte dann wohl doch nicht. Er war einfach ein Hitzkopf, der den Tod seines Vaters gerächt hatte und nun dafür ins Gefängnis ging.

Nachdem er geendet hatte, lehnte sich Laura in ihrem Stuhl zurück und runzelte nachdenklich die Stirn. Und dann sagte sie etwas vollkommen Unerwartetes.

»Kommt es dir nicht ein bisschen merkwürdig vor, dass Hinnerk dich ausgerechnet zu dem Typen in den Vernehmungsraum schickt, der weiß, wer deinen Vater umgebracht hat?«

»Vielleicht hat der Typ Hinnerk einen Wink gegeben oder verlangt, mich zu sprechen?«

»Aber warum würde Hinnerk mit so einem Subjekt selbst sprechen? Wir haben unendlich viele Leute in der Nacht verhaftet, der Aufwand war riesig. Und der Leiter der Kapitalverbrechen beschließt, sich nicht etwa an der Vernehmung des Mordverdächtigen zu beteiligen, sondern sich zu irgendeinem Aufgelesenen in den Raum zu setzen? Um mal zu schauen, wie weit er kommt?« Laura schüttelte den Kopf. »Das sind schon etwas viele Zufälle für meinen Geschmack.«

Birol kratzte sich am Kopf. Es stimmte schon. Er selbst fragte sich ja nicht erst seit gestern, was es mit ihrem Chef so auf sich hatte. Der seltsame Besuch in seinem Büro mitten in der Nacht, die Mahnungen, alles auf sich beruhen zu lassen. Das ungute Bauchgefühl, das der Kerl immer schon in ihm ausgelöst hatte.

»Ich habe nicht weiter darüber nachgedacht«, gestand er schließlich. »Mein Kopf war mit etwas völlig anderem beschäftigt, aber du hast vollkommen recht.« Er schluckte. »Wahrscheinlich hätte ich vorher mit dir reden sollen. Oder mit irgendjemandem. Oder wenigstens noch ein bisschen länger darüber nachdenken sollen.« Birol ließ die Schultern hängen. Er fühlte sich wie ein Tier, das in eine sehr stümperhafte Falle gegangen war. »Ich komme mir blöd vor.«

»Das musst du nicht. Wir alle haben wunde Punkte. Wer sie kennt, kann uns steuern.« Sie runzelte die Stirn. »Aber mit dem Mord an diesem Augenlosen hast du nichts zu tun, oder?«

Birol schüttelte heftig den Kopf. »Nein, natürlich nicht! Wie kannst du so was fragen?«

Laura sah sehr ernst aus, als sie antwortete: »Weil Hinnerk Cristobal, den Verdächtigen, freigelassen hat. Wahrscheinlich, weil du dich gestellt hast.«

Birol schloss die Augen. »Raven hat noch darauf beharrt, dass beide Morde von ein und derselben Hand begangen worden sein müssen.«

»Ich glaube nicht, dass Raven etwas damit zu tun hat.«

»Ach?« Birol öffnete die Augen wieder. »Seid ihr zwei jetzt so dicke?«

»Nein«, sagte Laura, aber etwas in ihrem Blick flackerte. Sie log. »Aber Raven und ich waren den ganzen Tag zusammen, nachdem du dich gestellt hast. Und Hinnerk sagt, wir sollen erst am Montag zurück in den Käfig kommen. Cristobal ist aber schon seit Donnerstagabend wieder draußen. Das war nicht Raven.«

Birol stöhnte. »Was die Wahrscheinlichkeit noch erhöht, dass das alles abgekartet ist. Und ich Esel mache auch noch genau das, was man von mir erwartet.«

»Das würde auch erklären, warum bei Dittrich auf einmal die ganze Kavallerie aufgelaufen ist«, dachte Laura laut nach. »Bei diesem Bartosz schicken sie nach Stunden so zwei Witzfiguren vorbei, und bei Dittrich wimmelt es in der ganzen Wohnung von lauter Beamten. Sogar ein Rechtsmediziner war vor Ort.«

Birol wurde heiß und kalt. Wieso war ihm das nicht vorher aufgefallen? Wieso hatte ihn das nicht gewundert? Auf den zweiten Blick wirkte alles so arrangiert und geskriptet, dass es schon fast absurd war. Und wenn er weiter zurückdachte, fielen ihm noch so viel mehr Ungereimtheiten auf. Warum hatte Hinnerk ausgerechnet ihm die Leitung über ein Team bei der Mordkommission übertragen? Warum wusste Hinnerk, aber sonst niemand, von der Leiche ohne Augen? Warum hatte es eine Razzia im Utopia Gardens und so schnell einen Sündenbock für den ersten Mord gegeben? Und ja: Warum hatte ihn Hinnerk zu dem Mann in den Vernehmungsraum geschickt, der den Mörder seines Vaters kannte? Hatte der Kerl es vielleicht selbst gar nicht gewusst, bevor der große Leiter der Mordkommission zu ihm gekommen und ihm ein Angebot unterbreitet hatte? Birol schüttelte den Kopf. Wozu das Ganze? Es fühlte sich so gewaltig an, was hatte das alles mit ihm zu tun? Er war nervig gewesen, okay. Aber er hatte seine Arbeit gemacht und nicht aufgemuckt, oder? So genau alles auf den ersten Blick zusammenpasste, so wenig Sinn ergab es auf den zweiten. Allerdings musste es ja auch keinen Sinn für ihn ergeben. Alles, was er wissen musste, war, dass er geliefert war. Und zwar so richtig. Das Gefühl, dass alles seine Ordnung hatte, schwand von Minute zu Minute. Beinahe wünschte er, Laura wäre nie zu ihm gekommen. Doch natürlich wusste Birol, dass er auf lange Sicht froh über dieses Gespräch sein würde. Jetzt, in diesem Moment, war es einfach nur überwältigend. Zu viel für einen Mann, der lange versucht hatte, das Richtige zu tun, und der dabei so oft falschgelegen hatte. Er barg das Gesicht in den Händen. »Scheiße. Da komme ich nicht mehr heil heraus.«

»Sag das nicht!« Lauras Stimme war ungewöhnlich sanft. »Du hast einen Cheater erschossen, einen altgedienten Lakai der Metzger-Brüder und nicht den gottverdammten Papst. In Notwehr!«

Birol schnaubte. »Ich bin mit einer illegalen Waffe mitten in der Nacht bei ihm aufgekreuzt. Wie sehr sieht das für dich denn nach Notwehr aus?«

»Aber er wollte dich gerade angreifen«, beharrte Laura. »Hättest du ihn nicht erschossen, hätte er sich auf dich gestürzt.«

»Stimmt schon«, brummte Birol.

»Außerdem bist du Polizeibeamter, dein Wort hat Gewicht. Und der Typ hat deinen Vater umgebracht.«

»Was wir nicht beweisen können. Ich hab ihn ja erschossen.«

»Mal das nicht so schwarz. Solche Typen haben keinen guten Stand in unserem Rechtssystem.«

»Aber Hinnerk oder wer immer mich auch hier drin haben will, hat riesigen Einfluss. Da kommen wir niemals gegen an.«

»Wir müssen es versuchen.«

Eine Weile saßen sie einander gegenüber und hielten den Blick des anderen fest.

Dann streckte Birol seine Hand über den Tisch, und Laura ergriff sie mit einem leichten Lächeln.

»Danke. Danke, dass du hier bist und danke, dass du mir den Rücken stärkst. Das bedeutet mir sehr viel.« Es fühlte sich merkwürdig an, das zu sagen, auch wenn es die Wahrheit war. Birol war es nicht gewohnt, über seine Gefühle zu sprechen.

»Es bedeutet mir auch sehr viel«, antwortete Laura, und Birol wurde warm, als er sah, dass sie leicht errötete.

»Also«, sagte er nach einer Weile sanft. »Wer ist Martha?«

»Meine Mutter«, antwortete Laura. »Sag nichts, diesen altmodischen Namen tragen die erstgeborenen Frauen in meiner Familie seit vielen Generationen. Meine Mutter hatte vor mir eine Fehlgeburt, die sie Martha taufte. Nur deshalb ist dieser Kelch an mir vorübergegangen.«

Birol nickte ernst. »Und wer ist Laura?«

Laura legte den Kopf schief. »Sie ist dir gar nicht so unähnlich, weißt du? Und auch ihre oder vielmehr Marthas Geschichte beginnt mit einem Mord.«

Birol hob überrascht die Brauen.

»Auch ich habe im Dienst jemanden verloren, den ich sehr geliebt habe. Und auch in meinem Fall wollten die Kollegen nicht so richtig herausfinden, was in jener Nacht wirklich geschah. Es wurde kaum ermittelt, ich bin überall gegen Wände gelaufen.«

»Wer war dieser geliebte Mensch?«, fragte Birol und kam sich blöd vor ob der Tatsache, dass er einen eifersüchtigen Stich fühlte. Als hätte Laura seine Gedanken gelesen, lächelte sie.

»Kein Mann«, sagte sie schnell und drückte seine Hand. »Meine beste Freundin Fenne.« Laura schüttelte den Kopf. »Sie war der Mensch, den ich am längsten und besten kannte. Wir waren schon in der Grundschule unzertrennlich. Und dann …« Sie schluckte.

Birol nickte. Sie musste es nicht ausführen oder erklären. Er verstand auch so. Birol verstand es sogar sehr gut.

»Und warum bist du in Berlin?«

»Ich bin Fennes Spur gefolgt. Wir waren an einem Fall dran, eine ziemlich große Sache für zwei so blutige Anfängerinnen, wie wir es waren. Kommt dir das zufällig bekannt vor?«

Birol schnürte sich der Hals zu. »Ja. Und diese Spur führte nach Berlin?«

Laura drückte seine Hand. Sehr fest. Ihr Blick war ernst, und ihre dunklen Augen waren noch eine Spur dunkler geworden.

»Nicht nur nach Berlin, Birol. Sie führte zu deinem Vater.«

Birol spürte, wie etwas in seinem Inneren verrutschte. Er hätte mit allem gerechnet, aber nicht damit. Und er hatte Angst vor dem, was jetzt noch kommen würde.

»Es ist eine lange Geschichte. Sie ist hässlich und voller Schmerzen, Zweifel und Betrug. Möchtest du sie trotzdem hören?«

Nein, dachte Birol. Natürlich nicht.

»Ja. Erzähl sie mir.«

RONNY

Na, das war ja mal ordentlich schiefgegangen. Fuck. Er hatte sich doch nur das Gerät beschaffen und nicht dabei noch zwei Menschen umbringen wollen.

Gut, er hatte natürlich damit gerechnet, ein oder zwei Securitys ausschalten zu müssen, doch das mit dem Kleinen tat ihm leid. War vielleicht seine eigene Naivität gewesen.

Ronny hatte gedacht, dass ein stummer Mensch ja keinen Krach machen und nicht um Hilfe schreien konnte. Eigentlich die perfekte Begleitung, wenn man so wollte.

Er hätte es ja auch gerne vermieden, den Security-Typen zu erschießen. Immerhin war er so was wie sein Kollege gewesen, aber dieser Fleischberg war durch nichts davon zu überzeugen gewesen, ihn durchzulassen, und hatte angesetzt, Verstärkung zu rufen. Und was dann passiert wäre, tja. Sicherlich hätte es deutlich mehr Tote gegeben, vielleicht sogar ihn selbst erwischt. Da war ein Schuss unausweichlich gewesen. Schallgedämpft und in den Kopf, eine schnelle und überwiegend saubere Sache.

In seiner Vorstellung hätte alleine das mit anzusehen, den kleinen Kerl weich wie Butter machen müssen, aber da hatte er ihn unterschätzt. Wie ein geölter Blitz war er in den Raum hineingerannt. Offenbar kannte er sich aus – denn als Ronny ihn erwischte, schwebte seine Hand nur wenige Millimeter über einem roten Panikknopf. Er war erstaunt, dass diese Dinger hier verbaut worden waren, allerdings hatte er schon viel über die Paranoia der Metzgers gehört. Das war gerade noch einmal gut gegangen, jedenfalls für ihn. Für den Kleinen leider nicht. Aber was sollte man machen? Nun, da er so weit gekommen war, konnte er schlecht den Hut ziehen und sich aus dem Staub machen. Er hatte ohnehin schon viel zu viel Zeit im Utopia Gardens verbracht. Ronny machte sich keine Illusionen darüber, dass seine Visage von dem einen oder anderen erkannt worden war. Eine dieser lächerlichen Masken hätte er dennoch niemals aufgezogen. Erstens drückten die, passten nicht zu seinem riesigen Schädel, und zweitens ging all seine Autorität mit so einem Ding flöten. Seine gottgegebene Hässlichkeit und die Narben im Gesicht waren sein Kapital, wenn es um Überzeugungsarbeit ging. Na ja. Die beiden Zeugen, die er definitiv angehäuft hatte, waren nun nicht mehr in der Lage zu erzählen.

Ein Glück, dass jeder wusste, dass es im Utopia Gardens keine Überwachungskameras gab. In einem Club, in dem so gut wie jede Illegalität sowie jede sexuelle Ausschweifung erlaubt war, wäre das einfach zu gefährlich. Die Kunden würden sich nicht recht wohlfühlen, und die Polizei würde sich an den Videos bedienen wie in einem Süßigkeitenladen. Das spielte ihm nun in die Hände.

Ronny hatte die Leichen zur Eingangstür gezogen. Seiner Erfahrung nach stoppte nichts einen Menschen so nachhaltig wie eine Leiche auf der Türschwelle. Leute rechneten einfach nicht damit, in ihrem Zuhause von so was überrascht zu werden. Oder auf ihrem Arbeitsplatz. Das Gehirn brauchte ein paar Augenblicke, um zu verdauen, was es da sah. Und die reichten für gewöhnlich.

Als er danach den merkwürdigen Arbeitsraum, der ein bisschen wirkte wie eine abgefahrene Zahnarztpraxis, auf den Kopf gestellt und nicht gefunden hatte, was er suchte, war er nervös geworden. Was, wenn er sich geirrt hatte? Was, wenn der Kerl gar nicht im Besitz von The Ark war?

Doch es konnte kein Irrtum sein, er hatte sich bei SeaSalt extra rückversichert, und der hatte ihm bestätigt, dass sich die Koordinaten des Gerätes minimal geändert hatten. Von Lichtenberg war The Ark nach Berlin-Mitte »umgezogen«. Genau wie dieser Modder. Und dann war etwas passiert, das Ronny beinahe komplett ins Wanken gebracht hätte. Nicht etwa der Modder-Typ mit der schwarzen Perücke war als Nächstes aufgeschlagen, sondern das geheimnisvolle weiße

Mädchen, das nur unwesentlich älter sein konnte als seine Tochter. Sie hatte angesichts der Leichen genauso reagiert, wie er sich das erhofft hatte, doch er selbst wäre beinahe zu langsam gewesen. Weil sie so zerbrechlich wirkte. Und weil er in seinem ganzen Leben noch keiner Frau etwas zuleide getan hatte. Er kam vom Kiez, war komplett von Frauen großgezogen worden und hatte zwei Töchter. Ronny Könighaus hatte nur ein einziges Prinzip: Er legte keine Hand an Frauen.

Und doch war ihm in diesem Moment nichts anderes übrig geblieben. Er hatte sie mit einem gezielten Handkantenschlag gegen die Schläfe unschädlich gemacht, bevor sie schreien konnte. Und bevor sie ihn richtig gesehen hatte. Zum Glück. Doch diese Situation hatte Ronny seine größte Schwäche mal wieder vor Augen geführt. Das und dass er eigentlich zu alt war für den Scheiß. Seine Lunge pfiff nach der Aktion aus dem letzten Loch, dabei war es nur ein harter Schlag unter Anspannung gewesen.

Was dann passiert war, versuchte er immer noch einzuordnen. Routinemäßig hatte er die Taschen des Mädchens untersucht und sehr schnell, in ihrer rechten Hosentasche, The Ark gefunden.

Er hatte das Gerät zu dem Laptop, den er ebenfalls in dem Raum vorgefunden hatte, gesteckt und nach kurzem Zögern den Rechner wieder hervorgeholt. Natürlich war dieser über Fingerabdruck und Netzhautscan gesichert. Sicherlich nichts, was einer von Ophelias Hackern nicht umgehen konnte, doch ihm wäre es lieber, wenn es anders ginge. Ohne große Hoffnung hatte er den rechten Zeigefinger des bewusstlosen Mädchens auf das Trackpad gedrückt und war einigermaßen erstaunt gewesen, als nach Abschluss des Scans die Retina eingefordert worden war. Nachdem er auch noch ein Auge der jungen Frau gescannt hatte, war er eingeloggt gewesen. Jetzt hatte er das Gerät geöffnet transportieren müssen, was in einem vollen Club eine echte Herausforderung darstellte.

Er hatte den Security-Mitarbeiter, den er über den Haufen geschossen hatte, genauer beäugt. Er hatte einen unauffälligen, schwarzen Anzug, getragen, ganz ähnlich dem, den er selbst gerade trug. Außerdem ein geschmackvolles Earpiece und einen winzigen Pin mit dem Logo des Gardens am Revers. Ronny hatte sich beides gegriffen, sich das Earpiece ins Ohr und den Pin ans Revers gesteckt und das Atelier mit ernster Miene verlassen. Jedem, der ihn angesprochen hätte, hätte er erzählt, dass er ein neues WLAN-Netz installiert hatte oder irgend so einen Scheiß.

Doch so weit war es gar nicht erst gekommen. Mit seiner Frisur und Statur fiel er im Utopia Gardens überhaupt nicht weiter auf. Nach wenigen Minuten hatte er draußen vor dem Club gestanden.

Er war nicht direkt zu Ophelia gefahren. Ronny wusste selbst nicht, wieso. Die ganzen letzten Tage und Wochen hatten nur ein Ziel gehabt: den Prototyp ausfindig zu machen und ihn Ophelia zu bringen. Das, und nichts sonst. Und er hatte schließlich vollbracht, was seine Chefin von ihm verlangt hatte und ihm selbst zwischenzeitlich vollkommen unmöglich erschienen war. Dennoch hatte Ronny ein komisches Gefühl. Ganz so, als würde es jetzt nicht besser mit ihr, sondern noch viel, viel schlimmer.

Ronny hatte sich der Sanderin gegenüber sehr bedeckt gehalten in letzter Zeit, und das hatte sie rasend gemacht. Sie wusste nicht, dass er den Verdacht gehabt hatte, ein Modder könnte im Besitz von The Ark sein. Denn das wäre der letzte Beweis für sie, dass ihr Bruder hinter der Sache steckte.

Er selbst hatte keine Ahnung, warum ihn das überhaupt juckte. Eigentlich musste er hier doch nur seinen Job machen, damit er so schnell wie möglich wieder zurück nach Hamburg kam. Seine Mädchen fehlten ihm. Und ja, auch seine Frau. Silvie war die Pestbeule an seinem Arsch, aber er vermisste es, sich regelmäßig zu kratzen. Sie gehört zu seinem Leben, und Ronny war, auch wenn er überhaupt nicht danach aussah, ein Mensch, der Routinen liebte.

Warum also nicht einfach das Ding abliefern, die Sanderin ihrem Rausch der Wiedersehensfreude überlassen und rauf auf die Autobahn in Richtung Norden?

Er hatte keine verfluchte Ahnung. Statt zu tun, wofür er bezahlt wurde, saß er jetzt in dem gefühlt hundertsten weißen Mietauto und glotzte auf den Wannsee. In Hamburg hatten sie ja nicht so viele Seen, und Ronny hatte begonnen, Berlin für seine Wasserlöcher zu schätzen. Die ganze Stadt war zwar ein absolutes Desaster, aber die

Seen hatten was. Manche von ihnen waren glasklar und sahen an schönen Tagen aus wie blaue Murmeln, die im Dreck schimmerten. Und Dreck hatte Berlin wahrlich genug. Mit seinem kaputten Zentrum und den schnieken Außensiedlungen. Wussten die Menschen denn nicht, dass etwas, das von innen verrottet war, niemals gut sein konnte? Das galt für Obst und Gemüse genauso wie für Städte. Unglücklicherweise galt das aber auch für Menschen. Und Ronny wurde gerade von der panischen Angst verfolgt, innerlich zu verrotten. Eigentlich war er immer ganz gut mit der Mentalität gefahren, ja nur zu machen, was man ihm sagte, doch irgendwie hatte er in letzter Zeit das Gefühl gehabt, sich wirklich und wahrhaftig schuldig zu machen. Und das gefiel ihm nicht. Wurde er jetzt auf seine alten Tage etwa auch noch moralisch?

Früher hatte er geschlafen wie ein Baby, selbst nach den härtesten Tagen, egal, was er getan hatte. Und jetzt bekam er nachts kein Auge mehr zu. Gerne hätte er alles auf die Sanderin geschoben, doch sie hatte ihn zu nichts gezwungen. Sie hatte ihn lediglich bezahlt.

Und da dämmerte ihm, was ihn die ganze Zeit so umtrieb. Was ihn so gottverdammt noch mal an seiner Arbeitssituation störte.

Die Sanderin hatte ihn zur Hure gemacht. Sie zahlte. Sie bestimmte seinen Aufenthaltsort. Sie musste ihm nichts mehr sagen, er wusste, was er zu tun hatte.

Und aufgrund all seiner Taten hatte sie ihn in der Hand.

Wenn Ronny früher seine Mutter gefragt hatte, warum sie nicht einfach umzogen, die Erdbeerhöhle hinter sich ließen und irgendwo anders zu zweit neu anfingen, da hatte sie ihm übers Haar gestreichelt und geantwortet: »Ach Schätzchen, das können wir leider nicht. Es ist nicht so leicht, wie du dir das vorstellst. Sondern viel, viel komplizierter.«

Ronny hatte immer nach Erklärungen, nach Antworten verlangt, die sie ihm nicht gegeben hatte. Heute wusste er, warum. Er kannte die komplizierten Ränke, in denen man sich unweigerlich verhedderte, wenn man sich mit der Unterwelt einließ. Wenn man sich einem Boss unterwarf, Geld annahm und Dinge tat, über die anständige Bürger nicht einmal nachdachten.

Sehr lange hatte Ronny seine Mutter für ihre Schwäche verachtet. Hatte sich geschworen, niemals selbst so tief zu sinken. Immer sein eigener Herr zu bleiben. Und jetzt war er nicht besser als sie.

Was sollten Candy und Precious nur von ihren Eltern lernen, wenn in ihrer Familie das Credo galt, dass Geld als Wert über allem anderen stand? Ronny machte sich nichts vor, die beiden waren dumm wie Windbeutel und genauso süß. Was sollte aus ihnen werden, wenn Ronny es nicht schaffte, ihre Zukunft zu sichern?

Das Bild seiner Töchter, die sich in Netzstrumpfhosen vor einer Webcam rekelten, schob er schnell beiseite. Wieso hatte Silvie ihnen diese blödsinnigen Namen gegeben? Da war die Karriere ja schon vorprogrammiert.

Ronny wurde von heftigem Schläfenschmerz überfallen. Er war wahrlich kein Grübler und hatte in seinem Leben schon viele Dinge getan, auf die er nicht sonderlich stolz war. Aber er hatte noch nie Menschenhandel betrieben.

Doch wenn er jetzt The Ark zur Sanderin brachte – war das dann nicht so was Ähnliches?

Er konnte nicht behaupten, große Sympathie für Sky von Bülow zu hegen, auch wenn der Junge etwas an sich hatte, das an einen Welpen erinnerte. Welpen machten Ronny immer ein bisschen wütend. Alle Tierbabys taten das. Sie waren zu niedlich. Er mochte es nicht, nicht böse auf etwas sein zu können, einfach nur, weil es niedlich war.

Na, jedenfalls war ihm der Typ immer auf den Keks gegangen. Und in letzter Zeit hatte er ihn dermaßen zum Teufel gewünscht wie noch nie jemanden zuvor. Denn wenn dieser Idiot Ophelia nicht den Laufpass gegeben hätte, wenn er sich gar nicht erst mit ihr eingelassen hätte, dann wäre der ganze Schlamassel überhaupt nicht passiert.

Dämlicher, dummer Junge. Hätte er nicht ahnen können, dass man mit jemandem wie der Sanderin keine Spielchen spielte?

Ronny ließ die Schultern hängen. Nein, natürlich hätte er das nicht. Damals kannte er sie ja noch nicht.

Wenn er ihn jetzt zu ihr zurückbrachte, dann zwang er den Kerl oder was von ihm übrig war, ihr Gesellschaft zu leisten. Obwohl er das ganz sicher nicht wollte. Und Ophelias Interesse war eindeutig sexueller Natur, auch wenn sich Ronny im Traum nicht ausmalen konnte oder wollte, wie sie sich das im Einzelnen vorstellte.

Also wenn er ihn jetzt zur Sanderin brachte, dann transportierte er einen Menschen gegen dessen Willen zu jemandem, von dem er nicht aus eigener Kraft wieder wegkam und der Sex von ihm wollte.

Aber wenn er es nicht tat, dann verlor er seinen Job und musste fürchten, dass sich die Sanderin an ihm rächen würde, sobald sie einen Ersatz für ihn aufgetrieben hatte. Sie würden aus ihrer Stadtvilla in Altona ausziehen müssen und wahrscheinlich ganz aus Hamburg weg, weil er ehrlich zu alt war, um auf dem Kiez noch mal von vorne anzufangen. Dann würde Silvie ihn verlassen und die Mädchen mitnehmen. Genau das würde dann passieren.

Scheiße, er musste jetzt an seine Familie denken und nicht an einen Typen, dem die Sonne sein gesamtes bisheriges Leben den Arsch geküsst hatte. Was konnte Ophelia schon groß mit ihm machen, immerhin war er ein gottverdammter … ja, was eigentlich? Avatar?

Es war unausweichlich, egal, wohin es führte. Ronny Könighaus hatte sich dieses Leben ausgesucht. Dieses, nicht irgendein anderes. Und das musste er so jetzt auch noch zu Ende leben.

Aber wenigstens das Mädchen wollte er da raushalten. Nach dem Gespräch mit Sky hatte er das Gefühl, dass er ihm wenigstens so viel schuldig war. Selbst ein Blinder hätte gesehen, dass Sky in dieses geheimnisvolle weiße Mädchen verliebt war. Raven.

Candy und Precious mochten bescheuerte Namen sein, aber wenigstens hatte seine Frau in bester Absicht gehandelt und ihren Gefühlen Ausdruck verliehen.

Aber ein Kind mit Albinismus Raven zu nennen, das war ein Akt der Grausamkeit. Dieses Mädchen sah aus, als wäre es das genaue Gegenteil von Sky. Jemand, dem das Leben bisher eigentlich nur vor die Füße gekotzt hatte. Zerbrechlich und hart. Niemals durfte die Sanderin erfahren, dass er The Ark bei ihr gefunden hatte. Aber irgendwas musste er ihr erzählen. Denn wenn sie einmal verdaut hatte, dass sie ihren Prinzen zurückhatte, dann würde sie Fragen stellen. Und Rache üben. Bevor er zu ihr zurückkehrte, musste er eine Geschichte vorlegen, die wasserdicht war. Aber irgendein Märchen durfte es auch nicht sein. Und zu Othello sollte die Spur nach Möglichkeit auch nicht führen, denn das würde garantiert kein gutes Ende nehmen, also fiel dieser komische Modder ebenfalls raus.

Er griff nach dem Laptop, den er aus dem Labor mitgenommen hatte. Vielleicht fand sich ja dort etwas Brauchbares.

RAVEN

Sie tigerte durch das Labor wie eine gefangene Raubkatze. Auf und ab, auf und ab. Ihre Nagelbetten hatte sie sich schon blutig gebissen, doch der empfindliche Schmerz, den sie sich mit jedem Knabbern selbst zufügte, hielt sie in der Wirklichkeit.

Spencer war tot. Hagen, der Wachmann, der in dieser Nacht Dienst vor ihrer Tür geschoben hatte, ebenfalls. Es war genau das eingetreten, was die Anwesenheit von Security eigentlich hatte verhindern sollen. Warum waren sie nicht zu zweit gewesen, verdammt? Obwohl, vielleicht war es besser so. Sonst lägen hier am Ende jetzt drei Leichen herum.

Raven war schlecht. So richtig. Ihrem ganzen Körper war übel, sie hatte den Eindruck, selbst ihre Haarspitzen fühlten sich zum Kotzen. Sie war doch extra ins Gardens gezogen, damit niemand mehr ihretwegen zu Schaden kam. Sie hatte gedacht, dass die Sicherheitsvorkehrungen, die sie getroffen hatten, ausreichend gewesen waren. Doch weit gefehlt. Jemand hatte sich Zutritt verschafft, ihren Laptop und Sky mitgenommen. Sky. Beim Gedanken an ihn riss in Raven etwas entzwei. Er war nicht mehr da, und sie fühlte sich auf eine Art alleine, die sie vorher nicht gekannt hatte. Außerdem spürte sie entsetzliche Schuld. Sie hatte ihn im Stich gelassen.

Es gab zwei Möglichkeiten: Entweder, der Mann war einzig und allein auf Sky aus gewesen. Doch das hielt sie für eher unwahrscheinlich. Wer wusste denn, dass sie in seinem Besitz gewesen war? Niemand.

Außer Spencer natürlich; und der lag tot in ihrem kurzen Flur. Was hatte er sonst hier zu suchen gehabt?

Außerdem war Ophelia Sander eine reiche und mächtige Frau, die Skys Erzählungen nach keine Grenzen kannte oder akzeptierte. Doch viel wahrscheinlicher war es, dass derjenige, der sie niedergeschlagen hatte, eigentlich hinter Dark her war. Spencer hatte schließlich auch gewusst, wo man Dark finden konnte, was seine Anwesenheit genauso gut erklärte. Ja, wahrscheinlich war es der Mann gewesen, der sie schon lange verfolgte. Derjenige, der auch Bartosz und Livia auf dem Gewissen hatte. Der Kerl, der Dittrich verstümmelt hatte. Der, vor dem sie weglief. Was für eine Ironie, dass er ausgerechnet sie als Einzige am Leben gelassen hatte. Wahrscheinlich, weil sie vollkommen harmlos und unbedeutend auf ihn gewirkt hatte.

Ihre Jugend und ihre schmale Gestalt waren ihr bester Schutz, das hatte Raven schon immer gewusst. Wie gut, dass sie kein eitler Mensch war. Sonst hätte sie wahrscheinlich doch irgendwann angefangen, mit ihren Kreationen zu prahlen. Kaum jemand konnte auf Dauer damit leben, berühmt und doch vollkommen unbekannt zu sein. Ihr hatte es nie etwas ausgemacht. Doch wie lange konnte sie überhaupt noch aufstehen und weitermachen, wenn um sie herum die Menschen starben wie die Fliegen?

Der Typ hatte nicht nur Sky, sondern auch ihren Rechner und somit all ihre Notizen. Zum Glück nichts zu ihren Kreationen, so was schrieb Raven niemals nieder, aber auf dem Ding befanden sich Skys Akte und ihre Notizen, die sie sich zu seinem Fall gemacht hatte. Zusammen ergaben sie ein sehr aussagekräftiges Bild. Wenn der Typ es schaffte, ihre Zugangsbeschränkungen zu überwinden. Einerseits hatte sie die höchste der möglichen Sicherheitsstufen gewählt, andererseits machte sie sich auch da keine Illusionen. Wer rein wollte, fand einen Weg.

Cristobal hatte Alarm geschlagen, noch bevor sie richtig zu sich gekommen war, und schon nach wenigen Momenten hatte das Atelier einem Taubenschlag geglichen. Sogar Eugene war mit ernster Miene aus dem Elfenbeinturm herabgestiegen, um sich zu erkundigen, was vorgefallen war.

Gerade in diesem Augenblick besprach er sich in gedämpftem Ton mit Igor, dem am Gesicht abzulesen war, wie mies er sich fühlte. Raven hatte keine Ahnung, ob Hagen und er sich nahegestanden hatten, aber er hatte immer ein Herz für den albernen Spencer gehabt. Seitdem Dark ihn gemoddet hatte, war das Verhältnis zwischen Raven und dem sonst immer so gut gelaunten Igor merklich abgekühlt. Sie konnte es ihm nicht verdenken.

Raven ging langsam ein bisschen näher an die Männer heran.

»… sein Name?«, fragte Eugene in geschäftsmäßigem Ton. »Hagen Wallraff«, antwortete Igor mit starrer Miene. »Guter Mann, schon ein paar Jahre dabei.«

»Hm«, machte Eugene. »Komisch, dass mir sein Gesicht so gar nichts sagt. Hatte er Familie?«

»Eine Frau. Aber die ist gerade schwanger, soviel ich weiß.«

In Raven zog sich alles zusammen. Eigentlich sollte sie nicht lauschen, es wurde mit jedem Wort schlimmer, doch sie konnte auch nicht weghören. Das hier war ihre Strafe. Es war wichtig, dass sie sie gewissermaßen absaß.

»Also das doppelte Kompensationspaket«, nickte Eugene und machte sich eine Notiz auf dem Tablet.

»Und er …« Igor zeigte auf Spencer.

»Ich weiß, wer das ist«, unterbrach ihn Eugene. »Das regeln wir selbst. Soweit mir bekannt ist, hatte er sowieso keine Familie.«

Igor schüttelte den Kopf. »Ne. Unser kleiner Rabe hier war alles, was er hatte.« Das sagte er so laut, dass Raven es gar nicht überhören konnte. Dabei schickte er ihr einen dermaßen giftigen Blick, dass man meinen könnte, bei Igor handele es sich um ein Unschuldslamm. Als hätte nicht auch er schon Dinge tun müssen, auf die er nicht stolz war. Als wüsste er nicht, wie es sein konnte in dieser Welt, die alles verlangte und nichts verzieh.

Trotzdem senkte sie den Blick. Weil sie fühlte, dass er recht hatte.

»Warum war Herr Wallraff hier alleine?«, fragte Eugene nur, und Igor kratzte sich am Kopf.

»Tja. Das versuchen wir auch gerade herauszufinden. Aber vermutlich war es so, dass sein Kollege ausgetreten ist oder eine rauchen war, da sich zum Zeitpunkt des Eindringens des Mannes niemand im Atelier oder dem Labor aufgehalten hat. Wahrscheinlich dachten die Männer, das würde noch eine Weile so bleiben.«

Eugene schickte Raven einen fragenden Blick, und sie nickte.

»Dark kommt nicht vor heute Nacht zurück. Hagen wusste das. Ich habe gehört, wie Dark die Security informiert hat.«

»Dann kannst du uns doch auch sicherlich sagen, wer mit Hagen Dienst hatte, oder?«

Fuck. Raven biss sich auf die Lippe. Mit dieser Frage hätte sie rechnen müssen. Aber was hätte sie sonst sagen sollen? Vielleicht einfach, dass sie von nichts wusste? Früher war es ihr doch immer so gut gelungen, sich aus allem rauszuhalten. Warum nur klappte das in letzter Zeit denn so gar nicht mehr?

»Gisbert«, nuschelte sie und fing sich noch einen von Igors tödlichen Blicken. Ach verdammt.

Eugene machte sich eine erneute Notiz und nickte. »In Ordnung«, sagte er nur, und Raven schaute Igor gar nicht mehr an.

»Raven.« Eugene richtete nun das Wort direkt an sie. Es war das erste Mal, seit sie bei der sterbenden Emily zusammengestanden hatten. Nina hatte Raven selbst berichtet, wie wütend die Metzgers nach der Razzia auf sie und ihre Doppelrolle gewesen waren. Doch davon war jetzt kaum noch etwas zu spüren.

»Kann ich dich einen Augenblick sprechen?«

Raven nickte.

»Allein.«

Er deutete mit dem Finger in Richtung Decke, was wohl heißen sollte, dass sie ihn nach oben begleiten sollte. Sie schluckte trocken, nickte jedoch erneut. Was blieb ihr auch anderes übrig?

Schweigend machten sie sich an den Aufstieg in das Reich der Metzgers. Worum auch immer es ging, Raven war froh, wenigstens mit Eugene und nicht mit Mikael sprechen zu müssen. Mit dem Jüngeren der beiden war wenigstens so was wie ein zivilisiertes Gespräch möglich.

Als sie sein Schlafzimmer betrat, kamen böse Erinnerungen an den komplett geschundenen Körper der armen Livia zurück, und sie versuchte nach Kräften, nicht auf das Bett zu starren, dessen weiße Leinenbettwäsche nichts mehr von der grausamen Geschichte zu erzählen wusste.

Als sie Eugenes Blick auffing, entging ihr nicht, dass ein leichtes Lächeln seine Lippen umspielte.

Er zeigte auf zwei niedrige, mit grauem Leinenstoff bezogene Würfel, die an dem Platz standen, an dem Mikael in seinem Reich seine goldenen Prunkmonstersessel platziert hatte.

»Setz dich doch, Raven.«

Sie nickte und versuchte, eine bequeme und gleichzeitig souverän wirkende Haltung auf ihrem Sitzmöbel einzunehmen, was ihr kläglich misslang. Das Teil war ein wenig zu hoch für ihren Körper.

»Gefällt dir mein Reich?«, fragte er im Plauderton, und Raven nickte erneut. Sie wusste einfach nicht, was sie sonst tun sollte.

»Für gewöhnlich bekomme ich viele Komplimente von Leuten, die mich das erste Mal besuchen.« Er legte den Kopf schief und lächelte sie freundlich an.

Was war das denn jetzt? Eine Prüfung? Eine Falle? Jeder wusste, wie eitel Mikael war, dass man ihn mit Komplimenten überschütten musste, um seinem Zorn zu entgehen, aber genauso wusste jeder, dass Eugene anders war. Doch vielleicht stimmte das gar nicht?

Raven tat so, als würde sie sich noch einmal genau umschauen. Wie jemand, der einen Raum zum ersten Mal sah.

»Ich habe keine Ahnung von Einrichtung«, sagte sie entschuldigend. »Aber es ist sehr schön hier. So …«, sie suchte nach dem richtigen Wort, »reduziert«, sagte sie schließlich.

»Ganz anders als bei meinem Bruder, oder?«

Ravens Puls beschleunigte sich. Sie sah Eugene an und bemerkte das Blitzen in seinen Augen. Er beobachtete sie genau, führte eindeutig etwas im Schilde. Worum ging es hier? Was sollte das? Raven war noch nie in Mikaels Räumlichkeiten gewesen, immer nur Dark. Das wusste Eugene ganz genau. Oder? Raven hatte ihn im Verlauf der Jahre ganz gut kennengelernt und wusste, dass dieser Mann so gut wie nie etwas vergaß. Sie verrenkte ihr Gehirn auf der Suche nach einer Erinnerung, in der sie als Raven die heiligen Hallen unterm Dach besucht hatte, doch da war nichts. Die Kommunikation war immer über die Security gelaufen; oder über ihr Tablet, das einzig und alleine den Metzgers vorbehalten war. Ohne ihre Perücke und die Bauta war sie noch nie hier oben gewesen.

Sie entschied sich, jetzt besser nichts mehr zu sagen und lieber abzuwarten, wohin die Reise ging.

Eugene ergriff ein recht großes Tablet und legte es sich auf den Schoß.

»Mädchen«, sagte er nun. »Ich weiß Bescheid. Ich weiß, dass du Dark bist. Deshalb will ich ja auch mit dir reden.«

Noch nie zuvor in ihrem Leben hatte Raven sich so sehr gewünscht, einfach an Ort und Stelle im Boden zu versinken. Sie starrte Eugene fassungslos an, der nun tatsächlich leise lachte.

»Du solltest niemals an einem Pokerspiel teilnehmen, Raven.«

Pokerspiel? Sie verstand überhaupt nichts mehr. »Was? Wie?«, brachte sie endlich heraus, und Eugene aktivierte nur allzu bereitwillig das Tablet. Es zeigte Aufnahmen verschiedener Teile des Clubs. Dancefloor, Personalflure, Toiletten, die Garderobe, Barbereich des Rouge.

»Überwachungskameras?« Raven konnte nicht anders, ihre Verblüffung und der Schock, den sie empfand, als sie die Videos sah, spiegelte sich in ihrer Stimme deutlich wider. »Ich dachte, das Gardens hat keine Kameras. Damit die Kunden sich fallen lassen können und …« Sie stoppte sich selbst. Schließlich sah sie ja ganz eindeutig, dass es sehr wohl Kameras gab. Offenbar gut versteckte Dinger, denn sie hatte noch nie, bei keinem ihrer Streifzüge, auch nur ein einziges Objekt bemerkt, und eigentlich hatte sie ein gutes Auge für so was.

»Der Club hat ja auch keine Kameras«, stellte Eugene trocken richtig. »Ich habe welche. Und ich bin auch der einzige Mensch, der Zugang zu den Aufnahmen hat. Niemand sonst weiß von ihnen. Die Privatsphäre unserer Gäste ist also jederzeit gewahrt.«

Raven biss sich auf die Zunge. Sie wollte sich nicht ausmalen, was passieren würde, wenn das ans Licht käme. Vermutlich würden die wenigsten Besucher der Aussage zustimmen, dass ihre Privatsphäre dadurch gewahrt bliebe, dass nur Eugene Metzger und sonst niemand die Aufnahmen der Kameras durchsah. Wenn das durchsickerte, dann konnte das Rouge gleich dichtmachen. Ein verlockender Gedanke, wenn man Raven fragte. Aber sie sprach keinen ihrer Gedanken laut aus. Schließlich war sie nicht völlig wahnsinnig. Es war merkwürdig, dass Eugene sie in dieses Geheimnis einweihte. So konnte sie ihm schließlich im Ernstfall schaden. Er war eigentlich kein Mann, der solche Fehler machte. Also hatte er einen Grund.

»Und diese Videos haben dir gezeigt, dass ich Dark bin?«, fragte sie nach einer Weile, und Eugene nickte.

»Siehst du, ich habe diesen Verdacht schon länger«, erklärte er und tippte ein paar Befehle ein. Raven dachte bei sich, dass eitle Menschen nie müde wurden, einem ihren Genius unter die Nase zu reiben. Sie selbst fand das ziemlich ermüdend.

»Du bist als Darks Assistentin jedem ein Begriff …«, fuhr Eugene fort, der ihre Gedanken zum Glück nicht lesen konnte, »… aber ich konnte kein einziges Video finden, auf dem ihr beide *zusammen* zu sehen seid. Und ich bin sehr weit zurückgegangen. Habe Aufnahmen von Clubnächten, aus der Küche, von den Eingängen, den Treppenhäusern, den Aufzügen durchgesehen. Nicht ein einziges Video von euch beiden gemeinsam.«

Er zeigte ihr ein paar der Aufnahmen, und sie nickte nur zum Zeichen, dass sie ihn verstanden hatte. Doch sie brachte keinen Ton heraus.

Ihre Gedanken rasten. Nicht einmal in ihren kühnsten Träumen konnte sie sich ausmalen, wie diese Situation wohl enden würde. Hier saß sie nun, bei einem der mächtigsten und gefährlichsten Männer der Stadt. Nur weil Eugene ruhiger, besonnener und kultivierter als sein Bruder war, sollte man sich nicht der Illusion hingeben, dass er auch mehr Skrupel hatte. Wäre Eugene ein Chorknabe, dann wären die beiden niemals so weit gekommen. Mikael war brutal, dafür aber berechenbar. Eugene zog im Hintergrund die Fäden. Er tötete leise. Wenn man Raven fragte, dann war das im Zweifel sogar gefährlicher. Wer laut polterte, den hörte man wenigstens kommen. Sie versuchte, Ruhe zu bewahren, doch ihr war nur allzu klar, dass Eugene ganz genau wusste, was er tat und was er in ihr auslöste.

»Außerdem seid ihr euch von der Statur und den Bewegungsabläufen sehr ähnlich«, fuhr er fort. »Das ist mir schon früh aufgefallen, auch wenn ich zuversichtlich bin, dass ich damit ziemlich alleine dastehe. Die Leute geben sich einfach nicht genug Mühe, auch Kleinigkeiten zu beachten.« Er tippte weiter und zeigte ein paar Videos, auf denen Raven und Dark in ähnlichen Situationen zu sehen waren.

Raven wusste sofort, was er meinte, und war einigermaßen geschockt. Sie konnte sich so gut verkleiden, wie sie wollte, manche Dinge waren einfach unmöglich zu verbergen. Jedenfalls gelang es ihr offensichtlich nicht. Die Art, wie sie ein Glas hielt oder sich durch die Menge schob. Oder wie sie eine Treppe hochlief.

Wenn man es so gebündelt sah wie sie nun, war es fast ein Rätsel, dass sie so lange Zeit nicht aufgeflogen war.

Sie war so auf das Verdecken ihrer Charakteristika – der weißen Haare, der hellen Haut und der ebenfalls hellen Augen – konzentriert gewesen, dass sie ganz vergessen hatte, wie viel mehr es war, was einen Menschen unverwechselbar machte.

Eugene nickte, als hätte er ihre Gedanken doch gelesen. »Gut, dachte ich mir. Es könnten auch Zwillinge sein. So was kommt vor. So symbiotische Charaktere.« Er warf ihr einen Seitenblick zu. »Nicht, dass ich darin Erfahrung hätte.«

Hier musste Raven gegen ihren Willen kurz lachen, und Eugene zog amüsiert die Brauen hoch.

»So oder so musste ich mich an dein Alter erst gewöhnen. Das war ein ziemlicher Schock für mich. Ich meine: Wie alt bist du?«

»Ich werde in ein paar Wochen achtzehn«, antwortete Raven, die sich aus Gründen, die ihr noch nicht so ganz klar waren, plötzlich schämte. Als würde sie gerade als Hochstaplerin enttarnt. Und wenn sie eines ganz sicher nicht war, dann das. Sie hatte seit Langem keinen einzigen Fehler mehr gemacht.

»Dann warst du wie alt bitte, als du uns die Naniten eingepflanzt hast?«

»Fünfzehn.«

Eugene schüttelte den Kopf, halb spöttisch, halb bewundernd.

»Weißt du eigentlich, was du mit deinen damals fünfzehn Jahren vollbracht hast? Was durch dich erst möglich wurde? Und was du aufs Spiel gesetzt hast?«

»Die vollständige Dimension entzieht sich mir bis heute«, antwortete Raven wahrheitsgemäß. »Ich versuche auch, da nicht allzu viel drüber nachzudenken.«

Eugene lehnte sich ein wenig zurück, das Tablet locker auf den Knien. Er wirkte nicht aggressiv. Nur ehrlich interessiert. »Warum nicht?«

»Warum nicht?«, fragte Raven ungläubig zurück. »Na, weil es mein Fassungsvermögen sprengt. Ich habe es getan, weil ich verzweifelt war und Geld brauchte. Was mich betrifft, so habe ich damals überhaupt nichts aufs Spiel gesetzt, weil ich nichts mehr zu verlieren hatte. Und ich konnte zwei Leben damit retten; nur dafür hatte ich die Dinger überhaupt entworfen. Mikael und du, ihr hattet das Glück, dass meine Mutter starb, bevor die Dinger ihr Leben retten konnten.«

Ein Seitenblick verriet ihr, dass Eugene sie nun mitleidig ansah. Sie starrte auf den Hochflorteppich zu ihren Füßen. Wenn Raven eines hasste, dann war es Mitleid. Sie hatte davon in ihrem Leben alleine aufgrund ihres Aussehens schon mehr bekommen, als sie bis zu ihrem Todestag brauchte.

»Ihr habt in den letzten beiden Jahren aber vielen Menschen den Tod gebracht«, führte sie weiter aus. »Dark hat durch euch an Renommee gewonnen und wurde bekannt. Mein Leben wurde angenehmer, die Arbeit hat mir große Freude gemacht. Ich war vorher eine mittellose Waise. Es ist recht klar, wo ich ansonsten mit meinem Aussehen früher oder später gelandet wäre.«

»Ruby hätte dich schon in die Finger bekommen«, bestätigte Eugene trocken.

»Eben. Ich habe mit meinen Fähigkeiten vielen Menschen geholfen, einigen habe ich sogar das Leben gerettet. Wenn man all das gegeneinander aufzurechnen versucht, wird einem schwindelig, und es führt zu nichts. Also habe ich immer angenommen, dass sich alles schon irgendwie ausgleicht. Aber in letzter Zeit …« Sie brach ab und schluckte.

»In letzter Zeit sind diverse Menschen unmittelbar wegen dir gestorben. Die letzten zwei vor wenigen Stunden.«

Raven nickte. »Eben. Es ist so scheißkompliziert. Da muss einem doch der Kopf schwirren.«

»Das stimmt natürlich. Ich kann mir vorstellen, dass das viel zu verdauen ist, wenn man solche … Variablen nicht gewohnt ist. Und genau deshalb wollte ich dich sprechen«, sagte Eugene. »Denn jetzt wird es noch komplizierter.«

Wenn Raven gekonnt hätte, wäre sie wohl in diesem Augenblick blass geworden.

»Aber der Reihe nach. Ich habe mir natürlich die Überwachungsvideos von ›eurem‹ Eingang der letzten vierundzwanzig Stunden angesehen. Und auch von den Tagen zuvor.« Er schenkte ihr einen langen Blick. »Ich wusste auch schon vorher, dass Gisbert mit Hagen Schicht hatte, sich aber schon direkt bei Schichtbeginn verkrümelt hat. Es ist nur immer noch mal besser zu checken, wer einem ehrlich antwortet und wer nicht.«

»Okay.« Mehr wusste Raven nicht zu sagen. Wenn es um ihre eigene Haut ging, so hatte sie offenbar mal wieder instinktiv richtig gehandelt. Igor würde ihr dennoch nie verzeihen. Und das machte sie traurig; sie hatte ihn immer gemocht.

»Raven, nicht ein einziges Mal bist du mit Dark zusammen durch die Tür getreten. Aber mehr als nur einmal bist du rein, und Dark ist wieder raus. Zwar immer wenn niemand sonst in der Nähe war oder die Wache vor der Tür gerade gewechselt hatte, aber meine Augen sehen alles. Verstehst du?«

Sie nickte.

»Ich will dir nichts Böses. Nicht dass du das denkst. Im Gegenteil. Mir ist egal, wie alt du bist oder ob wegen dir ein paar meiner Securitys draufgehen. Die wissen von Anfang an, worauf sie sich bei uns einlassen, und werden entsprechend bezahlt. Und wir haben ein extra Programm für die Kompensation der Familien. Du hast meinem Bruder und mir nicht nur das Leben gerettet, sondern auch ein völlig anderes, normales Leben ermöglicht. Etwas, das wir vorher gar nicht kannten oder auch nur für möglich hielten. Seit unserer frühesten Kindheit mussten wir mit der Krankheit, den Schmähungen und dem drohenden Tod umgehen. Und das in einer Welt, in der so gut wie alle Krankheiten behandelbar sind. Nur unsere nicht.« Er lächelte leicht. »Es gibt einen Grund, warum Mikael nicht das Gefühl hat, der Welt etwas zu schulden. Warum er verbittert und kalt ist. Seine Strategie war schon immer der Angriff gewesen, meine der Rückzug. Damit möchte ich Mika jetzt nicht verteidigen, sondern dir erklären, woraus du uns beide befreit hast. Ich war in Indien. Alleine. Ohne Medikamente. Und trotz der Dinge, die ich in letzter Zeit über dich erfahren musste – dass du ein junges Ding bist, ein Mädchen ohne Ausbildung, das zu allem Überfluss für die Polizei arbeitet –, bin ich dir ewig zu Dank verpflichtet.« Er runzelte die Stirn. »Außerdem brauchen wir dich. Das hat der Zwischenfall neulich deutlich gezeigt.«

»Die Naniten sind ziemlich störungsresistent, aber ganz fehlerfrei sind sie eben auch nicht«, bestätigte Raven.

»Ich verstehe, was du sagen willst. Wenn du stirbst, dann sind auch unsere Tage verkürzt. Das ist uns bewusst. Und glaube mir: Mikael hat nichts unversucht gelassen, Dark zu ersetzen.«

Raven zog die Brauen hoch.

»Er mag es einfach nicht, von einer einzigen Person abhängig zu sein«, sagte Eugene mit einem Schulterzucken. »Für einen Mann mit seiner Profilneurose nicht angenehm. Aber er hat auch nach intensiver Suche niemanden gefunden, der auch nur ansatzweise so weit war wie du.« Er schüttelte den Kopf. »Ich habe keine Ahnung von solchen Dingen. Ich weiß nicht, ob du ein Genie bist oder vollkommen wahnsinnig. Ob du mit unserem Leben gespielt hast und es nur zufällig gut ging oder ob du genau wusstest, was du tust.«

Raven biss sich auf die Lippe. Sie hatte mit Leben gespielt, und sie hatte eines verloren. Die Brüder waren jedoch niemals in Gefahr gewesen.

»Ehrlich gesagt verstehe ich überhaupt nicht, warum noch niemand die Naniten für die Krebs- und Krankheitsbekämpfung entdeckt hat«, sagte sie. »So kompliziert ist das Ganze auch wieder nicht. Aber du kannst mir glauben: Ich wusste immer, was ich tue.

Noch nie ist eine meiner Konstruktionen kaputtgegangen. Zweimal musste ich nachbessern, aber auch nur ganz am Anfang. Ich lerne stetig dazu. Und durch das Tragen meiner Prothesen ist noch niemand zu Schaden gekommen.«

Sie dachte an Bartosz und setzte hinzu: »Jedenfalls nicht durch die Prothesen an sich.«

»Sei es, wie es sei. Fakt ist: Wir haben heute gesehen, dass wir im Ernstfall nicht in der Lage sind, dich zu schützen.«

»Na ja. Ich bin die Einzige, die noch lebt von uns dreien. Und das schätzungsweise nur, weil ich niemandem erzählt habe, dass ich Dark bin.« Sie hielt einen Moment inne. »Außer Spencer wusste es niemand.«

Eugene nickte ernst. »Du hast Spencer aus diesem Grund die Fähigkeit zu sprechen genommen. Damit er nicht mehr in der Lage ist, von dir zu erzählen. Und seine Finger versteift, damit er es nicht aufschreiben kann.«

»Ja.« Wenn Raven an die einsamen Nächte mit Spencer auf dem Behandlungsstuhl dachte, wurde ihr eiskalt.

»Es war naiv von dir zu glauben, das würde ihn aufhalten.«

Raven hob den Blick und sah, dass Eugenes Augen sehr hart geworden waren.

»Wenn du das nächste Mal Grund zu der Annahme hast, dass dich jemand enttarnen könnte oder dir nach dem Leben trachtet: Töte ihn. Verstanden? Keine halben Sachen. Und wenn du es nicht kannst, dann komm bitte sofort zu uns. Wir nehmen uns der Sache dann an. Noch so ein Desaster können wir uns alle nicht leisten. Heute hast du nur eine Beule, aber was ist beim nächsten Mal?«

Raven schluckte trocken. Wie in Trance betrachtete sie das nächste Video, das Eugene ihr hinhielt. Es zeigte Spencer unten auf dem Fight Floor. Dort hatten sie ihn zum Arbeiten eingeteilt, auf Ravens ausdrücklichen Wunsch hin. Weil sie wusste, dass ihm die Kämpfe nichts ausmachen würden und weil er dort so weit von ihr entfernt war, wie es in diesen Mauern möglich war.

Auf dem Video stand er einem Mann gegenüber, der auf ihn einredete. Spencer nickte wiederholt oder schüttelte den Kopf. Machte ein paar Handbewegungen. Der Mann, der mit Spencer sprach, wandte der Überwachungskamera den Rücken zu. Doch man konnte auch so sehr gut erkennen, dass es sich um einen richtigen Stiernacken handelte.

Die nächste Aufnahme zeigte, wie sie gemeinsam den Floor verließen, die übernächste, wie Spencer vor dem Mann die Treppen zu Darks Atelier hochstieg.

Eugene legte das Tablet beiseite. »Den Rest erspare ich dir.« Dann machte er eine lange Pause.

»Mädchen, du bist zu naiv. Du bist in unsere Welt gestolpert und glaubst wahrscheinlich, wenn du einfach nur deinen Job machst und vom Rest die Finger lässt, dann wird schon alles gut gehen. Aber so einfach ist das nicht. Deine Kreationen haben Staub aufgewirbelt, du hast dir Feinde gemacht. Menschen sind gestorben. Raven, man kann bei der Unterwelt nicht ein bisschen mitmachen. Wenn man hier sein Geld verdient, dann spielt man auch nach unseren Regeln. Du kannst ja auch nicht ohne Ticket Magnetbahn fahren. Es war deine Entscheidung, zu uns zu kommen, niemand hat dich gezwungen. Es war auch deine Entscheidung, unsere Aufträge anzunehmen. Auch hier haben wir keinen Zwang ausgeübt.

Aber statt dich anzupassen und Vorkehrungen zu treffen, lässt du dich zum Strafdienst verdonnern, heulst in Polizeiuniform um einen toten Elefanten und kannst nicht mal töten, wenn es darauf ankommt. Du musst jetzt schleunigst lernen, wie man die Regeln der Schattenwelt einhält, wenn du überleben willst.«

»Okay«, sagte Raven nur, die sich fühlte, als hätte sie gerade eine Standpauke in der Schule über sich ergehen lassen müssen. Eugene hatte auch etwas unerträglich Lehrerhaftes an sich, wie er so vor ihr saß. Aber er hatte ja recht. Irgendwie. Jedenfalls, was ihre Naivität betraf. Raven hatte tatsächlich gedacht, es wäre ausreichend, sich rauszuhalten. Den Kopf einzuziehen und möglichst nicht weiter aufzufallen.

Zu ihrer Überraschung nahm Eugene das Tablet wieder auf. »Nichts, was wir heute besprechen, darf nach außen dringen. Du darfst mit niemandem darüber reden, hast du mich verstanden?«

»Natürlich.« Das war wahrscheinlich das erste Mal während der gesamten Unterhaltung, dass Raven von Herzen meinte, was sie da sagte. Sie hatte ganz sicher nicht das Bedürfnis, irgendeiner Menschenseele hiervon zu erzählen.

»Raven, ich muss eines unbedingt wissen: Was ist heute Nacht aus dem Atelier verschwunden?«

»Mein Laptop«, antwortete sie, ohne zu zögern.

»Das weiß ich. Die Aufnahmen zeigen, wie der Typ das Gerät einsteckt. Sonst nichts?«

Sie schüttelte den Kopf. »Nein.« Um nichts auf der Welt würde sie Eugene von Sky erzählen. Andererseits … »Moment.« Raven fasste in ihre Hosentasche, als hätte sie vorher noch nicht darüber nachgedacht, und sagte dann: »Doch. Fuck. Meine Steuerungseinheit.«

Eugene hob fragend die Brauen.

»Wenn ich neue Prothesen entwickle, muss ich genau prüfen, ob alles funktioniert, bevor ich sie einbaue. Dafür brauche ich diese Steuerungseinheit. Wie eine Art Fernbedienung für die Prothese«, log Raven. Sie war erstaunt, welche Lügen ihr Gehirn unter Druck so produzieren konnte. Wenn einer von Metzgers Männern Sky fand, dann wollte sie sicher sein, dass sie ihn direkt zu ihr zurückbrachten. Aber auf keinen Fall durfte einer von ihnen wissen, worum genau es sich handelte.

»Ich verstehe«, nickte Eugene. »Und auf deinem Laptop hast du Pläne, Entwürfe und so weiter gespeichert?«

»Ja. Mit extrem strengen Zugangsbeschränkungen. Fingerabdruck und Retinascan. Aber ja. Irgendwo muss ich den Kram ja speichern.«

»Hm«, machte Eugene und zeigte ihr eine weitere Aufnahme. Diesmal sah man den Mann, der Spencer die Treppen hinauf gefolgt war, von vorne. Er trat aus ihrem Atelier. Das Headset des toten Hagen im Ohr und ihren Laptop aufgeklappt auf der Handfläche balancierend.

»Sieht so aus, als hätte er dieses Problem schon vor Ort gelöst, oder was meinst du?«

Natürlich. Sie hatte bewusstlos am Boden gelegen. Wie eine Einladung, sich zu bedienen.

»Ja, sieht so aus«, sagte sie hohl.

Eugene betrachtete sie prüfend.

»Erkennst du den Mann?«

Raven kniff die Augen zusammen und betrachtete das Gesicht. »Nein. Ich habe ihn noch nie zuvor gesehen.«

»Bist du dir da ganz sicher?«, hakte Eugene nach, und Raven nickte erneut. Es war das zweite Mal, dass sie nicht lügen musste. Sie hatte wirklich keine Ahnung, wer der Typ war. Solche wie ihn gab es pro Quadratmeter im Dutzend, vor allem im Gardens, wenn man sie fragte. Quadratisch, rasiert und in einen Anzug gesteckt, um zivilisiert zu wirken.

»Wirklich, ich habe ihn noch nie gesehen.«

Eugene deutete mit dem Zeigefinger auf den Mann. »Der Typ hier, der in völliger Verachtung unserer Security mit deinem Laptop durch den Club und zur Tür hinausspaziert, ist Ronny Könighaus.«

Raven schüttelte den Kopf. Der Name sagte ihr überhaupt nichts.

»Der Bluthund von Ophelia Sander.«

»Oh, fuck«, entfuhr es ihr.

»Oh, fuck«, bestätigte Eugene. »Wie ich sehe, ist dir wenigstens Ophelia Sander ein Begriff.«

Ja. Das war sie in der Tat.

RONNY

Dass sie vollkommen wahnsinnig war, wusste er ja schon länger. Die Indizien hatten sich verdichtet, wie man so schön sagte. Aber jetzt konnte er es auch nicht mehr ignorieren. Der Blick in ihren Augen, als er ihr das Gerät hinhielt, war mit nichts zu vergleichen gewesen, was Ronny jemals gesehen hatte.

Verlangen hatte er darin gelesen. Triumph. Aber auch, dass der letzte Rest gesunden Menschenverstands, den Ophelia Sander besaß, drohte, über eine Klippe zu stürzen. Ein bisschen wirkte sie, als hätte sie einen Orgasmus, als sie das schmale Gerät entgegennahm.

»Na endlich«, hauchte sie mit bebender Stimme, als sich ihre Finger um das Gehäuse schlossen. Waren die schon immer so dünn und von Adern durchzogen gewesen? So klauenhaft?

Wie erwartet schoss ihr Blick nach einigen Momenten direkt zu ihrem Sicherheitschef.

»Wo war er?«, verlangte sie zu wissen.

Ronny wappnete sich innerlich. Er war zwar gut vorbereitet, aber sein Plan hatte erhebliche Lücken. Um noch etwas Zeit zu gewinnen, räusperte er sich ausgiebig.

»In der Asservatenkammer der Berliner Polizei.«

Ophelias Augen wurden untertassengroß. »Bitte was?«

Das warf sie für einen Moment aus der Bahn. Und genau diese Reaktion war, was Ronny hatte bezwecken wollen. Die Asservatenkammer der Polizei, der Ort, an dem das Gerät tatsächlich gefunden worden war – wenn auch nicht von ihm –, war so weit von Othello Sander entfernt, wie es nur ging. Das war alles, was zählte. Nun war es nur noch wichtig, dass sie ihm auch glaubte. Und wie auf Kommando verengten sich Ophelias Augen bei diesem Gedanken zu engen Schlitzen.

»Was zur Hölle hatte Sky bei der Polizei zu suchen, und wie sind Sie da reingekommen, König?«

Ronny versuchte, ruhig und souverän zu wirken, als er die Schultern zuckte. »So abwegig ist das doch gar nicht. Immerhin ist der Prototyp aus Kannenbergs Büro verschwunden, direkt nach dem Mord. Und wer hat Zugang zu einem Tatort?«

»Die Polizei, natürlich«, antwortete Ophelia.

»Außerdem weiß jeder, dass die Polizei von Altberlin korrupt und unterbezahlt ist. Viele Beamte nehmen jede Gelegenheit wahr, sich was dazuzuverdienen. Da liegt es nahe, dass sie auch mal das eine oder andere von Tatorten mitgehen lassen.«

Ophelia machte eine wegwerfende Handbewegung. »Natürlich tun sie das, jeder weiß darüber Bescheid. Aber wir sprechen hier, wie Sie selbst so schön gesagt haben, über die Berliner Polizei. Und Kannenberg ist in Hamburg gestorben.«

»Die Koordinaten, die SeaSalt uns gegeben hat, führten mich aber zu einem Polizeidezernat.«

»Hatten Sie nicht gesagt, das sei eine schnöde Hochhaussiedlung?«

Ophelia war wachsam. Kein Wunder, sie wollte ihm ja auch nicht glauben. Dabei hielt sich Ronny erstaunlich nah bei der Wahrheit. Die Aufzeichnungen des Mädchens hatten ihm eine absolute Steilvorlage geliefert.

»Ist es auch. Aber innerhalb dieser Siedlung gibt es eine Polizeiwache. Das habe ich allerdings erst nach ein paar Tagen entdeckt. Das Gebäude ist so unscheinbar wie die anderen auch und personell stark unterbesetzt. Keine Gegend, in der jemand freiwillig seinen Dienst tut.«

Hier musste sich Ronny darauf verlassen, dass Ophelia nicht überprüfte, was er sagte. Allerdings hatte sie das noch nie getan, warum sollte sie ausgerechnet jetzt damit anfangen?

Er hatte in seinen Tagen in Lichtenberg alles Mögliche gesehen, aber nie auch nur etwas, das entfernt an einen Streifenwagen erinnerte.

»Und was haben Sie dann gemacht?«

Ronny lächelte leicht. »Ein paar Fragen gestellt, ein paar Leute bestochen. Wie gesagt: Die Berliner Polizisten sind eigentlich alle leicht bestechlich, vor allem solche, die in einer derart trostlosen Umgebung arbeiten. In dem Teil der Stadt schreit wirklich alles ›Endstation‹. Ich habe mich erkundigt, ob es einen Polizisten gibt, der Verbindungen nach Hamburg pflegte. Oder einen, der dafür bekannt war, hübsche Sachen zu verkaufen. Kunst oder Drogen.«

Ophelia tippte mit der Fußspitze auf dem blank geputzten Boden herum.

»Und?«

»Und so bin ich relativ schnell bei Can Celik gelandet. Ein Polizist mit guten Verbindungen nach Hamburg und viel zu viel Geld für seine Position. Allerdings hatte die Sache einen Haken, der sich im Nachhinein aber als Glückstreffer herausstellte.«

»Und der wäre?« Ophelia wirkte langsam genervt. Gut so. Sie wollte immer genau wissen, was ablief, hatte aber bei Weitem nicht genug Geduld für ausschweifende Antworten.

»Er ist tot. Im Dienst erschossen.«

Ophelias Brauen schnellten in die Höhe.

»Also bin ich in die Asservatenkammer eingedrungen – von außen, durch ein Fenster. Die Sicherheitsvorkehrungen sind wirklich ein Witz – und habe mich umgeschaut. Und tatsächlich. Es gab eine Kiste mit Celiks Namen drauf. Und in dieser Kiste lag das Teil.«

Ophelia betrachtete The Ark und drehte das glatte Gerät in den Händen.

»Hm«, machte sie schließlich. Sie klang höchstens halb überzeugt.

»Ich verstehe immer noch nicht, wie ein Polizist aus Berlin an einen Gegenstand von einem Hamburger Tatort gelangen konnte.«

»Das ist die älteste Hehlerregel der Welt. Diebesgut wird nie dort verkauft, wo es gestohlen wurde. Das ist viel zu gefährlich. Meist vergehen Jahre, bis die vermissten Sachen irgendwo anders plötzlich auf dem Schwarzmarkt auftauchen. Die Polizisten, die sich mit diesem illegalen Handel was dazuverdienen, sind wahrscheinlich über ganz Deutschland vernetzt. Ergibt ja auch Sinn, oder nicht?«

»Jaja«, antwortete sie gereizt. Die Sanderin begann, vor dem großen Panoramafenster auf und ab zu gehen. Dabei klapperten ihre Absätze für Ronnys Geschmack viel zu laut auf dem Steinboden. Wieso musste diese Frau eigentlich immer solche Schuhe tragen? Auf der anderen Seite war es ihm vollkommen unmöglich, sich Ophelia in Sneakers vorzustellen. Oder in Hausschuhen.

Wenn sie so drauf war wie gerade, dann war es das Beste, einfach die Klappe zu halten und abzuwarten, was sie ausbrütete. In über neunzig Prozent der Fälle kam dabei sowieso nur mehr Arbeit für ihn heraus.

Diesmal dauerte es wirklich lange. Sie lief und lief hin und her. Die ganze Zeit vor dem Fenster auf und ab, wie sie es in den vergangenen Wochen ohnehin schon die meiste Zeit getan hatte.

Ronny hatte nicht damit gerechnet. Er war fast sicher gewesen, dass sie sich mit einer oberflächlichen Erklärung zufriedengeben und sich mit Sky in ihr Schlafzimmer oder wo auch immer hin verziehen würde. Aber da hatte er sich leider verrechnet.

»König, das gefällt mir nicht«, konstatierte sie schließlich mit fester Miene. »Zu viele Zufälle. Es geht hier immerhin um die größte wissenschaftliche Errungenschaft der letzten hundert Jahre, wenn nicht des letzten Jahrtausends. Ich kann nicht glauben, dass dieser Protoyp einfach so in einer Schachtel gelandet ist.«

Ronny versuchte, die Augen nicht zu verdrehen. Donnerwetter, hier wurde aber dick aufgetragen.

Ophelia schnappte sich ein Tablet, das auf der großen Kücheninsel lag, die noch nie benutzt worden war. Ronny kochte eigentlich ganz gerne, doch für die Sanderin hatte er das noch nie getan. Und er hatte auch keine Lust, jetzt damit anzufangen.

»Wie hieß der Typ doch gleich?«, fragte sie und schnipste in seine Richtung, als wäre er ein säumiger Kellner. Gott, wie er sie manchmal hasste.

»Can Celik«, antwortete er mäßig gelaunt, wohl wissend, dass Ophelia weder empfänglich für noch interessiert an menschlichen Zwischentönen war.

Sie tippte den Namen ins Suchfeld ihres Browsers ein, und obwohl Ronny diese Aktion relativ lächerlich fand, ärgerte er sich gleichzeitig, dass er selbst nicht mal auf die Idee gekommen war, den Typen kurz gegenzuchecken. Verflucht.

»Ha!«, rief Ophelia schließlich, und Ronny zuckte zusammen. Das war nicht gut.

»König, hören Sie sich das an: Am frühen Donnerstagvormittag bekam die Untersuchungshaftanstalt in Berlin-Moabit Zuwachs aus den eigenen Reihen. Birol Celik, ein vielversprechender und als integer geltender Polizeikommissar aus Berlin-Mitte, hat gestanden, den Mörder seines Vaters vergangene Woche in Charlottenburg erschossen zu haben. Gemeinsam mit seinem Vater war er bis dato der einzige unbescholtene Mann seiner Familie. Die Celiks organisieren beinahe den gesamten Drogenhandel von Berlin-Wedding. Bla, bla, bla …« Ophelias Blick huschte über den Artikel. »Celik wird in Moabit verbleiben, bis sein Prozess beginnt. Und wir alle wissen, dass so was in Altberlin ein paar Jahre dauern kann.«

Sie blickte auf, und ihre Miene war regelrecht triumphierend.

»Da haben Sie es, König!«

Ronny war ehrlich verwirrt. »Da habe ich was?«

Die Sanderin tippte ungeduldig auf den Screen ihres Tablets.

»Ach, kommen Sie schon. Das war doch kein Racheakt des Sohnes, keine schnöde Ehrgeschichte.«

»Wieso nicht? Solche Clans funktionieren doch meist noch in althergebrachten Strukturen. Das habe ich oft genug auf dem Kiez erlebt.«

Ophelia schüttelte energisch den Kopf. »Nein, nein. Hier ging es um mehr, um sehr viel mehr. Ich wette, es hatte was mit The Ark zu tun. Vielleicht hat dieser Celik ja auch Dokumente von Kannenberg mitgehen lassen.« Sie schnalzte mit der Zunge. »König, wir können nichts riskieren. Keine losen Enden. Wenn dieser Sohn was weiß und das im Prozess ausplaudert.« Wieder schüttelte sie den Kopf.

»Nein. Ich will wissen, was der Junge weiß. Ich muss wissen was alles wirklich dahintersteckt. Holen Sie diesen Birol da raus, König.«

Ronny glaubte, sich verhört zu haben. »Wie bitte? Ich kann doch nicht …«

»Sie können und Sie werden. Schließlich haben Sie es schon einmal bewiesen.«

Hätte Ronny Haare gehabt, das wäre der Moment gewesen, sie sich zu raufen. Für wen hielt sie ihn eigentlich, verflucht noch mal? Houdini?

»Aber das war in Hamburg, Sanderin. Da habe ich Kontakte ohne Ende. Hier habe ich gar nichts.«

Ophelia schenkte ihm einen Blick, der ihm zu verstehen geben sollte, dass sie deutlich mehr wusste als er.

Hatte er schon erwähnt, wie sehr er sie hasste?

»König. Sie haben mein Geld. Unbegrenzte Mittel.«

»Bitte? Aber Sanderin.« Er deutete auf das Gerät in ihrer Hand. »Er ist doch wieder da. War es nicht das, was Sie wollten?«

»Ja, und das haben Sie gut gemacht. Aber Sie sind noch immer mein Angestellter, König. Und für das, was Sie tun, werden Sie fürstlich bezahlt. Sie haben eine Aufgabe erfüllt, jetzt gebe ich Ihnen die nächste. So läuft es. Und ich erwarte, dass Sie auch diese Aufgabe erfüllen. Ich bin Ihr Boss. Ich zahle. Ich bestimme, wie es läuft. Wenn Sie ein Problem damit haben, dann sagen Sie es.«

Sie starrten einander lange an. Irgendwann ließ Ronny seine Schultern hängen. Vielleicht hätte er doch versuchen sollen, abzuhauen und mit seiner Familie auf Mallorca unterzutauchen. Unter falschem Namen und in gottverdammten weißen Leinenklamotten, so wie Silvie sich das vorstellte. Alleine beim Gedanken daran ging seine Selbstachtung flöten.

»Ich werd mir Mühe geben, Sanderin. Aber was ist, wenn es mir gelingt und der Kerl trotzdem nicht reden will?«

»Ach«, sagte sie, und ihre Augen blitzten listig. »Wir haben doch in letzter Zeit eine ganz nette Verwendung für junge, gesunde Männer gefunden, oder?«

Mit dem Gefühl, den gewaltigsten Fehler seines Lebens gemacht zu haben, nickte Ronny und war kurz darauf entlassen.

Vielleicht, so dachte er, wäre er mit der Wahrheit doch besser gefahren. Aber auch nur vielleicht.

RAVEN

Sie fühlte sich wie ein Fehler. Genau das war das richtige Wort. Raven war nicht traurig, wütend oder verängstigt, sie war nicht erschüttert oder verwirrt. Sie war falsch. Nicht nur fehl am Platz, nein, sie war überzeugt, insgesamt und komplett falsch zu sein. Wahrscheinlich wäre es besser gewesen, wenn sie bei der Geburt gestorben wäre. Genauso, wie ihre Mutter es ihr schon immer gesagt hatte.

Nach dem Gespräch mit Eugene war sie wieder zurück nach unten gegangen. Einfach weil sie nicht wusste, wo sie sonst hingehen sollte. Es gab keinen Ort mehr für sie.

Ihr Kopf schmerzte und ein vorsichtiger Handgriff verriet ihr, dass sich Blut und Haare an ihrer Stirn miteinander zu einer unansehnlichen Kruste verbunden hatten. Ihre Wunde musste versorgt werden, doch sie hatte keine Lust, jemanden darum zu bitten.

Nina könnte es sicherlich, doch Raven war nicht danach, das Drama, das sich in ihren Räumen abgespielt hatte, mit ihren Freunden vom Gardens zu besprechen. Es war alles noch zu frisch, und noch dazu wusste sie nicht, wie die anderen reagieren würden, wenn sie herausfanden, dass schon wieder Menschenleben auf Darks Konto gingen.

Früher war sie mit solchen Wunden immer zu Spencer gegangen. Der hatte ein Händchen dafür gehabt. Er hätte einen guten Rettungssanitäter abgegeben, damit hatte Raven ihn immer aufgezogen. Verdammt, wie scheiße konnte etwas sein? Wenn Spencer ihr nicht gedroht hätte, dann wäre das alles nicht passiert. Oder nein. Wenn sie nicht so egoistisch und feige gewesen wäre, dann wäre das alles nicht passiert. Eugene war zwar der Auffassung, Spencers Tod sei unausweichlich gewesen, doch der dachte ja auch ganz anders als normale Menschen. Wobei. Gab es die überhaupt? Normale Menschen? Sie jedenfalls war noch keinem begegnet. Selbst ein Birol war offensichtlich nicht auf Dauer in der Lage gewesen, sich dem dunklen Sog der Stadt zu entziehen.

Am liebsten, so musste sie sich eingestehen, würde sie jetzt einfach in den Käfig fahren und mit Birol und Martha an einem Fall arbeiten. Doch auch das ging nicht mehr. Und Montag, wenn sie in den Käfig zurückkehren musste, würde wieder alles anders sein. Wer wusste schon, mit wem sie dann zusammengesteckt wurde und ob Martha und sie überhaupt in Zukunft noch gemeinsam arbeiten würden.

Martha. Raven schüttelte den Kopf. Die Beziehung zu ihrer Kollegin war auf Lügen aufgebaut, leider. So wie alles andere auch.

Verdammt. Auch schon egal.

Sie durchsuchte die diversen Schubladen ihres Ateliers und fand schließlich eines ihrer Tablets. Natürlich hatte der Typ – Könighaus? – ihre Schubladen durchsucht, aber bis auf ihren Rechner überhaupt nichts mitgenommen. Was wollte er damit überhaupt, fragte sie sich nicht zum ersten Mal. Immerhin hatte er Sky, das musste doch reichen, Himmelherrgott noch mal.

Bevor sie es sich noch mal anders überlegen konnte, wählte sie Marthas Nummer.

LAURA

Sie saß in ihrer Wohnung in Pankow mitten auf der nackten Matratze. Den Rest hatte sie schon gepackt, viel war es ohnehin nicht gewesen. Nachdem Birol ihr eröffnet hatte, dass die Hamburger Kollegen deutschlandweit nach ihr suchten, hatte sie sich im Intranet eingeloggt und feststellen müssen, dass Hinnerk Blume höchstselbst noch am Donnerstag ihre Vorgesetzten darüber informiert hatte, dass sich die Polizistin Laura Grafenthien bei ihm auf dem Revier aufhielt. Hinnerk hatte es also die ganze Zeit gewusst. Dieser Scheißkerl. Der Verdacht, dass der hünenhafte Dezernatsleiter sämtliche Fäden, auch die, die zu Birols Verhaftung geführt hatten, in den Händen hielt, verdichtete sich zu einem schmerzhaften Knoten. Sie war jedenfalls schnell zu dem Schluss gekommen, dass sie nicht länger in Pankow bleiben konnte, schon alleine aus Vorsicht. Im Nachhinein ärgerte sie sich maßlos, dass sie sich eine richtige Matratze gekauft hatte und nicht so ein praktisches Teil aus dem Outdoorbereich, das sich selbst mit Luft auffüllte, aber im zusammengerollten Zustand nicht größer war als eine Yogamatte.

So musste sie nun das gute Stück in der Wohnung zurücklassen für den Nächsten, der seinen Weg hierher fand. Es war ein Jammer. Sieben Zonen Kaltschaum. Es war allerdings ziemlich naiv von ihr gewesen, zu glauben, sie könnte sich in Pankow einfach häuslich einrichten.

Für einen kurzen Moment, vierundzwanzig Stunden oder ein bisschen mehr, hatte Laura tatsächlich gedacht und auch gehofft, Berlin könnte ihr neues Leben werden. Dass sie einfach mit Birol zusammen sein, ihre Arbeit machen und ihre kleine Wohnung einrichten könnte.

Ein schöner Gedanke, doch so schnell wieder verflogen, wie er gekommen war. Gesprengt von den Ereignissen der darauf folgenden Tage.

Als ihr Tablet klingelte, zuckte sie zusammen. Seitdem sie in Berlin war, hatte nur Birol bei ihr angerufen, niemand sonst. Und dass es gerade jetzt klingelte, wo sie drauf und dran war, ihre Wohnung zu verlassen, war schon ein wenig unheimlich.

Die ID, die auf dem Display blinkte, sagte ihr gar nichts, doch vielleicht war es ja Birol, der aus dem Gefängnis heraus versuchte, sie zu erreichen.

»Hallo?« Sie wollte ihren Namen nicht sagen, bevor sie nicht wusste, mit wem sie es zu tun hatte.

»Kannst du mich abholen?«

Laura atmete erleichtert aus. Es war Raven. Allerdings klang sie gar nicht gut.

»Ist was passiert?«

»Ja, ich brauche deine Hilfe. So ein Typ hat mich niedergeschlagen.«

»Was? Bist du okay?«

»Ich werde es überleben.« Laura konnte Ravens ironisches Lächeln hören, das sich angesichts ihrer Besorgnis auf ihre Lippen stahl.

»Also, kannst du mich abholen? Du hast doch ne Maschine, oder?«

Laura stutzte. Hatte sie Raven von ihrem Bike erzählt? Sie konnte sich nicht erinnern. Oder hatte der weiße Rabe ihr im Gardens nicht zum ersten Mal hinterhergeschnüffelt?

»Ja klar«, antwortete Laura trotzdem. »Wo steckst du denn?«

»Im Gardens«, kam die Antwort, die Laura dann doch überraschte. Sie schaute auf die Uhr. Es war halb zehn am Morgen. Wieso war Raven um diese Uhrzeit im Utopia Gardens? »Hast du Verbandszeug daheim?«

Laura zögerte. »Wir können nicht zu mir«, antwortete sie schließlich, und eine längere Pause entstand.

»Gut. Okay. Dann müssen wir eben zu mir.«

»Ich kann aber nicht lange bleiben«, sagte Laura. »Ich habe keinen Platz zum Schlafen und muss mir was Neues suchen, wenn ich heute Nacht nicht unter der Brücke landen will.«

Nun hörte sie Raven eindeutig kichern. »Ich werde dich schon nicht rausschmeißen, Prinzessin. Also schwing deinen süßen Hintern auf dein Bike und komm mich holen. Ich warte vor dem Kücheneingang auf dich. Zwischen den Haupteingängen drei und vier. Bis gleich.«

Ohne noch eine Antwort abzuwarten, legte Raven auf. Was für eine merkwürdige kleine Frau sie doch war. Laura überlegte, ob es überhaupt klug war, sich bei Raven einzuquartieren. Allerdings fiel ihr auch nichts ein, was dagegensprach, und außerdem neigte sie dazu, ständig immer alles totzudenken. Vielleicht war es an der Zeit, zumindest das mal sein zu lassen. Denn eigentlich brachte es nie etwas.

Laura warf einen letzten prüfenden Blick in alle Räume, schulterte ihren Rucksack und zog Sekunden später die Tür ein letztes Mal hinter sich zu.

EUGENE

Es kam selten genug vor, aber gerade in diesem Augenblick wusste er nicht genau, was er tun sollte. Eigentlich führte er kein Leben, das Entscheidungen beinhaltete, über die man großartig nachdenken musste. Über seinen Trip nach Indien hatte er eine Weile gegrübelt, das schon. Sonst konnte er sich allerdings kaum an Gelegenheiten zum Grübeln erinnern. Das lag an der Art der Arbeit, die Mika und er sich ausgesucht hatten. Wenn man ein solches Etablissement führte, dann war man eine Art menschlicher Feuerlöscher. Und das traf erst recht auf Eugene zu; die meisten Leute kamen mit delikaten Anliegen oder echten Problemen lieber zu ihm, weil er seltener die Fassung verlor.

Im Allgemeinen musste es schnell gehen; der Job bedurfte schneller Entscheidungen und schneller Ausführung, und meistens dachte er eine Stunde später schon nicht mehr daran. Doch diesmal war es anders. Eugene war unschlüssig, was er tun sollte.

Nein, das war nicht ganz richtig. Er war unschlüssig gewesen, was er tun sollte. Mittlerweile war er sich ziemlich sicher.

Eugene war kein Mensch, der Gewalt scheute. Nur weil er feinsinniger als sein Bruder war, gingen die Leute fälschlicherweise davon aus, dass er auch harmloser war. Doch ganz so einfach war es nicht. Mika war grobschlächtig und dumm; Eugene war es, der mit seinem Hirnschmalz dafür sorgte, dass das Gardens so lief, wie es lief. Der Entscheidungen, auch die harten, mit Ratio traf. Mikael war derjenige, der Ungehorsam bestrafte, junge Dinger zusammenschlug und weiß Gott was noch mit ihnen hinter verschlossener Tür veranstaltete. Er war das Gesicht des Gardens, seine Brutalität hielt die Mitarbeiter gefügig. Eugene war derjenige, der Konkurrenten ausschalten ließ und Politiker bestach.

Allerdings vermied er die Anwendung harter Gewalt immer dort, wo er sie vermeiden konnte, was ihn in diesem Punkt diametral von seinem Bruder unterschied. Mikael hatte keine Ahnung, was Eugene alles tat. Und das war gut so. Dass sich sein Bruder allmächtig fühlte, war essenziell, um ihn bei Laune zu halten. Und es war für sie alle besser, wenn er bei Laune blieb.

Eugene strich sich über ein paar dünne, weiße Narben an seinem Unterarm. Seine Haut hatte einiges zu erzählen. Geschichten, bei deren Erzählung sich die Nackenhaare unbescholtener Bürger aufstellen würden. Viele handelten von der Brutalität seines Bruders, der, nicht mit den emotionalen Kapazitäten ausgestattet, um eine tödliche Krankheit zu verstehen oder gar zu akzeptieren, immer alles am zwei Jahre jüngeren Eugene ausgelassen hatte, bei dem zu allem Überfluss die äußeren Anzeichen der Krankheit deutlich weniger sichtbar gewesen waren.

Irgendwo unter dieser Haut taten winzige Nanoroboter ihren Dienst. Sie hielten ihn am Leben und gesund. Und das alles wegen ihr.

Selten hatte ihn ein Mensch so beeindruckt wie die kleine Raven. Kurz wurde er von einer heftigen Traurigkeit darüber befallen, selbst keine Kinder zu haben.

Doch Mikael und er hatten sich selbst und einander geschworen, ihre Gene niemals weiterzugeben. Denn die Krankheit, die ihr Leben zur Hölle gemacht hatte, war nicht nur unheilbar, sondern auch erblich.

Schließlich griff er zu seinem Tablet und wählte eine Nummer.

OTHELLO

Er ließ den Hörer seiner altmodischen Telefonanlage sinken wie in Zeitlupe. Als wäre er Schauspieler in einer drittklassigen Serie. Die Sorte, die nicht genug Geld hatten, eine verpatzte Szene noch einmal zu drehen.

Ingrid, die auf dem Fußboden hockte und über fünf verschiedene Laptops versuchte, sich einen Überblick über die Jahresbilanz von SanderMedics zu verschaffen, blickte überrascht auf und runzelte die Stirn.

»Was ist los?«, fragte sie. »Du siehst aus, als hättest du einen Geist gesehen!«

»Das war Eugene«, murmelte Othello und war froh, dass er auf seinem Schreibtischstuhl saß. Sonst wäre er vermutlich in Ohnmacht gefallen.

»Metzger?«, fragte Ingrid, die sich mit laut knackenden Knien erhob und zu seinem Schreibtisch herüberkam.

»Kennst du einen anderen?« Othello massierte sich die Schläfen. Was zur Hölle lief denn hier ab? Er hatte das Gefühl, einen großen Fehler gemacht zu haben, ohne genau zu wissen, wieso. Auf jeden Fall hatte er einen riesigen Fehler nur knapp verfehlt.

»Nein, das nicht«, hörte er Ingrid sagen. »Ich wusste nur nicht, dass ihr euch so nahesteht.«

»Wir stehen uns nicht nahe, Ingrid. Gott, wie du dich immer ausdrückst. Das macht mich manchmal ganz verrückt.«

»Hey. Ich bin Schwedin, schon vergessen?« Sie ließ sich auf einen der Stühle vor seinem Schreibtisch fallen und angelte mit spitzen Fingern einen Keks aus der Schale, die sie morgens immer bereitstellte. Ihm war nicht entgangen, dass Kekse mit Schokoglasur nur an Tagen in die Schale wanderten, an denen sie sich selbst in seinem Büro aufzuhalten gedachte. So wie heute.

»Du bist wahrscheinlich der einzige Mensch auf der Welt, über den man sagen könnte, dass er mir nahesteht«, schickte Othello brummelnd hinterher.

»Entschuldigung angenommen«, grinste Ingrid und leckte sich geschmolzene Schokolade von Daumen und Zeigefinger. Es war eine Szene wie aus einem Hollywoodfilm. Kaum zu glauben, was der Männerwelt da entging.

»Also jetzt sag schon, was wollte Eugene?«

»Er hat mich darüber informiert, dass Ronny Könighaus im Utopia Gardens war.«

»Ophelias Bluthund?« Nun hatte Othello Ingrids ungeteilte Aufmerksamkeit.

»Genau der«, bestätigte Othello.

»Na, da hast du deine Antwort. Ophelia hat die Boysen-Villa gekauft. Wie ich gesagt habe.«

»Ja, ja.«

»Was hat er denn im Gardens getrieben?«

»Er hat zwei Angestellte erschossen und einen berühmten Modder niedergeschlagen.«

Ingrid riss die Augen auf. Es war nicht leicht, diese Frau zu überraschen, aber jetzt war es ihm gelungen.

»Doch nicht etwa diesen Dark?«

»Genau den.«

»Das bedeutet also, dass er nicht für Ophelia arbeitet, wie du vermutet hast.«

»Wie immer treffsicher ins Schwarze, mein Schatz.« Er seufzte und massierte sich weiter die Schläfen.

»Dann musst du dich ja auch nicht länger mit dem Typen beschäftigen«, schloss sie gut gelaunt. »Ist doch immer schön, ein Problem weniger zu haben.«

»Du sagst es.«

Othello fühlte sich vollkommen überfahren. War es das jetzt etwa gewesen? Alles, was er unternommen hatte, für die Katz? Ingrid, die so unbekümmert vor ihm auf dem Stuhl saß, wusste zwar, dass er manchmal das Gesetz dehnte und bog, aber nicht, dass er es ebenso oft auch brach. Und zwar nicht im Bagatellbereich. Auf der Suche nach demjenigen, der die großartigsten Prothesen überhaupt anfertigte, war er weiter gegangen als je zuvor. Nur um jetzt erfahren zu müssen, dass er einem Gespenst nachgejagt war. Dark hatte mit seiner Schwester nichts zu tun.

Was zur Hölle hatte er da eigentlich getan? Und warum? Was sollte er jetzt mit den ganzen Informationen, die er hatte, anfangen?

»Und warum hat Eugene dich angerufen und nicht Ophelia? Was sollst du denn jetzt seiner Meinung nach machen?«

Othellos Finger trommelten ungeduldig auf der Tischplatte herum. Sein Blick wanderte durch das weitläufige Büro und aus dem Fenster hinaus. Vor ihm erstreckte sich der Casseler Platz, eines der mondänen Zentren von Neuberlin. Doch in nicht allzu weiter Ferne konnte man das alte Zentrum der Stadt mit dem ausrangierten Funkturm sehen. Altberlin lag wie ein rostiger Fleck in der Landschaft, umgeben von einem Zirkel heller, meist weißer Bauten. Wie eine Iris im Weiß des Auges. Oder wie ein Schlund, ein Strudel, der in den Abgrund riss, wer oder was sich ihm näherte.

»Ich habe nicht die leiseste Ahnung«, murmelte er, während er sich das Gespräch noch einmal durch den Kopf gehen ließ.

»Nur damit du Bescheid weißt«, hatte Eugene gesagt.

Othello wusste nicht viel, aber es war ihm vollkommen klar, dass Eugene ihn nicht nur angerufen hatte, um ihm Bescheid zu geben. Irgendetwas bezweckte Metzger damit. Aber was? Eigentlich hatte Othello überhaupt keine Lust, sich vor den Karren der Brüder spannen zu lassen.

»Ach, es ist auch nicht so wichtig, was Eugene damit bezwecken wollte. Für uns zählt nur die Botschaft. Dass Ophelia offenbar nichts mit diesem Modder zu tun hat. Also brauchen wir daran auch keinen Gedanken mehr zu verschwenden«, versuchte er sich selbst zu überzeugen.

»Richtig«, pflichtete Ingrid bei und nahm sich noch einen Keks. »Bleibt noch die Frage, was sie in Berlin zu suchen hat.«

Othello kratzte sich die Bartstoppeln. In seinem Kopf formte sich ein Plan.

»Ingrid«, sagte er langsam und sah seine Assistentin an.

»So wie du guckst, kostet das extra«, folgerte sie, und Othello lachte los. Wie immer hatte sie ihn schon durchschaut, bevor er seinen Gedanken überhaupt zu Ende gedacht hatte.

LAURA

Sie wusste nicht, was sie erwartet hatte, aber sicherlich nicht das. Die Wohnung, in die Raven sie brachte, hatte so gar nichts mit der jungen Frau gemeinsam, die sie in den letzten Wochen kennengelernt hatte. Raven war unangepasst, auf eine unnahbare Art und Weise cool und hatte ihren eigenen Stil.

Das Wohnzimmer, in dem sich Raven gerade auf eine braun gemusterte Couch fallen ließ, hatte durchaus auch seinen eigenen Stil, allerdings eher dahingehend, dass Laura in ihrem ganzen Leben noch nie so etwas Scheußliches gesehen hatte.

Raven deutete auf eine wuchtige Schrankwand aus dunklem Holz, die sich über die gesamte Länge des Wohnzimmers erstreckte und die selbst ihrer Großmutter zu antiquiert gewesen wäre.

»Da drin findest du Verbandszeug«, sagte Raven. »Tupfer, Wundspray und all das. Bedien dich.«

Laura war mulmig zumute. Sie hatte zwar auf der Polizeischule an diversen Erste-Hilfe-Kursen teilgenommen, dieses Wissen jedoch noch nie anwenden müssen. Aufs Geratewohl öffnete sie eine der unteren Holzklappen, weil sie das Gefühl hatte, Ravens Hand würde in diese Richtung wedeln, und wurde überrascht.

»Verbandszeug und all das?«, echote sie. »Raven, du könntest ein Krankenhaus aufmachen!«

»Such zusammen, was du brauchst, und mach das Ding einfach wieder zu«, kommandierte Raven. Kopfschüttelnd versuchte Laura, sich in dem Chaos aus Verbandsmaterial, Tabletten, Salben, Gläschen, Scheren, Spritzen, Kanülen und sterilen Nadeln einen Überblick zu verschaffen und etwas zu finden, das ihr mit Ravens Wunde helfen konnte.

Sie fand schließlich Wunddesinfektion, ein paar Kompressen und ein Pflaster, das ihr geeignet schien.

»Das ist eine interessante Wohnung«, bemerkte sie, als sie alles auf dem Wohnzimmertisch aus Glas ablud, auf dem die Wollmäuse gerade eine Jahreshauptversammlung abhielten.

»Mach dich nicht lächerlich«, knurrte Raven. »Ich weiß, wie scheiße es hier aussieht. Und in der Gegend will niemand tot überm Zaun hängen. Aber ich bin hier aufgewachsen und hatte nie Kohle für was anderes. Außerdem hänge ich an meinen Nachbarn und … na ja. Hier hat man seine Ruhe.«

Laura kniete sich neben sie und betrachtete eine Weile hilflos das Chaos aus Blut und schneeweißen Haaren. Der Kontrast aus dem Weiß von Ravens Haut und Haaren und dem dunkelroten Blut erschien ihr fast unwirklich. Wenn Raven nicht so schlecht gelaunt und lebendig wäre, hätte Laura fast das Gefühl gehabt, vor einer Puppe zu hocken. Einer Requisite für Horrorfilme.

Raven drehte den Kopf und sah Laura mit einer Mischung aus Amüsement und Herausforderung an.

»Du brauchst erst mal lauwarmes Wasser. Die Küche ist da hinten.«

Laura nickte. »Du wirst mich ein bisschen anleiten müssen. Ich habe so was noch nie gemacht.«

Sie stand auf und ging in die Küche. Auf dem Weg dorthin meinte sie, Raven ein »may god help us all« murmeln zu hören, doch sie war sich nicht ganz sicher.

Die Küche, so viel konnte man wohl sagen, passte perfekt zum Rest der Wohnung. Braun und Holz und sehr, sehr alter Staub.

Über dem gesamten Apartment hing eine merkwürdige Melancholie; Laura konnte sich schon vorstellen, dass man grimmig wurde, wenn man hier aufwachsen musste. Es gab keine Pflanzen, keine Bilder. Nichts Buntes. Nichts, was darauf hingedeutet hätte, dass diejenigen, die hier lebten, es gerne taten. Alles wirkte verlassen und vollkommen lieblos. Laura öffnete wahllos einige Schränke auf der Suche nach einer Schüssel, in die sie lauwarmes Wasser füllen konnte, genau wie Raven es ihr aufgetragen hatte. Dabei stellte sie fest, dass ihre Kollegin wohl auch nichts von Vorräten hielt. Alles, was sie fand, war eine angebrochene Packung Cracker, zwei Flaschen Energydrink und zwei Proteinriegel.

Auf einmal tat ihr Raven nur noch leid. Aber Laura ahnte, dass sie ihr das niemals, niemals sagen durfte, wenn sie ihren Kopf behalten wollte.

Sie fand schließlich eine Schüssel aus gesprungenem Steingut und drehte den Wasserhahn auf. Die Leitungen gurgelten und gluckerten dermaßen laut, dass man den Eindruck hatte, das Haus würde ächzen. Ohnehin sah das gesamte Gebäude irgendwie einsturzgefährdet aus.

»Dein Haus klingt, als hätte es schwere Rückenschmerzen«, sagte sie, so gut gelaunt sie konnte, als sie zurück ins Wohnzimmer trat.

»Wir sind hier im vierzehnten Stock. Es ist ein langer Weg aus dem Keller bis hier hoch«, antwortete Raven müde. »Da kann man schon mal Rückenschmerzen bekommen.« Und mit einem Seitenblick auf Laura fügte sie hinzu: »Aber klar, dass ein Püppi aus Neuberlin solche Probleme gar nicht kennt.«

Auf einmal fühlte sich Laura sehr müde. Wo sollte das alles überhaupt hinführen?

»Ich bin aus Hamburg«, sagte sie schließlich erschöpft. »Und ich heiße Laura.«

Raven schmunzelte. »Angenehm, Laura aus Hamburg. Der Name passt auch viel besser zu dir. Bist du jetzt etwa bereit, mir zu erzählen, warum du hier bist?«

Wie schon bei Birol hatte Laura nicht das geringste Bedürfnis, sich zuerst zu offenbaren. Sie wollte zuerst genau wissen, mit wem sie es zu tun hatte. Natürlich war das unfair, das wusste sie. Aber vorsichtig war sie schon immer gewesen. »Scheu«, hatte Fenne das genannt. »Meine Freundin Laura ist ein scheues Reh.« Ihr war das immer sehr unangenehm gewesen.

»Ich habe keinen Bock mehr auf Geheimniskrämerei. Aber ich kann auch nicht gleichzeitig erzählen und deine Wunde versorgen«, sagte sie und merkte, dass es nicht mal gelogen war. Wie, um ihren

Standpunkt zu unterstreichen, tauchte sie einen der Tupfer ins lauwarme Wasser.

»Warum fängst du nicht an?«

»Womit? Mein Name ist wirklich Raven, und ich komme wirklich aus Altberlin.«

»Raven.« Laura wollte streng klingen, aber es gelang ihr nur halb. »Du hast mich angerufen. Du blutest aus einer Kopfwunde. Und du steckst ganz offensichtlich bis zum Hals in Schwierigkeiten. Sonst wärst du jetzt nicht hier, sondern in einem Krankenhaus, so wie normale Leute eben. Wen willst du denn eigentlich verarschen? Eins kann ich dir jedenfalls sagen: Ich bin keine Krankenschwester.«

»Aber Polizistin?«, fragte Raven, und Laura nickte.

»Ja, sogar schon fertige Polizeikommissarin. Vereidigt. Und ein paar Monate älter als Birol. Ich bin also die Älteste im Team, ihr müsst auf mich hören.«

»Ich habe keinen Respekt vor Alter«, gab Raven zurück. »Nur vor Kompetenz.«

»Und du bist kompetent?«

»Viel zu kompetent. Das ist ja gerade mein Problem.«

Raven starrte an die Decke, was in diesem Fall auch kein Vergnügen war. Vergilbte Platten aus einem für Laura nicht näher definierbaren Material reihten sich dort aneinander. Wie in der Turnhalle, in der sie den Aufnahmetest für die Berliner Polizei abgelegt hatte. Gott, das kam ihr vor wie vor einer Ewigkeit.

Laura wusch weiter, löste die Haare aus der Wunde, die sich dort verkrustet hatten, tupfte vorsichtig. Wartete.

»Du bist Polizistin«, sagte Raven. »Schwörst du mir, dass du mich nicht hinter Gitter bringst für das, was ich dir jetzt erzähle? Nicht jetzt, nicht in drei Jahren. Niemals? Denk gut drüber nach. Wenn ich dir die Wahrheit sage, dann gibt es kein Zurück.«

Laura hielt in ihren Bewegungen inne. Das klang nicht gut. Das klang überhaupt nicht gut. »Sag mir nicht, dass du auch jemanden erschossen hast.«

Raven lächelte. »Nein. Ich habe niemanden erschossen.«

Laura atmete erleichtert aus.

»Na, dann kann es so schlimm gar nicht sein.«

»Für einen Menschen, der sich eine falsche Identität zugelegt hat, hast du erschreckend wenig Fantasie«, gab Raven zurück, und Laura fragte sich, woher sie die Fähigkeit nahm, einen immer dort zu treffen, wo es wirklich wehtat.

»Wir sind ein Team«, sagte sie trotzdem. »Und auch ich habe ein paar Dinge gemacht, auf die ich nicht stolz bin.«

»Versprich es«, verlangte Raven, und Laura nickte. Was sollte sie auch anderes tun?

»Ich verspreche es. Ich werde dich für das, was du mir erzählst, nicht verhaften.«

Raven holte einmal tief Luft und begann.

»Mein Name ist Raven. Meine Mutter hat mich so genannt, weil sie bei meiner Geburt voll mit Drogen war. Sie fand das wohl witzig. Tatsächlich kann man sagen, dass es wohl ihr einziger geistreicher Moment war. Wenig überraschend ging der zu meinen Lasten. Die nächsten Jahre hat meine Mutter damit zugebracht, sich zuzudröhnen und sich über mich lustig zu machen. Sie setzte also nur ihr Verhalten der Tradition gemäß fort, ich hatte lange keine Ahnung, dass andere Mütter sich nicht so benahmen. Erst als ich in die Schule kam und dort andere Kinder mit ihren Eltern sah, dämmerte mir, wie tief ich eigentlich in die Scheiße gegriffen hatte.«

Laura holte Luft, um etwas zu sagen, wusste aber nicht, was. Raven hob die Hand, um sie abzuhalten.

»Sag bloß nichts. Wenn ich eine Sache nicht ertragen kann, dann ist es Mitleid. Auch von dir nicht.«

Auch von dir nicht. Vollkommen unerwartet wurde Laura warm ums Herz. Das klang ja fast, als hätte sie eine besondere Stellung in Ravens Leben.

»Dass Bösartigkeit krank machen kann, weiß man nicht erst seit gestern, meiner Mutter war die Gefahr aber offenbar entweder nicht bewusst oder es war ihr egal. Als ich acht Jahre alt war, hat sie ein heftiges Lungenkarzinom entwickelt, das ihr Leben bedrohte.«

Laura runzelte die Stirn. Was Raven da erzählte, klang in ihren Ohren ein wenig einstudiert. Nicht gelogen, aber vorformuliert. Als würde ihre Kollegin diese Geschichte schon ewig mit sich herumschleppen. Wahrscheinlich hatte Raven oft und lange darüber nachgedacht, was sie erzählen wollte, wenn sie sich eines Tages dazu entschied. Sie war kontrolliert und sehr, sehr vorsichtig. Sich ihre Lebensgeschichte für den Fall der Fälle zurechtzulegen passte zu ihr. »Ein Lungenkarzinom?«, fragte Laura nun. »Ich dachte, so was ist mittlerweile gut behandelbar.«

»Tja, dann hast du noch nie das Kleingedruckte im Gesundheitsvertrag gelesen, was? Warum auch, du hast sicher noch keinen Grund dazu gehabt. Ich hingegen kenne jedes Wort auswendig. Wer seine Gesundheit wissentlich und willentlich fahrlässig aufs Spiel setzt, hat keinen Anspruch auf Gelder aus dem großen Topf. Meine Mutter hat ein paar Schmerzmittel jeden Monat bekommen. Ansonsten waren wir auf uns alleine gestellt.«

»Hast du keinen Vater?«

Raven lachte bitter. »Natürlich. Jeder Mensch hat einen Vater, selbst ich. Aber ich habe keine Ahnung, wer es ist, und schätze, auch meine Mutter wusste es nicht. Allerdings habe ich auch nie den Drang verspürt, ihn kennenzulernen. Wer bereit war, meine Mutter zu vögeln, konnte selbst nicht mehr ganz dicht sein. Wahrscheinlich auch 'n Druffi. Ganz einfach.«

Laura schluckte. Sie hatte selbst kein ganz einfaches Verhältnis zu ihrem Vater, doch konnte sie sich nicht vorstellen, wie es gewesen wäre, nicht einmal zu wissen, wer er war.

»Jedenfalls wurde die Krankheit immer schlimmer und meine Mutter mit der Zeit immer unausstehlicher. Sie konnte bald nicht mehr aufstehen, was bedeutete, dass sie auch nicht mehr bei ihren Dealern vorbeischauen konnte. Ab dem Zeitpunkt habe ich unser Geld verwaltet.«

Laura ahnte schon, wo die Reise hinging. Ravens Tonfall verriet es ihr. »Und du hast ihr keine Drogen besorgt?«

Raven schüttelte den Kopf. »Keine illegalen. Ich habe dafür gesorgt, dass sie Schmerzmittel hatte, den Rest habe ich allerdings für etwas anderes ausgegeben. Etwas, von dem ich glaubte, es könnte ihr Leben retten.«

Laura horchte auf. »Was war das?«

»Naniten«, antwortete Raven knapp, und Laura konnte sich nur mit Mühe davon abhalten, »Gesundheit« zu erwidern. Das hatte Fenne immer getan, wenn Laura etwas gesagt hatte, das sie nicht verstand.

»Naniten?«, wiederholte sie stattdessen fragend.

»Winzig, winzig kleine Roboter, die, einmal in die Blutbahn gespritzt, Krebszellen aufspüren und zerstören können. Seit ich im Alter von zwölf einmal einen Wissenschaftsartikel über die Dinger gelesen habe, komme ich nicht mehr von ihnen los. Die Idee ist einfach zu genial. Und genial einfach, wenn man mal drüber nachdenkt. Ich arbeitete Tag und Nacht an den Dingern. Gab alles Geld aus, das wir hatten. Meine Mutter war grausam und hat mich mein ganzes Leben lang nur gequält.«

Raven zeigte auf ihre markante Nase. »Dreimal hat sie mir das Nasenbein gebrochen, bevor ich fünfzehn wurde.«

Laura stieß einen leisen Pfiff durch die Zähne aus. Nun wusste sie, warum Raven immer hatte raushängen lassen, dass sie Laura für eine Prinzessin hielt. Einfach weil sie im Vergleich zu Raven wirklich wie eine aufgewachsen war.

»Trotzdem habe ich sie geliebt. Sie war der einzige Mensch, den ich hatte. Und beim Gedanken daran, sie zu verlieren, wurde ich schier wahnsinnig.«

»Jedem Kind würde es so gehen«, sagte Laura sanft und versuchte, sich in Raven hineinzuversetzen. Doch das überstieg ihr emotionales Fassungsvermögen um ein Vielfaches.

»Ich weiß. Trotzdem fühlt es sich so armselig an. Was dann passierte, war aber noch viel schlimmer. Eines Tages war ich der festen Überzeugung, die Naniten seien fertig. Außerdem war meine Mutter kaum noch ansprechbar. Sie war apathisch, bekam kaum die Augen auf und hatte nicht mal mehr die Kraft, mich zur Schnecke zu machen. Da wusste ich, dass ich nicht mehr viel Zeit hatte. Ich spritzte ihr die Naniten und hoffte auf ein Wunder.«

»Und?«, fragte Laura. Sie hatte aufgehört zu tupfen und wagte kaum noch, zu atmen. Ganz still hockte sie neben Raven, als hätte sie Angst, die Worte ihrer Kollegin wie einen Vogel aufzuschrecken, wenn sie sich bewegte.

»Zwei Stunden später war sie tot.« Raven verzog das Gesicht. »Und es war meine Schuld. Ich hatte die Krebszellen nicht genau genug spezifiziert. Die Naniten griffen jegliches Gewebe an. Sie fraßen meine Mutter von innen auf.«

Raven begann, am ganzen Leib zu zittern. »Ich beeilte mich, die kleinen Roboter zurückzuholen, doch als ich es geschafft hatte, war es schon zu spät. Die Frau, die mich zur Welt gebracht, mir einen Namen gegeben und mich mein Leben lang gequält hatte, war tot. Sie blutete aus der Nase, den Augen und den Ohren. Es war grauenvoll.« Raven schniefte leise. »Und weißt du, was das Schlimmste ist? Dass es ein gottverdammter Unfall war. Warum habe ich sie nicht wenigstens richtig umgebracht? Warum hatte ich nicht den Schneid? Ich habe an ihrem Bett gehockt und geheult wie ein Baby, tagelang. Das fühlt sich heute noch genauso erbärmlich an wie damals.«

»Wann war das?«

»Vor fast drei Jahren. Ich war fünfzehn, als es passierte.«

»Scheiße«, flüsterte Laura. Mehr wusste sie nicht zu sagen. Und mehr, so glaubte sie, konnte man auch gar nicht sagen.

»Jap.« Raven presste die Lippen aufeinander, während ihre Augen voll Tränen liefen. Laura beobachtete fasziniert, wie sich das Wasser an den Augenrändern staute, Ravens Atem flacher wurde und ihre Hände sich zu Fäusten ballten. Nach ein paar Sekunden sickerte die Tränenflüssigkeit in Ravens Körper zurück, als hätte es niemals Tränen gegeben, und Raven entspannte sich wieder. Laura konnte kaum begreifen, wie ein Mensch dieses Maß an Selbstbeherrschung aufbringen konnte.

»Was ist dann passiert?«, fragte sie schließlich vorsichtig, und das erste Mal, seitdem sie angefangen hatte zu erzählen, drehte Raven den Kopf und sah sie direkt an.

»Weißt du, was Kindern in Berlin blüht, die keine Eltern mehr haben?«

Laura schüttelte den Kopf. Darüber hatte sie sich noch nie Gedanken gemacht.

»Man kommt in eine Pflegefamilie?«, riet sie.

»Pflegefamilie.« Raven lachte trocken. »Vielleicht in Neuberlin. Aber nicht hier. Hier im Zentrum gibt es drei uralte Waisenheime, die immer noch in Betrieb sind. Wahrscheinlich, weil die Menge an elternlosen Kindern die Anzahl an Menschen, die bereit wären, sie aufzunehmen, um ein Vielfaches übersteigt. Ist ja auch egal. Ein Blick auf mich genügt ja wohl, um zu ahnen, wie es mir in einem Heim ergangen wäre.«

Laura schluckte. Raven hatte wirklich eine radikale Ehrlichkeit am Leibe, die sie faszinierte, aber auch abstieß. Laura war dieses Maß an Härte schlichtweg nicht gewohnt. Sie nickte stumm.

»Also habe ich etwas getan, worauf ich nicht stolz bin. Ich habe meine Mutter in der Kühltruhe versenkt und streiche seitdem ihre schmale Sozialhilfe ein.«

Laura sog überrascht Luft ein. In ihrem Mund wartete ein Aufschrei nur darauf, dass sie ihre Lippen öffnete, aber sie tat es nicht. Raven musterte ihre Kollegin genau. Schien jedes Muskelzucken, jede Veränderung der Augen wahrzunehmen und nur darauf zu warten, dass sie verurteilt wurde.

Und genau das war es, was Laura ganz ruhig werden ließ. Es hatte sich gezeigt, dass es im Umgang mit Raven besser war, sich genau so zu verhalten, wie sie es nicht erwartete.

Als Raven schließlich: »Ganz schön krass, oder?«, fragte, weil sie das Schweigen offensichtlich nicht mehr aushielt, antwortete Laura: »An sich schon. Allerdings weiß ich auch nicht, was ich an deiner Stelle getan hätte. Du warst vollkommen auf dich gestellt und hattest niemanden, an den du dich hättest wenden können. Außerdem sind Bestattungen teuer und sowieso nur für die Angehörigen. Den Toten sind sie egal.«

»Und dass ich die Sozialhilfe einstreiche, ist *dir* egal?«, fragte Raven mit so unverhohlener Verwunderung, dass Laura schmunzeln musste. Die Beichte schien ihrer seltsamen Bekannten gutgetan zu haben. Sie wirkte leichter als zuvor. Irgendwie kindlicher.

Laura zuckte die Schultern. »Im Heim hättest du dem System ja auch Kosten verursacht, wahrscheinlich sogar noch viel höhere. Das hält sich in meinen Augen also die Waage.« Sie lächelte Raven an. »Außerdem hat dich deine Mutter wie ein Stück Dreck behandelt und dir nie wirklich Geld gegeben. Das, was du in den letzten Jahren bekommen hast, steht dir zu. Als Schmerzensgeld, wenn du mich fragst.«

Raven schenkte Laura eines ihrer seltenen, schiefen Lächeln.

»Du bist cooler, als ich dachte.«

»Danke«, gab Laura zurück. »Was ich aber nicht so ganz kapiere, ist, wo deine Verbindungen zur Unterwelt herkommen. Wieso hast du so viele Kontakte? Und wer ist dein Boss?«

»Ich habe keinen Boss.« Raven drehte den Kopf wieder in Richtung Decke.

»Aber die Bedienung im Café hat gesagt …«

»Ich bin mit meiner Geschichte ja auch überhaupt noch nicht fertig«, tadelte Raven, und Laura verstummte wieder. Sie hatte sich mittlerweile ein wenig zurückgelehnt, ihr Rücken stieß an irgendeinen Teil des Couchtisches. Ravens Wunde war gesäubert, aber weiter wusste sie nicht. Ein Pflaster konnte sie schlecht so ohne Weiteres drüberkleben. Da waren zu viel Haare im Weg.

»Ich merkte schnell, dass meine Ausgaben die Einnahmen überstiegen. Meine Mutter hatte jede Menge Schulden angehäuft, Ratenzahlungen für alles Mögliche vereinbart und so ein Zeug. Sobald das Geld auf dem Konto war, verschwand es auch schon wieder. Ich musste was unternehmen und wusste auch schon was. Immerhin hatte ich noch die Naniten, und nach der völlig missglückten … Generalprobe hatte ich schnell heraus, was mein Fehler gewesen war. Nachdem ich sie noch einmal umprogrammiert hatte, funktionierten sie perfekt. Dann stieß ich im Darknet auf ein paar Artikel, die sich mit der mysteriösen Krankheit befassten, an der die Metzger-Brüder litten. Ich hatte bisher noch wenig über die beiden Männer gehört, so viel wie wahrscheinlich jeder, der in Altberlin lebt. Die Artikel waren von Eugene selbst verfasst. Er suchte auf diesem Wege jemanden, der ihnen helfen konnte. Ich brauchte nicht lange, um einzuschätzen, dass ich ihnen das Leben retten konnte. Aber so, wie ich aussah, habe ich mich nicht getraut, auch nur einen Fuß ins Gardens zu setzen. Trotzdem schrieb ich ihm. Und gab mich als Mann aus. Als erfahrener Modder und Nano-Hacker.« Sie grinste. »In Anlehnung an meinen wunderschönen Geburtsnamen gab ich mir selbst den Decknamen Dark.«

»Dark?«, echote Laura und schüttelte amüsiert den Kopf.

»Es funktionierte. Eugene antwortete mir und lud mich in den Elfenbeinturm. Ich besorgte mir eine schwarze Perücke, eine schwarze Bauta und Handschuhe. Und ging wenige Tage später mit meinen Naniten und ordentlichem Herzklopfen das erste Mal durch die Tür des Utopia Gardens, bis hinauf in den Privatbereich der Metzgers.«

Lauras Augen wurden groß. Sie konnte kaum glauben, was sie da gerade hörte, und gleichzeitig zweifelte sie keine Sekunde daran, dass Raven die Wahrheit sagte. »*Du* hast die Metzgers gerettet?«, fragte sie sicherheitshalber, und Raven nickte.

»Na ja. Sie leben jedenfalls noch.«

»Fuck!«, entfuhr es Laura.

»Ja. Na ja. Ich habe vorhin noch mit Eugene darüber debattiert, ob es nun eine gute oder schlechte Idee war, den beiden das Leben zu retten.«

Laura traute ihren Ohren kaum. »Du hast was?«

Raven ignorierte sie. »Na, jedenfalls arbeite ich seitdem für die Metzgers als Modderin. Ich entwickle Körperteile, die bei Cage Fights und bei der Ausübung verschiedener Verbrechen nützlich sein könnten, und setze sie seinen Leuten ein. Die verschwundenen Augäpfel von Bartosz und die Kniegelenke von Dittrich waren übrigens auch von mir. Was mich wiederum zu dem Schluss bringt, dass mir jemand nach dem Leben trachtet. Oder vielmehr Dark. Den die meisten Leute für meinen Boss halten. Zum Glück. Wenn alle wüssten, dass ich Dark bin, dann hätte ich den Angriff heute Nacht vielleicht nicht überlebt.«

Laura schwirrte der Kopf. Es würde eine Weile dauern, bis sie verdaut hatte, was sie da gerade hörte. Es war zu abgefahren, um wahr zu sein. Allerdings auch zu abgefahren für eine Lügengeschichte.

Raven zeigte auf die Wunde an ihrer Schläfe. »Zwei Männer, einer von beiden ein Security-Mitarbeiter des Gardens, wurden erschossen, ich habe nur die hier bekommen.«

Sie musterte Laura, der es endgültig die Sprache verschlagen hatte. Was Raven da gerade erzählte, war der Stoff für mindestens drei, wenn nicht vier Gangsterfilme. Und in allen spielte sie die Hauptrolle.

»Das dauert jetzt noch ein bisschen«, erklärte Raven, als ginge es um einen Besuch beim Arzt oder beim Friseur und nicht um die abgefahrenste Geschichte, die Laura je gehört hatte. Dabei hatte sie gedacht, selbst in einer abgefahrenen Geschichte zu stecken.

»Willst du vielleicht 'n Kaffee?«, fragte Raven, und Laura nickte benommen.

»Gut«, sagte sie. »Ich bin gleich wieder da.«

SKY

Das war ohne Zweifel der Tiefpunkt. Was bei seiner aktuellen Situation schon eine ziemlich steile These war. Immerhin war er körperlos und in einem Tablet eingesperrt. Und zum zweiten Mal entführt worden, von denselben Leuten. Das musste man auch erst mal hinkriegen.

Aber die letzten Stunden, die er mit Ophelia »im Bett« verbracht hatte, waren eine völlig neue Kategorie der Entwürdigung gewesen. Scheiße, wenn sie Cybersex wollte, hätte sie nicht einfach irgendjemanden dafür bezahlen können?

Und wieso zum Teufel hatte er keinen Selbstzerstörungsknopf? Bei dem Anblick hätte er ihn sicherlich gedrückt, heilige Scheiße. Warum war ihm nie aufgefallen, wie hässlich diese Frau war? Wie wahnsinnig? Und wie widerlich?

Er konnte zum Glück schon eine Weile nicht mehr richtig sehen. Seine Kameras waren vollkommen verschmiert, weil sie das Gerät mehrfach zwischen ihre Beine geklemmt und über ihren gesamten Körper gezogen hatte. Doch auch der krasseste Weichzeichner der Welt konnte nichts daran ändern, dass Sky den Drang verspürte, sich die Augen auszuwaschen. Auch wenn er wusste, dass das streng genommen unmöglich war.

Was war er froh, dass er keine Hände mehr hatte. Zum ersten Mal war Sky von Bülow dankbar, dass er von seinem Körper befreit war. So hatte er nur hinsehen müssen, was Ophelia tatsächlich mit irgendeiner Einstellung sichergestellt hatte. Sky konnte sich nicht mehr umdrehen.

Seit ein paar Minuten schnarchte die Konzernchefin leise, was Sky die Möglichkeit gab, das erste Mal seit Stunden wieder frei zu atmen.

Nach Raven zu rufen, traute er sich nicht. Um nichts auf der Welt wollte er Ophelia wieder aufwecken. Er konnte für den Moment nur hoffen, dass seine Freundin ihn entweder trotzdem fand oder Ophelia ihn auch mal im Haus zurücklassen würde. Alleine. In einer Schublade oder so.

Gott. Was für eine kranke Scheiße.

SILBERMANN

Er hatte tatsächlich geglaubt, an alles gedacht zu haben. Eigentlich hätte er ja wissen müssen, dass es illusorisch war, alles zu durchdenken, wenn man es mit Ophelia Sander zu tun hatte. Die Frau war ein Vulkan, der unablässig Feuer, Geröll oder Lava ausspuckte.

Trotzdem war Silbermann irgendwie davon ausgegangen, dass sein Leben nun ruhiger würde. Jetzt, da er mit dem zwölften Mann endlich den gewünschten Durchbruch erzielt hatte. Doch allmählich dämmerte ihm, dass genau das Gegenteil der Fall war: Der Umbruch startete gerade erst.

Vor fünf Minuten war Könighaus nach Wochen das erste Mal in sein Büro gestiefelt – den Stiernacken hatte er nun wahrlich nicht vermisst – und hatte ihm ohne Umschweife eröffnet, dass sie nach Berlin umziehen würden. Das gesamte Labor, mit Maus und Mann. Die Marianne würde den Weg über Elbe und Havel nehmen, er sollte alles in die Wege leiten.

Wohnraum für Silbermann und sein Team stünde reichlich zur Verfügung, hatte Könighaus noch mit einem leichten Lächeln versichert, als er Silbermanns Gesichtsausdruck aufgefangen hatte.

»Und meine Familie?«, hatte Silbermann verzweifelt gefragt und mit dieser Frage das erste Mal eine menschliche Regung in Könighaus' Gesicht hervorgerufen.

»Das weiß ich genauso wenig wie Sie, Mann«, hatte er geantwortet. »Meine Frau wird ebenso wenig begeistert sein. Die Mädchen vielleicht schon, aber Silvie …« Er hatte eine Weile geschwiegen und dann gesagt: »Wir kommen aus der Nummer nicht mehr raus, Doc. Das wissen Sie, oder?«

Silbermann hatte genickt. Natürlich wusste er das. Könighaus und er hatten beide für eine Frau getötet, die vollkommen besessen war. Dass der Rest des Landes in Ophelia Sander eine intelligente, schöne Großindustrielle mit altruistischer Ader sah, machte es nicht besser. Eher im Gegenteil.

Ein bisschen verwundert war er schon, dass auch Ronny Könighaus Frau und Kinder hatte. Irgendwie hatte er dem Kiezbruder keine Familie zugerechnet.

»Also machen wir das Beste draus. Tun Sie einfach, was Sie für richtig halten. Die Wohnungen in Berlin sind für Sie und Ihren Dackel von Assistenten kostenfrei, dasselbe gilt für Ihre Familien. Tischen Sie Ihren Liebsten irgendeine Lüge auf, eine Gehaltserhöhung dürfte auch noch drin sein. Die Sanderin ist gerade nicht sie selbst. Aber wie Sie sich auch immer entscheiden: Beeilen Sie sich. Übermorgen geht's los. Packen müssen Sie nichts, es bleibt vorerst alles an Bord. Aber sichern Sie alles, was durch die Schifffahrt gefährdet werden könnte.«

Und damit verschwand er aus der Tür. Der Mann, den Silbermann noch nie gemocht hatte und an dessen Hosenbein er sich jetzt schreiend hängen wollte wie ein kleines Kind.

Seine Finger öffneten wie in Trance die unterste Schublade seines Schreibtischs. Unter einem Stapel Papiere lagerte er eine Wodkaflasche für den Notfall.

Silbermann hatte seit Wochen nicht getrunken. Zu vertieft war er in seine Aufgabe gewesen, zu beflügelt von den Erfolgen, die sich nun regelmäßig einstellten. Schon fünf weitere Transfers hatte er ohne Zwischenfälle durchgezogen, es war einfach ein Traum gewesen.

Er öffnete die Flasche und nahm ein paar großzügige Schlucke von dem lauwarmen Zeug. Silbermann schüttelte sich.

Schade, dachte er, während er die Nummer seiner Frau auf dem Tablet anklickte. Es wäre zu schön gewesen.

BIROL

So langsam begann er, sich richtig wohlzufühlen. Birol genoss die Ruhe und Struktur in der Untersuchungshaft. Er hatte die Erlaubnis bekommen, zu lesen und sich hierfür in der Bibliothek zu bedienen.

In seinem ganzen Leben hatte Birol noch kein richtiges Buch in der Hand gehalten. Er hatte einfach noch nie die Gelegenheit dazu gehabt. Überhaupt wurde Lesen in seiner Familie nicht gerade großgeschrieben. Und so war es für ihn eine neue, aber sehr willkommene Freizeitbeschäftigung, die seinen gefühlten inneren Frieden noch vertiefte.

Birol aß, machte seine Spaziergänge auf dem winzigen Hof, der seiner Zelle zugeteilt war, und ansonsten lag er auf seiner Pritsche und las. Es war kein Wunder, dass er schon nach einer Woche merkte, wie er an Gewicht zulegte. Die meisten Insassen hielten sich wohl mit Liegestütze und Gewichtheben fit, aber darauf hatte er nun wirklich überhaupt keine Lust. Birol wollte sich nicht wie ein gewöhnlicher Knacki fühlen, auch wenn er einer war.

Allerdings wunderte er sich, wie wenig Kontakt er hier zu anderen Menschen hatte. Mithäftlingen begegnete er so gut wie nie. Er bekam seine Mahlzeiten auf die Zelle gebracht, und auch duschen durfte er ganz alleine. Das war insofern ungewöhnlich, als er wusste, dass die Untersuchungshaftanstalt Moabit vollkommen überlaufen war, da es die einzige verbliebene ihrer Art in Altberlin war. Die Geräuschkulisse auf den Fluren sprach für sich. Neuberlin hatte weniger Verbrecher, aber dafür wesentlich mehr Gefängnisse. Typisch Berlin. Völlig sinnfrei.

Mehr als einmal hatte er sich gefragt, ob vielleicht jemand aus der Familie dafür zahlte, dass er alleine war. Und, falls das zutraf, ob diese Maßnahme dafür da war, ihn zu strafen oder ihm das Leben leichter zu machen. Wahrscheinlich eher Ersteres; Einsamkeit war im Weltbild der Familie Celik schlicht nicht vorgesehen. Umso mehr genoss er jede Minute. Natürlich dachte er auch an Laura. An seine Mutter, die Kollegen im Käfig und das Selbstbild, das er im engen Flur seines Opfers in Charlottenburg zurückgelassen hatte. Doch er wunderte sich, wie selten er das tat. Und wie wenig es ihn schmerzte. All das schien nichts mehr mit ihm zu tun zu haben.

Umso mehr wunderte er sich, als eines Abends ein Schlüssel in das Schloss seiner Zellentür geschoben wurde. Das Tablett vom Abendessen war längst abgeholt worden, Birol war frisch geduscht, und auch die Besuchszeit war längst vorbei. Eigentlich rechnete er jeden Moment damit, dass das Licht für die Nacht gelöscht wurde. Wachsam setzte er sich auf.

Ein brutal wirkender Mann trat in seine Zelle. Birol hatte ihn hier noch nie zuvor gesehen, trotzdem kam er ihm vage bekannt vor. Obwohl das nichts hieß. Solche Typen gab es in Altberlin wie Sand am Meer. Breite Schultern, Stiernacken, kurzer, tätowierter Hals und abgenutzte Hände.

Hände.

In einer Hand des Mannes sah er etwas aufblitzen, das seinen Puls beschleunigte. Dieser Kerl war sicherlich kein Justizvollzugsbeamter.

»Was wollen Sie?«, konnte Birol gerade noch fragen.

Dann ging das Licht aus.

RAVEN

Sie hatten es sich in ihrem Wohnzimmer auf dem Boden bequem gemacht. Raven hatte ihnen ein Bettenlager eingerichtet, und Laura war noch einmal losgezogen, um im einzigen Kiosk weit und breit ein paar Snacks und Getränke zu besorgen.

Raven hatte keine Ahnung, ob es naiv oder mutig von Laura gewesen war, in ihrem Viertel alleine rauszugehen, doch sie wusste mittlerweile ohnehin, dass sie ihre Kollegin unterschätzt hatte.

Nachdem Raven Laura erzählt hatte, wie sie zur Modderin geworden war, hatte sie sie nach unten in ihr altes Labor mitgenommen, in dem nur noch eine einzige Kühltruhe stand, und ihr die Leiche ihrer Mutter gezeigt. Sie wusste selbst nicht, warum sie auf einmal dieses Bedürfnis verspürt hatte, es war fast wie ein Zwang gewesen. Als wäre ein Damm gebrochen. Und tatsächlich fühlte sie sich jetzt besser. Leer, aber auf eine gute Art.

Als hätte sie einen Muskel entspannt, den sie über Jahre hinweg permanent benutzt hatte.

Danach hatte sie eine Pause gebraucht, und Laura hatte ihrerseits erzählt, wer sie war und was sie nach Berlin geführt hatte. Raven war erstaunt und beeindruckt, was ein Mensch alles auf sich nehmen konnte, um eine tote Freundin zu rächen. Irgendwie war es schön zu wissen, dass Laura so viel Biss hatte und so viel Loyalität. Eine derart starke Verbindung wie zwischen Fenne und Laura hatte sie selbst noch nie erleben dürfen, und sie merkte mit schmerzlicher Gewissheit immer mehr, dass es genau das war, was ihr fehlte. Sky war ihrer Vorstellung von dieser Art Freundschaft noch am nächsten gekommen.

Sky.

Ravens Hals wurde eng, wenn sie an ihn dachte. Wo war er, verflucht noch mal? Und warum hatte er sich noch nicht gemeldet?

»Ich fürchte, wir können beide nicht in den Käfig zurückkehren.« Laura riss sie mit diesen Worten aus ihren Gedanken.

»Warum nicht?«

»Weil man Hinnerk Blume nicht trauen kann. Es ist genau, wie du gesagt hast: Er steuert alles. Das glaube ich mittlerweile auch. Er hat Birol manipuliert und zum Mord getrieben. Ich könnte mir auch vorstellen, dass er was mit Cans Tod zu tun hat. Immerhin hält er die Fäden der Abteilung komplett in der Hand und hat auch den Einsatz angeordnet.« Sie machte ein gequältes Gesicht. »Ich finde es extrem unheimlich, dass Fenne und Can auf dieselbe Art und Weise ums Leben gekommen sind. Bei einem Einsatz, der bei genauerer Betrachtung vollkommen unlogisch wirkt.«

Raven zuckte die Schultern. »Der Einsatz mag unlogisch wirken, aber ich verwette meinen weißen Hintern darauf, dass Fenne und Can nicht die einzigen Polizisten sind, die so aus dem Weg geräumt wurden. Es ist ja auch zu perfekt.«

»Wie meinst du das?«, hakte Laura nach, und Raven zuckte die Schultern.

»Na ja. Denk doch mal drüber nach. Stell dir vor, du willst einen Polizisten loswerden. Was ist sinnvoller, als ihn im Dienst bei einem Einsatz sterben zu lassen. Passiert schließlich immer wieder und ist Teil des Berufsrisikos. Außerdem werden die Ermittlungen hinterher auch noch von Kollegen geleitet, die wiederum ihresgleichen nicht verpfeifen würden. Ich könnte mir sogar vorstellen, dass ganze Teams auf diese Weise an ungeliebten Kollegen Rache nehmen. Es ist das perfekte Verbrechen.«

»Du meinst also, die beiden Morde haben nichts miteinander zu tun?«

»Nicht zwingend. Ich meine, sieh es mal so: Die Mafia hat früher die Leute umgebracht und mit Beton an den Füßen versenkt, im Gardens wird meistens auf einen Auftragsmörder zurückgegriffen, und bei der Polizei wird das Ganze im Einsatz erledigt. That's the way they do it.«

»Aber Can wurde von einem Auftragsmörder getötet. Dieser Dittrich war doch ein Typ aus dem Gardens. Und er hat Birol erzählt, dass ihn jemand dafür bezahlt hat, Can umzubringen.«

»Stimmt«, gab Raven zu und dachte im Stillen, dass das auch die Erklärung dafür war, warum sie Skys Ladestation in Dittrichs Küche gefunden hatte. Wahrscheinlich hatte Can es in der Mordnacht bei sich getragen. Warum auch immer. »Trotzdem könnte es Hinnerk gewesen sein. Um auf Nummer sicher zu gehen.«

»Hm.« Laura kratzte sich nachdenklich am Kinn. Raven mochte es, wenn sie sich ein bisschen gehen ließ. Laura hatte eine Maske getragen, und wenn einer wusste, wie sich das anfühlte, dann war es Raven. Kleine, unbeherrschte Gesten waren ein Zeichen dafür, dass zwischen den beiden Frauen gerade ein neuer Schutzraum entstand. Und zum ersten Mal seit vielen Wochen fühlte sich Raven in Gesellschaft eines anderen Menschen wieder richtig wohl. Es wunderte sie selbst, dass es ausgerechnet Laura war und nicht Nina oder Lin, die ihr dieses Gefühl gab. Doch sie genoss es deshalb nicht weniger.

»Was ich aber nicht verstehe: Ist es dann auch Zufall, dass Can diese Verbindung zu Hamburg hatte?«

Hamburg. Immer wieder Hamburg. Raven hatte nichts gegen die Hafenstadt; sie war ja auch noch nie dort gewesen, aber bei der Häufung fiel es tatsächlich schwer, noch an einen Zufall zu glauben.

Sie holte einmal tief Luft. Es gab noch eine Sache, von der sie Laura erzählen musste, doch die war am schwersten zu erklären.

»Keine Ahnung, Laura. Aber …«

Laura hob erst den Blick, dann die Brauen. Schließlich kräuselte sie die Stirn, als sie begriff. Sie deutete auf Ravens Wunde, die Raven selbst in Lauras Abwesenheit zu Ende verarztet hatte. Sie hatte kurzerhand einen Teil ihrer Haare im betroffenen Gebiet abrasiert und das Pflaster aufgeklebt. Wenn man so aussah wie Raven, dann war alles andere auch schon egal.

»Das heute Nacht. Gab es da auch eine Verbindung nach Hamburg?«

Raven musterte Laura eingehend. Sie war eine verdammt gute Zuhörerin. Man hatte beinahe das Gefühl, als würde Laura die Worte aus einem heraussaugen. Wie brennendes Gift. Und hinterher fühlte man sich besser. Plötzlich verstand Raven, warum Birol sie so liebte.

»Ich weiß es nicht genau, aber ich schätze schon. Erst dachte ich, der Verrückte, der Jagd auf Dark macht, hätte mein Atelier gefunden und mich einfach nur am Leben gelassen, weil er mich für unbedeutend hielt. Doch dann habe ich bemerkt, dass er mir etwas geklaut hat.« Sie suchte nach den richtigen Worten. »Etwas aus Hamburg.«

»Etwas aus Hamburg. Was denn? Einen Schlüsselanhänger vom Hafen, ein Fischbrötchen?«

Raven musste gegen ihren Willen lachen. Was würde Sky wohl sagen, wenn sie ihm berichtete, dass Laura ihn mit einem Fischbrötchen gleichgesetzt hatte? Sie gäbe einiges dafür, genau jetzt sein Gesicht zu sehen. Der Gedanke an ihn ließ sie wieder ernst werden. »Nein«, sagte sie leise. »Kein Fischbrötchen. Meinen … meinen … meinen besten Freund.«

Die Verwirrung auf Lauras Gesicht war lexikonreif.

»Dein bester Freund wurde entführt? Das verstehe ich nicht. Du hast doch gesagt, man hätte dir etwas geklaut?«

»Ja und nein. Pass auf. Ich versuche, es dir zu erklären, aber vorher musst du mir versprechen, mir zu glauben, egal, wie abgefahren du die ganze Geschichte findest.«

»Okay …«, sagte Laura gedehnt. »Ich habe heute schon sehr viel Unglaubliches gehört. Warum sollte ich ausgerechnet das jetzt nicht mehr glauben?«

»Weil ich dir jetzt erzähle, dass mein bester Freund der verschwundene Milliardärssohn Sky von Bülow beziehungsweise seine digitale Identität auf einem Tablet ist.«

Lauras Reaktion war spektakulär und von einer erschreckenden Körperlichkeit. Sie riss die Augen auf, sprang auf die Füße und rief in einer Lautstärke, die Raven noch nie aus ihrem Mund gehört hatte: »Du kennst Sky von Bülow? Du weißt, wo er ist?«

»Antwort auf Frage eins: Ja, sogar ziemlich gut. Antwort auf Frage zwei: Nein, das ist ja das Problem.« Raven runzelte die Stirn. »Was ist überhaupt in dich gefahren? Bist du ein Fan, oder was?«

»Ha!« Laura lachte auf und ging im Wohnzimmer auf und ab. »Fan. Pah. Dass ich nicht lache. Ich kann den Typen nicht ausstehen, er ist …«

»Blasiert, arrogant, zu selbstsicher?«, half Raven nach, und Laura ließ die Arme hängen.

»Ja. Genau das.«

Sie fiel wieder auf die Kissen.

»Woher kennst du ihn?«, fragte Raven neugierig und bekam allmählich auch das merkwürdige Gefühl, dass Zufälle überhaupt nicht existierten.

»Fenne«, antwortete Laura und unterdrückte ein Schluchzen. »Die beiden hatten was miteinander.« Ihre Unterlippe zitterte.

»Die kleine Polizistin«, murmelte Raven leise. Jetzt verstand sie.

»Was?«

Raven lächelte traurig. »Er hat mir von Fenne erzählt. Nur dass er keinen Namen genannt hat. Für mich war deine Freundin bis vor fünf Minuten Skys ›kleine Polizistin‹.

Laura rieb sich mit der flachen Hand durchs Gesicht. »Er verschwand genau einen Tag nach ihrem Tod. Und …« Sie sah Raven scharf an. »Und du willst sagen, dass er die ganze Zeit bei dir war?«

»Ja und nein.« Gott, war das kompliziert. Raven massierte sich die Schläfen. »Schau, jetzt kommt das Abgefahrene: Jemand hat Sky von Bülow in Hamburg entführt und dann seine gesamte Persönlichkeit, sein Wesen, auch sein Aussehen in eine digitale Existenz überführt und auf einem Tablet gespeichert. Dieses Tablet war die ganze Zeit bei mir. Ich habe nicht die leiseste Ahnung, wo sein Körper ist.«

Laura schaute genauso skeptisch, wie Raven anfangs gewesen war.

»Und du bist dir sicher, dass es Sky selbst ist und nicht irgendein gut gemachter Avatar?«

»Ich habe es am Anfang auch nicht geglaubt, das sag ich dir. Aber Sky … er ist echt. Es war ein großer Schreck für ihn festzustellen, dass sein Körper nicht mehr da ist. Ich habe ihm alle möglichen Fragen gestellt, auch zu seiner Kindheit. Dinge, die nur er wissen kann. Außerdem ist er viel zu schlagfertig, unverschämt und emotional, um ein Avatar zu sein.«

»Aber wie geht denn das?«, fragte Laura und klang beinahe verzweifelt.

»Die Idee dazu ist tatsächlich schon recht alt«, erklärte Raven und war froh, sich noch einmal richtig in das Thema eingelesen zu haben. »Schon in vergangenen Jahrhunderten hatten Forscher die Vision, das Konnektom eines Gehirn so genau erfassen zu können, dass ein kopierbares Bild entsteht. Die Idee war tatsächlich, so das Ich auf einen digitalen Träger überführen zu können. Um auf diesem Weg Unsterblichkeit zu erlangen.«

Laura sah aus, als wäre ihr schlecht. »Konnektom?«, echote sie.

»Das sind sämtliche neuronalen Verbindungen des Gehirns«, erklärte Raven. »Es ist eine unfassbare Menge an Daten. Außerdem ist es in Skys Fall ja noch komplexer, da auch sein Aussehen, seine Mimik und Gestik, ja, seine gesamten körperlichen Proportionen übertragen wurden.« Raven zuckte die Schulter.

»Sagt dir Professor Kannenberg was?« Laura wirkte nun regelrecht panisch.

Raven schüttelte den Kopf.

»Er ist ein berühmter Neurowissenschaftler«, erklärte Laura. »Fenne und ich waren an den Ermittlungen rund um seinen Mord beteiligt. Und ich habe den Namen in Can Celiks Aufzeichnungen gefunden. Außerdem noch ein Foto von … einem Gerät. Vielleicht hat er etwas mit der Entwicklung dieses Gerätes zu tun gehabt?«

Raven dachte nach. Was Laura da erzählte, klang durchaus sinnvoll, wenn auch nach wie vor verflucht verworren.

»Aber klar, sie kann das nicht alleine getan haben …«, murmelte sie, eigentlich mehr zu sich selbst als zu Laura.

»Wer kann was nicht alleine getan haben?«, hakte diese auch gleich nach.

»Sky und ich haben einen Verdacht, wer für seinen Zustand verantwortlich ist. Diese Frau hat viel Macht und Geld, aber natürlich bräuchte sie auch eine Heerschar Wissenschaftler für solch ein gewaltiges Vorhaben.«

Raven zog ein Tablet hervor und ignorierte Laura, die irgendetwas sagte oder fragte. Sie tippte den Namen des Professors in die

Suchleiste ein und überflog die ersten Einträge. »Ja, das passt«, murmelte sie. »Das passt sogar hervorragend.«

»Raven!« Laura schnipste vor ihrem Gesicht mit den Fingern, und Raven zuckte zusammen.

»Wer ist für Skys Zustand verantwortlich?«, fragte sie so langsam, laut und deutlich, dass Raven vollkommen klar war, dass Laura nicht zum ersten Mal gefragt hatte.

»Ophelia Sander«, erklärte sie. »Sky war blöd genug, sich auf ein Verhältnis mit ihr einzulassen. War wohl keine so gute Idee.«

Laura schlug sich vor die Stirn. »O.S.!«, rief sie aus. »Wie konnte ich nur so blind sein?«

»Hm?«

»Sky hat Fenne noch eine Nachricht geschickt, bevor sie zu ihrem Einsatz aufbrach. Ich war dabei, Fenne hat sie mir vorgelesen. Dort stand: Morgen fahre ich erst zu O.S., dann komme ich zu dir. XXX, Sky.«

Raven und Laura tauschten einen langen Blick. Raven war sich fast sicher, dass Laura gerade genau der gleiche Kopfschmerz plagte wie sie.

»Vielleicht hätten wir früher miteinander sprechen sollen, was?«

LAURA

Irgendwann waren sie eingeschlafen. Zwischendurch hätte sie nicht gedacht, dass es ihr überhaupt gelingen würde, doch tatsächlich hatte der Schlaf sie schließlich doch noch übermannt. Als sie von Raven wach geschüttelt wurde, fiel es ihr schwer, überhaupt zu begreifen, wo sie war, was sie auf dem Boden zu suchen hatte und warum Chipskrümel an ihrer Wange klebten.

»Jetzt wach schon auf, verdammt noch mal!« Raven rüttelte an ihrer Schulter, und Laura drehte widerwillig den Kopf zu ihrer fordernden Kollegin um.

»Was ist denn los? Wie spät ist es. Was …?«

»Ist es immer so schwer, dich wach zu kriegen? Es ist mir ein Rätsel, wie sich solche wie du in der Evolution überhaupt durchsetzen konnten.«

Laura schoss durch den Kopf, dass das die Richtige sagte. Ravens Albinismus war aus evolutionstechnischer Sicht jetzt auch nicht gerade das Praktischste auf der Welt. Doch sie ließ es bleiben, weil ihr Aussehen etwas war, für das Raven überhaupt nichts konnte.

»'tschuldigung«, murmelte Laura stattdessen. »Ich weiß nicht, wann ich das letzte Mal richtig geschlafen habe.«

»Da sind wir schon zwei. Tut mir leid, dass ich dich geweckt habe, aber es ging nicht anders.«

Sie schob Laura ihr Tablet hin, auf dem eine Nachrichtenseite geöffnet war.

Als sie die Schlagzeile las, war sie auf einmal hellwach.

Birol Celik auf der Flucht

Sie schluckte. Was zur Hölle? Ihr Blick flog nur so über den Text.

Birol Celik, der Polizist, der wegen Mordes in der Untersuchungshaftanstalt Moabit eingesessen hat, ist verschwunden. Sein Verschwinden wurde am Morgen bemerkt, als das Wachpersonal das Frühstück verteilte. »Er war immer pünktlich wach und hat sein Essen entgegengenommen«, erzählt Sascha Weide, der zuständige Justizvollzugsbeamte. »Als er auf mein Rufen nicht reagiert hat, bin ich rein. Die Tür war abgeschlossen, aber Celik war nicht da. Ich dachte erst, einer meiner Kollegen hätte ihn zu irgendeinem Termin abgeholt. Aber nach einer Stunde stand eindeutig fest, dass er ausgebrochen sein muss. Keine Ahnung, wie er das angestellt hat. Er ist einfach aus seiner Zelle verschwunden. Als hätte er sich in Luft aufgelöst.«
Die Polizei von Altberlin sucht nun in der ganzen Stadt nach dem flüchtigen Mann und ist auf die Mithilfe der Bevölkerung angewiesen. Die Beamten sind für Hinweise sehr dankbar, es wurde ein eigenes Onlineformular angelegt, das unter folgendem Link zu finden ist. Sollten Sie Birol Celik begegnen, unternehmen Sie nichts auf eigene Faust. Der ehemalige Polizist ist Teil der Celik-Familie, eines kriminellen und außerordentlich brutalen Clans aus dem Stadtteil Wedding. Es gilt als wahrscheinlich, dass einer seiner Verwandten ihm zur Flucht verholfen hat. Celik könnte bewaffnet sein und ist auf jeden Fall gefährlich. Bleiben Sie wachsam.

Laura ließ das Tablet sinken. Beim Lesen des kurzen Artikels hatte sich Eiseskälte in ihrer Brust breitgemacht. Wie ein Schmerz fraß sie sich Stück für Stück weiter durch ihren Körper.

»Ich muss ihn finden.« Sie blickte zu Raven, die mit ernster Miene neben ihr saß.

»Falsch«, antwortete Raven. »*Wir* müssen ihn finden.«